M

NINA BLAZON

Montena

El papel utilizado para la impresión de este libro ha sido fabricado a partir de madera procedente de bosques y plantaciones gestionadas con los más altos estándares ambientales, garantizando una explotación de los recursos sostenible con el medio ambiente y beneficiosa para las personas.

Por este motivo, Greenpeace acredita que este libro cumple los requisitos ambientales y sociales necesarios para ser considerado un libro «amigo de los bosques». El proyecto «Libros amigos de los bosques» promueve la conservación y el uso sostenible de los bosques, en especial de los Bosques Primarios, los últimos bosques vírgenes del planeta.

Título original: *Faunblut*
Diseño: Random House Mondadori / Judith Sendra
Primera edición: febrero de 2010

La negociación de este libro se llevó a cabo a través de Ute Körner Literary Agent, S.L., Barcelona – www.uklitag.com

Printed in Spain – Impreso en España

ISBN: 978-84-8441-597-8
Depósito legal: B-13-2010

Compuesto en Fotocomposición 2000, S. A.
Impreso en Novagrafik
Pol. Ind. Foinvasa
C/ Vivaldi, 5
08110 Montcada i Reixac

Encuadernado en Reinbook

GT 1 5 9 7 8

Para Tim, que también en este libro me ha acompañado
por la zona oscura con mucha paciencia, humor y apoyo.
¡Y para Susanne Evans, mi agradecimiento más profundo!

Jade contemplaba esos ojos verdes y las estrías que le cubrían las mejillas como el craquelado de los cuadros antiguos. «Sin cuerpo», le susurraba la muchacha. De la herida le brotaba sangre de agua. «Sin sangre.»

Cazadores y presas

A primera vista, su aspecto era pavorosamente humano. Por lo que Jade podía vislumbrar desde su puesto a la sombra del muro, solo eran dos. Se encontraban parados en el centro de la antigua plaza del Ayuntamiento, y alzaban la mirada hacia los bordes dentados de las casas en ruinas que se perfilaban contra el agitado cielo de tormenta. Iban totalmente cubiertos, y por el dobladillo de sus ropas goteaban unos hilos de agua sucia. Llevaban incluso la cabeza cubierta: uno con un harapo, el otro con lo que parecía ser un trozo de red de pesca de malla fina. Bajo la luz mortecina de aquella mañana de principios de verano, sus rostros quedaban ocultos; parecía como si en la desierta plaza del Ayuntamiento unos seres incorpóreos, fantasmas de los antiguos habitantes, aguardaran ante sus hogares destruidos mientras los huecos de las ventanas, tan insondables como sus rostros invisibles, les sostuvieran la mirada de forma despiadada e indolente.

Jade se apretó la mochila contra el pecho y retrocedió hacia el muro. Aunque la mañana era tan fría que el aliento se condensaba, de pronto se sintió invadida por una sensación febril. Inspiró profundamente para no dejarse llevar por el pánico. Sabía que tenía que desaparecer de allí cuanto antes, pero se quedó inmóvil, incapaz de apartar la mirada. Fascinada a su pesar, observó la elegancia con que los dos personajes se movían y que les hacía parecer bailarines. Les delataba el modo en que volvían la cabeza y se deslizaban algunos pasos, el modo en que asimilaban y reflejaban en sus gestos y en su postura la magnitud de la desolación que los rodeaba. Había en ellos algo etéreo, algo demasiado ligero y evanescente para ser humano. Se detuvieron de nuevo frente al antiguo Ayuntamiento, del cual solo quedaba en pie la fachada, salpicada de orificios de proyectil, y volvieron la vista hacia lo alto.

—¡Vamos, larguémonos!

La fuerte mano de Lilinn se posó en su hombro.

—Son... son ecos —musitó Jade sin aliento.

—Lo sé. No deben descubrirnos.

Jade tragó saliva. Claro que no. Aún tenía muy presente el cadáver maltrecho de un hombre que Martyn y las demás gentes del río habían sacado de la dársena hacía unas semanas. Además, en el Mercado Negro se rumoreaba que días atrás se habían encontrado frente a las rejas de la Puerta Dorada los cuerpos de dos centinelas de la Lady, con heridas en la nuca y la expresión del horror gravada en sus rígidos rostros.

Jade retrocedió despacio, tanteando a cada paso, agazapada y con tanto cuidado que ni siquiera el mármol roto del suelo crujía bajo sus zapatos. Cuatro pasos aún, tres más para llegar al final del muro. Seguía aferrando su mochila vacía contra el pecho como si de un escudo protector se tratara. Se estremeció al pensar que tal vez unos ojos muertos llevasen un buen rato espiándola a escondidas, siguiendo todos y cada uno de sus movimientos. En todo caso, se decía que tenían los ojos muertos. Los cuentos que se contaban al oído a los niños desobedientes hablaban de fauces, de colmillos, y de una lengua larga y afilada como un puñal que llevaba a la muerte. Otras historias sostenían que los ecos tenían cara de momia, que lo único que parecía vivo en ellos eran los ojos, de color claro y verde como el agua del Wila, y capaces de paralizar a quien los mirase con demasiada intensidad.

Aunque Jade apenas podía respirar de miedo y nerviosismo, no pudo evitarlo y, poco antes de doblar a toda prisa la esquina detrás de Lilinn, echó un vistazo rápido atrás.

Los ecos habían desaparecido. Solo el agua que había caído de sus túnicas mojadas y harapientas brillaba en el suelo adoquinado.

—¡Lilinn! ¡Ya no están!

Aquel susurro apenas había sido audible, sin embargo la cocinera se volvió y frunció el entrecejo con preocupación. No acostumbraba a tener la mirada seria, pero en aquel instante, a la sombra, sus ojos de color azul celeste parecían los de un halcón, una impresión que reforzaba más aún el maquillaje negro que los perfilaba.

—¡Maldita sea! —masculló.

Jade supo que las dos pensaban lo mismo en ese momento. Se intercambiaron una mirada muda, se apretaron contra el muro protector más próximo y contuvieron la respiración. Pero era demasiado tarde para ocultarse: los restos del mármol crujían bajo el peso de unos pasos raudos… que se encaminaban directamente hacia ellas.

«¡Por allí! —indicó Lilinn con la mano—. ¡A la antigua escuela!»

Jade había huido en otras ocasiones: de la gente de la Lady cuando localizaban el Mercado Negro, de los ladrones y de los borrachos.

Y, cómo no, de los cazadores que la habían tomado por una ladrona. Esta vez, sin embargo, tenía que ser más rápida, y también más sigilosa. Le habría resultado fácil adelantar a Lilinn, que llevaba falda y no era, ni de lejos, tan veloz como ella, pero aquel día no estaba para carreras. La larga cabellera de Lilinn, que llevaba recogida en una trenza artísticamente enroscada, oscilaba a cada paso como si de una serpiente dorada se tratase. Se deslizaron en silencio por debajo de un umbral cubierto de hiedra, y se apresuraron por el amplio pasillo que en otros tiempos recorrían los estudiantes. Hacía años que las plantas trepadoras habían empezado a invadir las paredes, y ni siquiera los inviernos gélidos habían impedido su avance. El edificio ya no tenía techo, y al levantar la vista se veían las nubes pálidas y pesadas que se desplazaban por el blanco cielo matutino.

Jade conocía todos los rincones de la Ciudad Prohibida, desde la sala donde los estudiantes se sentaban a comer en unas largas mesas hasta la elegante calle principal enlosada con mármol negro. Y también la pequeña plaza del mercado, los callejones intrincados y las ruinas de los almacenes de telas y los comercios donde antaño los mercaderes acaparaban tejidos de seda y pieles. Unos puentes de piedra arqueados atravesaban los canales que salían del Wila, el río que cruzaba la ciudad. Las enredaderas hundían sus dedos de color verde pálido por debajo de los puentes y los extendían hacia las escaleras cubiertas de moho.

Jade y Lilinn cruzaron a toda prisa un patio trasero y, desde ahí, un puente muy arqueado y estrecho que las gentes del río llamaban Lomo de Gato. Bordearon una iglesia medio derruida y corrieron en dirección a un palacio espléndido con dos colosos barbudos de mármol que sostenían el cielo en lugar del tejado.

Al llegar a la esquina del palacio, Jade se detuvo con la respiración entrecortada; aunque procuraba no hacer ningún ruido, tuvo la impresión de que su pulso resonaba por todas las callejuelas. Se decía que los ecos tenían buen oído, mejor incluso que los gatos.

Escrutó su entorno. No oyó crujidos, ni sonido alguno y, sin embargo, había algo allí que le ponía la piel de gallina. Lilinn le propinó un codazo de advertencia y se sobresaltó a pesar de que llevaba un buen rato oyéndolos: ladridos, amortiguados y lejanos, pero con una intensidad en aumento. La gente de la Lady. ¡Solo faltaba eso! ¿Habían descubierto ya a los ecos? ¿O tal vez los perros seguían el rastro de los humanos?

Lilinn y Jade se cruzaron las miradas y volvieron a observar con atención cuanto les rodeaba. Aquel era el peor lugar para huir. De la pequeña plaza en forma de estrella que había junto al edificio, partían varias callejuelas y caminos. Tomasen la dirección que tomasen, en cuanto se alejaran del edificio, posiblemente serían vistas. ¿Y si los ecos acechaban a la vuelta de la esquina esperando a que las dos humanas cayeran en sus fauces?

Jade levantó la vista. Uno de los colosos de mármol la miraba sonriente desde lo alto. Al abrigo de los enormes músculos de piedra, justo por donde doblaba el brazo, una paloma había construido su nido. Aquel era un lugar seguro en una ciudad llena de gatos y perros vagabundos. Y, desde luego, constituía una atalaya excelente.

Lilinn, desconcertada, arrugó la frente al ver que Jade dejaba la mochila en el suelo y se quitaba los zapatos. Pero en cuanto se dio cuenta de lo que se proponía, soltó un chasquido de espanto. Dio un paso al frente para agarrarla de la manga, pero Jade fue más rápida. Ya había encontrado a tientas una grieta en el muro, y rápidamente se encaramó por la pared del palacio y empezó a subir. Trepar por ahí no era especialmente difícil: a la pared le faltaban piedras, e incluso la pierna del coloso estaba llena de fisuras en las que ella apoyaba los dedos de los pies para encaramarse. Se alegró de llevar aquel día unos pantalones de lino holgados que le permitían una buena libertad de movimientos. Al volver un instante la mirada hacia atrás vio a Lilinn. Era de una belleza serena y distante, pero en ese momento tenía las mejillas enrojecidas y los ojos le echaban chispas de rabia apenas contenida. «¡Baja de ahí!», le ordenaba con gestos autoritarios. Pero Jade negó con la cabeza y siguió ascendiendo. Siguió impulsándose con las manos a la vez que procuraba mantenerse oculta por el gigante de mármol. La piedra rugosa le rasguñaba las palmas. Al cabo de unos metros de ascensión, los músculos ya le temblaban, y en los dedos de los pies desnudos notaba lo cortante que era la piedra en algunos puntos. Con un esfuerzo sobrehumano, se encaramó sobre la orla marmórea de un pliegue de la túnica del coloso y se lastimó la piel del tobillo. En el último segundo logró contener una maldición y soportó aquel dolor agudo sin emitir sonido alguno.

En el pliegue de la túnica del coloso pudo sentarse como si de una hamaca de piedra se tratara. Por un instante disfrutó del triunfo, del temblor y la agitación de los músculos y de la sensación embriagadora de altura.

La paloma la observaba con la cabeza ladeada, dispuesta a levantar el vuelo al menor movimiento.

Jade se inclinó cuidadosamente hacia delante y escrutó las calles que había abajo. Desde allí, la Ciudad Muerta parecía un laberinto de callejones sin salida, puertas y hornacinas. Los canales discurrían entre las ruinas como pálidas arterias. A lo lejos brillaba el extenso ribete de color verde cristalino del Wila. Más allá del río, la Ciudad Nueva se erguía por encima de la niebla matutina: en la orilla norte, la sede del gobierno de la Lady destacaba como un monolito pulido de color grisáceo. En otros tiempos, aquel edificio había sido un palacio, un edificio intrincado e imponente con ventanas de arco, y, aunque con las nuevas murallas ahora recordaba más bien una fortaleza, los habitantes de la ciudad seguían llamándolo «palacio de Invierno». No muy lejos de allí destacaban la iglesia de Cristal y las residencias de los lores ricos. Muchas de ellas ostentaban fachadas nuevas y brillantes, pero junto al río había también una larga serie de edificios antiguos con nuevos señores. Un buen trecho río arriba, en el límite entre el presente y el pasado, estaba la casa de Jade.

Una ráfaga de viento sopló por la espalda de la chica y le llevó la espesa cabellera rizada a los ojos. «Fuego negro», así era como a Jakub, su padre, le gustaba llamar a su cabello. «Con destellos de plata.» Jade, impaciente, se recogió los rizos y formó un ovillo que luego se metió en el cuello de la ropa. No había ni rastro de los ecos. Los ladridos sonaban ahora muy próximos; venían del norte. Estaba claro: la gente de la Lady se aproximaba desde el gran puente del Dragón; tal vez no sabían nada de los ecos, tal vez solo patrullaban o andaban buscando el Mercado Negro al cual Jade y Lilinn se dirigían. Con el corazón agitado, escrutó las calles en busca de los ecos, de un movimiento, de algún indicio. Al echar un vistazo rápido hacia abajo, se dio cuenta de que Lilinn ya no estaba junto a la pared; seguramente se había escondido. Sabía que la cocinera estaría furiosa y que tendría que hacer frente a una buena sarta de reproches. Sin embargo, todo aquello carecía de importancia entonces. ¿Dónde estaban los ecos? Jade entornó los ojos. Ahí a lo lejos, en la antigua calle de los Tintoreros, junto al canal: unos charcos en el suelo, un reguero de gotas. Y también —y al verlo se encogió sin querer— un movimiento deslizante, el vuelo del pliegue de un harapo. Al instante, el fantasma desapareció tras una esquina. Los ecos, por lo tanto, se desplazaban hacia el sur en dirección a las afueras de la ciudad. Era evidente que retrocedían ante los ladridos de los perros y que habían perdido la pista de Jade y Lilinn. Respiró con alivio. Ahora solo quedaba zafarse de los cazadores de la Lady. Por lo que veía desde su atalaya, se acercaban avanzando en arco hacia el palacio de la ciudad. Eran aproximadamente una docena, y cada uno de ellos llevaba un perro. Los galgos, unos esbeltos perros de caza atigrados de color marrón claro, estaban ansiosos por que los soltasen. Jade se deslizó por encima del arco de piedra, se descolgó y echó un vistazo hacia la esquina de la calle. Lilinn también había puesto a salvo su mochila y sus zapatos. ¡Bien!

Se dejó caer al suelo con un gesto ágil y, al amortiguar el impulso del choque con las manos, notó humedad en los dedos. Se incorporó asustada y se miró las manos. Los ecos no solo habían estado cerca del edificio, sino justo al lado. ¡Por eso Lilinn se había ocultado con tanta rapidez!

—¡Sal! —musitó Jade hacia la oscuridad—. Los ecos se han marchado, pero los cazadores nos persiguen.

No obtuvo respuesta. Jade intentó no hacer caso a la comezón que sentía en el estómago. Cerca de ella oyó el golpeteo de unos cascos, unos ladridos roncos, el impacto de unas piedras y un estrépito, como si los restos de una pared fueran a desmoronarse. Luego se oyó un grito ahogado y, finalmente, un disparo.

Jade se sobresaltó tanto que se golpeó la cabeza con la pared. Otro disparo resonó en las callejuelas; luego se oyeron unos gritos y una voz autoritaria procedente de donde los ecos se habían marchado:

—¡Ahí atrás!

Antes de que Jade pudiera esconderse detrás de la pared, el primer cazador asomó por una esquina de la calle. Era una mujer joven. Llevaba una casaca hecha con trozos de cuero de tonos oscuros y claros dispuestos de forma que recordaban un damero. La cazadora entornó los ojos, levantó el arma y apuntó hacia algo que estaba a pocos metros a la derecha de Jade. En una décima de segundo, esta captó todos los detalles: el color castaño del pelo de la mujer, que llevaba firmemente recogido, los ojos de color gris y el brillo negro del arma. El disparo estuvo a punto de destrozarle los oídos. Unos cascotes de muro le cayeron sobre los hombros, y, cuando todavía le llovían escombros por encima, se dio cuenta de que un tiro de rebote había estado a punto de darle. Por instinto, buscó cobijo en el arco de la puerta. Se acurrucó temblando junto al resto de una puerta destrozada y se encogió lo máximo posible. No iban a por ella; la cazadora ni siquiera la había descubierto; aún así, el terror la embargó.

—¡Aquí! ¡Un reguero de agua que va hacia la antigua iglesia! —exclamó una voz de hombre.

Se oyeron unos ladridos de perro, y la mujer y los demás cazadores se apresuraron en dirección sur. Jade había supuesto bien: buscaban ecos. Aun así, solo se atrevió a levantar la cabeza al cabo de un buen rato. Tenía que volver con Lilinn. Sin duda, su amiga estaría ya camino del puente de los Grifos, que era su punto de encuentro si se perdían de vista en la ciudad.

Jade dejó caer por completo los brazos que todavía sostenía sobre la cabeza para protegerse. El alivio le hizo asomar lágrimas en los ojos.

—¿Dónde estabas? —le susurró entonces a la silueta que la miraba a contraluz desde lo alto.

Jade se incorporó rápidamente, y la sombra retrocedió de inmediato. Un débil rayo de sol quedó prendido en la fina malla de una red de pesca. Jade se detuvo a medio gesto. Esa silueta no era la de Lilinn. A pocos pasos de ella, un eco la escrutaba fijamente. A Jade le pareció entrever bajo aquella malla sucia el fulgor de unos ojos, aunque lo que le pareció más temible fue la mancha oscura que ocupaba el lugar donde tenían que estar sus fauces. La criatura emitió un siseo, un ruido ahogado que caló profundamente en Jade. En cualquier otra ocasión, habría jurado que preferiría andar descalza sobre brasas ardientes que pedir ayuda a las gentes de la Lady, pero esta vez, desesperada, tomó aire, hizo acopio de todas sus fuerzas y gritó:

—¡Un eco! ¡Aquí! ¡¡¡Aquí!!!

El eco se encogió, tensó las extremidades como un depredador dispuesto a saltar con la piel erizada, y se lanzó hacia ella.

Mientras a Jade el grito aún le retumbaba en los oídos, el tiempo desapareció para ella; no supo cómo había logrado huir del palacio de la ciudad, y se encontró corriendo, llevada por sus propias piernas. Su respiración entrecortada le resonaba en la cabeza. Oyó que el eco le iba ganando terreno. Un grito siseante alcanzó sus oídos y le recorrió la espalda con un estremecimiento. *Sinahe!* Era una palabra en una lengua extraña. Le pareció que ya sentía el aliento en la nuca, y que la larga lengua en forma de daga iba a clavársele en los omóplatos; tuvo la certeza de que unas garras se extendían hacia ella dispuestas a derribarla al punto. Saltó a un lado con un grito, zigzagueó y se metió por un arco de piedra. Dobló entonces una esquina cerrada y estuvo a punto de resbalar con unos guijarros. El dolor en las plantas desnudas de los pies la hizo estremecer. Se recuperó titubeante, y luego corrió hacia una plaza con una fuente que estaba próxima a un puente. Una bandada de palomas levantó entonces el vuelo y huyó; sonaron dos disparos, tan atronadores y próximos que se convirtieron en un estruendo doloroso para los oídos de Jade. Se topó entonces con las fauces abiertas de unos galgos, unas garras brillantes de perro y las bocas de las armas. Los dedos estaban posados y dispuestos en los gatillos. La duda recorrió la expresión de los cazadores; Jade, suspendida por un instante entre la vida y la muerte, se dio cuenta de que no sabían si debían apretar el gatillo.

—¡Aparta! —gritó uno.

Dispararon de inmediato. Jade se arrojó al suelo, se hizo a un lado rodando sobre sí misma y se apartó de la línea de tiro arrastrándose. El olor seco, acre, de la munición quemada de los cartuchos, que recordaba un poco al olor del pescado ahumado, le provocó náuseas de inmediato. Logró llegar a un cobijo apartado. Ahí se incorporó y huyó siguiendo la orilla de un canal estrecho. Como si de restos de un naufragio se tratara, unos botes de remos rotos pendían de unas cuerdas podridas cubiertas de largas barbas de algas. Olía a piedra aceitosa y a agua salobre.

Detrás de ella sonaron más disparos. Entonces se dio cuenta con horror de que el eco había logrado sobrevivir. Y, lo peor, que seguía yéndole a la zaga y se le acercaba. Lo podía notar y oler y, antes de que ella pudiera darse cuenta… ¡pasó por su lado a toda prisa!

Una lluvia de gotas le roció las mejillas y un trozo de capa húmeda rozó sus tobillos heridos; a continuación, la adelantó y se apresuró a toda velocidad hacia el puente siguiente, que se encontraba aún a unos treinta pasos. Jade estaba demasiado asombrada para gritar. El eco parecía saber exactamente hacia dónde iba. Al otro lado del canal estaba la zona de los antiguos comercios, un buen escondite, laberíntico y lleno de sótanos que conectaban con los canales. El eco atravesó el empinado puente a grandes zancadas. En el instante en que hubo alcanzado el punto más alto del arco, vaciló de pronto y se volvió a mirar a Jade.

La muchacha, que avanzaba cada vez más lentamente, se detuvo en seco. ¿Acaso el eco pretendía regresar para atacarla? En las mallas de la red de pesca se dibujaba la curva de una mejilla. Aquella criatura la miraba con tanta tensión que parecía estar esperándola. Entonces, un nuevo un estrépito agudo atravesó el aire. El eco retrocedió y se tambaleó hacia atrás mientras el disparo todavía resonaba en las callejuelas. Un poco antes de llegar a la entrada del puente, a pocos pasos de Jade, perdió el equilibrio y cayó al suelo.

Jade debería haber sentido alivio, pero lo único que sintió fue miedo y un ahogo extraño. Contempló impotente cómo aquel ser herido de muerte se desplomaba como un abrigo vacío. ¡Ahí yacía el enemigo, aquel que en sus fauces llevaba adherida sangre humana! A Jade le fallaron las piernas y cayó al suelo, aguantándose con ambas manos en el pavimento de guijarros. Estaba húmedo y fresco, impregnado de agua.

Observó perpleja cómo aquella criatura se retorcía, agonizaba y finalmente quedaba inmóvil en el suelo. Incomprensiblemente, la indefensión en la postura de aquel ser la emocionó y la turbó.

Unos pasos se aproximaron desde el otro lado del puente.

Primero Jade creyó que un recuerdo inmediato la obligaba a revivir lo que acababa de suceder, pero entonces reconoció al segundo eco. Se aproximaba a toda prisa por el puente, agitando sus húmedos harapos. Cuando vio a Jade, estuvo a punto de dar un traspié, pero se serenó y detuvo su paso deslizante a la entrada del puente. Volvió la vista al cuerpo de su compañero. Durante un instante eterno, las dos figuras permanecieron inmóviles: la una acurrucada en el suelo de guijarros; la otra de pie, y, entre ellas, el cadáver.

De pequeña, Jade estuvo a punto de sufrir la mordedura de una víbora de agua. El reptil había llegado a la cocina a través de una de las tuberías que entraban en su casa directamente desde el río. Jade quiso escapar pero, en vez de eso, quedó paralizada, incapaz de hacer nada más que clavar la mirada en los ojos indiferentes de aquella serpiente venenosa, hasta que al final el animal se lanzó rápidamente hacia delante. Jade, sin embargo, retrocedió a tiempo. En ese momento, se sentía como entonces: paralizada por el miedo, observando cómo el eco, con un movimiento grácil, de sonámbulo, se volvía sobre sí mismo en busca de una vía de escape. A continuación, se dio la vuelta, tensó el cuerpo y echó a correr. El cuerpo de Jade reaccionó de forma maquinal; notó cómo se dejaba caer al suelo y golpeaba con los hombros en la piedra. Se acercó las piernas a la barbilla y se agarró la cabeza con los brazos a modo de protección. El eco saltó por encima del cadáver de su compañero, pero, lejos de aproximarse a Jade, dio la vuelta y huyó en dirección norte. Al saltar, la túnica acarició el rostro del muerto e hizo a un lado la red de pesca que lo cubría. De pronto, Jade estaba cara a cara con el rostro de aquella criatura muerta.

Una herida asomaba por el punto de la sien donde la bala había penetrado. En lugar de brotar sangre, de ella manaba un reguero de agua clara que formaba en el suelo, debajo de la cabeza, un charco cristalino y reflectante. El eco tenía la piel blanca, casi transparente, y carecía de sangre. No tenía cara de momia, ni tampoco de bestia. Era un rostro humano; en realidad, casi humano, agradable y delicado, de labios pálidos. Sobre los altos pómulos, presentaba unas estrías muy finas, parecidas al craquelado de un cuadro antiguo. Bajo la luz amarillenta del sol del amanecer, parecía como si de la piel fuera a desprenderse pan de oro; era como si alguien, siglos atrás, hubiera pintado un retrato y hubiera dejado la obra expuesta a las inclemencias del tiempo. Era un semblante frágil y maravilloso, cuya visión despertó en Jade el incómodo deseo de acariciarlo. Únicamente los ojos, vacíos y abiertos como el cielo, estaban muertos, tal como contaban tantas historias. Con todo, había en ellos cierto fuego fatuo, acaso el destello del asombro y... del temor.

De pronto oyó unos ladridos y gritos atronadores que procedían de todas partes, incluso del otro lado del canal. «Estamos rodeados», se dijo Jade. Acto seguido, se preguntó, enojada: «¿Estamos?».

Fue entonces cuando notó en la nuca el aliento cálido de un perro deseoso de carne fresca.

—En pie —le ordenó la voz autoritaria de una mujer.

Jade se incorporó temblando.

—¿Has visto al otro? —prosiguió la cazadora.

Era la mujer de la casaca adamerada y estaba totalmente sin aliento. Jade intentó sin suerte echar otro vistazo al eco muerto, pero de pronto todo el espacio delante del puente se vio invadido por perros y cazadores que le impedían ver nada más.

La cazadora la asió del brazo con rudeza.

—¡El otro! ¡¿Lo has visto?! —vociferó.

Jade asintió aturdida.

—¿Hacia dónde ha ido?

Jade quiso decir algo, pero entonces cayó en la cuenta de los perros. Iban de un lado a otro, aturdidos, con los hocicos pegados al suelo, olfateando pistas. ¿Eran capaces de percibir el rastro de los ecos? Como los ecos en las venas en lugar de sangre tenían agua...

—¡Eh! ¡Te estoy hablando! —La cazadora la sacudió con brusquedad—. ¿Hacia dónde?

Jade levantó el brazo pero, en lugar de señalar hacia el norte, indicó la dirección opuesta. «¿Qué haces? —gritó una voz aterrorizada en su cabeza—. ¿Te has vuelto loca? ¡Estás protegiendo a un eco!» Pero entonces le volvieron a la cabeza aquellos ojos vacíos y fue incapaz de articular palabra. La cazadora malinterpretó su expresión aturdida, asintió y la soltó.

—¡Al antiguo Mercado de la Seda! —ordenó.

Una docena de cazadores llamaron a sus perros con un silbido y se apresuraron en la dirección indicada. Solo se rezagaron la cazadora y otros dos hombres que habían cubierto el cadáver del eco con sus harapos. Miraron a Jade con ojos recelosos. Ella fue consciente de la imagen que daba a los cazadores: una chica con una cinta a rayas en la frente, pantalón de lino holgado, pies descalzos y escoriados y despeinada. Y, por si fuera poco, además, andando sola por la Ciudad Prohibida. Por suerte, no llevaba la mochila; de lo contrario, habrían dado por supuesto que se dirigía al Mercado Negro.

—¿Eres de la gente de las barcas? —preguntó la cazadora con brusquedad. El galgo que tenía al lado mostró los colmillos y gruñó.

Jade negó con la cabeza.

—Soy del hotel Larimar —dijo con un tono de voz especialmente resuelto—. Mi padre es Jakub Livonius. La Lady lo conoce.

De hecho, eso era exagerado. Pocas veces la Lady recordaba a los ciudadanos de a pie que le pedían audiencia. De todos modos, en la gran sala de la recepción, pendía un permiso firmado por ella que autorizaba a Jakub a dirigir como un hotel la vieja casa junto al río, así como a vivir en ella.

La cazadora frunció el ceño. Sus ojos tenían algo de felinos. La desconfianza refulgía en ellos. Jade se dio cuenta entonces de que esa mujer no podía ser mucho mayor que ella, que debía de tener unos veinte años.

—Livonius, bien —dijo la cazadora secamente—. ¿Tu nombre?

—Jade.

—Eres ciudadana, ¿verdad? Si es así, muéstrame la marca. ¡Vamos!

Jade, obediente, se arremangó la manga izquierda. Llevaba en el antebrazo el distintivo de Lady Mar, un lirio diminuto, que se tatuaba en la piel con la ceniza blanca de las flores quemadas. Todos los habitantes de la ciudad llevaban esa señal. Era un regalo de la Lady y, en ocasiones, venía a ser como un seguro de vida. Según cómo le diera la luz, brillaba bajo la piel en un tono verde o azul especial. Nadie era capaz de imitar aquella tonalidad, y los cadáveres de los tatuadores que habían intentado vender con un lirio falso el derecho de ciudadanía a los forasteros se pudrían en los patíbulos situados ante a la puerta este de la ciudad, junto al osario.

—¿Qué andas buscando en la Ciudad Muerta? —inquirió la cazadora. Jade solo esperaba aparentar que estaba suficientemente asustada.

—Yo no quería venir por aquí. Estaba en el río, cerca del puente de los Grifos. Y, entonces, tuve que huir. De los ecos.

Bueno, por lo menos la última parte no era mentira. Con todo, la cazadora no parecía creerla. Y los dos hombres que permanecían en pie con los brazos cruzados frente al bulto harapiento sonreían con desdén.

La cazadora dio un paso al frente. Jade observó que asía con más fuerza el arma y se mordió el labio inferior. Por un instante, tuvo la certeza de que la mujer iba a dispararle. El corazón empezó a latirle con fuerza y sintió las palpitaciones en la sien. «Eso ha sido todo —pensó—. Es el fin.» Sin embargo, la cazadora no levantó el arma sino que agarró la cadena del cuello de su galgo. El perro era tan alto que no necesitó inclinarse para hacerlo.

—Tú crees que me puedes tomar por tonta —dijo—. Sé perfectamente lo que andas buscando en la Ciudad Muerta, y has tenido mucha suerte de que los ecos no te hayan atrapado. Espero que, con lo ocurrido, Jade Livonius, te haya quedado todo muy claro. Si nosotros no les hubiésemos ido a la zaga…

Levantó las cejas con un gesto elocuente.

—¡Moira! —gritó uno de los hombres.

La cazadora se volvió hacia él con un gesto de impaciencia. Luego se volvió de nuevo hacia Jade y, con un ademán casi descuidado, soltó la correa de hierro que el perro llevaba al cuello.

—Lárgate —dijo en voz baja y con un tono tan penetrante que parecía una estocada—. Dentro de un minuto azuzaré al perro para que vaya tras de ti. Así que rápido.

No se hizo de rogar. La cazadora ya había apartado la mirada de ella, como si hubiera desaparecido de su pensamiento; Jade se volvió y corrió cuanto le permitieron las piernas en dirección al río y la Ciudad Nueva.

A pesar del intenso dolor que sentía en los pies, para ella era mucho peor la rabia contra los cazadores y la sensación de humillación. Y había también el recuerdo de un rostro despejado, de unos rasgos dulces y frágiles, y de unos ojos vacíos.

Corría tan rápido que los pulmones le empezaron a arder, temerosa de que el galgo fuera a alcanzarla. Sin embargo, el perro no la siguió y, al poco, dejó de oír disparos.

En cuanto avistó el puente de los Grifos, se atrevió a aminorar la marcha. Finalmente se detuvo, aturdida. Su respiración, entrecortada, le parecía extraña, y empezó a tiritar de espanto. En esa ocasión, ni siquiera se sintió segura al ver las dos figuras de piedra, tan familiares, que guardaban aquel puente estrecho: unos leones con unas enormes alas de águila.

No vio a Lilinn por ningún lado, y por un minuto temió que los cazadores la hubieran apresado, o que los ecos al huir la hubieran herido o matado. En su mente dibujó la imagen de esas bestias que le habían inculcado desde hacía años a través de los cuentos.

Entretanto, el sol se hallaba ya sobre los tejados de las casas y dibujaba un reflejo tembloroso del puente en las aguas. Las chalanas y los botes de remos se deslizaban por encima de la corriente, y en la orilla los cisnes negros, que decoraban también el escudo de la ciudad, lanzaban cascadas de gotas brillantes al agitar su plumaje.

Como siempre, Lilinn surgió de repente de la nada. El alivio hizo aflorar las lágrimas a los ojos de Jade, pero a la vez sintió tanta rabia contra Lilinn que la habría sacudido de buena gana.

—¡Maldita sea, ¿dónde te habías metido! —le espetó.

Lilinn no respondió, dirigió una mirada extraña a Jade, dejó caer la mochila y la abrazó.

—¡Gracias a Styx! —dijo con voz ahogada—. Oí unos disparos y temí que...

Lilinn se interrumpió. Jade se dio cuenta de que su amiga tragaba saliva.

—No me ha pasado nada —murmuró—. La cazadora me ha dejado marchar, sin más. ¿Y a ti? ¿Qué te ha pasado?

—¿Es que no se nota? He caído al canal. He intentado saltar a un bote y al final he tenido que vadear por el barro.

Lilinn esbozó una sonrisa débil y empezó a retorcerse la falda empapada. Aquel gesto parecía tan tranquilo que nadie, excepto Jade, se habría dado cuenta de cómo le temblaban las manos.

—¿Por qué no me has hecho ninguna señal? —preguntó Jade.

—Lo he intentado, pero tú no mirabas desde ahí arriba. ¿Qué querías que hiciese? ¿Dar silbidos? Estaba detrás de la pared; si hubieras esperado cinco segundos más en lugar de marcharte a toda prisa, me habrías visto.

—Tenía que huir. Había un eco. Y los cazadores... lo han abatido con un disparo.

Jade tuvo que contenerse para pronunciar esas palabras con un tono trivial, que no denotara ni dolor, ni horror, ni desconcierto. Lilinn se incorporó y le dirigió una mirada de asombro. En sus ojos se dibujaban los reflejos de la luz del río.

—¿Has visto cómo lo mataban?

Jade apenas pudo asentir.

—¿Cerca de ti?

Jade se aclaró la garganta.

—Le han disparado justo ante de mis ojos y…

«… y he ayudado a huir al otro eco». Pero esta última parte habría resultado demasiado tremenda e injustificable. Así que Jade se mordió la lengua y calló.

Lilinn palideció tanto que Jade creyó tener de nuevo ante sí a un eco: el temor que se reflejaba en su mirada la hacía parecer una hermana gemela de aquel ser monstruoso. Jade tuvo que apartar la mirada.

—Contemplar la muerte nunca es algo bello —musitó Lilinn al cabo de un rato—. ¡Ya puedes dar gracias a la ninfa del río por haberte librado de algo así!

Jade asintió y dirigió una última mirada a la Ciudad Muerta antes de hacer una seña a Lilinn para que la siguiera por el puente.

—Será mejor que regresemos —dijo con su habitual sensatez en la voz, que por suerte no había desaparecido por completo—. Te ruego que no digas nada de los ecos a Jakub. Ya sabes cómo se pone cuando oye hablar de ellos.

Lilinn respondió con un simple suspiro y asintió.

—¡Espera un momento! —gritó cuando Jade se disponía a cruzar el puente. Corrió hacia ella y empezó a quitarle fragmentos de piedra del pelo—. Si eres lista —prosiguió con énfasis—, tampoco contarás a Jakub que hemos estado en el punto de mira de los cazadores.

El corazón de la casa

El hotel Larimar era anterior al reinado de la Lady, y existía incluso antes de la construcción del puente de los Grifos. Había quien afirmaba que era incluso más antiguo que la Ciudad Muerta. De hecho, Ben, el centenario desdentado que pedía limosna en el mercado del puerto, en sus momentos de lucidez recordaba haber contemplado de niño las dos anguilas de piedra que, a modo de decoración grotesca, se retorcían en torno a una ventana redonda de la fachada del hotel. La entrada principal de aquella antigua casa señorial daba al río y no a la calle; una escalera conducía desde el umbral del edificio hasta las verdes aguas, facilitando así a los huéspedes el acceso directo al hotel desde el transbordador. En la fachada posterior del hotel, que estaba orientada a la calle, solo había una puerta estrecha, apenas mayor que una entrada de servicio. La casa, según decía una inscripción sobre la puerta, había sido construida por un tal Jostan Larimar. Al lado, la indicación del año se había desconchado hacía ya tiempo y había desaparecido engullida por el río. Catorce de las dieciocho habitaciones del hotel tenían grandes salas de aseo con bañeras de latón que, con los años, se habían ido oscureciendo. El pan de oro falso de las paredes había adquirido un tono rojizo, lo cual daba a las estancias un cierto aire de esplendor oxidado, ligeramente caduco. Nadie sabía por qué Larimar había construido su residencia orientada al revés y tan próxima al río. Había quien aventuraba que, en aquella época, el Wila no era tan amplio, y que entre la casa y la orilla del río había habido un camino. Otros, en cambio, estaban convencidos de que detrás de todo aquello tenía que haber un secreto oscuro, una maldición, un pacto, o algo peor incluso. Una de las numerosas leyendas sobre la ciudad decía que el edificio tenía un corazón palpitante hecho de corales de río y situado a gran profundidad, en el húmedo sótano socavado por el río. Los viajeros que habían pernoctado en aquellas habitaciones desvencijadas llegaban a jurar que habían oído los latidos de la casa en medio de la oscuridad. Y las gentes del río, a las que nada gustaba más que las historias de pasiones y delirios, alentaban esos rumores y contaban a todos los recién llegados que todas las noches el hotel se despertaba para entregarse al abrazo del río, el espumoso y verde Wila, la ninfa, que cuando la marea crecía extendía sus dedos húmedos hacia las paredes y arrojaba víboras de agua y anguilas, a modo de espías, por las cañerías y hasta la cocina.

Sin embargo, Jade sabía la verdad. Conocía todos los rincones de su casa, incluso de las salas anegadas del sótano, a las que el Wila conquistaba unos centímetros cada año. Hacía tiempo que los cangrejos de río se habían instalado allí, en botellas de vino rotas y en estanterías cubiertas de algas. De hecho, Jakub capturaba allí mismo una buena parte de su comida, en unas nasas especialmente hechas para ello.

Los latidos de la casa eran simplemente el chasquido metálico del antiguo ascensor, producido por unas ruedas dentadas desgastadas y mal encajadas; este sonido, reforzado por la reverberación de los pasillos vacíos, al pasar por las paredes resonaba amortiguado y rítmico. Y el gemido fantasmal que le había parecido oír a más de un huésped alterado era solo el chirrido agudo del caduco motor eléctrico, o bien del cabrestante de emergencia que permitía incluso mover el ascensor de forma manual cuando no había corriente. Algo que, de hecho, se daba prácticamente siempre.

Los verdaderos espíritus del hotel, porque, por supuesto, había algunos, se hacían notar de un modo totalmente distinto.

El Larimar constaba de cuatro plantas y de un ático empinado; tras años de esfuerzo, Jade y Jakub habían ido conquistando una planta tras otra, como exploradores avanzando en un reino desmoronado. Habían limpiado los escombros abandonados por las gentes de la Lady hacía casi veinte años durante el asalto a la ciudad, y habían tapado la mayoría de los orificios de los disparos. Habían retirado de las habitaciones la ruina y el polvo, y las habían vuelto habitables. No habían logrado aún colocar cristales en todas las ventanas. Y la escalera que debería unir la segunda planta con la tercera continuaba destruida. Por ello, solo cuando el ascensor tenía corriente, los huéspedes podían alojarse en las plantas superiores. Sin embargo, por lo general las habitaciones especialmente grandes y suntuosas de la cuarta planta permanecían desocupadas.

En muchas estancias se habían empleado velas de barco y redes de pesca viejas a modo de cortina, y muchos muebles parecían veteranos de guerra con piernas de madera. Había piedras que sostenían camas de solo tres patas, y más de una mesa se había combado con la humedad de las noches de verano. Casi todos los baños tenían azulejos rotos y, sin embargo, cada habitación desprendía una belleza que desde hacía años era motivo de alabanza entre los huéspedes.

Jade tenía la impresión de que, en los diecisiete años que llevaba viviendo allí con su padre, la casa había ido creciendo con ella, y que de noche se convertía en una fortaleza hecha de piedra, estuco y madera.

También en esta ocasión, tras seguir a Lilinn por la estrecha entrada de servicio y pisar el suelo de mármol de color rosa grisáceo, se sintió totalmente a salvo. Aquella piedra desgastada y lisa resultaba refrescante y beneficiosa para sus maltrechas plantas de los pies. La luz de la mañana hacía bailar partículas de polvo por la sala y se arrojaba contra cuatro espejos decorativos con discos de bronce que eran el orgullo de Jakub. Había unas alfombras enrolladas apoyadas en la pared, y las herramientas yacían esparcidas en el suelo frente a la caja del ascensor.

—¡Ya estamos de vuelta! —exclamó Lilinn arrojando la mochila de Jade sobre una silla situada frente a la puerta de entrada.

—¿Tan pronto?

La voz de Jakub sonó amortiguada y lejana, como procedente del más profundo de los sótanos. Jade había planeado subir de inmediato por la escalera y dejar que Lilinn llevara la charla, pero Jakub, como siempre, fue más rápido. En cuanto oyó el chasquido y el chirrido del dispositivo mecánico, la cara de su padre asomó por la caja del ascensor. Una mancha de grasa le atravesaba la frente, convirtiendo sus arrugas de expresión en unos surcos negros muy definidos. Las manos de Jakub, con unos dedos cortos y fuertes, también estaban sucias y oscuras. Tan solo el cabello y la barba, con unos rizos espesos que brillaban en un tono más rojizo que castaño, destacaban en aquella suciedad grasienta.

—¿Y bien? ¿Habéis conseguido un relé de mando? —gruñó mientras se descolgaba para salir de la caja del ascensor.

Como siempre, pareció como si una criatura de la tierra acabara de asomar del subsuelo. Jakub llevaba aquel día un pantalón marrón de trabajo y una camisa de cuero grasienta que le cubría el amplio pecho y los hombros fuertes. Sonrió a Jade, cerró con un golpe enérgico del codo la reja del ascensor y se limpió las manos con un trapo. Pero cuando su mirada se posó en los pies descalzos de Jade y reparó en su tobillo lastimado, su sonrisa se truncó. Jade sintió un estremecimiento. ¡Maldita sea! ¿Cómo no había pensado en volver a calzarse?

Su padre había palidecido al instante. El trapo cayó al suelo.

—Pero ¿qué diablos ha ocurrido? —bramó Jakub, precipitándose hacia ella—. ¿Por qué sangras? ¿Dónde tienes los zapatos?

Cualquier desconocido se habría sobresaltado ante aquel arrebato; de hecho, cuando era pequeña, Jade a menudo se había asustado ante su ira y sus voces. Pero sabía que aquella irascibilidad escondía un miedo y una preocupación que pocas veces permitían dormir tranquilo a su padre. Cuanto más renegara, mayor había sido su espanto.

—No ha pasado nada —repuso ella—. He trepado por una pared y he resbalado. Y luego no he tenido tiempo de calzarme los zapatos. Teníamos que marcharnos antes de...

—¿Antes de qué?

Jakub apretó con sus dedos los hombros de su hija, y sus ojos, de color ámbar y de mirada cálida, se endurecieron de pronto.

—Nos vimos obligadas a desaparecer. —Lilinn salió en auxilio de Jade—. Había cazadores patrullando por la Ciudad Muerta.

Jade se encontró de pronto sumida en un abrazo por segunda vez en ese día.

—¡Oh, cielos! —murmuró Jakub todavía hundido en sus cabellos—. ¿Cuántos eran? ¿Os han descubierto? ¿Estás temblando, Jade? ¡Oh, sí, estás temblando!

Jade tragó saliva, cerró los ojos para apartar de sí la imagen del eco y se soltó cuidadosamente.

—Solo tengo frío. Nada más —dijo con la máxima tranquilidad que le fue posible. Logró incluso sonreír a su padre—. Sí, los hemos visto. Pero no nos perseguían a nosotras. No te preocupes.

Le resultaba muy difícil hacer que su voz sonara tranquila y segura. Esquivó la mirada inquisidora de Jakub y, entretanto, fue a coger la mochila. Aunque en ella solo llevaba los zapatos, le pareció que era de plomo. La mentira le pesaba, y estaba segura de que su padre percibía el peso de sus palabras, pero lo amaba demasiado como para permitir que las pesadillas volvieran a hostigarlo. Y él, —ella lo sabía perfectamente— la amaba demasiado para reconocer, aunque fuera en parte, que ella le mentía.

En estos casos, a Jade le parecía que con el tiempo ella y su padre habían intercambiado los papeles: a ella, los caminos la llevaban al exterior, a la ciudad, a los mercados y al puerto; en tanto que Jakub cada vez se retiraba más al subsuelo de la casa, ya fuera renovando y reparando tuberías, ocupándose de las nasas de cangrejos o haciendo funcionar el ascensor y los baños. Sentía como si ella tuviera que proteger a su padre de cuanto ocurría en la ciudad y de los ecos, cuyo nombre no podía ni siquiera mencionar dentro del hotel.

—En cualquier caso, no hemos conseguido ningún relé —explicó ella—. Y hoy tampoco es un buen día para conseguir nada más. Seguro que, al oír los galgos, Manu y los demás han desmontado el mercado.

Aunque Jakub volvió a tragar saliva, al final logró relajarse. Relajó los puños y por fin asintió.

—Bueno, no importa. De momento, hay suficientes habitaciones desocupadas en la primera y la segunda planta. —Aquella afirmación era descaradamente exagerada, aunque Jakub siempre hablaba del hotel como si tuviera una buena ocupación—. Además, ahora mismo no tenemos corriente y, por lo tanto, la gente tendrá que acarrear los cachivaches por la escalera. De todos modos, cuando tenga esto medio desmontado, aprovecharé para comprobar las guías. Hay algo que rasca entre la segunda y la tercera planta. Jade, ayúdame. Tendrás que subir a la cabina y examinar la caja que queda encima. En la sala de mandos también hay cosas que hacer. En cuanto a la luz... será mejor que mañana vayas al puerto y tomes prestado un bidón de aceite para lámparas.

—Le pediré uno a Martyn —dijo Jade—. De hecho, todavía me debe una cosa.

Al oír el nombre de Martyn, Lilinn no pudo reprimir una sonrisa. La rutina había vuelto a Jade y, a pesar de estar a salvo, no dejaba de tiritar.

—Vuelvo enseguida y te ayudo —prosiguió—. Voy un momento a dejar la mochila.

Jakub asintió.

—Ponte zapatos —rezongó mientras volvía a centrar la atención en el ascensor.

Lilinn le dirigió una última mirada seria y se encaminó hacia la zona de la cocina para preparar la comida de los huéspedes. No iba a tener mucho trabajo. Solo había dos comerciantes de las Tierras del Sur hospedados en la segunda planta. Se conformaban con unos cangrejos de río hervidos y no se quejaban por tener que acarrear a mano su mercancía hasta la habitación. A fin de cuentas, el Larimar no era un establecimiento para clientes exigentes; más bien era un alojamiento para viajeros de paso y solicitantes que esperaban audiencia con la Lady o con alguno de sus administradores.

Jade se colgó la mochila al hombro y subió a toda prisa los escalones de la amplia escalera de dos en dos.

En el lugar donde debería haberse encontrado la escalera que conducía a la tercera planta, había un boquete. Todo lo que unía la parte superior del Larimar con la inferior no era más que una escalera de mano de madera cuyo uso por parte de los huéspedes, evidentemente, no era razonable. Jade se encaramó por ella sin problemas para ir a parar directamente al pasillo de la tercera planta a través de un orificio que había en el techo.

Aunque en otros tiempos la alfombra había sido roja, ahora tenía un tono rosa apagado. Las puertas de las habitaciones todavía estaban pintadas de color rojo sangre, pero estaban desconchadas y la pintura recordaba los antiguos mapas de continentes e islas. Jade conocía las habitaciones tan bien que era capaz de pasearse por ellas con los ojos cerrados. Había temporadas en que dormía cada noche en una habitación distinta, sobre todo en aquellas donde había algo que reparar. Pero si, como ahora, quería estar sola, había una habitación muy especial solo para ella. Ningún huésped había entrado allí, y Jakub pocas veces se acordaba de ella. Estaba en la tercera planta, daba al río y no tenía puerta de entrada, aunque sí una ventana redonda, parecida a los ojos de buey de los barcos. Como carecía de cristal, en invierno resultaba inhabitable, pero a Jade eso le venía muy bien, ya que, de hecho, la ventana del exterior era el único modo de acceder a la habitación.

Entró en la sala contigua a la habitación secreta: era un dormitorio con una cama de barras metálicas oxidadas y las paredes repletas de manchas de humedad que formaban intrincados dibujos. Algunas eran asombrosamente rectas, y, si Jade entrecerraba los ojos, podía adivinar dónde se encontraba la puerta que daba a la habitación secreta antes de que alguien la tapiara y pintara de nuevo la pared.

Jade se llevó las correas de la mochila al hombro izquierdo y se acercó a la ventana. La cornisa era amplia e invitadora, y en cuanto colocó el pie en ella y se encaramó hacia el exterior, notó una ráfaga de aire cálido que se levantaba desde el río y que olía a algas y agua. A sus pies, a cierta distancia, el Wila acariciaba la escalera que descendía hacia el cauce. Si Jade resbalaba y caía, iría a parar sobre los escalones de piedra.

Con un gesto rutinario, palpó a la derecha de la ventana una de las dos anguilas de piedra que decoraban el ojo de buey, se agarró fuertemente a ella y puso el pie en la cornisa de piedra que daba estructura a la fachada. No le costó mucho balancearse por el muro exterior hasta alcanzar la ventana. Abajo, en las profundidades del agua, vio su reflejo, situado exactamente junto a la escalera donde el agua quedaba estancada. Se detuvo unos instantes y lo contempló mientras se sostenía con ambas manos en la anguila de piedra. En efecto. También en esta ocasión la imagen en las aguas cambió. La Jade de las olas levantó una mano y la saludó. También esto era algo que ocultaba a Jakub: los reflejos no hacen señas, pero el de Jade se movía de vez en cuando, hacía muecas, o se reía si Jade estaba triste. Nadie excepto ella era capaz de verlo; para Lilinn eso no era más que un juego que el Wila jugaba con ella, y decía que no permitiera jamás sentirse atraída por la corriente.

Jade sonrió a su imagen en el río, y disfrutó por un segundo de la sensación de altura y del viento. Hizo resbalar la mochila por el brazo, la lanzó con fuerza por la ventana redonda y luego ella se descolgó hasta su interior.

El azul oscuro de las paredes de aquella habitación cuadrada la hacían parecer aún más pequeña. En el suelo yacía desperdigado todo cuanto Jade había ido arrojando por la ventana: unas mantas que hacían las veces de cama, y ropa apilada desordenadamente junto a la pared. En el techo, de un gancho para lámparas, colgaba un largo vestido de seda de color azul grisáceo que Jade había encontrado de niña en un baúl roto. El polvo acumulado de varios decenios deslucía el tejido. El vestido no era el único objeto hallado. Junto al camastro había un diario que Jade había encontrado entre los escombros de una casa de la Ciudad Muerta. Parte de la cubierta de cuero estaba chamuscada, y las páginas secas crujían y olían a humo. Jade jamás lo había leído por respeto a los secretos de la persona muerta; solo conocía las dos primeras frases, y estas tenían un tono tan triste que no sentía ningunas ganas de volver la página y averiguar un poco más.

Se dejó caer en el montón de mantas y se apoyó en la pared azul. Resultaba tranquilizador tener el libro en la mano y acariciar con los dedos los bordes de las hojas. En cuanto cerró los ojos, vio al eco y a la cazadora apuntándole directamente al corazón. Sin apenas darse cuenta, se apretó el diario al pecho. Al cabo de un rato, lo abrió y encontró el tesoro que conservaba celosamente entre las hojas. El libro en sí era un secreto, que a su vez ocultaba un tesoro; era un secreto dentro de otro. Se trataba de una fotografía antigua y descolorida, y era tan borrosa que parecía haber sido tomada a la carrera. No podía ver gran cosa en ella: al borde de la imagen, una cabellera negra al aire, lisa como la crin de un caballo; un rostro claro apenas insinuado, y una sonrisa velada. Como siempre que miraba a su madre, que recordaba vagamente como una voz, Jade se sintió reconfortada y, a la vez, melancólica.

—Hoy he estado a punto de morir de un disparo —susurró a aquella sonrisa velada—, pero el muerto al final ha sido un eco. Y ya sé que es de locos y que está mal, pero allí en el puente… he deseado que… el eco escapase.

Sol y luna

Soñaba con los reflejos del río, con más de diez reflejos de sí misma que bromeaban y le hacían burla gritando *«Sinahe!»* y haciéndole muecas. Y estaba también esa cazadora apuntándola mientras Jade, desesperada, trepaba por un muro procurando no caer. Al fin se despertó sobresaltada con un grito y necesitó varios segundos para darse cuenta de que estaba a salvo y de que se encontraba en la cama de la habitación blanca.

Le gustaba pasar la noche en esa habitación de la segunda planta porque tenía un baño prácticamente intacto y conservaba los cristales. La lluvia repiqueteaba en la ventana, y el cielo conservaba aún el gris de la noche.

«Tengo que ver a Martyn», se dijo. Aturdida todavía por el sueño, saltó de la cama. Al dirigirse al baño, estuvo a punto de tropezar. La noche anterior había cogido agua de la cocina para limpiarse las manos tras haber estado trabajando en el ascensor. Aunque en el cántaro que había junto a la bañera se veían huellas de grasa, en él todavía quedaba agua limpia. Jade se sobresaltó al notar el agua helada en la piel, y a continuación intentó borrar de su mente las imágenes de su pesadilla.

El hotel todavía dormía; era tan temprano que ni siquiera Lilinn se había despertado. Jade descendió con sigilo por la escalera, dejó una nota en la pizarra que había junto al ascensor y se deslizó a la calle por la puerta lateral.

La llovizna prendía en su pelo mientras corría hacia el puerto siguiendo el curso del Wila, pasando frente a botes de pescadores y redes desplegadas. Junto al agua había dos hombres elegantemente vestidos, acaso invitados de algún lord. Llevaban unas túnicas largas anudadas con fajas de seda, y tenían la mirada en un grupo de cisnes negros que avanzaban contracorriente.

Las nuevas casas cercanas al puerto, que habían surgido como de la nada en los últimos años, parecían fundidas en el cielo matutino por el color grisáceo de sus fachadas. Jade se apresuró a atravesar una gran plaza de festejos situada junto a las aguas. Había ido avanzando cada vez más rápido hasta que al final se encontró corriendo. Las plantas de sus pies golpeaban la piedra lisa. Como tiros, pensó.

Por vacías que estuviesen las calles a primera hora de la mañana, el puerto, situado en la desembocadura, no descansaba jamás. A Jade le encantaba aquella vista: la cadena de rocas fortificada alzándose en la extensa desembocadura del río que, como un brazo de piedra protector, abrazaba la bahía del puerto. En el extremo de la cadena rocosa se erguía el faro de piedra blanca. Frente a él, sobre las aguas negras, refulgía la nave de la Lady, una suntuosa embarcación, esbelta y dorada. Y detrás, extenso y misterioso, como un espejo gris oscuro que reflejaba las nubes, se abría el mar.

Se oyó un silbato. Jade aguzó la vista y escudriñó hacia la derecha de la bahía del puerto, donde se encontraban los embarcaderos. Hacía unos días que había amarrados allí dos colosos de hierro, unos barcos mercantes de las islas Meridionales. Esos mercaderes habían llegado a primera hora para servir vino y otros productos para una de las numerosas fiestas del palacio de Invierno. Acababa de llegar también una coca ricamente decorada cargada de especias. Justo al lado de la coca, estaba el transbordador de los Feynal. Iba, curiosamente, muy cargado, como si hubiera hecho una travesía nocturna. En ese momento, se estaban descargando unas cajas del barco por medio de una polea. Las gentes del río dirigían la maniobra con silbidos y señas. Dos perros grises y desgreñados atados a la borda seguían con atención y desconfianza todos y cada uno de los movimientos.

Jade reconoció a Martyn desde lejos entre las gentes del río. Su cabello era tan claro que por las puntas parecía dorado, y lo tenía todavía más rizado que Jade. El pañuelo que llevaba anudado a la frente era de un color rojo intenso, igual que el cinto del que pendía todo tipo de ganchos y herramientas. Las demás gentes del río preferían llevar una vestimenta más oscura. A Martyn, en cambio, le encantaban los colores del fuego.

Cuando Jade llegó junto al barco, él se volvió hacia ella de inmediato, como si lo hubiera llamado. Era inquietante cómo él parecía percibir su presencia cuando ella estaba cerca. Una sonrisa le recorrió el rostro, y ella no pudo más que responder con otra. Martyn, a diferencia de Arif, el hermano mayor, que era sombrío, reservado y poco dado a las risas, parecía concentrar en él toda la claridad. El sol y la luna, así llamaba Jade a los hermanos para sí misma. Si bien, en ese preciso instante, Martyn más bien era un sol calado por la lluvia. Tenía la camisa totalmente empapada y pegada a los hombros.

—¡Cuando se te ve tan pronto por la mañana en el puerto es que quieres algo! —le gritó contento mientras saltaba del barco al muelle para plantarse ante ella con los brazos cruzados—. Vamos, desembucha. ¿Qué pasa?

—Aceite para las lámparas —respondió Jade sin rodeos—. Todavía os queda un poco. Me basta con media lata.

Los ojos de Martyn brillaron divertidos.

—¿El Larimar vuelve a estar a oscuras? Pues, sí, todavía me queda un poco de aceite. De todos modos, mi ninfa, no sé si alcanzará para media lata. Depende de lo que yo obtenga a cambio.

Su sonrisa se ensanchó.

—Déjate de ninfas y guárdate esta sonrisa seductora para las damas comerciantes —repuso Jade con tono seco—. A fin de cuentas, todavía me debes algo por los cabos.

De pronto, Martyn se puso serio y la escrutó muy atentamente. Parecía como si su mirada alegre fuera capaz incluso de leerle el pensamiento.

—¿Qué te ocurre? —preguntó entonces de golpe—. ¿Acaso esta noche has visto un fantasma?

—Peor que eso.

El último resto de la sonrisa de Martyn se desvaneció.

—Ayer me ocurrió una cosa cuando iba con Lilinn al mercado, necesito hablar contigo de esto con urgencia y...

—¡Martyn! —atronó Arif—. ¡Deja ya de hacer el vago! ¡Vamos!

Martyn se volvió hacia su hermano y le hizo un gesto de impaciencia. Luego posó las manos en los hombros de Jade. A ella aquel gesto le resultó infinitamente familiar y tranquilizador. Resultaba incluso demasiado fácil perderse en los ojos, verdes como el Wila, de Martyn.

—¡Aguarda aquí! —le susurró a Jade—. Estamos a punto de terminar la descarga. Luego hablamos tranquilamente, ¿de acuerdo?

Jade asintió.

—¿Cómo vais tan pronto con un cargamento? —preguntó en voz baja—. ¿De dónde salen esos perros y todas las cajas?

—De las Tierras del Norte.

Las Tierras del Norte... Jade abrió la boca con asombro. La tierra más allá del mar de Hielo, a unos diez días de viaje de allí.

—Ayer un barco dejó el cargamento y a dos pasajeros al oeste de la desembocadura, junto a las Peñas Rojas.

—¿Y por qué no lo hizo aquí?

—¿Y yo qué sé? Puede que no tuviera autorización para entrar en el puerto. El caso es que unos centinelas nos han sacado de la cama en mitad de la noche y nos han ordenado que recogiésemos el cargamento y las personas. —Dio una palmadita a la bolsa de dinero repleta que llevaba a un lado del cinto—. Parece que, por lo menos, algún lord se rasca un poco el bolsillo para transportar su entretenimiento hasta la ciudad.

—¡Martyn, maldita sea! ¿Duermes, o qué? —bramó Arif.

Martyn suspiró, pero soltó a Jade y regresó al barco.

Ante el barco se había agolpado un buen puñado de gente. Incluso en la borda de la coca había curiosos apoyados, ansiosos por ver, tal vez, un accidente. Sin embargo, para su decepción, Jade no vio a ningún nórdico. Se decía que eran bajos y corpulentos, que llevaban el pelo anudado en trenzas y que lucían corazas de cuero, pero todo lo que pudo ver a primera vista fueron dos cazadores sin perros y algunos estibadores y porteadores. La visión de los cazadores inquietó a Jade más de lo que le hubiera gustado.

En ese instante, las gentes del río empezaron a alzar una caja con la ayuda de una polea. Era más alta que un hombre, y presentaba algunas rendijas entre los maderos, como si se tratara de orificios de respiración.

Martyn agarró el cabo guía que su hermano le había lanzado y ayudó a colocar la caja en la posición adecuada. Lentamente, esta osciló por encima del foso de agua y permaneció suspendida sobre el grupo de curiosos.

—¡Abajo! —gritó Martyn.

La caja empezó a descender entre bandazos. El gentío retrocedió de inmediato; tan solo una figura tocada con un abrigo con capucha totalmente oscurecido por la humedad vaciló antes de dar un paso al lado.

La caja osciló ligeramente, como si en su interior un ser vivo desplazara su peso. Un peso considerable. Jade intentó adivinar qué animal podía haber en la caja. ¿No eran arañazos lo que se oía cuando las sogas se detenían por un instante? ¿Podía ser un oso? Muchos lores tenían casas de fieras. Jade todavía no había visto ninguna, pero a veces, a primera hora de la mañana, si el viento soplaba en buena dirección, oía a lo lejos rugidos como los de los felinos, y chillidos de pájaros exóticos.

—¡Cuidado! —gritó Martyn.

Demasiado tarde. El cabo guía que Arif sostenía se soltó, y la caja giró a un lado con una fuerte sacudida. Los curiosos gritaron y se pusieron a salvo; en cambio, el hombre del abrigo no retrocedió ni un paso.

—¡Hatajo de idiotas! ¡¿Os habéis vuelto locos?! ¡Id con cuidado! —gritó.

Aquella voz masculina era joven y temblaba de rabia. Jade no podía ver la cara de aquel hombre, que estaba de espaldas a ella con la capucha tapándole el cabello. Con todo, bajo el abrigo empapado, se adivinaba una figura alta.

Arif se volvió como mordido por una víbora. La ira centelleaba en sus ojos oscuros.

—¿Me estás llamando idiota? —atronó dirigiéndose al forastero. Tiró la soga al suelo sin más—. ¡Si es así, encárgate tú mismo de bajar esta maldita cosa!

Cruzó los brazos y se retiró. La caja empezó a deslizarse por la eslinga.

Algunas gentes del río lanzaron una carcajada, y Elanor, la compañera de Arif, un mujer corpulenta de pelo rojizo y corto, chasqueó la lengua en señal de burla. Tampoco Jade escondió su sonrisa. Aquel tenía que ser forastero porque todos los habitantes de la ciudad sabían lo orgullosas y susceptibles que eran las gentes del río. El hombre, sorprendido, solo vaciló un instante, pero acto seguido, tras proferir una maldición en el extraño y rudo idioma de los nórdicos, corrió y saltó a bordo. Por un instante lleno de inquietud, a Jade le pareció ver dos imágenes superpuestas. Esos movimientos flexibles, casi fluidos, el andar elástico...

Dio un respingo asustada. «No, eso es imposible», se dijo para tranquilizarse a la vez que entrelazaba los dedos de las manos.

El forastero asió la soga en el momento preciso, esto es, antes de que la caja volcara definitivamente a un lado. Un gruñido amortiguado atravesó la madera. Sin duda, eso no sonaba como un oso. Jade sintió que un escalofrío le recorría la espalda. Oyó entonces un estertor acompañado de unos sonidos roncos. Seguramente, aquel era el ruido que hacían los criminales al ser colgados de la soga del patíbulo. El grupo de curiosos se apresuró a dar otro paso atrás entre cuchicheos.

El desconocido agarraba la soga con todas sus fuerzas, mano sobre mano. La temible semejanza con el eco había desaparecido con la misma rapidez con que había surgido. En ese momento, en el transbordador, solo había un hombre de una agilidad sorprendente. Jade se sintió aliviada.

En cuanto la caja estuvo a salvo en el suelo, el forastero saltó del barco y se acercó a la jaula de madera. Era delgado y musculoso, y sus movimientos resultaban algo felinos. Jade tuvo que admitir a su pesar de que tenía curiosidad por verle el rostro.

Como si la presencia del hombre la hubiera alentado, la gente fue acercándose de nuevo lentamente a aquel bulto extraño. Los porteadores se apresuraron a soltar las sogas y se dispusieron a levantar trabajosamente la caja hasta un carro que aguardaba cerca. Jade alargó el cuello para ver, pero el desconocido se colocó detrás del bulto y desapareció de su vista.

—¡Jade, vamos, deja ya de vaguear! —le gritó Arif con malos modos—. ¡Haz algo útil y ve a la bodega! Necesitamos todas las manos posibles.

No se lo hizo repetir. En el transbordador de los Feynal, Jade se sentía tan en casa como en el hotel. Aunque incluso de pequeña pasaba días enteros con Martyn en el río, cada vez que cruzaba la frontera líquida entre tierra firme y la cubierta del barco, volvía a sentir un hormigueo en el estómago. Era una sensación de libertad y de lo desconocido. Con la misma fuerza con que Martyn deseaba tener su propio barco, Jade ansiaba conocer lugares lejanos.

Sin agarrarse a nada, descendió por la empinada escalera que conducía a la bodega, saltó los últimos escalones y, de pronto, se detuvo, asombrada ante el gran número de cajas. La bodega, en la que por lo general había las hamacas y los efectos personales de las gentes del río, estaba llena hasta los topes.

—Son todo jaulas —exclamó Martyn por la escotilla que se abría sobre la cabeza de Jade a la vez que bajaba hacia donde ella se encontraba. El paso entre la bodega y la escalera era tan estrecho, que sus brazos se tocaron. Jade disfrutó de aquel momento de cercanía.

—¿Qué hay en las jaulas? —preguntó.

Martyn se encogió de hombros.

—No nos lo han dicho —musitó.

Jade intentó vislumbrar algo entre las rendijas de los maderos de una caja, pero era evidente que quien las había construido se había esforzado mucho para impedir que ninguna mirada penetrara en el interior.

—¿No serán animales extraños de las Tierras del Norte? —reflexionó—. Jakub dice que allí hay unos lobos de un tamaño no mayor al de un gato.

—Pues el ruido no es precisamente el de las garras de un lobo —repuso Martyn—. Y Arif jura y perjura que ha oído bufidos.

—¿Y qué hay en la caja grande que se ha descargado ahí fuera?

—Otro misterio. Es un regalo, más ya no sé. —Martyn bajó la voz—. Sea lo que sea, no quisiera verlo. Esta noche me han despertado los aullidos que profería esa cosa. Ya te digo que odia el agua. Y me imagino que también odia a los humanos.

Jade tragó saliva.

—Bueno, ¿y os han dicho, por lo menos, qué pretenden hacer con los animales? ¿Acaso esos nórdicos son una especie de feriantes?

Una risa grave sonó procedente de la parte posterior de la bodega.

—Sí, una especie de feriantes —dijo una voz agradable y melódica—. Aunque a mí me gusta definirme como coleccionista.

El hombre que apareció en el pequeño pasillo que quedaba entre las cajas amontonadas se ajustaba mejor que su compañero a la imagen de nórdico, aunque él tampoco llevaba trenzas ni coraza de cuero. Tenía el sombrero de fieltro empapado, y debajo del ala se dibujaba un rostro enjuto y arrugado con una barba castaña cuidadosamente afeitada. Sus pómulos altos le daban una apariencia extraña y dura, pero tenía unos ojos amables de color marrón aterciopelado que conquistaron a Jade. Eso y también la capa de aspecto aventurero hecha con tiras de pieles de animales distintos. Una parte estaba hecha con piel de foca manchada, pero Jade descubrió también pieles de animales que ella no había visto jamás.

—¿Habéis cazado todos los animales en persona? —se oyó preguntar—. ¿Para luego adiestrarlos?

El hombre volvió a soltar una carcajada.

—Digamos que los he sabido atraer. Obedecen mi voz. En las Tierras del Norte, este es un arte muy apreciado.

Jade había oído decir que había personas con voz seductora capaces de someter incluso a los felinos. No era difícil imaginar que aquel hombre tuviera ese don. Hablaba con una salmodia suave, y su voz, a pesar de que sonaba algo áspera, tenía un tono casi hipnótico. Sin embargo, ni siquiera la melodía hipnótica de sus palabras logró que Jade olvidara la pregunta más importante.

—¿Qué hay en la caja grande?

Una sonrisa se desplegó como un abanico por el rostro arrugado.

—Todo el mundo pregunta lo mismo —respondió misteriosamente—. Y tampoco a ti te lo voy a decir. De hecho, se trata de un obsequio muy especial procedente de las Tierras del Norte. Sería una lástima que toda la ciudad lo supiera antes de que lo vea la persona a quien va destinado.

—Pero es un animal de presa, ¿verdad? —insistió Jade—. Tal vez es algo parecido a un oso, ¿no? ¿Lo llevarán a una casa de fieras?

—Tú no te rindes fácilmente, ¿verdad? —El nórdico rió de buena gana—. De todos modos, yo soy tan discreto como tú insistente. Y ahora, llevad las cajas arriba y que no caiga ninguna. —Aquello tenía más el tono de una exigencia que de una petición—. Y ni se te ocurra abrir alguna de ellas. Mis protegidos pueden ser pequeños, pero son capaces de provocar desgracias.

—¿No serán venenosos? —quiso saber Martyn.

—No, venenosos no, pero son bastante mordedores —apuntó el nórdico—. Y estoy seguro de que no queréis quedaros sin ojos, ¿verdad? A ver, ¿me permitís?

Jade y Martyn se hicieron a un lado para permitirle el acceso a la escalera. El olor a tabaco y a jabón para cuero se coló por la nariz de Jade. Cuando el forastero pasó entre ellos, Jade notó el tacto de la piel de pantera de las nieves de las mangas en el dorso de las manos. Un escalofrío le recorrió la espalda. Ahí tenía muy próximas las tierras lejanas y el peligro.

Cuando se hallaba a media altura de la escalera, el forastero se volvió de nuevo hacia ellos.

—Tenéis una ciudad bonita —dijo de buen humor haciendo un guiño a Jade—. En nuestro país se habla mucho de ella, y tengo muchas ganas de visitarla por fin en persona.

Las gentes del río habían formado una cadena que comenzaba con Jade y Martyn. Las cajas de las jaulas iban pasando de mano en mano. Tocarlas resultaba inquietante. A veces, Jade oía algo así como crujidos amortiguados o rasguños, pero, en cuanto tocaba la jaula, la criatura del interior se quedaba quieta, como si se agazapara en actitud expectante y aguzara el oído con la misma tensión que ella. Solo en una ocasión notó cómo la caja se le agitaba en las manos, como si el animal del interior se revolviera contra las paredes de la jaula, y se sintió muy aliviada al pasar la carga.

Aunque en sí las cajas no eran demasiado pesadas, tardaron más de una hora en despejar la bodega. Al poco rato, Jade estaba totalmente sin aliento y los brazos y la espalda le dolían. Por fin llegó a la última caja. Se enderezó y echó un último vistazo de comprobación en los rincones más ocultos de la bodega. Normalmente, las gentes del río dormían ahí abajo; sin las hamacas ni las paredes divisorias, la sala resultaba desacostumbradamente vacía. Descubrió en un rincón todavía dos cofres.

Jade se inclinó hacia la caja y la levantó. Un dolor intenso le atravesó los dedos. La caja estuvo a punto de caérsele de las manos, pero en el último momento logró sostenerla con la mano derecha y sacudió la mano izquierda herida. Notó algo minúsculo y húmedo en los labios.

—¿Qué ocurre? —exclamó Martyn.

—¡Nada! —repuso ella de mala gana—. Una astilla, o un clavo.

Un sabor metálico y salado le recorrió la lengua. La gota en los labios… ¡era de sangre! Entonces notó en el dedo índice un punto húmedo, caliente e intenso. En la yema de los dedos, en la parte más sensible, le faltaba un pequeño pedazo de piel. Jade renegó y giró la caja con cuidado para mirar la parte posterior. En efecto, faltaba un trozo de madera, pero la apertura, apenas mayor que una uña, no presentaba ni cantos afilados ni astillas. ¿Cómo podía haberse hecho daño? Escudriñó con cuidado por la abertura y retrocedió de inmediato. Un ojo negro cristalino la miraba fijamente con ganas de atacar.

—¿Quedan más? —gritó entonces Elanor desde cubierta.

—¡Es la última! —respondió Martyn quitando a Jade de las manos la caja maltrecha.

—¡Cuidado! ¡La caja tiene un orificio!

Pero Martyn no la oyó porque se apresuró a subir la escalera y a unirse a los demás. Los zapatos creaban un ritmo de percusión irregular en la cubierta.

Jade, desconcertada y con el corazón agitado, se rezagó. La herida no era profunda, era apenas un arañazo. Se preguntó si tal vez, pese a todo, se había herido con la madera. Se metió el índice en la boca y aspiró hasta que dejó de sangrar.

En la cubierta se oían gritos, y Jade subió la escalera a toda prisa. Había dejado de llover, el cielo estaba despejado y refulgía en un blanco transparente. Jade parpadeó ante aquella luminosidad repentina y, en su carrera, chocó contra alguien que estaba de espaldas a la escotilla. El golpe la dejó sin aliento e hizo que se tambaleara a un lado. Un objeto blando y pesado cayó al suelo con un ruido sordo. Algo húmedo le tocó la mano, vislumbró un abrigo agitándose y luego tropezó contra una bolsa de viaje muy abultada que era evidente que había caído al suelo. Martyn la asió por la muñeca antes de que cayera encima y la ayudó a recuperar el equilibrio.

El reniego en una lengua extranjera le sentó como una bofetada. Jade levantó la vista irritada. Tenía justo delante de ella al hombre del abrigo con capucha. Le sacaba una cabeza de altura. Como estaba a contraluz, no podía ver bien su rostro.

—¡Que sea la última vez! —siseó el forastero inclinándose para recoger la bolsa.

—¡Y tú no te pongas en medio! —replicó Jade con el mismo tono.

El forastero se incorporó con actitud amenazadora. Jade cruzó los brazos y levantó la barbilla.

—¿Y bien? —preguntó desafiante.

Él se retiró un poco la capucha con un gesto airado. Jade no esperaba que fuera tan joven. Calculó que a lo sumo tendría diecinueve años, y su rostro era de una belleza austera e impresionante. El cabello, ondulado y de color rubio claro, le caía sobre la frente. Tenía la boca ancha, unos labios tal vez demasiado finos pero bien definidos, y la nariz dibujaba un delicado arco, parecido al de los bustos de muchas esculturas. Pero los ojos... su mirada era inquietante. Eran de color pardo, casi negro, lo cual impedía distinguirle las pupilas. Había algo centelleante en ellos, tal vez irritación, o tal vez mera rabia. El joven nórdico frunció el entrecejo y miró a Jade con asombro, como si hubiera visto un fantasma...

Aquella reacción no era nueva para Jade. Mucha gente, cuando la veía por primera vez, reaccionaba igual que él al verle los ojos. Eran de un color muy poco habitual, de color turquesa claro y transparente teñido de un velo verde. «El Wila te besó cuando estabas en la cuna», le decía Jakub de pequeña.

Normalmente, en cuanto se acostumbraban a su imagen, la gente le sonreía; sin embargo, la boca de ese hombre adoptó una mueca dura. La hostilidad siniestra que ardía en esos ojos casi negros la estremeció. Por un instante, le pareció que ese hombre atraería hacia él toda la claridad y la transformaría en algo siniestro. Tuvo que hacer un esfuerzo por mantener su actitud de fría superioridad.

—¿Qué? —preguntó ella—. ¿Te disculpas? Que yo no conozca tu lengua no significa que tengas derecho a insultarme.

—No he dicho nada de lo que deba disculparme. —El tono de voz era bajo pero amenazador—. Y ahora, apártate de mí.

—¡Mucho cuidado con lo que dices! —intervino Martyn con tono tranquilo.

Dio un paso al frente y se puso junto a Jade, muy cerca, de tal modo que sus hombros se tocaban. Jade observó que las gentes del río también habían abandonado sus tareas y los miraban. Una sola palabra de ella o de Martyn, y toda la familia de Arif acudiría en su ayuda.

Pero aquel hombre rubio no se dejó intimidar ni en lo más mínimo. Enarcó la comisura de los labios e hizo un gesto de desdén.

—¡Pero qué valiente…! —se mofó—. Cuando hacen corrillo, incluso los perros más roñosos se ven capaces de atacar a un oso, ¿no es cierto?

El aire se podía cortar, los puños estaban apretados dentro de los bolsillos. Uno de los perros atado con correa gruñó. Jade notó cómo el brazo de Martyn se tensaba.

—Si hay alguien aquí que se comporta como un perro roñoso eres tú —repuso Martyn con una calma todavía más amenazadora.

Aunque a Jade la sangre le hervía de rabia, asió a Martyn por la muñeca.

—No —musitó a su amigo—. Déjalo.

—Tranquilizaos, amigos —intervino entonces una voz suave. El nórdico de más edad se acercó y posó una mano en el hombro del hombre rubio—. Aunque el viaje ha sido muy cansado y no estás de humor, no es motivo para que descargues tu rabia en la barquera.

—¿Te parece que es eso lo que estoy haciendo, Tam? —replicó el forastero con una sonrisa irónica y sin un asomo de humor.

El nórdico se limitó a sonreír, y luego le dio una palmadita en la espalda.

—Déjala tranquila. Y apresúrate con el equipaje. Ya hemos perdido mucho tiempo con el transbordo.

Jade habría jurado que aquel criado —pues eso era lo que parecía ser el desconocido— replicaría, pero se relajó claramente y asintió. «Parece como si se quitara un peso de encima», se dijo ella asombrada. Tal vez, al fin y al cabo la idea de enzarzarse en una pelea con las gentes del río le había asustado. Lo cual, de ser cierto, sería señal de que, pese a toda su arrogancia, el hombre aún conservaba un poco de sentido común.

El nórdico se ciñó bien el sombrero, se acercó a los perros y soltó las correas de la borda. Los animales, que hasta entonces habían mantenido una actitud amenazadora, se convirtieron en unos cachorros juguetones y le recibieron con gimoteos de alegría, saltos y peleas por lamerle la mano y la cara. Tam no se lo permitió, tomó las correas, saludó con la cabeza a las gentes del río para despedirse y desembarcó.

El hombre rubio dirigió a Jade una mirada siniestra que la dejó helada y sobrecogida.

—Nunca más te vuelvas a cruzar en mi camino —masculló en voz baja.

—Y tú no vuelvas a cruzarte en el de ella —masculló Martyn—. Nos tienes a todos en contra. No lo olvides.

El forastero sonrió con sorna, se cargó con facilidad la abultada bolsa de viaje a los hombros y abandonó el barco a grandes zancadas.

—¡Qué tipo tan miserable! —musitó Martyn con los dientes apretados de rabia—. Esta noche ya se ha puesto como un basilisco cuando al cargar una de las cajas ha sufrido un golpe.

Jade soltó la muñeca de Martyn y se hizo a un lado. No quería de ningún modo que su amigo notara que temblaba, aunque no sabía si era de rabia o de miedo. Le fastidiaba que aquel desconocido hubiera logrado sacarla de sus casillas. Con todo, no pudo evitar observarlo mientras se marchaba.

—Olvídalo —murmuró—. Solo es un imbécil.

—¡Oye, Martyn! Tu pequeña está pálida del susto —gritó Elanor—. Vamos, consuélala y dale un besito…

Martyn y Jade le lanzaron una mirada de enojo.

—Bésala tú, Elanor —gruñó Martyn.

Las demás gentes del río se echaron a reír.

—¡Uy, qué susceptible! —se mofó Elanor—. Si mal no recuerdo, el verano pasado no teníais tantos reparos…

—Vámonos —dijo Jade enojada tomando a su amigo de la manga.

En el transbordador, las riñas y las risas eran habituales. De noche se jugaba a las cartas o a los dados, y se cantaba, se cenaba, se dormía y se montaba guardia. En cambio, el amor, los besos y los cuchicheos secretos raramente se daban, y quien quería estar solo tenía que encontrar un rincón apartado de los demás. A veces, Jade tenía la impresión de que a las gentes del río les gustaba tanto hablar de amor y de pasiones porque en el barco vivían tan apretados que los secretos y los sentimientos apenas tenían cabida.

Cerca del faro había un sitio muy adecuado para decirse cosas lejos de los oídos de los otros. El verano anterior, en un lugar abrigado entre los peñascos claros que rodeaban el puerto, Martyn había colocado a modo de asiento unos cuantos barriles vacíos. Aquel rincón medio escondido junto al mar era el lugar favorito de quienes se sentían muy desgraciados o muy enamorados; no obstante, aquel día, Jade y Martyn hallaron el escondite sin gente.

Jade se desplomó sobre uno de los barriles y se apretó las rodillas contra el pecho. Martyn no cometió el error de atosigarla con preguntas. Tal vez aquello fuera lo que había acabado con los besos de ella. ¿Cómo amar a alguien que siempre hace lo correcto?

Permanecieron un buen rato contemplando cómo en el horizonte la desembocadura se fundía con el mar. Desde allí, forzando un poco la vista, se podía ver también la isla de la Prisión, un peñasco pelado con una fortaleza cuadrada y maciza que ningún preso abandonaba con vida. Al final, Jade inspiró y empezó a hablar. Esta vez sin omitir nada. Martyn no era de los que rehuyen los problemas. Ni tampoco era alguien como Jakub, a quien Jade tuviera que salvaguardar de toda preocupación.

Él escuchó sin interrumpir y, cuando ella hubo acabado, tampoco dijo nada durante un buen rato; se limitó a abrazarla por los hombros y a acercársela. En esa ocasión, el gesto no era un recuerdo de tiempos pasados, y Jade lo aceptó y cerró los ojos. Creía haber superado ya el momento en que los cazadores la habían apuntado, pero entonces notó cómo el nudo del miedo y el horror le apretaba en el estómago.

—¡Válgame el cielo, Jade! —dijo Martyn, consternado, al cabo de un rato.

—O dices algo útil o mejor te callas —musitó ella—. No necesito más reproches, ¿está claro?

—¡Pero dejaste escapar al otro eco! ¿En qué pensabas?

—¡Y yo qué sé! —Jade se soltó con fuerza del abrazo—. Pensé que tal vez no era una bestia. Por otra parte… seguro que los cazadores lograron dar con su pista.

—Lo dudo. En la ciudad se rumorea que los cazadores eliminaron un eco en el Lomo de Gato.

Jade se estremeció. Eliminaron. Ayer, ella también habría empleado la misma palabra.

—Un eco… —subrayó Martyn—. No dos.

—Entonces es que huyó. Lo ahuyentaron.

Ella misma se dio cuenta de que todo aquello sonaba muy mal.

—¿Se lo has contado a Jakub?

—Por supuesto que no —repuso ella con enfado.

Martyn calló y se mordió el labio inferior.

—Bueno, a ver, ¡¿qué?! —gritó Jade, impaciente—. ¡Si quieres decir algo, dilo ya de una vez!

—Todavía no lo sabes. —Cuando los ojos de Martyn se apagaban, era incuestionable que algo no iba nada bien—. Ayer hubo otro asesinato. Hallaron a un centinela junto a la puerta norte del palacio. Degollado.

De pronto, Jade se sintió mareada. El barril en el que estaba sentada parecía mecerse con las olas. Martyn permaneció en silencio, mirando el horizonte. No tenía que decir nada, Jade sabía que en ese momento ambos pensaban lo mismo.

«¿Y si por mi culpa han asesinado al centinela?»

Jade se quedó mirando el remanso de agua clara que se formaba entre las rocas con la marea alta. En él, unos pequeños jaramugos tiraban de los hilos de un trozo de soga que había quedado enredado allí.

—¿Se lo has contado a alguien más? —preguntó Martyn con una gravedad que ella no le conocía.

Jade negó con la cabeza.

—Bien. Si es así, guárdatelo para ti. Si se llega a saber, te podría costar la cabeza.

—Es que... parecía tan humano... —repuso Jade con tristeza—. *Sinahe*. Uno de ellos me dijo eso. Me pareció que no solo podían imitar palabras humanas. Tuve la impresión de que disponen de una lengua propia...

—Pero no era humano —le interrumpió Martyn con dureza—. ¿Acaso tienes la sangre transparente? No. ¿Lo ves? Y eso que has oído bien podría ser un siseo, un ruido del cual tú has inferido una palabra.

—Pero ¿de dónde salen ahora los ecos de pronto? ¿Por qué se atreven a entrar en la ciudad?

Martyn carraspeó.

—Nadie sabe de dónde salen. Se dice que antes existían, pero nadie lo sabe con certeza. Si a Ben le quedara algo de juicio en la cabeza, tal vez se acordaría.

«Ben, el viejo loco...» Jade, pensativa, se quedó mirando las aguas.

—Son como animales de rapiña —prosiguió Martyn—. Aparecen porque huelen la carnaza. No querrás que te recuerde cómo quedó aquel cadáver del río que...

—No —le interrumpió Jade. Martyn calló.

—Había tres muertos. Y desde ayer suman ya cuatro —constató Jade—. ¿Qué pasará si aparecen más ecos?

Martyn suspiró.

—No se sabe. Un eco es capaz de matar a mucha gente. Y tú tienes buenas posibilidades para ser la siguiente si continuas siendo tan cabezota y te dedicas a seguirles el rastro.

Resultaba desconcertante lo bien que Martyn la conocía.

—¿Es que no te importa lo que ocurre? —le espetó Jade—. El eco de ayer no tenía garras, ni su lengua era como un puñal. Y tenía miedo, como una criatura sensible. ¡Lo vi con mis propios ojos! Tengo que averiguar de dónde salen y qué es lo que... quieren.

—Pero ¿tú oyes lo que dices, Jade? —le espetó Martyn—. Solo quieren una cosa, y sabes perfectamente qué es. Tal vez resultan atractivos, quién sabe. Puede que haya más de una especie. Pero son malvados. Y siembran la muerte. ¿Le viste acaso la cara, al otro eco? Tal vez entonces te hubieras encontrado con un monstruo. Prométeme que no te vas a poner en peligro.

Jade bajó la cabeza y miró su reflejo, que temblaba por los movimientos de los jaramugos. «Entonces, Martyn, lo haré sin ti», se dijo. La muchacha de cabellera oscura del agua esta vez no la saludó, sino que sacudió la cabeza en señal de advertencia.

Las salas ocultas

Tocaba ya el final de la tarde cuando Jade regresó al Larimar. Las horas pasadas junto al agua le habían dejado quemaduras de sol en la nariz y las mejillas, y los ojos le lloraban por la brisa marina. Pero aquel no era el único motivo que la hacía sentir febril e inquieta. «Puede que haya más de una especie.» Se había pasado toda la tarde reflexionando sobre aquella frase de Martyn. Y había otras imágenes que asomaban en cuanto parpadeaba o cerraba los ojos: el centinela asesinado que tal vez estaría vivo si ella hubiera señalado en otra dirección; el malévolo ojo negro mirándola fijamente desde el interior de la caja; y, curiosamente, tampoco se le iba de la cabeza aquel forastero del cual no era capaz de decir, ni con la mejor voluntad, si le repugnaba o le fascinaba.

Al llegar a la última bocacalle frente al hotel, empezó a correr más rápidamente. En la lata que Martyn le había llenado hasta casi el borde, el aceite se agitaba contra las paredes al ritmo de sus pasos. Lilinn siempre se mofaba de que Jade se apresurara siempre en los últimos metros; pero lo cierto es que, cuando veía el Larimar, Jade se sentía liberada de una vaga inquietud. En algún lugar recóndito de su conciencia, tenía siempre el temor de que el hotel pudiera desaparecer sin más. Era el rescoldo irracional del miedo que había sentido cuando Jakub y ella vagaban de un refugio a otro sin un hogar fijo y sin saber si llegarían al día siguiente.

Normalmente, lo primero que veía era el revoque deteriorado junto a la puerta y las macetas con hierbas aromáticas que Lilinn tenía en los alféizares de las ventanas. Pero ese día la calle era un hervidero de gente. Unos carros cargados de verduras y sacos de cereal bloqueaban el acceso. Los porteadores y criados de la Lady se pisaban entre ellos. Jade se detuvo y frunció el entrecejo, desconcertada. Por lo que podía ver desde detrás de los carros, la puerta trasera estaba abierta de par en par y los porteadores arrastraban unas cajas en el interior del edificio. Jade sorteó a un grupo de curiosos con la mayor rapidez que le fue posible e intentó colarse dentro de la casa pasando por delante de un porteador.

—¡Eh! ¡Uno tras el otro! —bramó este.

Otro hombre la tomó por el hombro con rudeza y la hizo retroceder.

—¡Haz el favor de ponerte a la cola!

Jade consideró la posibilidad de enzarzarse en una discusión, pero al final optó por seguir la fila que entraba en casa como si fuera una desconocida.

Jamás en su vida había visto tanta gente en la recepción del hotel. Una lluvia de chispas iluminaba la caja del ascensor; reinaba un ruido ensordecedor y el hedor a metal caliente penetró intensamente en su nariz. Junto a la verja del ascensor vio unos cables trenzados de acero y —Jade apenas podía dar crédito a sus ojos— unas piezas relucientes del motor y del sistema de mando. Cualquier comerciante del Mercado Negro habría dado la mano derecha por tener aquellos preciados bienes. En algún lugar de los pisos superiores rechinaba una máquina para serrar metales.

—¿Jakub?

Jade levantó la voz para hacerse oír entre aquel estrépito. Corrió hacia el hueco del ascensor y con cuidado echó un vistazo al interior. Una desconocida pertrechada con gafas de soldadura detuvo su tarea y la miró con disgusto.

—¿Qué? —gritó la mujer para hacerse oír sobre el ruido de la sierra que en el hueco sin duda tenía que resonar aún más fuerte.

—¿Qué hacéis aquí? —preguntó Jade.

—¿Qué te parece que hago? Reparo esta ruina de ascensor.

—¿Lo ha pedido Jakub?

La mujer tosió.

—¿Quién es Jakub? —gritó desviando de nuevo la mirada y sacudiendo con la cabeza.

Jade asió la lata pesada con la otra mano y salió corriendo por delante del ascensor para recorrer el largo pasillo que llevaba a las dependencias de la cocina. «¡Han apresado a Jakub!», se decía. Aquel pensamiento no dejaba de retumbar en su cabeza. Seguramente alguien lo ha denunciado. «O tal vez un lord se ha apropiado de nuestra casa.» A duras penas podía contener el pánico. Entró atropelladamente en la cocina y estuvo a punto de chocar con un montón de cajas repletas de peras frescas. Lo que vio, la asustó todavía más: Lilinn estaba sentada y sola, con los brazos apoyados en la mesa desgastada situada junto a la cocina, y se cubría el rostro con las manos. Tenía ante ella una caja de cartón sucia y empapada. Cuando se dio cuenta de la presencia de Jade, se restregó rápidamente los ojos enrojecidos. En el dorso de la mano se le quedó dibujada una raya negra de maquillaje corrido. Incluso en aquella penumbra era evidente que había estado llorando.

—Jakub… ¿dónde? —farfulló Jade—. ¿Dónde está?

Lilinn frunció el ceño con enojo y se olvidó incluso de sonarse la nariz.

—¿Tal vez fuera, descargando? ¿O quizá en el sótano? —espetó de mala gana—. ¿Cómo quieres que lo sepa? No soy su perro guardián. Lo que está claro es que no querrás encontrártelo en tu camino después de desaparecer sin más durante todo un día.

—Pero ¿está bien? ¿Está aquí?

—A ver, dime, ¿y tú? ¿Estás bien? —le replicó Lilinn—. ¿Dónde te has metido todo este tiempo?

Jade se tranquilizó un poco. Había una explicación para ese caso y para la presencia de desconocidos de la casa. ¡Tenía que haberla!

—He ido a por aceite —respondió con una voz más suave—. Las gentes del río llevaban un cargamento tan grande que incluso habían tenido que abandonar sus pertenencias en las Peñas Rojas, a un buen trecho de la desembocadura. Los he acompañado cuando las han ido a recoger; si no lo hubiera hecho, no habría podido hacerme con el aceite.

Lilinn resopló con desdén.

—Tanto trabajo… para nada.

Asió el cordón de una lámpara oxidada que pendía justo encima de la mesa y tiró de él. Jade tuvo que protegerse los ojos con la mano tan pronto como la luz inundó súbitamente la cocina.

—¿Tenemos luz? —preguntó desconcertada—. ¿En la cocina también? Y fuera están reparando el ascensor. ¿Qué demonios ocurre aquí?

—Órdenes de la Lady —dijo Lilinn en tono seco—. Parece que es provechoso que Jakub tenga contactos en la Corte.

—¿La Lady ha ordenado todo esto?

Jade dejó la lata a un lado y se desplomó en una de las sillas de la cocina. Eso tanto podía ser una noticia excelente como algo terrible. Cuanto más cerca se estaba de la mirada de la Lady, más próximo estaba también el patíbulo.

—¿Y por qué?

Lilinn se encogió de hombros.

—Pregúntale a Jakub. Yo aquí solo soy la cocinera. —Sonrió sin alegría—. El caso es que esto tiene sus ventajas. No tendremos que rondar por el Mercado Negro. Al ascensor le pondrán incluso cables nuevos. ¿Qué te parece? —Su voz sonaba cada vez más amarga—. ¡Qué fantástico es todo! ¿Verdad?

Se sorbió los mocos y se limpió las mejillas con el dorso de la mano; entonces, de pronto, estalló otra vez en lágrimas.

A Jade le supo mal que su alivio le hubiera hecho pasar por alto la tristeza de su amiga. Le habría gustado ponerse de pie de inmediato y consolar a Lilinn, pero la cocinera no soportaba la compasión; eso era algo que Jade ya había aprendido en los meses que su amiga llevaba trabajando en el hotel. Odiaba llorar. Si lo hacía, solo podía deberse a una persona.

—¿Has vuelto a ver a Yorrik?

Lilinn se levantó tan rápido que la silla cayó al suelo con un estruendo.

—De buena gana saltaría al río antes que acercarme a él, ni que fuera a cien pasos —exclamó—. Se ha pasado por aquí para devolverme esto.

Con un golpe enérgico apartó de la mesa la caja empapada. Dos viejos cuchillos de cocina y una sartén abollada cayeron al suelo.

—¡Que se vaya al diablo! —masculló Lilinn—. El único motivo por el que trabajo para Jakub es que en este maldito hotel no necesito ver a quien no quiera ver. Y entonces él aparece precisamente aquí.

Jade se puso de pie, recogió los objetos del suelo y los colocó cuidadosamente sobre la mesa. Solo había una posibilidad de animar a Lilinn.

—Claro que sí, ¡que se vaya al diablo! —dijo—. La próxima vez que se deje caer por aquí, pienso acompañarlo en persona hasta la entrada principal y entonces empujarlo con todas mis fuerzas. De ese modo, él y su sonrisa aduladora podrán hacer compañía a sus hermanas las anguilas en el lodo.

Al oírla, Lilinn no pudo más que echarse a reír entre lágrimas.

Evidentemente, encontró a Jakub bajo tierra: estaba en una galería inundada, con el agua hasta las rodillas, y cerraba cuidadosamente una de las puertas que llevaban a la bóveda inundada. La lámpara de aceite, que arrojaba una luz escasa, se balanceaba de un lado a otro pendida de un clavo, creando sombras en los recovecos y las esquinas. El sótano no era un lugar agradable; Jade estaba convencida de que las almas de los muertos más desdichados hallaban su refugio en él. Con todo, lo más desagradable del lugar era su hedor. «Huele a calabozo», decía Jakub cada vez que salía de esas catacumbas.

Jade se descalzó y, desde la escalera, se metió en el agua, que le llegaba a las rodillas. En las plantas de los pies, el tapiz de algas resultaba viscoso y liso al tacto, y al dar el primer paso notó que una anguila se le enroscaba en el tobillo y luego se daba a la fuga. Jakub todavía no se había percatado de su presencia. Gruñó para sí, como si susurrara a los espíritus, giró la llave en la cerradura, que cedió con un chirrido, y comprobó el picaporte. Era raro que Jakub estuviera precisamente junto a esa puerta. Detrás había tanta ruina, agua y corriente que hacía años que Jakub la había cerrado por completo por motivos de seguridad.

—¿Qué haces aquí?

Aunque Jade ya debería haber contado con ello, el sonido sordo de su propia voz la asustó. Su padre se volvió.

—¡Ah, eres tú! —dijo con alivio—. Ya era hora de que volvieses a aparecer por aquí.

—¿Has abierto la puerta falsa?

A Jakub se le ensombreció el rostro.

—Simple control —explicó evasivo—. He echado un vistazo para ver hasta dónde ha calado el Wila.

Aunque lo que dijo era lógico, el tono de voz que empleó parecía decir: «No preguntes. No es asunto tuyo».

Aquello a Jade le dolió. Había días en que parecía que Jakub vivía en otro lugar al cual ella no tenía acceso. Y lo que ella percibía a través de las paredes le llegaba amortiguado y apenas inteligible.

—¿Y por qué te dedicas a cerrar las puertas del sótano? —preguntó con cautela.

—Con mi ascensor, la Lady puede hacer lo que le plazca, pero no quiero que nadie husmee en las salas de mi sótano. Si alguien te pregunta al respecto, di que está totalmente anegado y plagado de víboras. ¿Entendido?

Jade asintió dubitativa.

—¿Me vas a decir de una vez qué ocurre ahí arriba?

Jakub se metió las llaves en el bolsillo del pantalón y descolgó la lámpara del clavo.

—La Lady ha reclamado toda la cuarta planta, porque precisamente es en la cuarta donde las habitaciones son mayores. Y también ha pedido un par más de habitaciones. En una semana vamos a tener aquí por lo menos dos docenas de huéspedes. He tenido que echar a los dos comerciantes porque ha dado órdenes de que no haya ningún otro huésped en la casa. —Suspiró profundamente y prosiguió—: No puedo decir que la idea me entusiasme. El favor de la Lady puede significar dos cosas: riqueza y honores, o tortura y muerte. El lado hacia el cual se incline el fiel de la balanza a menudo depende solo del peso de una pluma.

En aquel sótano sombrío, esas palabras adquirieron una gravedad pavorosa.

—Vuelves a acordarte de todo aquello, ¿verdad? —preguntó Jade—. De la guerra y de nuestra huida...

Jakub no la miró. Tenía la mirada clavada en el agua y fruncía el ceño.

—Algunas veces... yo también me acuerdo —se aventuró a decir Jade—. Recuerdo el fuego y también el frío. Y un llanto. Jakub, ¿quién lloraba?

—¿Cuántas veces me lo habrás preguntado? —repuso Jakub—. La que llorabas eras tú. Te ocultaste en un tonel de alquitrán vacío. Normalmente, no había quien te hiciera estar callada, pero, la mañana en que saquearon nuestra casa, no dijiste ni pío hasta que fui a buscarte. Solo cuando estuvimos a salvo te echaste a llorar.

Jade apenas podía disimular su decepción. Había oído muchas veces la misma historia, y también entonces el pasado parecía mofarse de ella. La mañana… El tonel de alquitrán…

En la memoria de Jade seguía siendo de noche. Y no sentía el olor del alquitrán seco, sino de algo mohoso y húmedo, como la hojarasca del otoño.

—Pero había alguien más que lloraba… —insistió.

—¿Me estás llamando mentiroso? —bramó Jakub. La vena de la frente se le marcaba y su rostro estaba encendido.

—En absoluto —respondió Jade con calma—, pero yo sé de qué me acuerdo.

—Los recuerdos son engañosos. Apenas tenías dos años. ¡A saber lo que puede llegar a imaginarse la mente de un niño! Tenías miedo o bien lo soñaste. Eso es todo. Y ahora haz el favor de dejarme en paz con ese tema.

De nuevo estaba ahí: lo impenetrable, lo nunca hablado entre ella y su padre. Aquello no tenía sentido. Había ido demasiado lejos. Otra vez.

—¿Quieres que me lleve la llave a la habitación azul? —preguntó—. Allí nadie la va a encontrar ni tampoco te podrá ordenar entregarla.

Para su sorpresa, Jakub hizo un gesto de negación con vehemencia. El rostro se le ensombreció. En momentos como aquel, no reconocía a su padre, le parecía un prisionero de sus propios recuerdos. Ni siquiera hoy en día Jade se atrevía a preguntarle cómo conocía el hedor de los calabozos.

—Pero ¿por qué nuestro hotel precisamente? —preguntó en su lugar—. Aquí no vive ningún lord. Todo el mundo lo sabe.

—Ninguna casa está tan cerca del río —repuso Jakub—. Al parecer, a los señores les gusta el murmullo del agua. No me han dicho nada más. —Jade notó unos remolinos de agua cosquilleándole las espinillas cuando él pasó delante de ella para ir hacia la escalera—. No va a ser un tiempo fácil —musitó—. Pase lo que pase, tenemos que ir con pies de plomo y no enojar para nada a nuestros huéspedes.

Huéspedes intrusos

Los invitados de la Lady no esperaron una semana y se presentaron al día siguiente. Jade se encontraba retirando telarañas de los doseles de la gran y suntuosa habitación de la cuarta planta cuando por las paredes retumbó el chasquido metálico del ascensor.

—¡Estoy aquí, Jakub! —gritó al oír pasos.

Un pie abrió de repente la puerta y un porteador con el rostro enrojecido entró en la habitación llevando una saca enorme.

—¿Esto es el salón rojo? —preguntó con la voz ahogada.

Jade soltó el dosel de inmediato, saltó de la silla sobre la que estaba y se apresuró a ayudar al porteador. Fuera, en el corredor, se oyó de nuevo el chasquido del ascensor dirigiéndose otra vez a la planta baja.

—¡Por aquí! —ordenó Jade.

Asió también el bulto y ayudó al hombre a ponerlo en la cama. Olía a cuero y también a algo de humo. Estaba demasiado gastado y resultaba demasiado vulgar para ser de un lord.

—¿Por qué traéis hoy el equipaje? No hemos tenido tiempo aún de prepararlo todo.

El hombre se secó el sudor de la frente con la manga.

—En tal caso, apresuraos. Vuestros huéspedes ya han llegado.

—¿Ya están aquí? —preguntó Jade.

Se precipitó hacia la ventana, abrió los postigos y se inclinó hacia fuera. En efecto, en las dos estaquillas que había junto a la escalera que daba al río, había amarrado un pequeño transbordador. En ese instante, los estibadores se disponían a colocar una plataforma de madera sobre los escalones. Unas sogas bien tensadas atravesaban la puerta de entrada en dirección hacia el antiguo salón de banquetes. Era evidente que se preparaban para arrastrar un objeto pesado y voluminoso hasta el interior de la sala, aunque Jade no podía distinguirlo bien desde su atalaya.

—¡Llegan demasiado pronto! —exclamó a todo pulmón.

Se volvió, corrió hacia el pasillo y estuvo a punto de chocar con Lilinn. La cocinera estaba prácticamente sin aliento. Al parecer, había subido a pie hasta la cuarta planta.

—¡Están abajo! —farfulló sin aliento—. Los huéspedes... y al menos veinte cazadores. Han descolgado el espejo de bronce de Jakub y lo han confiscado. Tu padre está furioso. Es mejor que bajes, o perderé los nervios y diré algo que luego todos lamentaremos.

¡Cazadores en el Larimar! Aquella idea la incomodaba incluso más que la llegada intempestiva de los huéspedes.

El ascensor ya estaba en marcha, así que decidió ir por la escalera de madera. Jamás había bajado tan rápidamente por ella. Ya en la primera planta se oían las voces. Jakub discutía con alguien, e incluso a esa altura Jade se dio cuenta de lo mucho que le costaba contenerse.

—No es que yo no quiera respetar vuestros deseos —decía—. Pero ¿no sería mejor alojar a estas... bestias... en algún otro lugar? En la ciudad hay un buen número de casas de fieras y...

—¡Bestias!

El huésped se echó a reír como si acabara de oír una ocurrencia especialmente graciosa. Jade se detuvo y apretó la mano en la barandilla de latón. ¿Era posible que fuera de veras esa voz?

—Evidentemente, no pretendo causaros ninguna molestia. Pero insisto en que mis animales se queden aquí, en el hotel. Tienen que estar cerca de mí, pues solo así me obedecen.

Jade abrió la boca sin apenas darse cuenta. ¡No había duda! ¡Era Tam, el nórdico!

—Bueno, ¿y qué pasa si ustedes no se encuentran cerca? —replicó Jakub—. Parece que son criaturas peligrosas. A mí se me habló de huéspedes, no de animales. Las habitaciones no son adecuadas para una cosa así y...

—¡Se quedan aquí y punto! —masculló otra voz, más dura—. Y tú, Livonius, no tienes nada que decir al respecto.

El que hablaba parecía un cazador. Jade bajó la escalera de tres en tres. Cuando llegó con un salto al suelo, levantó una nube de polvo de la alfombra de la planta baja. Nerviosa, se apartó el pelo de la frente y entró en la recepción por el lado del ascensor.

Lilinn estaba en lo cierto. Había muchos cazadores. Demasiados. Jamás se había sentido amenazada en el hotel, pero esta vez el miedo la sobrecogió. Armas, galgos, cajas de Tam por todas partes... y una frialdad en la sala que casi podía palparse. El hombre que acababa de reprender a Jakub era corpulento y tenía unas espaldas anchas como un armario. Una cicatriz le partía las cejas. No apartaba la vista de Jakub. Su padre estaba en medio de aquel mar de cajas, con los puños apretados en los costados. El modo en que las venas se le destacaban en la frente hizo notar a Jade lo tenso que estaba. Tenía a los dos nórdicos de espaldas a ella, pero ya entonces Jade notó que algo había cambiado. Ese día, Tam no llevaba ni abrigo ni sombrero, y vestía completamente de negro, como un noble. El día anterior su apariencia era amigable, en cambio ahora transmitía una severidad que infundió respeto a Jade. A su lado tenía sus dos perros, peligrosamente tranquilos y dispuestos a atacar al menor gesto por su parte. El hombre rubio, en cambio, era ahora la imagen luminosa de su señor. Llevaba un chaleco que le dejaba los brazos al descubierto. No tenía la piel morena, sino blanca, y tenía un algo extraño, aunque Jade no habría sabido decir qué le llamaba la atención. El hombre, como si hubiera percibido su mirada, se volvió de pronto hacia ella. Tenía los ojos abiertos de asombro. También Jade se sorprendió. El día anterior, aquel muchacho le había parecido de una belleza rara y austera mientras que ahora, en cambio, relucía. Sin embargo, al verla, el rostro se le ensombreció como si en la sala acabara de entrar una sombra.

Para entonces, Tam la había visto también.

—Menuda sorpresa —dijo tranquilamente—. La muchacha de las gentes del río.

Jakub apretó los ojos con enojo mientras que uno de los cazadores, apostado junto a la ventana con el arma sin el seguro, escrutó a Jade de forma desagradable.

Jade no habría podido decir si Tam verdaderamente se alegraba de volver a verla. Su amabilidad ahora carecía de toda cordialidad: era fría y perfectamente medida. El vestido negro de cuello alto que llevaba mostraba lo enjuto que Tam era en realidad.

—Ella no es de las gentes del río —dijo Jakub—. Es mi hija. Jade.

—¡Buenos días, Tam! —saludó Jade con voz firme—. Me alegra que nos volvamos a ver.

—También yo estoy contento por ello —respondió Tam—. Tienes una hija muy trabajadora. —Y volviéndose hacia Jakub dijo—: Ayer nos ayudó a descargar. Faun, ¿se te ha comido la lengua el gato?

¿Faun? Jade necesitó un segundo para saber a quién se había dirigido Tam. Un nombre curioso.

El hombre rubio cruzó los brazos. No dijo nada. Por vez primera, Jade vio cómo algo parecido a la rabia centelleaba en los ojos marrones de Tam.

—¡Faun!

Aquello era más que una orden. Los perros de los cazadores empezaron a gruñir y erizaron los pelos. Los porteadores, incómodos, oscilaban el peso de una pierna a otra. Por el rabillo del ojo, Jade vio que Lilinn asomaba junto al muro de cajas.

Faun dio un paso al frente y se inclinó de forma afectada ante Jade.

—Os deseo un buen día —dijo con una sonrisa irónica que no le llegó a los ojos—. ¿Suficientemente cortés, Tam?

Jade se sintió hervir la sangre. Apretó los puños hasta que las uñas se le clavaron dolorosamente en las palmas de las manos.

Jakub carraspeó.

—¿Podéis asegurarme que realmente estos animales son inofensivos? —preguntó a Tam.

—Livonius, te lo advierto por última vez —masculló el cazador de la cicatriz.

«Está demasiado enfadado», pensó Jade con un nudo de aprensión en el estómago. Si ella no iba con cuidado, habría problemas.

—Podríamos dejar las cajas en el salón de banquetes —se apresuró a decir—. Se encuentra justo al lado de la cocina y de la despensa. Resultaría práctico porque así no sería preciso llevar la comida hasta arriba. Y además se puede cerrar con llave. De este modo, los animales no estarían junto a los dormitorios y, a la vez, estarían a buen recaudo. Mi padre os cederá gustoso las llaves.

Jakub la miró con rabia, pero Tam parecía considerar la propuesta.

—No parece una mala idea —dijo.

Jade empezó a sentirse algo aliviada, pero entonces Faun negó con la cabeza de forma enérgica.

—¡De ningún modo! —exclamó.

Su voz resonó por toda la sala. Jade abrió la boca con asombro. ¡Los criados no hablaban así!

Sin molestarse ni siquiera en mirarla, Faun se dirigió hacia Tam y le susurró algo al oído. Jade no pudo oír nada, porque en ese instante el ascensor se abrió y la reja de latón se corrió para un lado. En todo caso, era evidente que ese Faun estaba haciendo todo lo posible para desestimar su propuesta.

«Qué tipo tan arrogante y asqueroso», se dijo Jade. Pero, para su enojo, Tam no reprendió a su acompañante, sino que se limitó a encogerse de hombros.

—Como quieras —dijo—. Eso lo arreglaría todo. Encárgate de ello tú mismo.

Sin aviso previo por parte de su amo, los dos perros se dirigieron y entraron en el ascensor. Obedientes, hicieron sitio para Tam. Antes de que la cabina se pusiera en marcha, el nórdico se volvió una vez más hacia Jakub.

—No nos veréis ni oiréis —afirmó—. Pero me gustaría no ser molestado por nada. En ningún momento. Jamás. Nada de cortesías, preguntas ni visitas.

Se oyó un chasquido metálico y la cabina partió hacia arriba.

—¡Llevad las cajas a la cuarta planta! —ordenó Faun al servicio. Jade lo miró con rabia. Pero a ella le pareció que él apartaba la vista expresamente.

—¡Hasta aquí podíamos llegar! —gritó Jakub—. Arriba no va a ir jaula alguna hasta que yo no sepa lo que...

Jade ya sabía lo que iba a ocurrir antes incluso de advertir el gesto. El cazador no apartaba la vista de Jakub desde hacía rato, fue hacia él y, sin avisarle, con un gesto terriblemente rutinario, le hundió la culata del arma en un costado. Lilinn dejó escapar un chillido y luego se tapó la boca con las manos. Jakub se dobló de dolor, pero no cayó al suelo. A Jade le pareció que incluso ella sentía el dolor. Apartó a un porteador con brusquedad para abrirse paso y corrió hacia su padre.

—¡Atrás! —ordenó el cazador.

Jade se detuvo horrorizada al ver a donde apuntaba el arma. El cañón reposaba exactamente en la sien de Jakub. «Oh, no», rogó Jade para sí reprimiendo un sollozo. Al volver la vista hacia Lilinn en busca de ayuda, captó la mirada de Faun. Estaba pálido, y, al querer dar un paso al frente, se había encontrado con el paso disimuladamente barrado por un cazador. El galgo que este llevaba atado gimoteaba e intentaba mantener la máxima separación posible entre él y Faun.

Jakub apenas podía respirar, pero se quedó quieto.

El cazador escupió en la alfombra con un gesto de desdén.

—Te lo he advertido, Livonius. Por última vez: este hombre es un invitado de la Lady, ¿entendido? Y tú harás lo que él diga, y si no algún otro lo hará por ti. Si lo has comprendido, asiente con la cabeza. Y cuidado al hacerlo, no vaya a ser que el dedo se me deslice sobre el gatillo.

En la sala se hizo el silencio. Nadie se atrevía a moverse. El rostro de Jakub era de un color rojo intenso. Y el modo en que se movían los músculos de sus mandíbulas no gustaba nada a Jade.

—¡Ya lo ha comprendido! —se apresuró a decir ella al cazador—. Los dos lo hemos comprendido.

—Yo a ti no te he preguntado nada —repuso el cazador con una calma fría—. ¿Y bien, Livonius?

«Déjalo ya —suplicaba Jade en silencio—. ¡Sé prudente!»

Aunque apretando los labios de rabia, Jakub al fin asintió. El cazador sostuvo todavía unos segundos el arma sin seguro en la sien del hombre y, finalmente, la apartó. Jade observó con intranquilidad que ahora pasaba a apuntar su propia rodilla.

—Muy bien —dijo el hombre sonriendo al ver que ella daba un paso al lado—. Ahora todo el mundo sabe el sitio que le corresponde.

Los demás se echaron a reír.

—¡Vamos! —atronó el cazador a los criados—. ¡Llevad las cajas al ascensor!

El personal retomó la actividad, y la recepción se convirtió en un mar agitado lleno de cajas en movimiento. Los cazadores se veían forzados a sujetar muy bien a los galgos porque los perros jadeaban e intentaban apartarse de las cajas.

Lilinn se acercó deprisa y ayudó a Jade a poner de pie a Jakub. Ayudado por las dos, pasó junto a los criados. Los porteadores se apartaron un poco de los tres, como si de pronto se hubieran vuelto intocables, y se apresuraron, cabizbajos, a llevar la carga al ascensor.

El único que no bajó la vista fue Faun. Aunque la arrogancia se le había borrado del rostro, Jade habría abofeteado de buena gana aquel rostro perfecto. «¡Todo por culpa tuya!», pensó con rabia.

—A la cocina —susurró Lilinn al llegar al pasillo—. Todavía tengo tintura de árnica. Va muy bien para las inflamaciones. Espero que no le haya roto nada.

—Lo sabía —mascullaba Jakub apretando los dientes—. ¡Maldita cuadrilla de…!

—Chissst —susurraron Jade y Lilinn a la vez, y se apresuraron a llevárselo de allí.

Bajo la luz eléctrica, la inflamación del costado de Jakub tenía un aspecto todavía peor. Para entonces, ya había adquirido un tono amoratado, y cuando Lilinn, con gesto experto, le palpó las costillas, Jakub hizo una mueca de dolor y mascülló un reniego.

—Malas noticias —musitó Lilinn—. Lo que suponía: hay una costilla rota. ¿Te duele mucho aquí?

—Ni la mitad que un corazón roto —murmuró Jakub. Lilinn se detuvo un instante con asombro. Luego, cohibida, bajó la vista y continuó con la cura de la inflamación.

—Ayer me viniste con el sermón de que no teníamos que hacer enfadar a nadie, y ahora eres tú el que riñe con los huéspedes —reprendió Jade a su padre—. Este arrebato de cólera te habría podido costar la vida.

Jakub negó con la cabeza.

—Puede que solo seamos unos súbditos, pero, mientras el certificado de la Lady cuelgue en nuestra pared, este sigue siendo nuestro hotel.

Jade se contuvo para no hacer ningún comentario. Ella y Lilinn se intercambiaron una mirada sin decir nada, y Jade supo lo que la cocinera pensaba de la autorización: aquel trozo de papel no significaba gran cosa. Por muy buenos contactos que Jakub tuviera con las gentes de la Lady, ellos no eran más que personas carentes de derechos, que existían en tanto que los lores y la Lady así lo querían. Si a un lord le venía en gana expulsarlos de la casa, esta dejaría de ser su hotel.

En momentos así, las Tierras Remotas a Jade le parecían más atractivas que nunca. «Un día me iré», se dijo con ira.

—Hay algo raro en estos huéspedes —prosiguió Jakub—. ¿Qué hay en las jaulas, Jade? ¿Has mirado dentro?

—Solo animales. Martas, tal vez. —Con todo, el recuerdo de aquel ojo negro no le hacía ninguna gracia—. Puede que sean para una actuación o una exhibición.

—Tal vez sí —masculló Jakub—, o tal vez no. Y en la caja grande, esa que solo pasa por la entrada principal, en esa lo único que hay es una oca gigante que pone huevos de oro para la Lady, ¿no? Este nórdico no es de fiar.

Jade resopló y cruzó los brazos.

—Seguro que Tam no hubiera consentido que te tratase así. Debe de ser alguien importante, si no, seguro que la Lady no le habría concedido el deseo de alojarse fuera del palacio.

Jakub sonrió con desdén.

—Piensa mejor qué es lo que puede haber en la caja, que ni siquiera la Lady lo quiere cerca.

Lilinn se detuvo asustada, y Jade de pronto sintió todavía más aprensión. Eso no se le había pasado por la cabeza.

—A mí lo que diga ese nórdico me trae sin cuidado —prosiguió Jakub—. Las palabras se las lleva el viento. Es cierto que parece amable, pero ¿has visto sus perros? Están mejor adiestrados y son más peligrosos que los galgos. El tipo además tiene callos en las manos, causados, por supuesto, por el uso habitual de un arma. Y esas cicatrices en las muñecas... No es un viajero que viene a entretener a los lores y a la Lady con espectáculos de adiestramiento. Yo reconozco a un cazador cuando lo veo.

Cazador. Bastaba decir la palabra para intranquilizar a Jade.

—El caso es que están aquí —apuntó Lilinn con sequedad—. Y nosotros somos sus anfitriones. Todo lo demás no nos incumbe.

—Así es —afirmó Jakub con un suspiro—. Ya me imaginaba que este regalo de la Lady no podía ser otra cosa que un regalo envenenado. En fin, nos ceñiremos a la orden: ni visitas, ni favores, ni preguntas. Nos mantendremos alejados de ellos hasta que finalmente se marchen. Será mejor que nos alojemos en la primera planta, en las habitaciones con los baños de mármol, que disponen de buenas cerraduras.

Con la mano izquierda, se sacó trabajosamente del bolsillo la anilla de las llaves y la arrojó sobre la mesa.

—Mantengámonos apartados de ellos. Y tú, Jade, cierra aquí abajo con llave los sitios cuyo acceso no sea imprescindible.

Jade asintió y tomó las llaves. No era el momento apropiado para discutir con Jakub, pero no estaba para nada dispuesta a mantenerse alejada de Tam.

En algún lugar del hotel, empezó a oírse un gran traqueteo. Se levantaron algunos gritos y finalmente se oyó un portazo que hizo que Lilinn diera un respingo.

—Ha sido en el salón de banquetes —gimió Jakub—. Ahora encima me destrozarán las puertas de dos hojas.

El rostro se le contrajo de dolor cuando intentó incorporarse. Lilinn se le adelantó.

—Ni lo sueñes —le ordenó empujándolo de nuevo al asiento con fuerza—. Solo faltaría que ahora te rompieses otra costilla. —Jade se puso de pie—. Ya me encargo yo.

Salió por la puerta antes de que Jakub pudiera objetar algo. El traqueteo, en efecto, procedía del salón de banquetes y a él se unió también el ruido de un objeto al ser arrastrado, como si un bulto pesado se deslizara por encima de unos maderos.

Al llegar a la puerta titubeó un instante. La perspectiva de tener que enfrentarse a los cazadores la puso tan nerviosa que agarró con fuerza la anilla de las llaves.

La luz de las primeras horas de la tarde iluminaba el gran salón de banquetes. Las amplias puertas de doble hoja que había en la entrada principal se encontraban totalmente abiertas, y los maderos lisos que estaban colocados por encima de la escalera desde el transbordador llegaban al interior de la estancia. En el mármol del suelo, en los puntos donde unos decenios antes habían habido mesas pesadas, se veían mellas y arañazos. El dibujo del suelo mostraba unas flores de loto blancas y negras; sin duda en otros tiempos, cuando el blanco no estaba cubierto de polvo ni desgastado, su aspecto tenía que haber sido suntuoso.

Jade miró a su alrededor y suspiró con alivio. No había cazadores en la sala. Solo estaban un par de estibadores que no conocía y... ¡Faun! En aquel instante había emergido de detrás de la caja y estaba comprobando la soga con aspecto concentrado. En el momento en que la caja se deslizó sobre los maderos, se volvió a oír el ruido de fricción. Faun apretó entonces las manos sobre la madera y opuso resistencia en el momento en que la caja alcanzó el vértice, se inclinó y se deslizó hacia delante como si estuviera en un balancín. La silueta de su sombra se desplomó sobre las flores de piedra como si de un monolito deforme se tratase.

—¡Cuidado! —Faun regañó a los hombres que estaban soltando la soga—. No tan rápido.

—¡Tened cuidado también con las puertas! —gritó Jade. Observó con satisfacción cómo Faun se volvía hacia ella con un gesto de fastidio. Le pareció incluso que palidecía.

Jade observó con los brazos cruzados cómo la caja era colocada en la posición adecuada hasta que quedaba por fin bien afianzada en el suelo. Faun suspiró visiblemente aliviado. Los estibadores arrojaron una última mirada de horror a aquel trozo de madera, se tocaron las gorras a modo de saludo y se apresuraron a regresar a su barcaza. Jade fue hacia la puerta, cerró cuidadosamente los batientes y buscó la llave que cerraba la entrada principal.

En aquel silencio repentino, el tintineo de la anilla de las llaves sonó con una intensidad incómoda. Por el momento, en la caja no se movía nada y no salía ningún ruido de ella. Un hormigueo en la nuca hizo sospechar a Jade que Faun la observaba sin decir nada. La llave giró sin más en la cerradura, y el chasquido metálico retumbó en la sala vacía.

—Tengo ganas de ver cómo vais a subir la caja a la cuarta planta —dijo Jade sin volverse—. A fin de cuentas, no cabe por el ascensor.

Le respondió un carraspeo; luego, con cierta vacilación, Faun dijo:

—Se queda… aquí abajo.

Jade entonces se giró. Faun dibujaba una mueca con la comisura izquierda de la boca.

—¿Te disgusta? Ha sido idea tuya.

Aunque la hostilidad casi se podía palpar con las manos, Jade contuvo su rabia. Nada de preguntas, ni de visitas. Sabía que tenía que hacer caso a Jakub y marcharse, pero, en lugar de ello, sintió en su interior una especie de obstinación. «Puede que no sea nuestro hotel —se dijo—. Pero no deja de ser mi casa.»

—¿Y cómo lo haréis? —preguntó—. Alguien tendrá que vigilar la jaula, ¿no? ¿O acaso pretendéis dejar al animal encerrado todo el tiempo?

—Eso es asunto mío —respondió Faun con frialdad. Señaló entonces un montón de mantas revueltas destinado claramente a servirle de cama—. Me quedaré aquí y me ocuparé de él.

De él. Eso, por lo menos, era alguna cosa.

—Tienes un nombre poco habitual —se atrevió a decir Jade.

—Tú también.

Esa afirmación solo la podía hacer un forastero. Jade era un nombre muy habitual en la ciudad.

Silencio.

—¿Te llamas Faun a secas? —preguntó Jade—. ¿No tienes apellidos?

Los ojos del nórdico se empequeñecieron un poco, todo el cuerpo se le tensó y, a pesar de que los reflejos del Wila se deslizaban sobre su cara, no parpadeó ni un solo instante. Parecía como si le resultase muy difícil decidir si debía hablar más con ella.

«¿Por qué no me soporta? —pensó ella—. ¿Qué le da derecho a mirarme como si me fuera a abofetear?»

—No me gustan mucho los nombres —dijo él al cabo de un rato a la vez que apartaba la mirada de nuevo, como si no pudiera tolerar verla.

—¿Acaso la Lady no ha aceptado vuestro regalo? —preguntó Jade con sorna señalando con la barbilla la caja.

—Hay regalos que no pueden ser tratados de otro modo —repuso Faun en voz baja. Por algún motivo, eso la hizo estremecer. En la estancia se levantaba una sombra; dentro de la caja había algo que respiraba, que ella notaba más que oía. Sin saber por qué, tenía la sensación de que el animal de la caja la acechaba. «Odia a los humanos», recordó que Martyn le había dicho.

Faun bajó la mirada.

—Dame la llave —dijo.

Jade cruzó los brazos de forma ostensiva.

—Por favor —añadió él subrayando las palabras; con todo, no dejó de sonar como una amenaza. Jade vaciló, pero al final decidió que se sentiría mucho más segura si por la noche la sala permanecía cerrada con llave. En cualquier caso, no tenía elección. Si ella no le daba las llaves a Faun, un cazador se encargaría de que las recibiera.

Tras titubear, sacó la llave de la anilla. Faun le tendió la mano.

Ya te gustaría a ti, pensó Jade con rabia. No pienso dar ni un paso hacia ti.

La mano de él quedó suspendida en el aire. Era una mano nervuda y delgada, y tenía una forma bonita. El dedo índice y el anular eran igual de largos. Y en el antebrazo, precisamente en el punto donde la piel es más sensible, brillaba un tatuaje de un fuego negro. Unas llamaradas se levantaban por los tendones y las finas ondulaciones de las venas. Casi hacía casi daño ver aquella marca negra en la piel inmaculada. De pronto, Jade se percató de lo que antes le había llamado tanto la atención. Faun carecía de lunares, pecas o cicatrices.

—¿Qué es esa marca? —quiso saber.

Él le dirigió una mirada que para ella fue como una bofetada y apartó la mano.

Pese a su enojo por el acceso de cólera de Jakub, en ese instante, a Jade la sangre le encendió las mejillas.

—Oye, ¿a ti qué te pasa? —le espetó—. ¿Tanto te cuesta responder a una simple pregunta? ¿Te hecho algo malo yo a ti? Yo soy quien tiene más motivos para estar enfadada contigo. ¡Por tu culpa mi padre ha estado a punto de recibir un disparo!

Él arqueó las cejas y dibujó una sonrisa burlona con los labios.

—Tu padre es un hombre irascible —repuso tranquilamente—. Y eso, sin duda, no es culpa mía.

Al oír aquello, Jade se quedó sin argumentos. Por desgracia, él tenía razón.

—¿Y por qué has convencido a Tam para que llevara las cajas arriba? ¿No hay espacio suficiente aquí?

—Sí, lo hay.

—Entonces, ¿has rechazado la propuesta solo por mí?

—Sí —respondió él sorprendiéndola por segunda vez.

Se hizo un silencio incómodo. Jade se esforzaba por encontrar palabras, una nueva pregunta para poderle sonsacar alguna respuesta; pero, de pronto, su cabeza parecía hueca.

«¿Qué hago aquí? —se recriminó—. No quiere hablar conmigo, no puede ni verme.» Aquello, curiosamente, la entristeció.

Él se humedeció los labios con nerviosismo.

—¡La llave! —insistió.

Jade tragó saliva. La decepción le había sentado como una ráfaga de viento glacial y se había quedado helada. De todos modos, ¿qué otra cosa podía esperar?

—Aquí la tienes —respondió tendiéndole la llave.

Durante unos segundos permanecieron de pie, a cinco pasos de distancia; al final, Faun abandonó aquel desafío silencioso y se acercó a ella. Por un instante, Jade no supo qué deseo era mayor: si salir huyendo a toda prisa o aproximarse a él. Cuando dejó caer la llave en la palma de la mano, sus dedos se tocaron. En aquel segundo inquietante, ambos se miraron fijamente y ella sintió un leve y cálido estremecimiento en su interior. Y notó además otra cosa, una vibración, un vínculo. Faun entonces se apartó con un respingo, como si se hubiera quemado con el roce a la vez que apretaba con fuerza la mano en el puño. Atravesó la habitación a grandes zancadas, asió el picaporte y abrió la puerta. El gesto no podía ser más elocuente. A Jade no le quedó más remedio que abandonar el salón. Al salir al pasillo las piernas le temblaban.

—¿Jade?

Ella dio un respingo y se volvió otra vez hacia él. Faun no la miraba, tenía la vista clavada en el suelo.

—Mantente alejada de la cuarta planta —le advirtió.

Luego, le cerró la puerta en las narices y giró la llave en la cerradura.

Los otros huéspedes siempre habían sido intrusos provisionales, personajes interesantes, agradables o desagradables, que iban y venían sin afectar para nada la vida en el hotel. Personas desconocidas cuya presencia se toleraba porque ayudaban a pagar la comida y los tributos y porque, gracias a ellos, ella y Jakub podían continuar viviendo en el Larimar. Aquella noche, sin embargo, Jade presintió que algo había cambiado. Al girar el grifo en la habitación estrecha en el ala oeste del Larimar y contemplar cómo un chorro de agua algo turbia daba contra el lavamanos, le pareció que veía su propio hotel con los ojos y los sentidos de un desconocido: las muchas habitaciones desocupadas, el abandono, los muebles desgastados, el olor constante a agua y a río. En la habitación contigua oyó rechinar los muelles de la cama cuando Jakub se revolvió en ella entre gemidos de dolor y, antes de sumirse en un sueño intranquilo, farfulló también alguna cosa.

Jade se sentó en la cama y contempló las nubes de la noche por la ventana. Repasó, punto por punto, su plan. No le costaría mucho, máximo la cabeza, si Jakub llegaba a enterarse. Pero todavía era temprano, así que Jade se apoyó en la estructura metálica de la cama y cerró los ojos.

En algún momento tuvo que adormecerse un poco, ya que soñó con el ojo negro que la miraba por el orificio de la caja grande. En su sueño, Faun sacudía la cabeza reprendiéndola. Pero Jade alargaba la mano y acariciaba la caja. Lo que provocó con eso la asustó: las paredes de madera se abrieron como pétalos de una flor gigantesca y cayeron a un lado. Jade apenas tuvo tiempo de apartarse. El agua se derramaba por el suelo y le mojaba los pies desnudos. Era más fría que el hielo. «Te lo dije: mantente alejada de nosotros», le reprochaba Faun. Y él se inclinaba y daba vueltas alrededor la criatura que yacía agazapada en el suelo de la caja. Los ojos negros y huecos del eco abatido se clavaban en Jade. De la boca le colgaba una lengua extremadamente larga y afilada como un puñal, mientras que de la herida de la frente le brotaba sangre de agua.

Se incorporó con un jadeo. Todavía atrapada en el sueño, le pareció haber percibido un chasquido metálico. ¿De verdad había oído el ascensor, o esto también formaba parte del sueño?

Las cortinas se mecían con el viento ante al cristal roto. Por el ángulo de los rayos de la luna, supo que había dormido más de una hora. Por lo tanto, tenía que ser más de medianoche. Por encima del murmullo y el chapoteo del Wila se impuso otro ruido: el aleteo de unas alas. Seguramente era una pequeña bandada de pájaros nocturnos que pasaba junto a la ventana, aunque Jade solo vio unas sombras que se deslizaban por las cortinas. Inspiró profundamente hasta que los latidos de su corazón se aquietaron. «Yo reconozco a un cazador cuando lo veo.» Había muchas posibilidades: a la Lady le encantaba la caza. Se decía que le encantaba cabalgar por los bosques sombríos de las afueras de la ciudad, en los que habitaban criaturas que era preferible que un humano no viera jamás. Pero la lista de trofeos de caza incluía humanos. Y, ahora... ¡los ecos! ¿Y si Tam hubiera sido llamado precisamente por eso?

Aguzó el oído hacia la habitación contigua; al parecer, Jakub estaba profundamente dormido. Jade se deslizó en silencio de la cama y se encaminó de puntillas y descalza hacia la puerta. La alfombra del pasillo era mullida y fresca al tacto. En la oscuridad del corredor, las puertas estaban dispuestas como los dientes de una calavera, una junto a otra. Los ruidos de la casa, como el golpeteo lejano de unas puertas entornadas, era tan siniestros como siempre, y también en esa ocasión los fantasmas parecían seguir a Jade a cada paso, dejándole notar su aliento gélido en la nuca.

Pero, con todo, aquel día era distinto. Jade se detuvo junto a la escalera y escuchó los nuevos ruidos: unos crujidos y unos murmullos en las tuberías que antes no se oían. La casa gemía bajo el peso de las numerosas cajas, y un latido extraño parecía retumbar por todas las habitaciones.

En algún lugar por encima de su cabeza, los animales se removían en las jaulas, y mucho más cerca de ella, unos pocos escalones por debajo, Faun dormía. Eso, claro, si efectivamente dormía.

Miró a su alrededor con cautela y luego se puso en marcha. La escalera parecía absorber sus pasos. Jade conocía cada escalón y todas las mellas de la piedra.

La cabina del ascensor estaba en la planta baja; por lo tanto, alguien, en efecto, había bajado. De hecho, incluso la reja de latón estaba abierta. Sigilosamente, Jade se escabulló a toda prisa por delante del ascensor y recorrió el pasillo, dispuesta a encontrarse con Tam en cualquier momento. Pero no encontró a nadie. Vaciló un poco al pasar frente a la puerta del salón de banquetes. Allí todo estaba en silencio, aunque la estrecha franja de luz pálida que asomaba debajo de la puerta revelaba que Faun no había corrido las cortinas, y que la luz de la luna bañaba la estancia. Bien.

Minutos más tarde, Jade se encaramó por la ventana de la cocina para acceder a la cornisa de piedra. Cuando alcanzó trepando la escalera del agua, las aguas, negras como la noche, murmuraban bajo sus pies. La luz de la luna arrojaba una telaraña brillante de reflejos sobre las olas y los remolinos. Como las ventanas estaban un poco más elevadas, tuvo que servirse de toda su habilidad para alcanzar el alféizar de la ventana sin hacer ruido. Cuando lo consiguió, apoyó lateralmente el pie descalzo sobre el borde de piedra del marco de la puerta, y se aupó con los brazos hasta alcanzar el alféizar de la ventana para mirar dentro del salón.

La caja se erigía como un peñasco negro en el suelo de mármol. El montículo que había a su lado tenía que ser el montón de mantas sobre el que dormía Faun. Ella contaba con verlo allí, pero no parecía estar. ¿Se habría ocultado bajo las mantas para que ella no pudiera reconocer silueta? A pesar de que a Jade le temblaban los brazos por el esfuerzo, se aproximó un poco más a la ventana hasta que su aliento empañó el cristal.

Algo había cambiado allí desde la tarde. La caja parecía más amplia. Aunque también podía ser que fuera solo el efecto del cambio de ángulo de visión. Entonces un movimiento asustó a Jade, que a duras penas logró conservar el equilibrio. ¡Una sombra! Muy cerca de la puerta. Una figura. ¿Faun, tal vez? Y otro movimiento. Un bulto de forma extraña y de color negro. Notó que la boca se le secaba. Eso, ciertamente, no era un oso. Sin apenas poder respirar, Jade se quedó mirando esa cosa deslizante y flexible —¿acaso reptaba?— cuando, de pronto, la puerta se abrió. Ese extraño ser se detuvo y volvió la cabeza hacia la ventana. Sus ojos reflejaban la luz de la luna.

Jade se agachó con rapidez y se descolgó hasta alcanzar la escalera del agua. En cuanto llegó al escalón superior, se agazapó, presintiendo la catástrofe que se avecinaba: pronto los batientes de la puerta o de la ventana se abrirían, y aquella bestia la atacaría. Ella huiría echándose al río, y la corriente la atraería hacia el fondo y los niños malos del Wila se regocijarían con su sangre.

Durante diez o veinte largos segundos se mantuvo inmóvil sin que nada ocurriera. Luego oyó con alivio que la puerta del salón de banquetes se cerraba con llave.

Un tributo sangriento

Los forasteros parecían haber traído consigo el cielo nublado tan propio de las Tierras del Norte. Un vapor nuboso cubría la ciudad como un velo de viuda. Las elevadas murallas del palacio de Invierno se desvanecían en él, como si el edificio fuera a desaparecer en dirección al tejado.

—Y… ¿dices que ese Faun dejó suelto al animal? —preguntó Martyn.

—No estoy segura —repuso Jade—. La puerta se cerró de golpe. Imagino que Faun salió con el animal. Cuando por fin me atreví a volver a entrar en casa, en el salón de banquetes todo estaba tranquilo.

Miró a su alrededor por precaución, aunque no había nadie pendiente de ella. Se dirigían juntos hacia la Casa del Diezmo, que se encontraba en el mercado del castillo. Martyn llevaba al hombro una saca de cuero con la morena de río más grande que Jade había visto en su vida. Había poca gente en la calle y, cuanto más se aproximaban a las murallas del palacio, más ventanas cerradas se venían.

—¿Y el otro tipo? Tam.

Jade se encogió de hombros.

—Alguien bajó anoche por el ascensor. Tal vez fue él. Y Faun…

—Te gusta ese nombre, ¿verdad?

—¿Qué?

Martyn le dirigió una sonrisa torcida.

—Bueno, parece que ves algo en ese tipo, porque hablas de él a todas horas.

—¿Estás loco? —exclamó Jade—. ¿Es que no sabes hablar en serio? ¡Tu comentario no ha tenido ninguna gracia! Tuvimos a los cazadores en casa, y Faun guarda algo en la caja que ni siquiera la Lady quiere tener cerca.

—Tampoco pretendía bromear al respecto. Pero tienes cara de necesitar un poco de alegría. En fin, lo admito, yo en tu lugar tampoco me sentiría bien.

Jade pensó en su sueño del eco encerrado y en las sombras del salón de banquetes, y se estremeció. Anduvieron un rato el uno al lado del otro en silencio. Notó que su amigo la miraba de reojo. Tras pasar la noche en vela, ella tenía el humor igual que aquel cielo, y la preocupación de Martyn no le resultaba precisamente tranquilizadora.

—Escucha —empezó a decir él al cabo de un rato—. Tal vez sería mejor que durante un tiempo te quedaras con nosotros en el barco. Solo hasta que estos huéspedes se marchen.

—Empiezas a hablar como Jakub. Déjalo, ¿vale? No necesito a nadie que me proteja.

Iba a decir algo más, pero cuando avistó al grupo de cazadores se calló. Era toda una patrulla, y parecía tener prisa. El nerviosismo recorrió el mercado. Los escasos comerciantes que ofrecían mercancías se agitaron nerviosos sobre sus pies y cuchichearon entre sí. Martyn contempló a los cazadores mientras desaparecían a paso de carrera por una bocacalle.

—Últimamente controlan incluso todos y cada uno de los amarres del puerto —murmuró.

—Debe de ser por los ecos —se le escapó a Jade.

Martyn le dirigió una mirada misteriosa.

—¿Qué pasa? —inquirió Jade, irritada. Martyn ya no parecía tener ganas de risas.

—¡Lo sabía! Tú has venido al mercado por los ecos. ¿Me equivoco? ¿Qué pretendes averiguar aquí?

—Busco a Ben. Eso es todo.

—¿A Ben, el viejo loco?

—Puede que esté loco, pero es el más anciano de la ciudad. Ha sobrevivido a cinco soberanos... Puede que sepa algo de... antes.

—Ben no sabe siquiera qué significa «antes». Su memoria es como una red de pesca rota... hace varios decenios que no hay nada que pescar en ella.

Jade se paró en seco.

—¿Por qué me molesto en contarte cosas? —refunfuñó. Martyn levantó la mano para tranquilizarla, pero no pudo reprimir una sonrisa.

—Tranquila, mi ninfa. ¡Yo no soy tu enemigo! Sabes que tengo razón sobre Ben. ¡Una bronca más y vas a arrastrar tú la morena hasta la Casa del Diezmo! ¿Está claro?

Jade se mordió el labio. ¡Fantástico! Ahora además estaba enfada con ella misma. Por mucho que ella y Martyn hubieran discutido durante semanas y las heridas les dolieran todavía hoy, él no dejaba de ser su mejor amigo. Y sí, tenía razón sobre Ben. Ni siquiera ella sabía si merecía la pena preguntar al anciano.

—Perdona —musitó compungida asiendo a Martyn del brazo—. Realmente, he pasado una noche horrible.

—En realidad, deberías decir una semana.

De nuevo estaba allí: la amplia sonrisa de Martyn, tan cálida y directa. El gesto, como siempre, la hizo sonreír también. Dos mujeres que pasaban por la plaza del mercado volvieron la vista para mirar a Martyn, pero él, como siempre, no se dio por enterado.

—Vale —dijo él en tono conciliador—. Mira, voy a llevar el tributo a la Casa del Diezmo, recojo el sello de confirmación, y luego vengo y buscamos a Ben. ¿Quién sabe?, igual ocurre un milagro y logras algo de él.

Jade vaciló. Nada le habría gustado más que aceptar la oferta de Martyn, pero negó con la cabeza. Los ecos eran asunto suyo.

—No, tranquilo. Ya nos veremos mañana. Prometido.

La cara de Martyn era como un cielo nublado, no podía disimular lo que sentía a cada momento. Y Jade lamentó ver en ella su decepción.

—Está bien —murmuró él.

Entretanto, habían llegado cerca del edificio de forma cuadrada que se hallaba junto a la puerta sur del palacio: la Casa del Diezmo, ahí donde incluso las gentes del río pagaban el tributo a la Lady.

—Bien, entonces —dijo Martyn—; hasta mañana.

Jade se detuvo y lo vio marcharse. El viento le mecía el cabello y los extremos de la banda roja que llevaba atada en la frente. Como siempre, él se volvió de nuevo a medio camino y se despidió con un gesto. Al instante, Jade se recriminó con remordimientos haber comparado un instante el balanceo de su andar marinero con el paso flexible y felino de Faun.

El mercado ese día estaba prácticamente vacío. El mes anterior, la Lady había aumentado los tributos. Había comerciantes con tan poca mercancía que la exhibían para la venta dispuesta sobre pañuelos. Unos perros callejeros hambrientos rondaban la zona con la esperanza de aprovechar el descuido de algún comerciante y hacerse con un trozo de tocino o pescado seco. Normalmente, Ben se sentaba en algún rincón sobre una manta de lana sucia y pedía limosna hasta que algún centinela lo expulsaba. Jamás lo habían apresado ni azotado por holgazanería. Curiosamente, él gozaba de más libertad de movimientos que los perros, algo que seguramente se debía a que, con sus cien años, venía a ser como un muerto viviente y nadie veía en él peligro alguno. Quienes acudían al mercado y los comerciantes siempre le daban alguna que otra cosa. Cualquier perro habría muerto solo con eso, pero parecía que las limosnas bastaban para mantener a Ben con vida. Jade también había previsto un trozo de pan para él. Escudriñó por todos los rincones y esquinas, pero no logró dar con aquel personaje harapiento y enjuto. En cambio, le llamó la atención otra persona, Manu, del Mercado Negro. Aquel día llevaba su cabellera larga y oscura recogida en una trenza y atravesaba la plaza a paso rápido y con los hombros tensos. Parecía como si quisiera encogerse, un gesto muy poco habitual en un hombre de su altura.

—¡Eh, Manu! —le gritó Jade—. ¿Has visto a Ben?

Manu se sobresaltó y se dio la vuelta.

—¡Ah, eres tú! —dijo, y después escupió. Aquel día no se había afeitado y su mirada era especialmente ansiosa—. ¿Es que no tienes nada mejor que hacer que buscar a ese viejo cuervo?

—¿Lo has visto o no?

Manu miró a su alrededor.

—Búscalo tú —dijo con tono desabrido—. Debe de estar donde hay más cosas que ver. —Señaló con el pulgar a su espalda.

Jade tuvo una sensación desagradable en el estómago.

—¿Hay problemas? —preguntó—. ¿Es por eso que las patrullas han salido?

—Puedes estar segura. A partir de hoy, habrá guerra. —Al advertir la expresión de desconcierto de la chica, bajó el tono de voz—. Detrás del palacio, junto a la villa Necheron, en el patio trasero, ha aparecido otro cadáver. Y, desde luego, no ha sido un accidente. —Manu hizo una pausa elocuente—. Esta vez la Lady hará rodar cabezas, te lo puedo asegurar.

Jade no tuvo que buscar mucho. Los curiosos se arremolinaban en la calle que daba a la pequeña plaza con fuente situada detrás de uno de los palacios de los lores. Se aproximó con cautela al grupo de mirones. Aunque estar en un corrillo podía ser peligroso, aquel día parecía seguro. La gente, entre ella funcionarios bien vestidos y muchos criados, guardaba un silencio mortal. Jade se quedó junto a la pared de la casa y miró a su alrededor con nerviosismo, convencida de que en cualquier momento vería al eco oculto en una hornacina o bajo el arco de una puerta. Sin embargo, lo único extraño que descubrió fue una urraca azul con el pecho manchado de rojo posada en un canalón y limpiándose. ¿Tal vez sangre?

—¿Han retirado ya el cadáver? —susurró a una vendedora del mercado que se encontraba cerca.

—Lo acaban de hacer —le respondió la mujer en voz baja—. Lo han tenido que sacar de la fuente. Nadie se habría percatado tan pronto si la fuente no hubiera estado en marcha. El cadáver… bueno… estaba decapitado.

Jade se estremeció.

—¿Se sabe ya quién es? ¿Otro centinela?

La vendedora se limitó a encogerse de hombros y alargó el cuello. Jade quiso ir adelante, pero el gentío que tenía ante ella se hizo atrás con un traspié y la pisaron. Sin apenas darse cuenta, retrocedió con los demás.

—¿Ves algo? —susurró un hombre a otro. Este negó con la cabeza. Jade miró alrededor y atisbó una tubería bastante estable que iba desde el canalón de un tejado hasta el suelo. Apoyó el pie en la abrazadera metálica. Esto le permitió elevarse lo suficiente como para, por lo menos, echar un breve vistazo a la fuente por encima de las cabezas. Lo que vio estuvo a punto de hacerle vomitar.

El pilar blanco del centro de la fuente estaba cubierto de un unto de color rojo y el agua era un mar de color escarlata. Los cazadores habían formado un anillo en torno a la fuente y apartaban al gentío de la plaza. A sus espaldas, ahí donde posiblemente se había depositado el cadáver durante un rato, brillaba la sangre oscura y ya seca. Jade saltó de nuevo al suelo.

—¡Atrás! —atronaron algunos cazadores. Se oyeron unos gritos de espanto y la gente se movió—. ¡Vamos! ¡Largaos de aquí!

Los perros se echaron a ladrar. Cuando se empezó a ahuyentar a los curiosos, se produjeron empujones y gestos de nerviosismo. Jade ya había visto suficiente. Se volvió y se dejó llevar. Notó entonces algo duro en la espinilla. Una mano escuálida apretaba el bastón con el que ella había estado a punto de tropezar. Unos harapos le rozaron el codo. Ella entonces extendió los brazos y agarró aquellos hombros frágiles, evitando así que Ben, el centenario, diera contra el suelo.

—¡Ben! ¡Te buscaba!

El anciano alzó su rostro astuto y desdentado de espantapájaros y sonrió:

—La muerte es lo que estás buscando, chiquilla —graznó—. ¿Te conozco?

De haber servido de algo, Jade le habría explicado que se veían cada día, pero, en lugar de ello, le posó un brazo alrededor, y se abrió paso a codazos sin atender a los insultos. Logró llevar a Ben hasta la entrada de la calle, donde estaba todo más tranquilo. El anciano temblaba y se apoyaba en su bastón con la respiración entrecortada. De joven, seguramente sus ojos habían sido de color azul claro, y su cabellera había sido rubia; entonces, en cambio, tenía un aspecto ceniciento y sus ojos eran como dos guijarros de color azul amarillento. De pronto, empezó a sonreír como una calavera.

—¿Pan? —preguntó tendiendo su mano de mendigo.

Algo era algo: señal de que en algún rincón de su memoria había localizado su imagen. «Puede que ya no recuerde siquiera lo que acaba de ver en la plaza de la fuente», se dijo Jade mientras sacaba el pan. El anciano lo agarró y lo escondió entre los harapos con agilidad.

Jade se inclinó todavía más hacia él. Tenía que intentarlo, por lo menos una vez.

—*Sinahe*! —le susurró—. Un eco me dijo esto. ¿Conoces ese idioma, Ben? ¿Y esta palabra?

El viejo quedó paralizado. Alzó lentamente la vista y la miró a los ojos. Tenía la boca abierta en una expresión de asombro estúpido. Jade se humedeció los labios con nerviosismo. ¿Se acordaría de alguna cosa?

—Eres tan mayor… Has oído tantas lenguas… —le musitó—. Intenta acordarte, Ben. *Sinahe*… ¿Qué significa? *Sinahe*…

La mano enjuta se movió tan rápido que ella no supo reaccionar. Con una fuerza sorprendente, se la apretó contra los labios. La piel le olía a polvo y cuero rancio. Ben negó con la cabeza.

—*Tandraj?* —respondió.

La miró como si esperara una reacción por parte de ella, un reconocimiento. Ella sacudió con la cabeza negativamente, y él le apartó la mano de la boca.

—¿Qué es *tandraj*? —preguntó.

—No pronuncies estas palabras. Jamás. ¿Entendido? —le ordenó él—. Las calaveras se guarecen solas. Su palacio es de mármol. Las campanas mudas llaman a la lucha.

Pese a no decir nada coherente, él parecía totalmente lúcido. Jade vio en él al hombre que había sido antaño.

—El primer lord ha muerto. Las aves carroñeras beben su sangre.

Jade dio un respingo.

—¿El muerto era un lord? —susurró.

—Uno de doce. Ha perdido la cabeza. —Ben soltó de pronto una risa y asintió con vehemencia, como un loco—. Ahora quedan solo once, ¿verdad?

Jade sintió la boca totalmente seca.

—¿Han sido los ecos? Ben, ¿te acuerdas de los ecos? ¿Hubo en el pasado algunos en la ciudad?

Ben la sorprendió de nuevo.

—¡Han vuelto! —le murmuró con tono confidencial—. Asesinos antiguos, sangre nueva.

—¿Qué significa todo esto? ¿Ben? Ben, ¿me oyes?

Pero el anciano se tapó los oídos y empezó a tararear una melodía rápida. Jade iba a tomarlo por las muñecas y apartarle las manos de los oídos cuando alguien le propinó un golpe por detrás. Ella perdió el equilibrio y se hizo a un lado. Sin poder darse cuenta, se encontró sumida de nuevo en el tumulto. La gente tropezaba y caía, se ponía en pie y huía por las bocacalles. Jade vio entonces por qué la gente había echado a correr tan rápidamente: había llegado un grupo de centinelas. Se produjo una refriega. Jade renegó. Se había distraído un momento y no había visto venir el peligro. Parecía que iba a haber detenciones. A través de una abertura fortuita entre el gentío vio que, a pesar de que la vendedora del mercado se defendía con todas sus fuerzas, un centinela le retorcía sin más el brazo por detrás de la espalda. En la calle lateral se formó una cadena de cazadores que cerraba el paso a quienes huían.

—¡Todo el mundo quieto! —gritó una voz de hombre. Jade se abrió paso hasta llegar a Ben y le colocó el brazo sobre los hombros.

—¡Vamos! —le ordenó y lo arrastró siguiendo la pared. Iba lo más agachada posible para no entrar en el campo de visión. La cadena humana se abrió por un punto. Era el momento de que ella y Ben se aprovecharan de ello, sin embargo un cazador dio entonces un paso atrás y les impidió pasar.

El aire estaba cargado como antes de una tormenta. En cualquier momento, el ambiente podía desbordarse. Jade se puso de puntillas. La cadena todavía no estaba completa. Una casaca adamerada destacaba tras la primera línea de cazadores. ¡Moira estaba al otro extremo de la fila! Jade calculó rápidamente sus posibilidades. No tenía muchas, pero era su única opción.

—¡Quédate aquí, Ben! —le siseó al anciano—. Ahora te recojo.

No fue fácil abrirse paso hacia delante. Jade recibió un codazo en un costado que la dejó sin aire, y las botas le arañaron los tobillos.

—¡Moira! —gritó entre dos cazadores de la cadena.

La joven cazadora reaccionó con una precisión pavorosa. No se sobresaltó, no buscó con la mirada. Se limitó a volver la cabeza y a mirar a Jade con una precisión glacial. La reconoció de inmediato porque, al punto, su rostro se ensombreció.

Jade se quedó paralizada. «¡Estoy perdida! ¡Hará que me arresten!»

Moira se acercó a los cazadores; entonces estos abrieron la cadena y la dejaron pasar. Se acercó a Jade con dos zancadas, la tomó con rudeza por el cuello y la llevó contra la pared del edificio.

—De nuevo te encuentro en el lugar más peligroso —espetó—. ¿Qué demonios haces aquí?

—No es por mí —replicó Jade—. Ahí, al otro lado, hay un anciano, Ben. Tú ya lo conoces. Es el loco del mercado. Deja que se marche. Podría caer en el tumulto y hacerse daño.

Moira frunció el ceño.

—¿Y qué me importa a mí un mendigo harapiento?

—¿De qué os sirve apresarlo o que muera en el alboroto?

Moira resopló con desdén. Su palidez llamó la atención a Jade, así como sus profundas ojeras. «Tal vez también tiene corazón», se dijo.

—Te lo ruego —le suplicó en voz baja—. Él no tiene nada que ver con todo esto.

—¿Dónde está? —preguntó Moira desabrida. La impaciencia estaba en el aire.

Jade buscó con la mirada por toda la pared, alargó el cuello y se puso de puntillas, pero Ben había desaparecido, perdido entre el gentío como una botella con mensaje en una ola de espuma.

—¡No está! —exclamó desesperada—. Debe de haber caído. Tengo que volver y...

Moira la asió con rudeza por el brazo, e hizo una señal a los cazadores.

Jade tensó todos los músculos, dispuesta a defenderse con todas sus fuerzas cuando oyó la orden seca de Moira.

—¡Vosotros! ¡Soltad a esta!

—¿Por qué? —repuso un cazador con un tono desagradable.

—La conozco —dijo Moira—. Es Jade Livonius. Colaboró en la caza del eco. Así que, vamos.

Sin que Jade pudiera decir absolutamente nada, Moira la hizo pasar por la línea con un empujón. De pronto se encontró al otro lado, observada con desconfianza por los galgos y por los cazadores que iban avanzando. La parte del brazo por donde Moira la había asido le ardía de dolor.

Se volvió, impresionada.

—Moira —le dijo—, ¿al lord lo ha matado un eco?

La mirada de Moira centelleó por un instante; puede que fuera incluso miedo lo que en ella refulgía. Luego aquel relampagueo desapareció de nuevo.

—¿Y quién habría sido si no? —repuso con voz dura—. Están por todas partes. Esta misma noche hemos cazado a cuatro. Vamos, lárgate de una vez y quédate en casa si no quieres que también te atrapen a ti.

—Gracias —masculló Jade con dificultad. La cazadora, sin embargo, ya le había dado la espalda. Intentó por última vez encontrar al pobre Ben; luego regresó corriendo al mercado tan rápido como le fue posible.

Aunque hubieran muerto decapitados tres lores, las labores en la Casa del Diezmo proseguirían. De todos modos, resultaba evidente que la noticia aún no había llegado hasta ella. Como cada día, los comerciantes con sus mercancías aguardaban allí para obtener el permiso de venta. Jade se detuvo con la respiración entrecortada y se levantó de puntillas junto a la ventana enrejada. Junto a las paredes había unas largas mesas dispuestas, y en algunas de ellas las balanzas y los pesos aguardaban para pesar las mercancías. Por suerte, Martyn todavía estaba allí. El funcionario, un gigante de nariz roja ataviado con un mandil de cuero, examinaba en aquel instante la morena que Martyn había sacado de la bolsa y que había colocado sobre la mesa. Era tan larga como grande era el hombre. Como si de perlas de adorno se tratara, unas manchas blancas redondas brillaban sobre la piel de color azul oscuro del pez.

—No está mal —rezongó el hombre. Tomó entonces el cuchillo y cortó el pescado en dos partes desiguales. El trozo más grande lo echó a un cubo; el menor, que era la cabeza y dos palmos del cuerpo del pescado, se lo dio a Martyn.

—¿Solo eso? ¡Si apenas es la cabeza! —se quejó Martyn. El funcionario le dirigió una mirada de indiferencia y limpió el cuchillo con un trapo empapado de sangre.

—Nueve décimas partes para la Lady. Es la ley.

—¡Pero esto no es una décima parte de carne! —exclamó Martyn con enojo—. A fin de cuentas, he pagado más tributos en cobre de lo que marca la ley.

El funcionario lanzó un soplido desdeñoso.

—La Lady es la ley. Si tienes alguna queja, puedes discutirlas tranquilamente con el jefe de los calabozos. Y todavía puedes darte por contento de que la chusma del río como tú siga teniendo permiso para pescar.

Jade observó cómo Martyn apretaba los puños. Se apresuró hacia la puerta de entrada, pero dos comerciantes que abandonaban las dependencias con una carretilla le bloquearon el acceso. Medio minuto más tarde, Martyn salió por la puerta con un lastimoso trozo de morena al hombro y el sello de tributo de madera en la mano. Apenas llegó a la puerta, empezó a proferir todo tipo de imprecaciones. Entonces vio a Jade y calló.

—¡Han matado a un lord! —exclamó ella.

Martyn abrió los ojos con sorpresa.

—¿Dónde?

—Luego te lo cuento. Ha habido arrestos. Vamos, lo mejor es irse de aquí cuanto antes.

Martyn no hizo más preguntas y tomó la mano que ella le tendía. Atravesaron el mercado juntos; por instinto, procuraron andar a buen paso, pero sin ir tan rápido para levantar sospechas.

Fue como un atisbo del pasado: Jade se vio a ella misma y a Martyn años atrás. Dos niños cogidos de la mano corriendo hacia el puerto. Aunque también entonces era peligroso cruzarse en el camino de los cazadores y los centinelas, ellos se sentían invencibles e inmortales.

Tragó saliva y deseó con una desesperación inusitada poder dejar un día todo aquello atrás y marcharse por mar a cualquier lugar en el que no hubiera ni permisos, ni leyes injustas ni armas. En ese momento, además, le preocupaba otra cosa: hasta entonces, los ecos solo habían sido intrusos, como animales de presa que, espeluznantes, no eran invencibles. Sin embargo, uno de ellos había logrado penetrar en los muros bien custodiados de una villa noble. Jade reflexionó: las fuentes se vaciaban de noche y solo volvían a ponerse en marcha por la mañana. El asesinato, por lo tanto, tenía que haber sido perpetrado de noche.

La siguiente idea le vino sin más y no le encajaba del todo. Si sus sospechas eran ciertas, la noche anterior Faun había estado merodeando por la ciudad.

Fuego negro

Al asesinato del lord le siguieron dos días inquietantes. Aunque el sol asomó, de pronto las calles parecieron barridas por un viento glacial. Había centinelas apostados en los puentes y el puerto, y muchas plazas se cerraron al paso. Ningún lord volvió a pasear con su carroza por la ciudad, y la barcaza dorada de la Lady en el puerto quedó abandonada. Las gentes del río anclaron en el delta en lugar de permanecer en los embarcaderos. Por lo menos, eso tranquilizaba a Jade: Martyn estaba a salvo.

—Es la calma que precede a la tempestad.

Lilinn describió así aquel ambiente inusual. La cocinera estaba nerviosa y mostraba unas profundas ojeras. Llevaba la mano izquierda vendada después de que le hubiera resbalado el cuchillo de cocina.

Desde la ventana de la habitación azul, más allá del río y en dirección a la Ciudad Muerta, se veían patrullas. Con todo, ninguna barrera era capaz de impedir que los rumores se abrieran paso. Se decía que el lord había sido asesinado en su cama y que la cabeza había sido dejada para la Lady en el patio del palacio, a modo de advertencia. Otros rumores, a su vez, decían que el lord había salido de noche por la ciudad y sin compañía. Había quien afirmaba que cuatro ecos habían sido localizados y abatidos a tiros. En cambio, otros murmuraban, con disimulo, que los lores atentaban entre sí.

—No sería la primera vez —suponía también Jakub—. Es posible incluso que fuera decapitado por orden de la Lady.

—Yo lo único que quiero es que no haya ejecuciones —repetía Lilinn una y otra vez, como si fuera un conjuro.

Normalmente, la cocinera y Jakub no hablaban mucho entre ellos, pero Jade se percató de que, aquellos días, su padre pasaba mucho rato en la cocina. Trataba a Lilinn con gran delicadeza, hasta el punto que Jade lo vio prepararle una taza de té, un gesto que Lilinn le agradeció con una sonrisa de gratitud y sorpresa.

El agua de las tuberías de la cuarta planta barboteaba, aunque Tam se dejaba ver muy poco durante el día. El ascensor se movía en plena noche o a primera hora de la mañana. Jade había visto a Faun en una sola ocasión en que se toparon en el pasillo. Su aspecto era tan cansado y abatido que ella tuvo dudas acerca de sus sospechas. ¿Por qué un invitado de la Lady podía tener algo que ver con el asesinato de un lord? Pero entonces le venía de nuevo a la mente la imagen de su sueño, de aquel eco encerrado en la caja. Cuando Faun la vio, su rostro se iluminó por un instante. Aquello fue reconfortante para Jade. ¿Acaso era, tal vez, una sonrisa? Él, sin embargo, bajó la cabeza de inmediato y apresuró el paso.

Aquella noche, Jade volvió a encaramarse a la ventana de la cocina e intentó echar un vistazo al salón de banquetes. Para su decepción, comprobó entonces que Faun no solo había cerrado bien los postigos, sino que también había corrido las cortinas.

Todavía estaba oscuro cuando algo la despertó. Tenía la ventana entreabierta y el ladrido ronco de un galgo sonó tan próximo que Jade se incorporó asustada. El ladrido, sin embargo, enmudeció, sin que luego se oyera ninguna orden, ningún paso de botas, ningún golpe en la puerta. Jade al fin se atrevió a salir de la cama y se escabulló a una de las habitaciones vacías situadas en la parte posterior del Larimar, desde la que se podía ver la calle. Bajo la niebla matutina, apenas visible ante la pared oscura de un edificio, había un grupo de cazadores. Parecían estar esperando algo. Al volver la vista hacia la derecha, vio una mancha de luz cuadrada en el suelo: en la cocina la luz ya estaba encendida.

Era Lilinn. Sin duda, había estado en el sótano. Sobre la mesa, junto a una nasa chorreante, se deslizaban varios cangrejos de río negros. El olor a pescado de los cangrejos se mezclaba con el aroma dulce de las manzanas maduras que había almacenadas en la cocina. Allí, el agua hervía en una cacerola. Lilinn sostenía un cuchillo con la mano sana. No podía soportar la idea de arrojar los cangrejos de río vivos al agua hirviendo.

—¡En la calle hay cazadores!

—Lo sé —repuso Lilinn—. No te preocupes. Solo son escoltas.

—¿De Tam?

Lilinn asintió.

—¿Has hablado con él? ¿Tiene esto algo que ver con el asesinato… o con los ecos?

Lilinn se limitó a dirigirle una breve mirada de amonestación. Jade se dio la vuelta. Faun estaba apoyado en la puerta y en ese momento mordía una pera tranquilamente. Llevaba la vestimenta negra ajustada que estaba en boga entre la nobleza. El cuello alto negro hacía que su cabellera pareciera más rubia incluso. Sus gestos desenvueltos, la curva de su postura... parecía salido de un cuadro.

—Tenemos que ir a palacio —dijo tranquilamente—. Tam debería estar ya aquí, pregúntale tú misma.

Aunque apartó la mirada de Jade con estudiada indiferencia, su desagrado era evidente. Lilinn cogió los cinco primeros cangrejos y los echó al agua hirviendo. En el mismo instante en que los caparazones soltaron el aire, en el agua se oyó una especie de siseos y bufidos.

—Déjalo, Jade —dijo Lilinn—. Los asuntos de nuestros huéspedes no son de nuestra incumbencia.

Era inquietante la amabilidad con que sonreía a Faun a la vez que mataba los siguientes cangrejos con un pinchazo rápido en la parte posterior del caparazón.

—Sorprende oír algo así de los labios de una habitante de esta ciudad —señaló Faun—. A fin de cuentas, nada parece gustar más aquí que husmear a diestro y siniestro y murmurar.

Era evidente que le divirtió darse cuenta de la mirada de enfado de Jade; las comisuras de los labios se le contrajeron de un modo apenas perceptible.

Los cangrejos restantes cayeron al agua entre silbidos.

—Habéis escogido una mala época para visitarnos —repuso Jade mordaz—. Con escolta o sin ella, es bastante arriesgado pasear por la ciudad.

Faun adoptó un aire serio.

—Ninguna época es adecuada. Todos los países tienen sus guerras. —Esas palabras tenían un tono menos arrogante—. ¿Esta casa ha sido siempre un hotel?

Jade creyó no haber oído bien. La reacción de Faun no le habría llamado tanto la atención de no ser por el parecido que guardaba con el modo de hacer de Jakub: no atender al peligro, dar importancia a lo cotidiano. Aunque no quería admitirlo, a sus ojos esto lo hacía simpático para ella. A pesar de que quería guardar las distancias, deseó que él, por lo menos, le dirigiera una mirada.

—Por lo que sé, el Larimar había sido la casa de un noble —respondió Lilinn—. Pero no lo sé con certeza. Solo llevo tres meses viviendo aquí.

—¿De verdad? ¿Y antes dónde vivíais? —quiso saber Faun.

Lilinn tragó saliva y se puso roja.

—¡Si quieres saber cosas del Larimar, pregúntaselas a Jade! Ella ha crecido aquí.

Jade titubeó. Aquella era, por lo menos, una ocasión para hablar con Faun.

—Hay muchas historias al respecto. Hay quien cuenta que Jostan Larimar construyó la casa para su amante. La conoció en un viaje que hizo más allá de los bosques, en una tierra en la que los hombres vivían a cielo abierto, sin casas ni ciudades. Pero él no sabía que ella era una ninfa y que tenía prohibido tocar a un ser humano. Sin embargo, ella lo amaba tanto que dejó a su familia y lo siguió. Durante muchos meses vagaron de un lado a otro, y al final Jostan la llevó a su ciudad. Ella, no obstante, era una persona inquieta y le pesaba mucho tener que vivir entre paredes estrechas. Jostan hizo construir entonces el Larimar a fin de que pudieran dormir cada noche en una habitación distinta, como si estuvieran de viaje.

Faun permanecía en silencio. Lilinn tiraba nerviosa de la venda de la mano.

—Un día su familia los encontró —prosiguió Jade— y mataron a Jostan. Su amada lloró tanto su muerte que se desvaneció y se convirtió en un río de lágrimas. Esta mujer se llamaba Wila, y todavía hoy atraviesa la ciudad para ir a parar al mar. Los cisnes negros son el recuerdo de su amor y de su pesar.

La sonrisa de Lilinn se fue desvaneciendo conforme avanzaba la historia.

—Patrañas —aseveró con voz dura—. Ya os diré yo lo que ocurrió de verdad: cuando Larimar se hartó de ella, la puso de patitas en la calle y metió a otra en su cama. Así son las historias de verdad.

Y, con esas palabras, tomó la nasa vacía y se fue de la cocina. Jade se preguntó si debía seguirla, pero se oyó un golpe de la puerta que llevaba al sótano. Era señal de que Lilinn quería estar sola.

—Solo espero que ese lord muerto no fuera quien hizo sufrir de amor a tu amiga —espetó Faun con sequedad—. De ser así, el misterio, por lo menos, quedaría aclarado.

Y, tras decir aquello, se pasó el dedo índice por el cuello.

—Los asuntos de Lilinn no son de tu incumbencia.

Él dio un bocado a la pera y sonrió con sorna.

—Es posible. ¿Tú la conoces bien?

«¿Por qué no me mira?», se preguntó Jade, molesta. Pero, sin quererlo, se vio a sí misma con los ojos de él: el pelo revuelto y rebelde, las ojeras... Al lado de Lilinn, ella, por fuerza, tenía que ser como un cardo frente a un lirio. «¿A qué viene pensar en todo esto?», se preguntó con enojo.

—¿Que es esto? ¿Un interrogatorio? —preguntó.

—Tal vez. —Los labios le temblaron un poco. Apenas era una sonrisa. A duras penas.

—Si es así, te propongo un trato bien sencillo. ¡Una respuesta a cambio de otra!

Él dejó de masticar por un instante. Luego tragó, lanzó el corazón de la pera al cubo de la basura de la cocina y, como Jade, cruzó también los brazos.

—¿Y bien?

Jade decidió empezar con preguntas poco comprometidas.

—¿Qué significan esas llamas negras de tu antebrazo?

Faun se tomó tiempo para responder, como si mentalmente repasara la pregunta y comprobara todos sus aspectos. Pero luego se encogió de hombros con indiferencia.

—Es el signo de la Tierra del Norte, de las Montañas de los Hombres Indómitos. Hay un período del año allí en el que el sol no sale.

—¿Y vivís a oscuras?

Faun echó un poco la cabeza atrás.

—¡Eso son dos preguntas!

El modo en que bajaba la vista para verla lo hacía parecer arrogante. «Bueno —se dijo Jade—, por lo menos, ahora me mira.»

—Por responder a tu pregunta: Jakub y yo llegamos al Larimar hace diecisiete años. Un año después de la guerra de Invierno.

La postura indiferente de Faun había adquirido cierta tensión. Había funcionado. Había logrado despertar su interés.

—Vivimos a oscuras en tanto que el sol no asoma —respondió entonces él—. Eso, según vuestro calendario, son cuatro meses. Durante este período, la caza resulta especialmente difícil. Hay que aprender a diferenciar todas las sombras del bosque.

Las Montañas de los Hombres Indómitos. El bosque. La caza. En las Tierras del Norte también había ciudades. Con todo, lo que a

Jade más le fascinaba era pensar que hubiera gente viviendo lejos de allí. Sobre todo si lo que se decía de las Montañas del Norte era cierto: que había humanos con cabeza de lobo, y animales felinos capaces de imitar las voces humanas para atraer a sus presas.

—¿Qué ocurrió durante la guerra de Invierno? —quiso saber Faun.

—La Lady conquistó la ciudad —respondió Jade, escueta—. Ordenó matar a los capitostes de la ciudad y a los antiguos gobernantes, e hizo que todos sus criados y la mayoría de los habitantes murieran ahogados.

—Entonces, no hizo prisioneros.

Jade negó con la cabeza. Se aclaró la garganta antes de proseguir.

—Perdonó la vida a los niños, pero todos aquellos que habían estado al servicio de los antiguos gobernantes fueron asesinados. Son muy pocos los que vivieron los inicios de su dominio. Los ancianos que habitan hoy en día en la ciudad vinieron con el séquito de lores y artesanos que levantaron la Ciudad Nueva.

—Pero tu padre sobrevivió.

Poco a poco, Jade empezó a sentirse incómoda. Aquel recuerdo antiguo, ese llanto, volvió a aflorar. Recordó el cuello de Jakub, al cual se agarraba mientras a su alrededor brillaban las antorchas.

—Es cierto. Logró ocultarse el tiempo suficiente.

—Entonces, tuvo suerte.

La ironía en la voz de Faun la molestó. Extendió el brazo y señaló su marca en forma de lirio.

—¿Ves esto? Nosotros somos habitantes de esta ciudad. También Jakub lleva el sello de Lady Mar.

—Un sello bien puede ser una recompensa. A saber por qué…

—Tú no confías en nadie, ¿verdad?

—Es la ley de los bosques —adujo él sin sonreír—. Confiar no es más que otro modo de decir conocer. ¿Quién gobernaba antes de la Lady?

—Unos reyes. Eran de las islas.

—Así que siempre habéis sido esclavos de gobernantes extranjeros.

—¡Qué sabrás tú de esclavitud! —replicó ella enojada—. ¿Acaso vosotros no tenéis leyes ni restricciones?

«¿Cómo es posible que ahora yo defienda a la Lady?», se preguntó al punto, horrorizada.

Él se encogió de hombros.

—En el bosque, o cazas o te cazan.

—En esto, la ciudad es igual —dijo ella—. Hay que conocer las normas y romperlas a veces para sobrevivir. Y las reglas cambian sin cesar.

—¿Por qué no os marcháis y os buscáis otro lugar donde no haya amos?

¿Sabía él que acababa de poner el dedo en la llaga? Esos eran sus pensamientos más ocultos. Resultaba inquietante oírlos en boca de un desconocido.

«Porque no puedo abandonar a mi padre y dejarlo solo. —Esa habría sido su respuesta sincera—. Porque aquí hay algo que lo retiene y a lo que yo no puedo acceder.»

—Es nuestra ciudad —dijo en cambio—. Mi hogar.

Le hubiera gustado haber sonado algo más convincente.

—¿De verdad os gusta tener que pagar tributos para poder vivir en vuestra propia ciudad? —se mofó Faun—. Estas leyes yo no las puedo comprender.

Aquel día, encontrarse de cara con la verdad no la enojó, sino que la entristeció. «Es evidente que somos unos esclavos», pensó apesadumbrada.

—¿Y qué hay de tu madre? ¿Ella también murió durante la guerra de…

—¡No pienso contestar esa pregunta! —le interrumpió Jade de forma brusca—. Es tu turno, Faun. ¿Por qué vais a palacio hoy? Vosotros sois cazadores, ¿no es cierto? ¿La Lady os ha hecho llamar a causa de los ecos?

Las preguntas lo pillaron tan desprevenido que Faun abrió los ojos con asombro. Bajo la luz oblicua, Jade observó que él tenía pupilas, y que su iris no era de color negro obsidiana, sino de un intenso y felino color marrón cobre.

—¿Cómo se te ocurre una cosa así?

—¿Es que lo de la caja no es un eco?

La pregunta se le escapó de los labios. Jade se maldijo por haber cometido esa tontería.

¡Faun se echó a reír! La risa le salió de corazón y lo transformó por completo. En ese instante pasó a ser simplemente un muchacho que se reía por una ocurrencia graciosa. Por primera vez, Jade admitió para sí que se sentía atraída por él como por un dolor temido y, a la vez, deseado.

—¿Un eco? —exclamó con sorpresa mientras negaba con la cabeza—. Dime, ¿cómo se te ha ocurrido algo así?

Su reacción había sido tan auténtica e inmediata que Jade no pudo más que creerlo. Por un segundo, el vínculo entre ambos volvió a surgir. Al parecer, Faun también se dio cuenta de ello, porque de pronto recobró su gravedad, como sorprendido de su propia conducta.

El hervor de los cangrejos, que con el calor habían adquirido un color rojo intenso, era lo único que se oía.

—Pero vosotros os dedicáis a cazarlos, ¿no? —preguntó Jade rompiendo el silencio—. La noche del asesinato tú estuviste en la ciudad, ¿verdad? ¿Con el animal de la caja?

Para su asombro, Faun bajó la mirada.

—Tam tiene la insólita capacidad de encontrar cualquier cosa o criatura —murmuró—. También a ellos. Por eso mucha gente lo llama «cazador».

—¿En las Tierras del Norte hay ecos?

Él asintió de un modo apenas perceptible.

—¿Y les teméis tanto como nosotros?

Faun frunció el ceño.

—¿Adónde quieres llegar?

—A ningún sitio. No sé nada de ellos —respondió Jade con sinceridad—. Pero tengo que saber más. Los vi en la Ciudad Muerta. Me asustaron mucho. Pensé que me mataban.

—No es bueno hablar de ellos —respondió él con tono de preocupación—. Si los buscas, te encuentran. Son capaces incluso de oír el eco de tus pensamientos, y son, en sí, el vivo reflejo del mal. En cuanto rastrean tu pista, estás perdido. Aparecerán mientras duermas y te estrangularán. Luego beberán tu sangre y te despedazarán.

Jade tuvo que apoyarse en el respaldo de una silla. Fuera se oyó el golpeteo y chirrido del ascensor.

—Pero ellos... tienen una lengua, ¿verdad? —objetó en voz baja—. *Sinahe*, ¿tú sabes qué significa?

—Significa que estás muerta —respondió él con grosería—. No tienen ninguna lengua, créeme.

La reja de latón se corrió a un lado. Unas garras de perro arañaron el suelo de mármol.

—¿Faun? —atronó la voz de Tam.

Faun se apartó de la pared, como si hubiera estado esperando la oportunidad de abandonar la cocina.

—¡Espera! —exclamó Jade dando un paso hacia él. Tendió entonces la mano para asirlo por el brazo. Faun se volvió como mordido por una serpiente.

—¡No me toques! —masculló.

Jade, asustada, dio un respingo y se sintió incapaz de replicar nada.

Él se quedó en la puerta y se volvió otra vez hacia ella. Jade intentó vislumbrar un poco de pesar en el rostro de él, pero lo único que se encontró fue frialdad.

—Oh, por cierto, sobre tu pregunta —dijo él con una voz peligrosamente baja—. Esa noche no estuve en el recinto del palacio. Y, desde luego, no con él. De hecho, no tengo la llave de su jaula. —La rabia le brillaba en la mirada—. Y, antes de que saques falsas conclusiones, déjame que te diga que mientras yo esté aquí él estará tranquilo. Es capaz de matar a cualquiera de vosotros. Lo que no puedo prometer es que la jaula sea una protección suficiente si él huele que estáis cerca.

En cuanto Faun se hubo marchado, Jade se quedó aturdida durante unos segundos; luego corrió hacia la ventana y la abrió. Tuvo que asomarse afuera para ver cómo Tam y Faun abandonaban el edificio. Los cazadores que estaban al final de la calle se volvieron hacia ellos. A Jade le pareció ver entre la niebla la casaca adamerada de Moira, aunque aquello bien podía ser un espejismo. Como atraída por la voz de Tam, una bandada de pájaros se arremolinó encima del grupo como si de un nubarrón agitado se tratase. Jade solo podía distinguir unas sombras oscuras. Resultaba siniestro que ningún pájaro hiciera el menor ruido.

Al cabo de una hora, estalló el tumulto. Jade lo supo al percibir el olor a quemado. Los tiros y los gritos retumbaban como si hubiera una partida de caza. El viento soplaba desde la Ciudad Muerta, y cuando Jade miró por la ventana, vio las llamas. La humareda se deslizaba sobre el Wila. No era consciente de la fuerza con que apretaba los dedos en el alféizar. Su reflejo en el agua del río tenía las manos apretadas contra la cara y lloraba.

—Lo sé —murmuró Jade—. Yo también tengo miedo.

Formaban un grupo silencioso. Lilinn había cerrado los postigos de la cocina y permanecía quieta como una estatua, sentada entre Jakub y Jade. Los tres estaban muy cerca y escuchaban los disparos.

—Son capaces de convertir toda la ciudad en escombros y ceniza —musitó Jade en una ocasión en que hubo unos minutos de silencio.

—Este es el precio por la vida de un lord —repuso Lilinn. Jade notó que temblaba.

—No estamos en peligro. —Jakub repetía su letanía una y otra vez—. Respetarán el Larimar. Mañana habrá pasado todo.

Jade se hubiera sentido más tranquila si no hubiera percibido tanta rabia en la voz de su padre. No sabía qué era lo que más la preocupaba: pensar en Martyn, o el hecho de que tal vez en ese momento Faun anduviera por la calle entre escombros en llamas. No dejaba de ver en su cabeza imágenes de Faun flotando bocabajo por el río o asesinado en una fuente. «Es normal que no me preocupe tanto por Martyn», se justificaba. A fin de cuentas, la Lady no permitiría que se apresara a las gentes del río. Las necesitaba demasiado. En cualquier caso, Jade sabía cuándo se quería engañar: lo que la obligaba a pensar en Faun continuamente no era la preocupación, sino, sobre todo, el recuerdo de su sonrisa.

En el momento en que una explosión hizo vibrar los cristales de todas las ventanas, atronó otro ruido que estremeció a Jade: una especie de gemido intenso y ronco que atravesaba todas las paredes. Nadie dijo nada, pero todos pensaron en lo mismo: la bestia del salón de banquetes aullaba aterrada. Jade se alegró entonces de que la puerta del salón fuera gruesa y robusta, y que tuviera una cerradura de hierro.

Cuando se oyeron unos golpes fuertes en los postigos, Jade se levantó tan rápidamente que dio con la cabeza contra la lámpara. Sin embargo, no se trataba ni de cazadores ni de centinelas, sino de Manu y Nell, la mujer desdentada del Mercado Negro, que buscaban protección frente a una patrulla que los perseguía. Con ellos, entró en la casa también el olor a humo de pólvora.

—¡Ha habido presos! —farfulló Nell horrorizada mientras intentaba sostener la taza que Lilinn le había puesto en las manos—. No se trata solo de los ecos. Piensan que hay humanos implicados.

—¿Como autores del atentado? —Lilinn palideció.

Jade tragó saliva. En el pasado había habido algunas revueltas, muestra de ello era la horca que se erguía en la plaza de la Justicia.

Otra idea le vino a la cabeza: «Si fue algún humano, entonces los ecos no son asesinos».

—Hasta ahora, han apresado a veinte personas —siguió explicando Manu—. Está claro que habrá ejecuciones. Se dice que alguien atrae a los ecos. Intencionadamente, ¿comprendéis?

Jade se quedó mirando a Manu como si fuera un fantasma. «Asesinos antiguos, sangre nueva.» ¿Y si Ben sabía algo?

—¿Y qué hay de las gentes del río? —quiso saber mientras se restregaba la piel de gallina del antebrazo—. ¿Las estaciones eléctricas han resultado dañadas?

Manu negó con la cabeza.

—No te preocupes por Martyn. Los Feynal fondean desde ayer junto a las Peñas Rojas. Hoy ha habido caídas de suministro, claro, pero las turbinas no están dañadas. No parece que las gentes del río tengan que actuar por debajo de las aguas.

Jade suspiró con alivio.

—¿Y... Ben? ¿Lo habéis visto en algún sitio?

Nell soltó una risa nerviosa.

—¿Ese espantapájaros? En cuanto sonó el primer tiro salió corriendo hacia el este como alma que lleva el diablo. Es sorprendente lo rápido que puede correr un despojo humano como él cuando tiene el fuego detrás del culo.

Hacia el este. Mientras los demás seguían musitando entre ellos, Jade se quedó mirando su taza de hojalata con el té frío y recordó el rostro cadavérico de Ben. Era evidente que él sabía algo, pero ¿qué podía ser? ¿Y si fuera cierto que había humanos buscando ecos? La idea era tan espeluznante como asombrosa. Tal vez Ben sabía contactar con los ecos. De pronto, mientras reflexionaba acerca de la sonrisa irónica del anciano, se hizo la luz en su mente. Una asociación llevó a otra. «¡Calaveras!», le vino a la cabeza. ¿Qué había dicho

Ben? «Las calaveras se guarecen solas. Su palacio es de mármol. Las campanas mudas llaman a la lucha.»

¡El osario! Se encontraba a las afueras de la puerta este de la ciudad. Jade se percató además de otra cosa: ¿cómo había sabido Ben con tanta certeza que el muerto decapitado era un lord?

—Jade, ¿qué te ocurre?

Ella levantó la mirada asustada, y se dio cuenta de que tenía cuatro pares de ojos mirándola. Rápidamente bajó la taza que había sostenido frente a la boca como si se hubiera quedado paralizada.

—No es nada. Ningún problema.

Apenas acababa de articular esa frase cuando retumbó otra explosión atronadora.

—Sí, sí hay problemas —replicó Lilinn con amargura—. Lo están destruyendo todo. Y no les va a temblar el pulso a la hora de matarnos a todos.

—Lo único que hacen es ahuyentar a los ecos de la Ciudad Muerta —la tranquilizó Jakub. Apenas Jade había podido recuperarse de la sorpresa de oír a Jakub pronunciar la palabra «ecos», cuando él la volvió a asombrar al rodear con el brazo los hombros de Lilinn, con un gesto protector y tierno. Aunque Lilinn dio un respingo, no rehuyó aquel contacto.

—A nosotros no nos pasará nada —aseveró Jakub.

—¿De veras? ¿Y cómo piensas impedirlo? —objetó Lilinn con dureza.

—Impedir, no podemos impedir nada. Pero estamos juntos —replicó Jakub con una calma que pocas veces Jade había visto en su padre—. Se trata de esto: de estar y permanecer juntos pase lo que pase.

Aunque mientras hablaron ninguno de los dos se miró a la cara, se palpaba entre ellos una nueva confianza, como si Jakub hubiera tendido la mano y la desdichada Lilinn se la hubiera aceptado.

La bestia de Faun gruñó, gimoteó y después enmudeció. Cuando oyó aquellos ruidos, Nell palideció.

—En cuanto cese la orgía de sangre, los supervivientes volverán a asomar —prosiguió Jakub—. Así es la guerra. O mueres, o sobrevives y encuentras un modo de seguir adelante. Tenemos que esperar y resistir. Y luego, a seguir pagando nuestros tributos y no entrometernos en los asuntos de la Lady o de los lores. Así es nuestra vida, nos guste o no.

Jade apretó la mano en la taza. Aquel era el Jakub que ella conocía; pero en esa ocasión aquella resignación la indignó sobremanera.

—¡Pues no nos gusta! —exclamó, vehemente—. ¡Y a ti, Jakub, tampoco te gusta!

Nell asintió; por suerte se percató a tiempo de que no era una buena idea escupir contra el suelo recién fregado de la cocina.

—¡Lo juro! —musitó Jade—. Si por mí fuera... Si de verdad hubiera rebeldes...

Jakub dio un puñetazo en la mesa.

—¡Esto en mi casa no se dice! —bramó—. ¿Es que estáis locos?

Lilinn dio un respingo; con la mano izquierda vendada agarró en un acto reflejo la taza que estuvo a punto de caer al suelo.

—No es tu casa —replicó Jade tranquila mientras sentía que el corazón le latía con rapidez. Jamás había dicho esa verdad, pero en ese momento, en medio de truenos y disparos, le pareció lo único correcto—. No tenemos ningún derecho. Eso tú lo sabes igual que yo.

Al decir aquello, le pareció que se quitaba un peso de encima.

—De hecho —prosiguió, repitiendo en voz baja lo que pensaba—, no somos mucho más que meros esclavos.

—Jakub no —dijo Manu con una sonrisa—. Él sabe relacionarse con los lores y mantiene buenas relaciones con el prefecto de la Lady.

—Y por esto precisamente la chusma del Mercado Negro como vosotros puede venir a mi casa con toda la tranquilidad —gruñó Jakub—. ¡Y ahora, ni una palabra, a menos que queráis hacer una visita a las patrullas de ahí fuera!

—¿Quién nos puede oír? —dijo Manu—. ¿Los cangrejos de la olla? Admítelo, Jakub. Tú no eres como ellos. No has traicionado a nadie, y siempre que puedes ayudas a «la chusma del Mercado Negro». Cualquier ciego vería que aborreces este caldo tanto como nosotros.

Por debajo de la mesa, Jade dio una patada de advertencia a Manu, pero eso no lo detuvo.

—Tú, como nosotros, si pudieras echarías a la Lady de la ciudad cuanto antes.

—¡Cállate! —dijo Nell mirando aterrada alrededor.

Jakub se levantó de un salto.

—¡Cuidado con esa lengua!

—¡Basta! —ordenó Lilinn con voz tranquila. Para sorpresa de Jade, los puños apretados de Jakub se relajaron—. Todos sabemos que Jakub tiene razón —prosiguió la cocinera—. Podéis estar contentos de que os haya abierto la puerta.

El asombro dejó a Jade boquiabierta. Por el rostro de Manu se deslizó un asomo de preocupación.

—Y ahora, vamos a olvidar todo lo que aquí se ha dicho —dijo Lilinn con una sonrisa tranquilizadora—. ¡Oye, no me miréis como si fuera una espía de la Lady!

Manu suspiró con alivio, pero no dijo nada. Jade esquivó la mirada escrutadora de Jakub y clavó la vista en la mesa en la que se veían las muescas de un número incontable de cortes de cuchillo. Entonces tomó una decisión: Jakub podía esconderse en el Larimar y ganar a Lilinn para su causa, pero ella no estaba dispuesta a agachar la cabeza. Primero averiguaría lo que contenían las cajas de la cuarta planta. No podía haber una oportunidad mejor que la de ese mismo día. Y al día siguiente tal vez iría a ver a Ben. Si no se equivocaba, él no estaba tan loco como se creía. A menos que estuviera equivocada, él le había indicado de un modo muy preciso el lugar exacto donde encontrarlo.

Los ojos del buscador

Aunque los estallidos cesaron por fin a primera hora de la tarde, la calma no regresó enseguida. Jakub escondió a Manu y a Nell en una despensa y les hizo prometer que abandonarían la casa en cuanto los huéspedes regresaran. Sin embargo, Tam y Faun no regresaban, y a Jade le sorprendió lo mucho que eso la intranquilizaba.

Apenas había sonado el último disparo, ella salió a hurtadillas y subió sigilosa la escalera.

Alguien había apartado la escalera que conducía a la tercera planta. Jade tuvo que buscarla, pero al final dio con ella en una habitación, medio escondida detrás de la puerta. Se encaramó por el orificio del suelo para pasar a la tercera planta y a continuación se aproximó cuidadosamente a la escalera de piedra. En el piso superior oyó un golpe, como de portazo. Era evidente que Tam tenía las puertas de sus estancias abiertas. O podía ser que, con las explosiones, una ventana se hubiera roto y hubiera corriente de aire. Sin embargo, no se oía nada sospechoso. Así que Jade subió la escalera, paso a paso.

Al llegar al quinto escalón, un poco antes de vislumbrar el recodo del rellano superior de la escalera, oyó, aunque no muy fuerte sí claramente intimidatorio, el gruñido de un perro. El segundo perro de Tam. Al parecer, aquella mañana solo se había llevado uno. Jade se mordió el labio decepcionada. Debería haberse figurado que Tam no iba a dejar sus jaulas sin vigilancia. Retrocedió con el máximo sigilo. Al llegar a la planta, aguzó el oído durante un buen rato temerosa de que el perro guardián la siguiera. Pero no ocurrió nada.

Solo le quedaba una salida. Sacó silenciosamente las llaves que llevaba en el bolsillo de la chaqueta y abrió la habitación contigua a la sala azul.

Sobre la Ciudad Muerta se extendía, como un velo, el rojo sangriento de la tarde. Al encaramarse a la ventana, Jade procuró no mirar, pero no lo consiguió. La visión de los muros carbonizados le recorrió la garganta y le hizo brotar lágrimas en los ojos. La ciudad. ¡Su ciudad! Parecía un guerrero abatido. Los puentes habían sido demolidos, y en muchos lugares en los que antes había edificios ahora unos cráteres negros abrían sus fauces: habían sido destruidos y perdidos para siempre.

Notó que algo seco se le adhería a los labios y, al frotarse la barbilla en el hombro, descubrió que era polvo de ceniza. Tragó saliva y contempló su reflejo desdichado en el agua.

En esta ocasión, la altura la mareó, como si alguien le hubiera arrebatado la seguridad y el apoyo. Por primera vez desde que vivía en el Larimar, Jade temió perder el equilibrio. Había planeado entrar por una de las ventanas de la cuarta planta directamente desde la cornisa. Sin embargo, al final, se acercó trepando con las rodillas temblorosas y las manos nerviosas a la ventana redonda y se dejó caer al abrigo de la piedra y de las paredes sin puertas. Una sensación de consuelo la embargó, se sentía como quien regresa a su hogar después de un período triste y lleno de privaciones. Solo necesitaba unos minutos para descansar y apaciguar el temblor del cuerpo.

Tuvo que tomar aire varias veces para darse cuenta de que había algo allí que no encajaba. Todo estaba en su sitio, incluso la manta estaba tan revuelta como la había dejado hacía unos días, que en ese momento le parecían años. Fue al notar el olor a aceite cuando supo qué había ocurrido: la lámpara había caído al suelo y una mancha oscura se había ido abriendo paso en el suelo. Junto a la lámpara, el diario yacía abierto, con las páginas cara abajo como un pájaro abatido. A su lado había unos jirones de papel, y daba la impresión de que alguien se hubiera dedicado a desgarrar las hojas. Jade profirió un grito y se precipitó hacia su más preciado tesoro. Lo alzó con cautela. Cuando el retrato de su madre asomó intacto, Jade se echó a llorar. El alivio trajo consigo el espanto. ¡Alguien había entrado allí! No podía ser Jakub... pues solo ella tenía la llave de la habitación contigua. La última seguridad que le quedaba se desvaneció, como si su mundo se disolviera para siempre. Era como si alguien le hubiera hundido un puñal en la garganta mientras dormía.

«¡Faun!», se dijo de pronto. ¿Cómo habría entrado en la habitación? Palpó cuidadosamente las páginas dañadas. El papel había sido rasgado por algo puntiagudo. ¿Unos dientes, quizá? Sí. Eso parecía: que un animal le había destrozado su tesoro. Observó detenidamente la mancha en el suelo y descubrió en ella unas huellas que conducían a la ventana. Eran apagadas y pequeñas. ¿Podrían ser huellas de marta?, se preguntó. ¿Ratas? ¿Cuervos? Fuera lo que fuera, lo cierto es que el animal tenía que haber entrado por la ventana.

Jade se precipitó hacia la ventana y se asomó. Justo encima de su cabeza, dos ventanas se abrían y se cerraban con estrépito al compás del viento. Repasó mentalmente la distribución de la planta superior. Luego se metió la fotografía de su madre en el bolsillo interno de su chaqueta y se encaramó decidida al exterior.

Jamás había subido por la fachada exterior que recorría la planta superior, pero comprobó que no resultaba difícil. La forma arqueada de los cuerpos de las anguilas de piedra proporcionaba un buen agarre a los pies. Solo vaciló un instante antes de extender e introducir los dedos cuidadosamente en una hendidura del saliente de la ventana. Bajo las yemas de los dedos oyó el crujido de las paredes, secas y finas como el papel de un nido de avispas olvidado. Se alzó con cuidado para evitar que el batiente oscilante de la ventana le diera un golpe. Una ráfaga de viento le meció el pelo hacia atrás; la corriente silbaba suavemente por la planta. Perfecto. Soplaba por el lado adecuado. Así, el perro no percibiría su olor de inmediato. Lentamente siguió aupándose, dispuesta a bajar de nuevo de inmediato en caso de que el perro apareciera junto a la ventana. Agarró a continuación el postigo de madera y echó un vistazo rápido a la magnífica habitación que días atrás ella misma había preparado. Estaba irreconocible.

¡Todos los objetos, las mesas y las sillas yacían derribados y rotos por el suelo! La lana de relleno asomaba en una butaca rasgada; las cortinas estaban desgarradas o yacían en el suelo, y las cajas de las jaulas estaban apiladas alrededor de la enorme cama con dosel, la cual había sido desplazada hasta el centro de la habitación.

Jade hizo pasar con sigilo las piernas por encima del alféizar y se deslizó al interior de la habitación. Dio un par de pasos con cuidado y miró a su alrededor con desconcierto. El viento henchía el dosel desgarrado. Las puertas laterales y la puerta que se abría al pasillo estaban abiertas, y en el suelo había objetos que impedían que se cerraran de golpe.

Había cajas de jaulas por todas partes. Jade desvió la mirada y se deslizó sin hacer ruido hacia la puerta. «Lo primero es el perro», se dijo. Aquello era lo más prudente, y por unos instantes creyó que no era el recuerdo de aquel ojo malévolo lo que le impedía acercarse de inmediato a las cajas. Levantó en silencio un candelabro de bronce que había en suelo y lo sopesó con la mano. Como arma serviría. A continuación se apresuró hacia una de las habitaciones laterales.

Había tres puertas: una que daba al pasillo, otra que llevaba a la habitación contigua y una puerta de servicio escondida que apenas destacaba en el contrachapado de madera de la pared. Jade calculó las distancias y comprobó los impedimentos posibles y las cerraduras. A continuación, cerró con llave la puerta lateral, abrió las otras dos y echó un discreto vistazo al pasillo. No vio al perro; posiblemente, todavía estaba en su sitio junto a la escalera.

Jade tuvo que humedecerse varias veces los labios para emitir un suave silbido. Para más seguridad, golpeó también el marco de la puerta con el candelabro. Ahora solo podía confiar en que el perro no fuera más rápido y listo que los astutos chuchos callejeros que ella había logrado esquivar tantas veces.

Sin emitir ni un solo ladrido, el perro dobló la esquina como una flecha y apareció con tanta rapidez que el espanto dejó a Jade por unos instantes sin sangre en las venas. Estuvo a punto de cerrar la puerta de forma refleja, pero entonces se volvió y atravesó a toda velocidad la habitación en dirección a la puerta de servicio. Cuando el perro entró en la habitación y detuvo su carrera deslizándose por el suelo liso, ella se escurrió por la puerta de servicio y la cerró detrás de sí. Las garras rascaban el suelo. Jade se escabulló por el estrecho corredor, abrió la puerta que daba al pasillo y entró de nuevo en la habitación. Justo a tiempo. En la décima de segundo antes de cerrar la puerta, logró entrever por la hendidura que el perro había visto la maniobra y se abalanzaba contra ella. Entonces cerró la puerta con todas sus fuerzas. Casi a la vez oyó un ruido sordo y notó la vibración de la madera en el momento en que el perro se abalanzó contra ella. Jade giró temblando la llave en la cerradura y retrocedió con un traspié. El gruñido del otro lado de la puerta la penetraba por completo. Corrió de nuevo hacia la habitación lujosa agarrando el candelabro de bronce con fuerza.

Solo cuando tuvo otras dos puertas entre ella y el perro, Jade se detuvo con la respiración entrecortada. La sangre le silbaba en los oídos. A su alrededor todo se había vuelto siniestramente silencioso. Entró con sigilo en los dominios de Tam. La misma imagen por doquier: desolación, manchas de lluvia y polvo. El viento había traído por la ventana hojas secas y plumas que se erizaban al borde de la alfombra a merced de la corriente de aire, como si fueran espuma del mar. La visión de aquel desorden apenó a Jade. ¿Por qué Tam había hecho eso? ¿O tal vez no era obra suya?

De nuevo hizo acopio de todo su valor y se aproximó, con el corazón encogido, a las cajas de las jaulas. Esperaba oír en el interior un crujido, alguna señal de vida, pero el silencio era mortal. Cuidadosamente, extendió el brazo y palpó con el candelabro una de las cajas. El chirrido que se oyó la hizo retroceder. La trampilla se abrió, se movió con la corriente de aire, pero no ocurrió nada más. Jade rodeó con cautela y a cierta distancia la caja y se encontró con que el interior estaba vacío. Tanto en las paredes como en el fondo, se veía el dibujo abstracto de unos arañazos. Volvió a dar un golpecito en varias de las portezuelas de las cajas. No había duda: estaban todas vacías. El pensamiento que le vino a continuación a la mente no tenía nada de tranquilizador: ¿dónde estaban los moradores de las jaulas?

El ruido del ascensor la sobresaltó. ¡Tam estaba de vuelta! El chasquido metálico sonaba algo sordo y amortiguado, de modo que era difícil averiguar en qué piso se encontraba la cabina en ese instante. ¿Cuánto tiempo tenía? ¿Veinte segundos?

Al final las piernas la obedecieron. Salió a toda prisa y se precipitó por la puerta de la habitación con la ventana por la que había entrado. En la ciudad, el rojo del atardecer desaparecía pronto. El cielo ya no refulgía en color encarnado; en su lugar, un ocaso de color violeta claro se cernía sobre las casas y las ruinas. Jade tropezó con el pliegue de una alfombra y estuvo a punto de caer. Se incorporó y llegó por fin a la ventana. Estaba tan pendiente del ascensor que solo se percató de otro ruido cuando era demasiado tarde. Era el ruido de un aleteo muy cercano. Vislumbró de modo fugaz unas plumas de color azul brillante y unos cuellos negros también plumados. Luego aquel nubarrón de alas revoloteó y dirigió todos los picos hacia ella. Jade retrocedió con un jadeo. Al menos había veinte pájaros: una bandada que entraba por la ventana en la habitación suntuosa. ¡Unas urracas azules!

Por instinto, se hizo a un lado para esquivar la bandada, pero, cuando los pájaros dibujaron un arco inclinado con las plumas firmemente unidas al cuerpo, se dio cuenta, con un espanto tremendo, que su intención no era adelantarla.

Jade soltó un grito cuando el primer picotazo estuvo a punto de darle en un ojo y se le clavó dolorosamente en la sien. Unas garras se enredaron entre su melena rizada. Unas alas le golpearon las mejillas como bofetadas. Percibió el hedor de las plumas de los pájaros y notó en la boca el sabor amargo del polvo de las alas. Las manos empezaron a escocerle a causa de las embestidas de esos picos afilados, pero logró protegerse la cara. Se volvió como un prestidigitador de feria para intentar librarse de los animales, pero estos atacaron con más fuerza aún. Cuando el candelabro dio contra dos urracas azules, se oyó un ruido sordo. Un pájaro le atrapó el labio inferior con el pico, y aquel intenso dolor la hizo gritar. Unos ojos negros la miraban con rabia. Jade se dio la vuelta, se inclinó bajo una nueva acometida e intentó huir. Tropezó con la alfombra que se había corrido y perdió el equilibrio. El candelabro se le soltó de la mano y ella se precipitó al suelo; sin embargo, el impacto no se produjo. Notó en la cara un mechón de pelo, y una mano se posó como una pinza en su cintura y algo le tiró con rudeza del pelo.

—Corre —le susurró al oído una voz familiar.

Jade obedeció tapándose los ojos con las manos, entre tropiezos e inclinada hacia delante. Oyó que el perro gruñía detrás de la puerta cerrada y fue entonces cuando se dio cuenta de que se encontraba en el pasillo. Al punto, la reja de latón se abrió con un chirrido justo delante de ella, y un empujón desabrido la precipitó dentro de la madera lisa de la cabina del ascensor. El empujón la dejó sin aliento, y cayó deslizándose al suelo en la pared lisa, con las rodillas apretadas contra el cuerpo y mirando entre los dedos.

Era Faun. Llevaba la camisa desgarrada y el cuello alto le colgaba hecho jirones sobre el hombro. Tenía la cabellera rubia revuelta y oscurecida por el hollín. Manchas de humo en la piel, olor a fuego y... estaba agitando en el aire la casaca de Moira. Así mantenía en jaque a la bandada con un gesto furioso, y podía defenderse también de los pájaros con el brazo. Una urraca azul lo atacó precipitándose hacia su cara, pero Faun levantó el brazo tan rápido que el pájaro cayó abatido al suelo. Jade se acurrucó todavía más en el rincón.

A continuación, con una rapidez que apenas permitía vislumbrar sus movimientos, Faun arrojó la capa contra la bandada y aprovechó los segundos de desconcierto entre los pájaros para saltar a la cabina con Jade. Cerró la reja con un golpe iracundo que hizo añicos el botón del ascensor y, por fin, la cabina se puso en movimiento. Sin aliento apenas, Faun se volvió hacia Jade con los puños apretados, los ojos encendidos, y el rostro demudado. Iba tan cubierto de hollín que parecía que llevaba una máscara bajo la cual brillaban sus ojos. Con todo, lo más inquietante era la expresión de odio que dejaban adivinar. Jade se apartó instintivamente a un lado, dispuesta a defenderse. Él se abalanzó hacia la joven con una rapidez tal que ella apenas se pudo percatar. Hasta entonces solo había sentido pánico, pero, en aquel instante, Jade supo lo que era el miedo a morir. «Va a matarme», pensó. Antes de que le diera tiempo para reaccionar, él ya tenía los dedos, como garras, hundidos en sus hombros con los pulgares peligrosamente cerca de la garganta de Jade. Ella jadeó y lo asió por las muñecas.

—¡Suéltame! —mascculló con los dientes apretados. Le golpeó la rodilla con una patada bien dirigida, pero él ni se inmutó.

El ascensor alcanzó la tercera planta y ahí se detuvo suavemente. Al parecer, el ruido y el movimiento que hizo lograron sacar a Faun del estado en que estaba sumido y que ella no se atrevía ni siquiera a imaginar. Faun parpadeó, y Jade notó cómo el agarre en torno a su cuello se aflojaba.

—¿Cómo se te ocurre subir allí? ¿Te has vuelto loca? —masculló él.

Ella se zafó e intentó guardar la máxima distancia posible entre ambos. En aquella cabina estrecha, no podían estar a más de un brazo de separación.

Se quedaron mirándose cara a cara con la respiración entrecortada. Las aletas de la nariz de Faun se agitaban, y su boca se le había vuelto una línea pálida y dura. Aunque entonces él la miraba de hito en hito, Jade hubiera preferido que no lo hiciera.

El cosquilleo frío de una gota recorriéndole la mejilla le hizo darse cuenta de que tenía una herida en la sien. En ese instante se dio cuenta de que Faun también estaba herido. Entre los restos de su manga, bajo un vendaje de urgencia, asomaba una mancha roja.

—¿Qué… qué ha ocurrido? —preguntó ella.

—¡Maldita sea! ¡Eso no es asunto tuyo! —le espetó él.

—¿Por qué estás tan enfadado conmigo?

—Porque eres estúpida —le replicó él—. ¡Y, por si fuera poco, ciega y sorda!

Jade se sobresaltó. ¡Tenía toda la razón del mundo! De todos modos, como si esa ofensa hubiera reavivado la rabia que sentía, la conmoción por lo ocurrido la abandonó.

—Sí, he sido tan estúpida como para creer que erais huéspedes del hotel. Tan estúpida incluso como para pasarme el día preocupándome por si habías caído en la línea de tiro. Pero vosotros, en realidad, os dedicáis a destrozarlo todo y nos ponéis a todos en peligro. Fisgoneáis en otras habitaciones, y…

De pronto, él volvió a adquirir un aspecto peligroso. Bajo la luz parpadeante del ascensor, sus ojos tenían el brillo de color rojo y miel de los felinos. Olía a amenaza, a nieve y al frío de una noche de invierno.

—¡Escucha de una vez lo que voy a decirte! —dijo él con tono amenazador—. Déjalo ya, ¿vale? Yo me he avanzado esta vez, pero Tam está a punto de regresar al hotel. Y ya puedes rezar para que él tenga algo mejor que hacer que concentrarse en los pájaros.

—Tú no eres nadie para darme órdenes —repuso ella—. ¿Qué pretendéis hacer con esas urracas azules? ¿Acaso matan ecos?

—Realmente, en tal caso sería útil que el adversario se quedara sin ojos —replicó Faun con sarcasmo frío—. Pero quizá en tu caso por lo menos debería haberles dejado hacer...

—¡Deja ya de amenazarme, Faun! ¿Por qué los pájaros de Tam atacan a los humanos? Ningún pájaro normal hace esas cosas.

—Pero los pájaros de las Montañas de los Hombres Indómitos sí lo hacen. Les gusta atacar, sobre todo cuando ven a un intruso. Tam los ha adiestrado para ello. Él sabe cómo hablarles.

—Pues parece que se le olvidó decirles que no pueden despedazarnos.

Los ojos de Faun parecían chisporrotear de rabia.

—¿Es que todavía no te has enterado? ¿No te das cuenta de que si Tam quiere es capaz de ver lo que están viendo los pájaros? Ellos son sus ojos.

Jade se estremeció. De modo que eran espías... Espías de la Lady. ¿Acaso había un modo mejor para controlar a una ciudad que utilizando unos pájaros capaces de actuar como ojos?

—Así pues, ¿no habéis matado ningún eco?

Faun la miró como si ella no estuviera en sus cabales.

—¿Es que no puedes pensar en otra cosa? —mascullό—. Vamos, desaparece antes de que Tam te encuentre.

En el preciso instante en que él iba a tirar de la reja de latón, el ascensor se puso en marcha con una sacudida y empezó a descender hacia la planta baja. La expresión de Faun cambió por completo. El temor le ensombreció el rostro. Por primera vez, Jade vio de nuevo al otro Faun y quedó sobrecogida.

—¡Tam está abajo!

El pánico se había apoderado de la voz de él, y Jade también se puso nerviosa. Si Tam le veía las heridas de los picotazos...

—¡Vamos, aúpame! —le ordenó ella—. Subiré al techo de la cabina por la trampilla de servicio. ¡Vamos!

Al instante notó que dos brazos fuertes la sostenían y la alzaban. Faun a duras penas logró ocultar en su rostro el dolor que sentía en el brazo, pero consiguió sostener con firmeza a Jade... tal vez demasiada firmeza. Durante un largo instante en que el tiempo se detuvo, un segundo robado entre ser descubiertos o huir, los dos se detuvieron en aquel extraño abrazo. En cuanto pasaron la segunda planta, Jade alzó los brazos, descorrió el cerrojo de la trampilla, tomó impulso y apoyó el pie sobre el hombro de Faun. Luego se aupó rápidamente sobre el techo de la cabina del ascensor. El rostro de él osciló bajo sus pies, sombrío como una máscara, enjuto y teñido de preocupación.

—¡Mañana hablamos! —le susurró ella—. Vendré y...

Él negó con la cabeza con vehemencia.

—¿Todavía no lo entiendes? —repuso—. No te soporto, ¿comprendes? Por lo tanto, aléjate de mí.

Tras pronunciar esas palabras, Faun extendió el brazo hacia arriba y cerró la trampilla. «Otra vez me cierra la puerta en las narices», se dijo Jade. Se incorporó y se esforzó por respirar profundamente. El chasquido metálico del ascensor le taladraba el cerebro. Estuvo a punto de no acertar con el momento en que la reja de latón de la primera planta se deslizaba junto a ella. Saltó en el momento preciso, se agarró a la reja y se encaramó al suelo mientras la cabina continuaba su recorrido descendente dentro de la caja. Luego se vio en la primera planta, aturdida, confusa y ensangrentada. Con todo, más que las heridas de los picotazos, lo que más le dolía eran las últimas palabras de Faun.

Calaveras y espinas

Las tropas fueron reforzadas y se produjeron más detenciones. Para colmo, al parecer, en las turbinas del lecho del río se enredaron algas o redes desgarradas. Había muchos apagones y también en el Larimar las luces centelleaban y se apagaban, y Jakub tenía que subir el ascensor hasta la cuarta planta a mano con el cabestrante de emergencia. Jade sabía lo que aquello significaba: Martyn y la gente de Arif tenían que arreglar las turbinas antes de que las finas aspas se doblasen bajo la fuerte corriente submarina.

Jade apretaba los puños cada vez que veía a Tam abandonar la casa con su séquito de espías alados, que se precipitaban desde el tejado y las hendiduras de las paredes. Se afligía con solo pensar en lo que Jakub diría tras la partida de Tam, cuando viera las habitaciones más suntuosas asoladas. Por su parte, se ocultaba en el ala este del edificio, lo más alejada posible de las estancias de lujo y del salón de banquetes. Era una habitación de la segunda planta. Conservaba aún unos postigos en buen estado que impedirían que las urracas entraran en la habitación. Tenía el diario y los demás tesoros de la sala azul escondidos debajo de la cama, un armatoste negro de ébano desgastado.

Eludía a Faun en todo momento. Sin embargo, lo peor no eran el desprecio y el rechazo que él le demostraba; lo peor era el hecho de que no podía dejar de pensar en él. Cuanto más enfadada se sentía, más a menudo se despertaba de noche con el corazón agitado porque le parecía oír su risa. En una ocasión en que se atrevió a acercarse al puente de los Grifos, Jade lo vio al otro lado del río. Faun se encontraba en el límite de la Ciudad Muerta y contemplaba pensativo los muros y las calles. Al regresar de nuevo por el puente, avanzó con cautela. «Como un animal salvaje que se siente inseguro en la ciudad», se dijo Jade. Curiosamente, a pesar de la decepción que sentía, la presencia de Faun la fascinaba más que nunca. Su aire desconocido lo hacía muy atractivo. La agitación sorda que ella sentía en el pecho era como una carga. O, tal vez, como un anhelo. Faun se había detenido en el centro del puente y la había mirado de hito en hito desde allí. Era imposible que él la hubiera visto porque el sol le daba directamente a los ojos, y Jade se encontraba medio escondida en la penumbra; con todo, ella tuvo la certeza de que la había reconocido.

—¿Qué os pasa a los dos? —preguntó Lilinn cuando, al poco, Faun y Jade se cruzaron miradas hostiles en el pasillo y pasaron el uno junto al otro sin decirse nada.

—Lo mismo podría preguntar yo sobre ti y Jakub —contraatacó Jade cerrando de golpe la puerta de la cocina.

Lilinn se rió.

—¿Nosotros? —respondió impasible—. Nada.

—Ya, claro. Os pasáis el día cuchicheando, tienes las llaves del sótano, y te pones de su parte ante Manu y Nell. Sí, en efecto, eso es lo que se dice «nada».

—¿Acaso está prohibido hablar con tu padre? —replicó Lilinn tranquilamente.

El olor a menta y salvia impregnó la nariz de Jade en cuanto la cocinera empezó a triturar las hierbas. Jade observó que utilizaba el cuchillo con la mano derecha y que no tenía mucha habilidad con ella.

—No, no está prohibido —respondió Jade—. De todos modos, no consigo entenderlo. Hace unas semanas apenas le dirigías la palabra y ahora...

—Tal vez es Jakub quien busca contacto conmigo —dijo Lilinn. Un punto a su favor.

—¿Y a qué vino lo de que tú no eres espía de la Lady?

Lilinn dejó de triturar las hierbas.

—¿Acaso lo sospechas? —preguntó, sorprendida. Se rió—. Jade, ¿significa esto que no te fías de mí? ¿Cómo se te puede ocurrir que yo sea capaz de engañaros?

—Yo no he dicho eso —respondió Jade con cautela—. Pero más de uno se preguntaría cómo es posible que una zurda como tú pueda herirse la mano izquierda mientras corta verduras.

Los ojos azules de ave rapaz de Lilinn empequeñecieron.

—Puede que más de uno se lo pueda preguntar, pero tú no. A fin de cuentas, ya sabes que cuando corto cambio a menudo de mano, a pesar de que no soy tan hábil con la derecha. Al menos, cuando corto verduras.

Jade se sobresaltó al ver que Lilinn arrojaba el cuchillo con gran rapidez. Este silbó en el aire y fue a dar con un golpe seco justo en el centro de una viga. Jade miró boquiabierta a la cocinera, que no pudo disimular una sonrisa triunfante.

—Tras dos años viviendo con Yorrik y toda la chusma en los callejones y sótanos de la ciudad, aprendes a luchar con las dos manos. ¡De eso puedes estar segura!

Jade suspiró aliviada. «Esto es todo lo que se consigue con la desconfianza», se dijo.

—Perdona —musitó—. Esta cacería, los ecos...

—Lo sé. Todos estamos medio locos de preocupación. A mí me pasa lo mismo. En cuanto a Jakub... ¿puedo hablarte con franqueza, Jade? Pues, sí, me gusta mucho. Y eso que al principio lo tomé por un tipo insensible, de esos que hacen de todo para lograr para sí ventajas y el favor de la Lady. Hasta que comprobé que tiene un buen corazón.

—Corazón sí tiene —dijo Jade con intención—. Y posiblemente tú sabes mejor que nadie lo fácil que resulta romper un corazón.

—¿Adónde quieres llegar?

Jade cruzó los brazos.

—Parece casi como si te hubieras enamorado de él.

«¿Y qué tiene eso de malo?», se preguntó mentalmente mientras hablaba.

Lilinn torció la boca y dibujó una sonrisa irónica.

—¿Tú crees que merecería algo así? Ya sabes que solo me enamoro de mujeriegos y mentirosos. No sé si me entenderás, pero cuando estoy con él tengo la sensación de que es... como yo.

Jade lo entendía. Lo entendía incluso demasiado bien. Si había dos personas que pudieran compartir una misma desdicha, estos eran Lilinn y Jakub.

—¿Cuántos años tenía Jakub cuando tú naciste? —preguntó Lilinn.

—Diecinueve. ¿Por qué quieres saberlo?

—Porque tiene los ojos jóvenes. La barba lo hace parecer mayor. Me gustaría tanto que algún día lograse superar su pesar…

Había dicho esa frase de corazón, y Jade notó cómo su malestar se desvanecía para dejar paso a un sentimiento de calidez.

—Lilinn —continuó—, ¿por qué Yorrik, precisamente? ¿Qué veías en él si era un mentiroso y un canalla?

Lilinn se acercó a la viga y sacó con fuerza el cuchillo de la madera. Sin duda, Yorrik tenía suerte de no encontrarse en la cocina.

—Yo adoraba su risa… y sus besos. Pero, por encima de todo, hoy creo que me gustaba sentir que era tan distinto a mí. Me encantaba la sensación de que todos los segundos a su lado se me escapaban de las manos, y que no había nada firme ni seguro, y que él solo me amaba cuando me miraba. —Dibujó una sonrisa torcida—. Ya ves. Soy adicta a los casos perdidos.

«Tú siempre quieres lo que no puedes tener.» ¿Por qué justo ahora le venía a la cabeza esto que Martyn le había dicho un día en medio de una discusión.

—Pero, en fin, como sabes, no mereció la pena —finalizó Lilinn—. No confíes en el amor: solo da infelicidad. ¿Por qué me preguntas eso? ¿De nuevo te has peleado con Martyn?

Jade negó con la cabeza y se apretó con fuerza la cinta que llevaba en la frente para ocultar las pequeñas heridas de la sien. Podía ocultar las heridas con mangas largas y pañuelos, pero no podía esconder la sensación de sentir su hogar profanado y destruido. Le bastaba con pensar en el diario que las urracas azules habían estado a punto de destrozar, para que le resultara incluso fácil odiar a Tam y a Faun.

—Voy a ver a los Feynal —dijo poniéndose de pie—. No me esperéis. Puede que pase la noche en el transbordador.

—Pasa por la orilla del río —le gritó Lilinn cuando Jade ya salía—. No cruces la ciudad.

Mientras estuvo al alcance de la vista desde el Larimar, tomó la dirección del puerto, pero luego, al cabo de dos calles, cambió de dirección y se ocultó a la sombra de un portal. Allí se sacó rápidamente un pañuelo grande de debajo de la chaqueta y se lo ató a la cabeza para ocultar así su melena. A continuación, volvió del revés la chaqueta de color claro que llevaba y dejó el forro negro a la vista. De este modo, si las urracas azules la veían por la calle, por lo menos Tam no la reconocería de inmediato. Luego volvió a salir a la calle y se encaminó hacia el este.

En otros tiempos, las tumbas de los señores y los potentados adornaban la colina situada junto a la puerta este de la ciudad; entonces, en cambio, el osario parecía un vertedero. Entre los senderos trillados que discurrían entre la espinosa maleza, había astillas de calaveras. La grava crujía bajo el peso de zapatos y pies descalzos. Las ruinas de los antiguos sepulcros apenas se adivinaban ocultas bajo la hiedra y las correhuelas. Desde algún punto al otro lado del muro, que arrojaba una sombra alargada bajo la luz de las últimas horas de la tarde, se elevaba el canto de las cigarras. Alguien había tirado restos de pescado que los gatos abandonados se habían encargado de repartir por todo el osario. Con el calor del sol, el hedor era tan espantoso que a Jade se le revolvió el estómago. «Bonito lugar de encuentro, Ben», se dijo malhumorada mientras se tapaba la nariz y la boca con un pedazo de tela.

—¡Ben! —gritó.

Dos mirlos huyeron volando de una zarza y las cigarras interrumpieron su canto, pero nadie respondió. Jade atravesó el lugar buscando posibles escondites. Ben, sin embargo, no daba señales de vida. Tal vez estaba oculto en algún lugar y no la oía.

—Las calaveras se guarecen solas —murmuró Jade—. Su palacio es de mármol. Las campanas mudas llaman a la lucha.

Por lo tanto, tenía que encontrar algo de mármol. Si no estaba equivocada, probablemente encontraría una pista en alguna de las tumbas.

Oculto entre trepadoras y maleza, descubrió un trozo gastado de epitafio. «En vida… untos. En la muerte unid…», descifró. Por un instante, cuando pensó en la cantidad de tumbas, el alma se le cayó a los pies.

Miró a su alrededor por si veía urracas azules, y luego se sacó un pequeño cuchillo de la manga y empezó a cortar zarzas y maleza. El sol le quemaba las mejillas y la frente, y el viento producía extraños sonidos que a Jade le provocaban escalofríos en la espalda. Aunque las espinas le rasguñaban las piernas, no desistió. Un silbido lejano la sobresaltó. Escudriñó en dirección a la puerta este. Primero creyó que se trataba de un espejismo, pero luego descubrió un grupo de personas. No sabía si eran tan solo habitantes de la ciudad o si se trataba de centinelas. En cualquier caso, por encima de sus cabezas, revoloteaba una bandada de pájaros.

Jade renegó. Aunque el grupo todavía estaba bastante alejado, era demasiado tarde para huir. Por mucho que ella se ocultara entre las tumbas, las urracas azules, pues a juzgar por su vuelo tan bajo solo podían ser las espías de Tam, la verían desde el aire. Se agazapó y, avanzando a cuatro patas, se deslizó por debajo de un seto de enebro todo lo rápido que le fue posible. Las espinas le desgarraban la chaqueta y las piedras se le clavaban en las rodillas. Entonces oyó el aleteo de unas alas. Se alegró de haber vuelto del revés la chaqueta y dejar a la vista la parte oscura, ya que eso la camuflaba mejor. Se quedó quieta durante unos segundos y, al ver que no ocurría nada, siguió avanzando a tientas. «Espero que no haya ninguna patrulla y que no lleven galgos», se dijo. En ese instante dio con la mano en una superficie de mármol blanco liso. Palpó con los dedos la piedra blanca desgastada y notó una ranura a la que alguien le había quitado el musgo de forma concienzuda. Jade forzó la postura para dirigir la mirada hacia lo alto. Dibujado a contraluz en aquel cielo resplandeciente, entre hojas y ramas, había un monumento funerario: dos campanas de cobre cubiertas con una pátina de color verde oscuro. ¡Había una cripta! Y tenía una puerta que, a juzgar por las señales en el suelo de tierra, había sido abierta hacía poco tiempo.

Recorrió con los dedos la ranura en lo alto hasta palpar una cerradura oxidada. Se arrodilló y pulsó el tirador. La puerta, evidentemente, no se abrió. Unas voces se aproximaban, y las pisadas ahuyentaban a ratones y gatos fuera de sus escondites.

—¡Ben! —musitó Jade desesperada por el ojo de la cerradura—. ¡Ben, soy yo, Jade! ¡Déjame entrar! ¡Si estás ahí den…!

Sus manos se agitaron en la nada y el lugar donde instantes antes había habido una puerta quedó ocupado por una oscuridad repentina. Unos dedos enjutos la asieron de la muñeca y la arrastraron con fuerza hacia delante. La puerta se cerró en silencio, tal como se había abierto. Al punto, Jade se encontró postrada de rodillas sobre la grava húmeda con el filo tembloroso de un cuchillo junto a la garganta. A pesar de que allí el ambiente era fresco, ella empezó a sudar.

—¿Qué haces aquí? —le espetó una voz ronca en el oído.

—Ben... —gimió Jade—. ¡Aparta el cuchillo!

—Pues dime la contraseña —masculló Ben.

Jade le agarró la muñeca y se apartó el cuchillo de la garganta sin mucha dificultad. El arma cayó sobre el suelo de grava.

—¡Asesinos! —aulló Ben—. ¡Nos van a matar!

Jade se dio la vuelta, pero en aquella densa oscuridad resultaba difícil orientarse. Dio con la palma de la mano en la nariz de Ben. Él chilló. Pero antes de que pudiera tomar aire, Jade le apretó la boca con la mano.

—¡Para ya, imbécil! —musitó—. No quería pegarte, sino que te callaras. Ahí fuera hay una patrulla. Grita más fuerte y te oirán.

Ben dejó de resistirse de inmediato.

Jade suspiró aliviada. Por lo menos, el hombre conservaba algo de buen juicio. Estuvieron un momento parados en silencio, pero no parecía que alguien de fuera hubiera notado algo. Jade apartó por fin la mano de la boca de Ben.

—¿Contraseña? —le susurró él.

—¿Qué?

—¡Contraseña! —insistió Ben con severidad.

Jade gimió y se incorporó.

—*Tandraj?* —probó. Era la única palabra que Ben le había susurrado días atrás.

—Mal —repuso Ben con severidad—. El santo y seña correcto es «Once lores». ¡Vamos, ven conmigo!

Los débiles brazos del anciano la levantaron con fuerza. Notó el roce de las paredes húmedas en los hombros.

—Escalera —le surruró Ben.

Notó que la suela de su calzado se deslizaba sobre el borde de una piedra lisa. Al cabo de diez escalones, que Ben superó con dificultad y con la respiración entrecortada, apareció otra puerta, detrás de la cual se abría una cripta circular. Una luz débil iluminaba los sarcófagos, que, tras haber sido arrastrados contra la pared, hacían las veces de muebles. Sobre ellos había botellas y platos. Una pequeña lámpara destacaba dentro de un cono de luz. Jade no se lo podía creer.

—Esto es un auténtico campamento —dijo ella—. ¡Tú aquí no vives solo ! ¿Es…? ¿Estos son…? ¿Vosotros sois… rebeldes?

Ben parpadeó sin comprender nada.

—¿Rebelión? —murmuró él, confuso.

Jade se desanimó. La verdad es que la cripta no parecía un cuartel general de rebeldes, sino más bien el refugio de unos cuantos vagabundos. Sin duda, los rebeldes no perdían el tiempo arrastrándose a cuatro patas debajo de setos espinosos.

—¡Seguro que sabes alguna cosa! —insistió ella—. Me dijiste que el muerto de la fuente era un lord.

La invitó con un gesto a que se sentara frente a un sarcófago. Él se recogió como un paraguas y apretó las rodillas contra el pecho.

—Vi cómo los centinelas lo sacaban —explicó—. Lord Minem llevaba rubíes en las botas. Conocía esas botas. Una vez me propinó unas patadas con ellas. ¡Aquí! —explicó señalando su cadera.

—¿Y lo mataron los ecos?

—¿Al lord número doce? Oh, no. Fueron los rebeldes.

Al decir esto, abrió los ojos y se tapó la boca con la mano, como si hubiera hablado de más.

—Tranquilo, Ben —contestó ella—. No pienso delatar a nadie. Solo necesito averiguar un par de cosas.

—Se dedican a recuperar lo que nos pertenece —afirmó él con tono grave y la claridad que ella llevaba esperando desde hacía tiempo.

—Pero tú conoces a los rebeldes, ¿verdad? —La voz de Jade en aquella estancia sonaba sorda y extraña—. ¿Cuántos son, Ben?

—Todavía no son suficientes —dijo Ben—. No bastan ante tanta injusticia.

Bajo aquella luz titilante, él no parecía un loco, pero ella no estaba totalmente segura.

—«Han vuelto», me dijiste. ¿Qué querías decir con eso?

La prudencia de aquel viejo la irritaba.

—¿Los… amos?

De hecho, la respuesta era más bien una pregunta llena de cautela.

—¿Estás hablando de los dos reyes hermanos procedentes de las islas? —preguntó Jade.

Ben asintió con alivio.

—La estirpe de los Tandraj.

—Pero si durante la guerra de Invierno la Lady acabó con todos los Tandraj.

Ben levantó el dedo índice.

—Con todos, no —repuso él—. Con todos no. El príncipe sobrevivió.

Jade aguzó los oídos. ¡Un príncipe! Jakub jamás le había contado nada sobre él. En cambio, eso arrojaba una lógica pavorosa a la situación del momento.

—¿Logró escapar? ¿Acaso ahora lidera a los rebeldes?

Ben contrajo el rostro en una mueca, como si aquel recuerdo le causara dolor.

—Nadie lo sabe —dijo, nervioso—. Nadie lo sabe, nadie lo sabe.

Empezó a mecerse hacia delante y hacia atrás.

«¿Qué hago yo aquí? —pensó Jade—. Estoy escondida en una cripta hablando con un loco.»

—¿Cómo sabéis que vive? —preguntó impaciente.

—Por los ecos —le susurró Ben—. Solo él puede llamarlos y los ecos regresan. Por lo tanto, el príncipe está en la ciudad.

¡Aquello era una noticia! Por primera vez desde la muerte del eco —al que desde hacía tiempo ella llamaba «mi eco»—, a Jade le pareció que podía formarse al fin una imagen más clara en lugar de pedazos y fragmentos inconexos.

—«Nacido en invierno —cantó Ben—, y con sed de venganza. Él ha regresado y prepara una batalla.»

A Jade le costaba mucho contenerse para no agarrar a Ben de los hombros y sacudirlo.

—Los ecos —dijo ella, casi sin aliento—. Cuéntame más cosas sobre ellos. ¿Los ha llamado para que le ayuden? ¿Por eso asesinan? ¿Para reconquistar la ciudad? ¡Ben, mírame!

El anciano dejó de mecerse, se aclaró la garganta y escupió.

—No me acuerdo —dijo él, sonriéndole como si la acabara de ver—. ¿Te conozco? ¡Contraseña!

Jade entonces perdió la paciencia.

—¡Deja ya de hablar como un loco! —le ordenó con brusquedad—. Y no me trates como a una imbécil. Tú no eres tan olvidadizo como pretendes. ¿Qué sabes de los ecos?

No mucho ya, temió ella al ver la expresión confusa en el rostro del anciano. Parecía esforzarse mucho.

—Son buenos —dijo al fin con tono convencido. Jade tuvo ganas de reír. ¡Su intuición no la había engañado!

—¿Comprendes su idioma? *Sinahe?*

Ben se encogió de hombros, e hizo una mueca de payaso desconcertado.

—¡No me acuerdo! —dijo con tristeza y empezó a darse golpes con la mano en la sien, como si llamara desesperado a una puerta cerrada. Ben se le escapaba como una barcaza a la deriva cuya soga Jade ya no podía retener por más tiempo. Ella lo tomó por los hombros y suavemente le obligó a mirarla.

—Está bien, Ben, está bien, tranquilízate. Tengo que hablar con los rebeles, ¿entiendes? Dejaré un mensaje aquí.

La desconfianza dio al anciano una apariencia especialmente desagradable.

—¿Con qué derecho? ¿Acaso eres de los nuestros? —le espetó.

Aunque el ambiente en la cripta era fresco, el frío que la atería era de otra naturaleza. Era el frío que se sentía al pensar en un calabozo. «Todavía estoy a tiempo de regresar. Volver con Jakub, volver a mi vida entre el Mercado Negro, los fusiles y el miedo a los cazadores», se dijo.

—Es posible —dijo ella en voz baja.

—«Es posible» no basta —respondió Ben con severidad—. «Es posible» suena a delación.

Jade resopló y se puso de pie.

—Y «delación» rima con «razón». A estas alturas, me resulta imposible creer que hayas perdido la razón por completo —le dijo ella al anciano—. En tal caso, les dirás a tus amigos que he estado aquí. En tal caso, diles de mi parte lo siguiente: que vigilen las urracas azules. Vuelan bajo y acostumbran a ir en bandada junto con un nórdico. Se hospeda en el Larimar, pero está al servicio de la Lady y de los lores. Es un peligro para vosotros. Se dedica a informar a la Lady de todo lo que ven sus pájaros. Por lo tanto, debéis permanecer donde ellos no os puedan descubrir.

Ben tenía los ojos abiertos de par en par.

—Esto suena más que un simple «es posible» —dijo con una sonrisa astuta—. Mira, no tengo ni idea de los disparates que farfullas, ni sé a quién debo contárselos, sería bueno que a partir de ahora vigiles si ves cascotes.

Cascotes. Como si algo así pudiera valer como identificación. De todos modos, de ser así, no era una elección apropiada: la ciudad rebosaba cascotes; apenas quedaba un solo cristal en las ventanas. Jade evitó con cautela los bloqueos de calles y el barrio acordonado, y se escabulló por atajos en dirección hacia el puerto. Las numerosas escapadas que había hecho al Mercado Negro representaban una ventaja. Jade conocía todos los ruidos y todos los gritos, e intuía, como si fuera ciega, las rutas que era preferible evitar. Cuando oía pisadas de botas, se hacía a un lado, pero a la vez se levantaba la manga para mostrar bien, por si acaso, la señal del lirio. Al rato cayó en la cuenta de que, tal como iba, con el pelo oculto bajo el pañuelo, podía ser tomada por un eco. «No pierdas la cabeza», se decía para tranquilizarse. Pero el corazón le latía cada vez más rápido. «El príncipe y los ecos», no dejaba de repetirse.

Por bien que la visión de la Ciudad Muerta le había provocado espanto, le resultó más siniestro aún encontrar el puerto desierto. Al ver que no había ni un solo barco mercante, Jade comprendió la gravedad de la situación. Bañados por la luz del atardecer, los muelles y embarcaderos se mostraban abandonados y solitarios junto a las aguas tranquilas. Incluso el faro estaba apagado. Unas siluetas oscuras se recortaban en el estrecho camino de ronda que volteaba la punta del faro. Si la Lady había bloqueado el comercio de la ciudad, entonces la cacería no había hecho más que empezar.

Jade se arrebujó la chaqueta en los hombros. El transbordador de los Feynal no estaba anclado y tampoco se veía en el delta. Únicamente en la lejanía había unos puntos que oscilaban sobre las aguas. Tal vez se estaban aproximando. Se acurrucó junto a una grúa de carga, en un rincón a salvo de las miradas, y aguardó.

Los ojos de medianoche

Creer con luz de día que los ecos no eran bestias era una cosa. Pero intentar creerlo de noche, era otra muy distinta. «Aparecerán mientras duermas y te estrangularán.» Las palabras de Faun no dejaban de dar vueltas en su cabeza. «Luego beberán tu sangre y te despedazarán.»

Tras una hora de espera el transbordador de los Feynal aún no había aparecido; Jade dejó una señal de tiza para Martyn en la pasarela y, decepcionada, emprendió el camino de vuelta a casa. Tenía la sensación de ser observada, pero cada vez que se volvía no veía más que calles desiertas. No había luz en ningún sitio. Se preguntó si acaso el suministro de electricidad había cesado por completo. La oscuridad jugaba con ella, acechándola, fingiendo pasos aquí y allá. Completó corriendo los últimos metros hasta llegar al Larimar; con el corazón agitado dio un salto para llegar a la puerta trasera, la abrió con las manos temblorosas y se escurrió al interior. Al hacerlo, dio con el pie contra una caja. En aquel silencio, el leve estrépito retumbó como un trueno. Jade se detuvo asustada. El pasillo estaba ocupado por unos bultos oscuros. Si no quería volver a tropezar necesitaba luz. En el alféizar de la ventana encontró fácilmente unas cerillas y una pequeña lámpara. En la mecha solo quedaba un último resto impregnado de aceite. La minúscula llama titiló débilmente, pero su luz bastaba para mostrar a Jade los obstáculos que había en el pasillo: más cajas y sacos de comida. La Lady seguía cuidando muy bien de sus huéspedes.

Jade se acercó de puntillas a la escalera y aguzó el oído. No se oía nada. Hasta donde alcanzaba su memoria, era la primera vez en que incluso los fantasmas del Larimar habían callado y en el edificio reinaba un silencio absoluto. Sin darse cuenta, aceleró el paso y ascendió por la sinuosa escalera. La barandilla de latón se deslizaba fría bajo las palmas de sus manos. Fue avanzando sumida en la diminuta isla de luz que iba penetrando en aquel mar de oscuridad. La ventana estrecha al pie de la escalera que daba a la calle la miraba como un ojo ciego y brillante. Había olvidado que existía de tantas veces como había pasado delante de ella.

Se detuvo cerca del ventanuco y permaneció quieta un momento bajo la temblorosa luz. En la escalera había algo brillante. Jade se inclinó con cuidado y vio un pasador de cobre con la forma de la luna creciente. Tenía que ser de Lilinn. Se agachó para recoger la joya. A punto estuvo de no percatarse de un movimiento en la ventana. Apenas fue un centelleo, un mero amago, pero Jade levantó la cabeza y miró hacia la ventana.

Una criatura monstruosa la estaba mirando con las zarpas extendidas en el aire, quietas, como si estuviera dispuesta a saltar. Tenía la piel negra y los ojos brillantes eran de color blanco. Sacó las garras.

Jade gritó y retrocedió asustada. En aquel mismo instante, el rostro demoníaco de color negro cambió de expresión. Era evidente que esa cosa había buscado a Jade y la había encontrado. En la oscuridad, sus fauces parecían una herida abierta. Los dientes brillaban, largos, torcidos y listos para matar.

Apenas se dio cuenta de que la lámpara de aceite se le escapaba de las manos, ni oyó tampoco cómo se rompía. Una oscuridad repentina la envolvió, y Jade se echó a correr, trastabillando y sin saber hacia dónde se dirigía. Cayó por la escalera, se incorporó de nuevo, siguió corriendo y de pronto chocó contra algo que cedió levemente. Era un cuerpo. Jade se agarró instintivamente a él con fuerza hasta el punto que ambos dieron contra el suelo. El corazón se le detuvo un instante y luego empezó a latir tan rápido que se sintió acalorada y mareada. Quiso gritar, pero la fuerza del impacto la había dejado sin aire. El polvo de la alfombra, que olía a baldosas y a podredumbre, se le metió en la nariz. Un aliento cálido se deslizó por sus mejillas y una cabellera le acarició el rostro. Notó que unos brazos rodeaban su cuerpo en actitud protectora. Entonces reconoció ese otro olor que le resultaba tan familiar.

—¡Faun! —farfulló con voz ahogada.

Habría podido llorar de alivio. Estaban tendidos con los cuerpos entrelazados delante del ascensor, y ocultos de la vista de aquel monstruo de la ventana.

—Allí fuera… —empezó a decir ella sin más—. En la ventana…

—Ya lo sé —musitó él—. Lo has atraído hacia ti. Seguramente te ha seguido hasta casa. ¡Ya te lo advertí!

Jade estaba demasiado aturdida para reaccionar ante aquella recriminación. Notó que Faun temblaba y que el corazón le latía tan rápido como a ella.

—¿Tú también lo has visto? —susurró ella.

Asintió.

—¿Qué era... eso? —murmuró.

Él tomó saliva.

—¿No lo sabes? —preguntó él con voz ronca. Pero sí, sí que lo sabía. «Es la otra especie», se dijo. Martyn tenía razón. Seguramente hay especies distintas.

Faun inspiró profundamente y pareció tranquilizarse un poco. Por primera vez, Jade pudo aspirar por completo su olor: la piel le olía a bosque y a invierno, a musgos y a helechos, y un poco también a nieve. Era una fragancia que la mareaba y la confundía. Durante un largo instante, olvidó que tenía motivos para odiar a Faun y se debatió contra el impulso de estrecharse en sus brazos sin más y hundir la cabeza en su hombro.

—Pero ahora ya se ha marchado —le dijo él en voz baja—. No tienes nada que temer.

—¿Cómo lo sabes?

—¡Mira la ventana!

Erguirse le costó un gran esfuerzo. Faun aflojó los brazos, pero no la soltó por completo. Jade se incorporó con el corazón acelerado y se inclinó hacia delante, hasta poder vislumbrar el otro lado del ascensor. El cuadrado iluminado de la ventana estaba vacío.

—¿Y... si regresa? —musitó.

Faun no dijo nada, y aquella respuesta resultó suficientemente horripilante.

«Ahora ya sabe dónde encontrarme —se dijo ella—. ¡Claro que regresará!»

Lo único que percibía de Faun era su silueta negra, irreal, como si de un sueño se tratara. Tuvo la certeza de que él la miraba fijamente desde la oscuridad. La idea de que aquel monstruo estuviera merodeando en esos instantes por el Larimar la sacaba de quicio, pero aquel temor llevaba emparejada también otra cosa: el deseo de que Faun no la desasiera.

—Jade —susurró él.

Y de pronto la atrajo hacia él y la abrazó con tanta intensidad que parecía no querer soltarla nunca más. Era un gesto que parecía ocultar cierta desesperación. El cuerpo de Jade reaccionó maquinalmente en tanto que su pensamiento continuaba totalmente desconcertado, y, tras rodearle la cintura con los brazos, se apretó contra él y aspiró su aroma a bosque y a piel, como si fuera una bebida deliciosa.

«¡No deberías hacer esto! —atronaba en su interior el sentido común—. ¡Es tu enemigo! ¡Estás abrazando a tu enemigo!»

Faun le deslizó los dedos con cariño por la cabellera y ella notó, estremecida, que sus labios le acariciaban la frente.

—No tengas miedo —murmuró él con tono tranquilizador—. Mientras yo esté aquí, no permitiré que te ocurra nada.

Ella quiso librarse de aquel abrazo y huir, pero no consiguió ni siquiera moverse. Con una cautela infinita, él le posó las manos en la cara. Aquel contacto tan agradable le provocó un estremecimiento que le recorrió toda la piel. Faun le acarició los párpados y los pómulos. El futuro y el pasado se desvanecieron en la nada, y cuanto quedó fue aquel instante y el aliento de Faun en sus labios. «Tal vez es así cuando no hay nada que perder —se dijo Jade, sobrecogida—. Tal vez voy a morir. Y tal vez esto no tenga ninguna importancia.»

Entonces los labios de él encontraron su boca y Jade olvidó incluso aquel último pensamiento. Faun la besó con una delicadeza que a ella no le pareció propia de él, y Jade no pudo más que responder a aquel gesto. Jamás había sentido algo igual. De golpe comprendió por qué los besos con Martyn se habían agotado. Era la diferencia entre amistad y… ese territorio desconocido. Los labios de Faun se apartaron de los de ella, como para tomar aliento. Jade notó que él temblaba.

—Creía que no me podías ni ver —dijo ella en voz baja.

—¡Oh, Jade! —susurró él.

Jade se dio cuenta de que al oír esas palabras él sonreía. El primer beso había sido un intento delicado, pero el segundo le robó el aliento y la sumió en una oscuridad de color rojo encendido y en la calidez. Fue infinitamente agradable y doloroso a la vez, como una risa entre las lágrimas. En él se agazapaba la pérdida y el temor a lo que ocurriría más adelante.

Fue al cabo de un buen rato que se soltaron, con los labios y la sangre encendidos. La realidad regresó como un huésped educado, aproximándose de nuevo con lentitud, y Jade notó entonces la alfombra, el frío y oyó, amortiguado y lejano, el murmullo del Wila. En ese momento, respirar resultaba extraño. Era como si hubiera perdido el asidero, y se precipitara al vacío en picado. Supo entonces que nada volvería a ser como antes. El Larimar no se había movido, pero su mundo sí lo había hecho. Jade había atravesado un umbral, y se balanceaba en la estrecha cresta que separa el ayer del mañana. Extendió la mano y palpó el cuello y la cara de Faun. Sonrió cuando él inclinó la cabeza y apoyó la mejilla en la mano de ella.

—¿Lo lamentarás? —preguntó él con un carraspeo.

Jade apenas daba crédito a sus oídos. Faun, aquel Faun altivo y burlón, era ahora un ser atento y temeroso.

Un ruido los sobresaltó. «¡El eco!» Aquel fue el primer pensamiento de pánico de Jade. Los dos se pusieron de pie rápidamente.

Faun posó un brazo en torno a ella, como para protegerla. Una luz amarillenta iluminaba los contornos de la escalera; en la primera planta alguien hacía oscilar una lámpara de aceite. Aquel amago de luz bastó para que los dos se pudieran mirar a la cara, sin aliento y nerviosos. En ese instante sellaron un pacto mudo.

—¿Jade? —preguntó alguien en voz baja—. ¿Eres tú?

¡Lilinn!

—Sí, tranquila —murmuró Jade—. Estoy bien. Yo... no he visto a Martyn, lo he esperado mucho rato, pero seguro que esta noche ya no echarán el ancla.

Al oír el nombre de Martyn, Faun apretó con más fuerza su brazo en torno a ella.

Lilinn suspiró claramente aliviada.

—¡Maldita sea, Jade! ¡Me has dado un susto de muerte! Has tenido suerte de que Jakub no se haya despertado.

—¡Tranquila! ¡Ahora subo!

Se soltó a su pesar de Faun, pero, en el momento en que se dispuso a tomar la escalera, él la retuvo. Durante un segundo quedó de nuevo sumida en su abrazo.

Su voz parecía carecer de cuerpo, era apenas un pensamiento convertido en sonido.

—Mañana —susurró él— Tam se quedará por la noche en palacio, pero yo regresaré.

Y desapareció de inmediato, sigiloso, como si no hubiera sido más que un sueño. Jade no oyó ni siquiera sus pasos y se preguntó cómo Faun era capaz de moverse en la oscuridad con esa sorprendente seguridad.

—¿Jade? —preguntó Lilinn preocupada.

Jade tragó saliva y subió al primer piso con las rodillas temblorosas. Al pasar junto a la ventana, el corazón le dio un vuelco. Temió incluso que Lilinn pudiera darse cuenta de lo ocurrido. Deseó no enrojecer en cuanto su amiga la mirara a la cara, pero aquel deseo no se vio cumplido. De todos modos, Lilinn también presentaba un aspecto poco habitual: su preciosa cabellera de ondina le caía en ondulaciones doradas hasta la cadera. Era evidente que se había cubierto el cuerpo con prisas con una manta fina. Cualquiera se habría dado cuenta de que debajo iba desnuda. Se percató de la mirada de asombro de Jade, y bajó la mirada cohibida.

—Vamos a la cama —murmuró.

Regresaron codo con codo a sus habitaciones. Al cabo de un buen rato, Jade cayó en la cuenta de que aquella noche había descubierto también algo desconcertante que había asomado al borde de su conciencia: la puerta por la que Lilinn había salido al pasillo todavía estaba entreabierta. Y esta era la de la habitación de Jakub.

Conciliar el sueño aquella noche era impensable. Jade permaneció acurrucada en la cama negra hasta el amanecer, con el corazón acelerado y con la sensación en el pecho de arder de deseo y, a la vez, estar aterida de miedo. Detrás de sus párpados cerrados se arremolinaban las imágenes: el eco, Lilinn y Jakub, Tam, las urracas azules, los rebeldes, la cosa de la caja... ¡y Faun! Faun, una y otra vez. Notaba su caricia como si él todavía estuviera cerca de ella. Si volvía la cabeza a un lado, le parecía percibir aún su olor, que se había quedado atrapado entre los rizos de su cabellera. Solo cuando la luz grisácea del amanecer penetró por los postigos, todas aquellas imágenes fueron desvaneciéndose y ella, agotada, apoyó la cabeza en las rodillas.

Soñó con la nave dorada de la Lady. El Wila era de un color gris como el hierro y permanecía en calma, y gris era también la máscara con que la Lady se cubría el rostro. Su expresión era rígida y bella, las alas de la nariz eran de hierro y tenía unas cejas grabadas sobre el metal en forma de alas de golondrina. Lo único que tenía vida eran sus ojos, grises y brillantes como el cuarzo ahumado. Estaba de pie, erguida, con la cabeza alzada con orgullo, y su cabellera de color cobrizo se agitaba con la brisa. Tenía los brazos cruzados a la altura del pecho. Llevaba, como siempre, guantes grises y asía con la mano derecha el cetro, un lirio de hierro. Jade parpadeó mientras soñaba, quería avisar a Faun, hacer cualquier cosa para prevenirle de la Lady, pero era como si su garganta y su cuerpo estuvieran paralizados. Entonces lo vio; Faun estaba en la nave, a los pies de la Lady. Estaba de rodillas, como un condenado, con la cabeza agachada, a la izquierda de ella. «¡Decídete!», le decía Lady Mar. Y a continuación señaló con el lirio a su lado izquierdo, y Jade vio ahí a otra persona acurrucada. ¡Martyn!

El ruido de un aleteo la sobresaltó. Por las pequeñas rendijas de los postigos, los dedos de luz palpaban a tientas la oscuridad de la habitación. Jade, todavía aturdida por su sueño, vio las sombras de unos pájaros que pasaban volando frente a los postigos. «Son las urracas azules», se dijo. Y se despertó de pronto.

Todo había cambiado. Incluso la ventana del final de la escalera. Jade jamás había percibido tanto malestar como aquel día al bajar la escalera y mirar la calle. Tenía que haber estado ahí fuera... El eco que la acosaba. Al recordar aquel rostro demoníaco, se quedó sin respiración. Se apresuró hacia la cocina. Al pasar a toda prisa por delante de la puerta del sótano, esta se abrió súbitamente y un desconocido entró en el pasillo. Jade se sorprendió tanto que se quedó quieta y no pudo hacer otra cosa más que mirar fijamente al hombre. Llevaba la ropa de Jakub y tenía el pelo rizado de color pardo, aunque mucho más corto que su padre. Entonces aquel hombre de ojos castaños torció el gesto y dibujó una amplia y tímida sonrisa que ella habría reconocido entre miles.

—¡Jakub! —exclamó ella totalmente atónita.

Lilinn estaba en lo cierto. Sin barba, su padre parecía extraordinariamente joven; en cualquier caso, aparentaba ser mucho más joven de los treinta y ocho años que tenía en realidad. Jade jamás se había percatado de que era un hombre atractivo, de rasgos nítidos, labios bonitos y una barbilla algo angulosa.

—¡Caramba, Jade, cierra la boca, por favor! —murmuró Jakub. Y restregándose las mejillas lisas prosiguió—: Pensé que ya era hora de librarme de la vieja barba. ¿No te gusta?

«Si tuvieras el aspecto de mi padre, me gustaría», pensó ella. Era sorprendente lo insegura que la hacía sentir ese nuevo Jakub.

—De todos modos, creo que lo más importante es que le guste a Lilinn, ¿no te parece? —preguntó Jade mordaz.

El rostro de Jakub se ensombreció.

Resopló y apretó los puños en los bolsillos. Jade creyó oír incluso cómo aquella puerta invisible que los separaba se iba cerrando con llave.

—Oye, Jakub, no te sulfures. Lo único que quería decir es...

—Entonces es que no te gusta. Pero ¿por qué diablos me molesto en preguntártelo? A fin de cuentas, si alguien no lleva una cinta atada a la cabeza, a ti te parece feo, ¿no es cierto?

A Jade casi le tranquilizó volver a tener ante ella al Jakub irascible y susceptible de siempre.

—Espero que ahora no te dé además por disfrazarte. Ya no tienes edad —repuso ella. Por fin la expresión de Jakub se apaciguó, por lo menos, un poco.

—Me contendré las ganas —repuso él—. Ya es suficiente con que mi hija vaya vestida como si yo la hubiera comprado a las gentes del río. —Y tras un suspiro añadió—: Tengo que reparar el ascensor. No te lo vas a creer, pero esos dos bárbaros de las Tierras del Norte han destrozado los botones del ascensor.

«Ya lo sabía», estuvo a punto de decir Jade.

Lilinn estaba impasible: ni parecía incómoda, ni sonreía ni se mostraba cohibida. Era como si Jade y ella no se hubieran encontrado jamás esa noche.

—¿Acaso le has pedido a Jakub que se afeitara? —le espetó Jade en cuanto se hubo servido una taza de té caliente.

Le impresionó ver cómo Lilinn se encogía de hombros como si nada.

—Es su cara. Me limité a decirle que me gustaría más sin barba. Al parecer, ha seguido mi consejo.

De pronto, Jade se sintió insegura. Lilinn y ella eran, al fin y al cabo, amigas… ¿o tal vez no? Y si lo eran, ¿a qué venía tanto disimulo? «¿Tú la conoces bien?» Aquella pregunta de Faun le vino de nuevo a la cabeza. Al recordar su encuentro, el corazón le dio un vuelco y el pulso se le aceleró.

—¿Te ocurre algo, Jade? ¡Estás tan callada!

¡A Lilinn no se le escapaba nada!

Jade bajó rápido la cabeza y la sacudió. ¡Fantástico! Ahora sospechaba de Lilinn, desconfiaba de ella y la criticaba. Y eso que ella tenía mucho más que esconder. No quería ni imaginar qué pensarían Lilinn y Jakub si supieran que hacía llegar avisos a los rebeldes. Por no hablar de los confusos sentimientos que sentía hacia Faun.

Cuando se oyó el ruido del ascensor, a punto estuvo de derramar el té. Su primer impulso la empujó a levantarse de golpe, pero en el último momento se lo pensó mejor y se obligó a dejar tranquilamente la taza y marcharse de la cocina sin más.

Confiaba en encontrarse a solas con Faun por unos instantes, pero esa esperanza quedó frustrada. Los dos nórdicos iban de camino hacia la puerta. El perro de Tam se detuvo y volvió la mirada hacia Jade, a la vez que Faun percibió también su presencia.

Su aspecto la dejó sin aliento. Faun, de negro, iba vestido de fiesta. Llevaba una capa larga en la que brillaban unos bordados dorados y mates. El pantalón estrecho de ante y un jubón de tipo militar le daban un porte más delgado y alto si cabe. Era evidente que había dormido tan poco como ella. Estaba pálido y lucía unas ojeras oscuras, las cuales, curiosamente, lo hacían parecer aún más atractivo. Jade quiso dirigirle una sonrisa disimulada, pero él frunció el ceño y apartó la mirada con brusquedad. Para Jade, aquello fue como un golpe en el estómago.

—¡La barquera que no lo es! —exclamó Tam con una sonrisa amable—. ¿También de camino a la ciudad, Jade Livonius?

—N-no —respondió ella.

El rechazo y la arrogancia punzante de la actitud de Faun la habían estremecido. En ese momento, él estaba concentrado en arreglarse las mangas encima del vendaje. Su gesto estaba lleno de desprecio. Aún así, Jade pudo ver que tragaba saliva varias veces, y aquel gesto tan simple le dejó entrever que Faun no sentía tanta indiferencia como aparentaba.

«¡Esto no puede ser!», se dijo ella. Hasta el momento el desconcierto había sido dueño de ella, pero entonces en su interior empezó a emanar la rabia. Jade apretó los puños.

—¿Al puerto tampoco? —preguntó Tam—. Oh, claro, seguramente, no. Hoy y mañana tus amigos del transbordador tienen mucho que hacer hasta que las turbinas vuelvan a funcionar bien.

—Lo cierto es que aquí yo también tengo más trabajo del que querría —repuso ella en tono glacial—. En el hotel hay muchos desperfectos y es preciso repararlos.

Confiaba en incomodar a Tam con eso, pero él se mantuvo impasible. A Jade le pareció atisbar incluso cierta diversión en la mirada. ¡Cómo le gustaría poder borrarle de golpe aquella sonrisa amable de la cara!

—Por lo menos, el ascensor funciona de nuevo —apuntó Faun con una voz inexpresiva y fría.

Tam arqueó la ceja izquierda.

—Bueno, de momento. En este hotel todo parece provisional.

La ironía de esas palabras logró el efecto deseado.

—Nadie os obliga a vivir aquí —indicó Jade.

Sabía que aquello era un error, pero en ese momento se sentía ahogada por un número infinito de palabras no dichas.

Tam sonrió desdeñoso, y Jade se preguntó cómo le había podido parecer amable y fascinante días atrás.

—¡Vámonos! —dijo Faun.

Se dio la vuelta sin más y abrió la puerta. Salieron al umbral, el perro trotó por la calle bajo el ruido de un aleteo. La capa negra de Faun se hinchó en el aire. Jade tuvo una sensación de ahogo. La decepción y la vergüenza la invadieron de forma súbita e intensa.

En ese mismo instante, Faun se volvió para cerrar la puerta tras de sí, y entonces le dirigió una sonrisa cálida y subrepticia.

Apareció de la nada, en silencio, de forma totalmente repentina, una silueta en la oscuridad de la medianoche. Jade se dirigía por quinta vez a la escalera por si oía pasos y, cuando aquella figura oscura apareció de pronto ante la puerta de su habitación, ella dio un respingo asustada. ¿De verdad era él?

—¿Faun?

Una risa silenciosa le respondió.

—¿Y quién si no? ¿Acaso esperabas a otra persona?

Jade no respondió a la broma. Y tampoco se esforzó en disimular el tono cortante de su voz.

—¿Cómo has sabido en qué habitación estoy?

—Te encontraría en cualquier sitio. Por otra parte, es poco habitual en ti encontrarte en un sitio en que no estés en peligro.

En aquella oscuridad, ella solo podía adivinar su sonrisa. Volvió a sentir deseos de acariciarlo. Sin embargo, una extraña timidez la frenaba. También él parecía sentir esa contención, por lo que ambos se comportaban como dos desconocidos y guardaban las distancias.

—¿A qué ha venido la escena de esta mañana? —musitó Jade con enojo—. ¿Por qué has hecho como si ni me conocieras? Al menos…

—Es imprescindible que Tam no sospecha nada —respondió él rápidamente—. Lo lamento. Sé cómo te sentiste.

—¿De verdad, lo sabes? ¿Qué tengo que pensar ahora de ti? Si te imaginas que me voy a plegar ante Tam, andas muy equivocado. Aunque estemos sometidos a las órdenes de la Lady, no somos unos esclavos a costa de los cuales os podáis divertir.

—¡Jade! —Susurró con tanta delicadeza y con un tono tan dolido que ella calló—. Yo no soy Tam.

Jade se sorprendió de lo mucho que esas palabras la aplacaban.

—Debes ser más prudente —le oyó decir—. No sabes de lo que es capaz.

Jade pensó en las urracas azules y tragó saliva.

—Sí, sí lo sé. Puede hacer que me trates como si yo fuera de aire.

—Es mi modo de protegerte de él. No puedes imaginar lo difícil que me ha resultado no mirarte.

La calidez, la proximidad habían vuelto, y la sonrisa de Jade regresó sin más.

—Pues hoy no vas a poder mirarme —respondió ella al rato—. Estamos sin luz. Esta tarde nos hemos vuelto a quedar sin suministro. Y tampoco nos queda aceite para las lámparas. ¡Pasa a mi cuarto!

Fue a tomarlo por la mano, pero él pasó junto a ella y entró con un paso tan rápido y firme como si la estancia estuviera iluminada con luz de día. Jade se sintió sobrecogida por eso, y volvió a percibir algo extraño en él, algo distinto. Y eso la irritaba más de lo que le habría gustado admitir.

—¿Has tenido algún problema? —preguntó cerrando cuidadosamente la puerta—. Quiero decir, por las urracas que mataste.

El interior estaba algo más iluminado; la luz de la luna se colaba por las rendijas de los postigos y Jade vislumbró un pómulo pálido e incluso el brillo claro de sus cabellos.

—¡Por supuesto! Estos pájaros son muy valiosos. Tam está muy enfadado conmigo. De todos modos, se ha creído mi historia.

—¿Qué le has contado?

—El perro y los pájaros no se soportan; y eso es algo que él también sabe. Le he dicho a Tam que los pájaros lo atacaron porque se había metido por las habitaciones. Y como a Tam no le hubiera servido de nada tener un perro ciego, le he contado que lo encerré para ponerlo a salvo de los pájaros.

—Parece que tienes talento para mentir. —El comentario se le escapó de los labios, y al punto se mordió el labio arrepentida.

—Yo a ti jamás te he mentido —repuso él, muy serio.

Era verdad. Faun había sido más honesto con ella que ella con él.

—¿Por qué ha destrozado Tam las habitaciones? —preguntó ella—. Aunque el Larimar no nos pertenece, no deja de ser nuestra casa. Y las urracas azules han entrado en una habitación que... es solo mía.

—Lo sé —dijo Faun en voz baja—. Tam no permite secretos, no tiene en cuenta las posesiones de nadie. Cree que puede hacer lo que le dé la gana con todo lo que encuentra. Y créeme, no hay nada que él no pueda encontrar. Si lo precisa, es capaz de penetrar en tu alma y conocer tus secretos.

Aunque Jade no quería ser una cobarde, esas palabras la atemorizaron.

—¿Por qué lo ha llamado la Lady?

Suspiró.

—Él se dedica a buscar. La Lady le ha encargado buscar a alguien que se oculta en algún lugar de la ciudad.

¿El príncipe de invierno, tal vez?

Faun le acercó la mano. Sus dedos se entrelazaron de forma casi natural. Ella tenía la piel caliente y él, fría por el aire de la noche. El acercamiento fue titubeante, cauto.

Ella le recorrió las manos y fue a tocarle los brazos. Él se estremeció cuando le pasó la mano por el vendaje.

—¿Quién te ha herido?

—Un cazador. Ha visto una especie de reflejo en la pared norte de la iglesia de Cristal, un movimiento, una figura que corría, y ha pensado que era un eco. Ha disparado y el tiro de rebote me ha dado.

—¿Te han disparado?

—Solo es una rozadura de bala. Una cazadora me ha empujado a un lado y ha impedido lo peor. —Jade vio que él movía los hombros—. Tengo la camisa y la capa desgarrados.

Jade le acarició con las yemas de los dedos el cuello y la cara. Faun cerró los ojos e inspiró profundamente.

—Esa cazadora era Moira, ¿verdad? Te ha dado su capa —murmuró ella. Era más fácil aproximarse cuando se hablaba de otra cosa.

Faun asintió y la miró con atención. Bajo la luz de la luna, el blanco de sus ojos adquiría un brillo azulado y fantasmal; Jade se preguntó entonces si acaso él era capaz de ver en la oscuridad tan bien como ella creía. Él respondió tras una pausa.

—Sí, Moira. Es la única que conserva la sangre fría. Es la mejor cazadora que he visto en mi vida.

Faun y Moira. Por absurdo que fuera, Jade sintió una punzada cuando se los imaginó juntos. De pronto se sintió como si estuviera sola al otro lado del río. «No pertenecemos al mismo mundo —pensó abatida—. Sería una locura. Él y Moira contra los rebeldes y los ecos. Y también contra Jakub y contra mí. Estoy abrazando a mi enemigo.»

Faun habló en tono de voz todavía más quedo.

—Jade, vuestra ciudad es un hervidero. No falta mucho para que algo pase. Lo presiento.

—¿Y qué pintas tú en todo esto? —quiso saber ella—. ¿Por qué no te has quedado en palacio con Tam?

Faun desvió la mirada de ella. Jade notó que se tensaba. Y de nuevo atisbó algo de aquel Faun desconocido capaz de rechazarla en cualquier momento.

—Es por la bestia de la jaula, ¿verdad? —añadió con cautela.

Era evidente que Faun se debatía por responderle. Jade esperaba obtener una respuesta negativa, una excusa, incluso tal vez una mentira, pero entonces él la volvió a sorprender.

—Se llama Blue Jay. —Faun hablaba como si se tratase de un ser querido—. Yo le llamo Jay a secas. No podría soportar que yo lo dejase solo mucho tiempo.

—Así que eres su guardián.

Faun se echó a reír, como si aquella idea fuera una ocurrencia especialmente divertida.

—No. Yo soy el único que él tolera cerca, y soy también el único capaz de dominarlo. Tam le puede dar órdenes, pero él confía en mí. Y Tam lo necesita… a veces. Los perros y las urracas azules son los ojos y las flechas, pero Jay es la espada. Y el fuego. Jay percibe todo lo que a Tam se le escapa.

—¿A los ecos… también? —preguntó Jade conteniendo la respiración.

—Sí, a los ecos también.

Jade retiró la mano. El corazón le latía con fuerza. Apareció en su memoria aquel rostro demoníaco, pero también la otra cara, los rasgos delicados del eco muerto. En ese instante no supo en qué lado del río se encontraba ella.

—¿Jade? No… no dices nada.

En el tono de voz de Faun había algo de dolor y de deseo. Él recorrió delicadamente con los dedos las mejillas de Jade, lo cual le provocó un cosquilleo estremecedor. Por mucho que se aferrara a su sentido común, el cuerpo reaccionó ante aquello sin que ella pudiera impedirlo: con la piel encendida, escalofríos y estremecimientos de deseo en el vientre.

—¿Quieres que me marche? —susurró Faun.

Aunque quiso responder, Jade no logró ni siquiera sacudir la cabeza. Faun le tomó la mano, se la llevó a los labios y le besó delicadamente la palma. Luego encerró el beso entre los dedos de ella, como si de un regalo de despedida se tratara.

—Tú pones las reglas —dijo con voz abatida—. Dime que me vaya y no volveré a acercame a ti.

Resultaba molesto, pero parecía esperar que ella lo hiciera marchar. Sin embargo, Jade dio un último paso hacia Faun y le rodeó el cuello con los brazos.

—¡No pienso ponértelo tan fácil! ¡Tú no puedes besarme y luego desaparecer sin más!

Él, como si esperara esa respuesta, la apretó hacia él.

—No tienes ni idea de dónde te metes —le susurró al oído.

—Eso ya lo veremos —repuso ella, y hundió los dedos en el cabello de Faun.

Él tenía unos labios cálidos y su beso fue salvaje y tierno a la vez. Una parte de ella quería abandonarse sin más, pero la Jade que seguía alerta lo asió por las muñecas. Faun se refrenó y tomó aire.

—Yo pongo las reglas —le susurró ella con una sonrisa.

Tiró de él hasta sentarse en el borde de la cama. Incluso después de que ella le hubiera soltado, él no intentó abrazarla. Ahora era ella quien besaba. Cuando él notó sus labios, inspiró profundamente. Jade notó que se debatía consigo mismo; al final, sin embargo, cedió a la suave presión de sus labios y abrió los suyos. Fue una sensación de abandono a un torrente ardiente de sentimientos que llevaron a ambos a un remolino de calor y de luz. Cuando al cabo de un buen rato regresaron de aquel beso, se encontraron tumbados en la cama de ébano y estrechamente entrelazados. Fue como si se hubieran detenido, felices y contentos, a apenas un paso del mar después de una larga carrera por la playa, sudorosos, y deseosos de agua fresca.

—¿Quieres que me marche? —preguntó Faun con voz ronca.

Jade negó con la cabeza. Desabrochó con cuidado la delicada camisa de terciopelo y metió la mano por debajo de la ropa hasta que notó por fin el tacto de una piel cálida y desnuda. Fue una sensación embriagadora, y también Faun reaccionó ante aquella caricia incorporándose para que ella pudiera quitarle el jubón. El olor de su piel la envolvió. Jade acarició con los labios los hombros, el pecho y sonrió al notar que él temblaba. Faun tenía los puños apretados, pero los soltó en cuanto ella le tomó los brazos, se los acercó a ella y se los colocó en la cintura.

—Ahora es tu turno —murmuró.

La despertó el aleteo de unas alas y unos rasguños de garras en el techo. A la luz del amanecer, todos los ruidos sonaban nítidos, como de cristal. Pocas veces Jade había dormido tan profundamente y sin soñar nada, y cuando recordó al eco de la ventana, la imagen le pareció tan irreal que ni siquiera sintió miedo. Más real era, en cambio, el ritmo lento de los latidos que notaba bajo la palma de la mano. Por un instante temió que aquel fuera el sueño. Parpadeó con cuidado varias veces y tomó aire profundamente. Nieve. Musgo. ¡Faun!

Todavía dormía. Los párpados le temblaban ligeramente mientras soñaba, y parecía tan frágil que Jade no pudo más que sonreír.

Estaban acostados en la cama de ébano, con los cuerpos muy próximos, sobre unas mantas ásperas y que aún olían ligeramente a aire de mar y a la madera húmeda de los barcos. En otros tiempos, el viento quedaba atrapado en esos retales de lona, pero ahora Jade tenía la sensación de que era ella la que se arrastraba por una corriente sin que en ese instante le importara lo más mínimo si el trayecto acabaría en una orilla, o en el mar abierto y peligroso.

Se incorporó y se apoyó en el antebrazo. El gesto deslizó a un lado la manta y dejó al descubierto el pecho de Faun. Por primera vez pudo observarlo detenidamente. Se había equivocado acerca de su piel. No estaba intacta. Tenía varias cicatrices de una lesión antigua, arañazos tal vez. Y en el costado izquierdo, justo encima del corazón, destacaba un segundo tatuaje. Un pájaro de color azul celeste con las plumas erguidas en actitud de lucha y las alas extendidas. Unos ojos como botones la miraban con aire malévolo. Jade lo tapó rápidamente con la mano y la imagen de la urraca azul desapareció.

Faun se despertó y abrió los ojos. Bajo la luz pálida de la mañana estos eran más oscuros que nunca. La miró durante un buen rato con sorpresa y luego, al fin, sonrió.

—Es de día —dijo ella—. ¿No tienes que marcharte?

—Pronto. Tenemos tiempo hasta que amanezca. —Su mirada intensa la cohibió—. Es la primera vez que te puedo ver bien bajo la luz del día —dijo sonriendo cuando ella se subió la loneta y se cubrió hasta la cadera.

La oscuridad se había desvanecido. Suavemente, él recorrió con la mano la línea de las clavículas de Jade. En contraste con la piel clara de ella, la mano de él parecía oscura y perfecta. La excitación regresó y, con ella, también volvió el recuerdo de su piel, sus besos y sus caricias.

—Pareces de plata —murmuró él entre su cabello, atrayéndola hacia sí.

—Plata y oro —repuso ella tirándole de un mechón que le caía por encima de la mejilla—. Tú eres el oro.

Jade lo besó en la curva del cuello y cerró los ojos para no ver el tatuaje.

—Pero tu cabello me recuerda más a los helechos de la oscuridad —replicó él con una sonrisa—. Son unas plantas preciosas y, a la vez, peligrosas. Quien las toca queda prendado de ellas perdidamente.

—No me di cuenta de que me encontrases guapa. ¿Por qué te mostrabas siempre tan enojado conmigo?

—A veces pretendemos ahuyentar lo que más queremos. Porque nos resulta demasiado diferente, o demasiado conocido. O, a veces, ambas cosas. ¿Me entiendes?

—No —murmuró ella. Faun se rió.

—Cuéntame cosas de las Tierras del Norte —le pidió ella—. ¿Qué son estas cicatrices?

Faun abandonó la sonrisa de inmediato.

—De unos zarzales. De niño caí por un barranco. Tam me rescató de allí.

—¿Tanto tiempo llevas con él? ¿Y tu familia?

—Lejos. —La respuesta fue escueta.

—¿Lejos?

—La perdí. A veces ocurren estas cosas.

—¿Y esta urraca azul? ¿Es el sello de Tam? ¿Eres su criado?

—Los dos la llevamos —respondió Faun, incorporándose de pronto. Tenía el arco de la espalda inmaculado. Los músculos se le dibujaban debajo de la piel.

—Y yo no soy ningún criado.

—Pero…

—No hay nada más que contar —le interrumpió él con un cierto asomo de su antigua grosería.

—¿No me contarás nada de los hombres con cabeza de lobo y los felinos con voces cautivadoras?

Él resopló.

—¿Estos cuentos de miedo son los que se explican en la ciudad sobre nosotros?

—Pues si son cuentos, explícame cómo son las cosas allí —repuso Jade—. Dime la verdad.

—¡Ah, la verdad! —La voz de Faun había recuperado de nuevo su tono sarcástico y frío—. Una palabra muy apreciada entre las gentes de ciudad como vosotros.

De nuevo Jade tuvo la sensación que se le escapaba y se alejaba de ella. Sin embargo, en esa ocasión no permitió que él lograra enfadarla. Hizo acopio de valor y le preguntó algo a lo que ella había dado vueltas toda la noche.

—Faun, ¿tú eres realmente... humano?

Él se soltó y la miró con enfado.

—¿Qué quieres decir con eso? —le espetó—. ¿Piensas que porque vengo del bosque soy un animal?

Ella se asustó al ver que sus ojos chisporroteaban de rabia. Vio en ellos orgullo, pero también una fragilidad que le hizo sentir un nudo en la garganta. Jade notó cierta resistencia cuando lo abrazó.

—En absoluto —dijo—. Lo único que me preguntaba era cómo es posible que veas tan bien a oscuras. Porque esto es algo que tú sabes hacer, ¿verdad? Tienes unos ojos tan especiales...

—Tú también tienes unos ojos muy especiales —repuso él, desabrido. Con todo Jade notó, aliviada, que le permitía tocarlo.

—Ya viste el signo de las llamas negras. De noche soy capaz de ver mejor que otros; a fin de cuentas, ese es el único modo de sobrevivir durante el Período Oscuro. Yo, de humano, tengo tanto como tú.

Tragó saliva y dejó que ella lo besara.

—Así que no eres más que alguien con ojos de medianoche —susurró Jade. Notó que él se relajaba—. Cuéntame cosas del palacio —dijo en voz baja—. ¿Cómo es? ¿Has visto a la Lady?

—¡Tú habitas en esta ciudad, yo no!

—Pero nunca he visto el palacio. ¿Para qué? Yo no soy noble. Jakub fue citado allí en una única ocasión, para el permiso del hotel. Pero él no dice gran cosa al respecto.

Faun vaciló.

—Es un lugar extraño, como un sueño confuso —dijo entonces con voz pensativa—. La Lady lleva una máscara de hierro pulido. ¿Por qué no enseña su rostro?

—A los dioses no se les mira el rostro. La Lady es una divinidad. Es lo que dice la ley.

—¿Qué tipo de leyes son estas que imponen el culto?

Jade no repuso nada al respecto, pero esas palabras burlonas la impresionaron. A los esclavos precisamente, se dijo con amargura, se les ha de imponer el culto.

—Hay muchas salas, y muchos vestíbulos prácticamente vacíos —prosiguió Faun—. Los suelos son de piedra áspera. Es evidente que a la Lady no le gusta nada la suntuosidad. En todo el palacio no hay ni un solo espejo, ni nada que brille, ni ninguna piedra preciosa. Los pocos objetos de plata que hay no relucen, y el oro también se muestra empañado y mate. Delante de todas las ventanas cuelgan velos. Y el agua y el vino se mezclan con ceniza y son turbios como papillas.

—¿Ceniza en el agua?

Faun asintió.

—En la Sala de Audiencias los lores se sientan en círculo en torno al trono, como en una esfera de reloj. Menos el asiento número doce que, claro está, estaba desocupado.

«Doce lores, doce horas —pensó Jade de pronto—. Todavía quedan once.» ¿Acaso era este el mensaje de Ben? ¿A los lores se les estaba acabando el tiempo?

—¿Tienes frío? —le preguntó Faun, atento.

Le acarició la piel de gallina de la nuca, provocándole al instante un nuevo estremecimiento que le recorrió toda la espalda. «Y Faun y yo nos robamos el tiempo como ladrones», se dijo.

Los dos se incorporaron al oír un lloriqueo. Aunque los postigos lo amortiguaban, era un lamento tan cargado de soledad que a Jade se le heló la sangre.

Faun se soltó y saltó de la cama.

—¡Tengo que marcharme!

—¿Es Jay? —preguntó Jade aún conociendo la respuesta de antemano—. ¿Te llama?

Faun asintió. Buscó sus cosas a toda prisa y se vistió. De pronto, Jade fue dolorosamente consciente de que la mayor parte de Faun no le pertenecía en absoluto. El tatuaje y las cicatrices desaparecieron bajo el terciopelo bordado en oro y el cuero.

—Llévame contigo al salón de banquetes —le rogó—. Muéstrame a Jay. Me gustaría...

—Imposible. Odia a los humanos y te mataría. A duras penas podría disimular ante él que... me he enamorado de ti. Y eso para él sería motivo suficiente para matarte.

Hubo dos cosas que impresionaron a Jade. Una fue la expresión «te mataría», pero era algo que podía asumir. Sin embargo, la segunda palabra, «enamorado», le aceleró el pulso y de nuevo experimentó una sensación de vértigo.

Cuando Faun se acercó a ella y la besó para despedirse, Jade cerró los ojos y aspiró profundamente su olor a invierno, como si tuviera que conservar ese recuerdo.

—Te prometo una cosa —dijo Faun—: Cuando estemos juntos, solo estaremos tú y yo, y no importará nada que haya fuera. Pero te ruego que me perdones cuando no estemos solos.

—¿Me pides que confíe en ti?

Faun negó con la cabeza.

—No, no confíes en mí —respondió con tono afligido—. No te fíes nunca de mí, sobre todo si estoy con Tam.

Ella se quedó a solas en la cama de ébano, recuperada ya del éxtasis que había sentido, pero colmada aún por ese anhelo que lo hacía todo más luminoso. Se subió la manta de loneta hasta la barbilla y sintió añoranza. Ya echaba de menos a Faun, y no era capaz de decir si eso era algo bueno o malo. Y cuando oyó un silbido parecido a un trino procedente del río, una consigna que la acompañaba desde la infancia, se dio cuenta, con remordimientos, de que no había vuelto a pensar en Martyn desde aquella tarde en el puerto.

Jade se puso rápidamente la chaqueta y abrió los postigos. La neblina de la mañana se deslizaba por encima de las aguas. A primera vista parecía que Martyn estuviese suspendido sobre el río. Avanzaba a contracorriente sentado en un pequeño bote auxiliar, que se empleaba sobre todo cuando el transbordador estaba averiado. Que no hubiera venido a pie podía significar dos cosas: o que las calles estaban cerradas, o que tenía mucha prisa. Jade respondió al silbido e hizo una señal a Martyn para que la esperara.

Cuando, al poco rato, ella se acercó presurosa al río, él estaba sentado en el terraplén de la orilla observando un cisne negro que avanzaba por el centro del río batiendo las alas. Antes de que Jade dijera nada, Martyn se volvió hacia ella y se puso en pie de golpe.

—¡Ya era hora! —exclamó acercándose a ella. Al ver que Jade tenía el cabello mojado se echó a reír—. ¡Vaya! Te he sacado de la cama, ¿verdad? —dijo tirándole de un rizo y posando el brazo en torno a los hombros.

Ella lamentó que aquel gesto le recordara de inmediato a Faun. Se había echado agua a toda prisa por la cara y el cabello. «Soy como una adúltera limpiándose las culpas», se había dicho entre enfadada y divertida.

—Por fin hoy hemos vuelto del delta —prosiguió Martyn—. Entonces he visto tu señal de tiza en la pasarela y me he dicho: vamos a ver si todo va bien.

Jade lo conocía suficientemente bien como para saber que aquellas palabras palabras, pronunciadas tan a la ligera, tenían que interpretarse en Martyn como: «Estaba tan preocupado por ti que no podía pegar ojo».

Ella se soltó del abrazo con cautela. Las mejillas le ardían y era presa de remordimientos, como si de verdad hubiera engañado a su amigo. «No seas ridícula —se dijo—. Tú, a Martyn, ya no tienes que darle ninguna explicación.»

—Y bueno, ¿va todo bien? —preguntó él.

«No, Martyn, no. Todo ha cambiado», se dijo.

—Sí, claro —respondió ella—. Bueno, han pasado muchas cosas.

Él suspiró y miró con inquietud hacia la Ciudad Muerta.

—Desde luego que sí. ¿Te vienes hasta el puerto? Así charlaremos un poco mientras navegamos por el agua.

—¿Tienes que regresar al transbordador tan pronto?

Él asintió apesadumbrado.

—Todavía nos quedan varias turbinas por comprobar. Arif y los demás están cargando provisiones en el puerto y también piezas para la reparación.

Jade se preguntó si debía avisar a Lilinn, pero al final saltó sin más al bote.

La pintura negra se había descascarillado hacía años. De niños, aquel bote les parecía tan grande como un buque mercante, pero lo cierto es que apenas había sitio para tres pasajeros.

Como irían río abajo, el motor no les haría falta; Martyn empujó el bote hasta el agua, saltó dentro y tomó el remo. Con un golpe enérgico, apartó la barca del fondo de guijarros.

Igual que un perro que conoce el camino a su casa, Martyn llevó el bote hasta el centro del río y dejó que la corriente de allí los arrastrara. Jade, que iba sentada delante, en la proa, sintió la velocidad como una tracción suave. El viento le refrescó la cabeza. Cerró los ojos e inspiró profundamente: percibió el olor a agua, a algas y el delicioso olor a canela de las flores de loto, que en los últimos días había florecido, ajenas a los disparos y a las explosiones.

—¿Qué le has hecho al nórdico? —preguntó Martyn asombrado.

Jade abrió los ojos con sorpresa y volvió la vista atrás. El bote se balanceó. A su espaldas, en diagonal, se alzaba el Larimar. Visto desde el río, el edificio parecía un enorme barco azul que fuera a penetrar en las aguas. Los batientes de las puertas de la entrada principal estaban abiertos de par en par. Faun estaba sentado en la escalera de las aguas, todavía ataviado con su traje de gala, y miraba el bote que se alejaba. Tenía un aspecto sombrío y sus ojos negros reflejaban un tono funesto en su rostro pálido. Cuando Jade lo miró, él no sonrió; se limitó a ponerse de pie y desapareció en el salón de banquetes.

Martyn se rió.

—Está claro que te tiene un gran aprecio —dijo con ironía.

Jade se mordió el labio inferior. En aquel punto, el río dibujaba una curva ligera. Faun sin duda había visto cómo Martyn y ella se abrazaban. «¿Y qué hay de malo en eso?», se preguntó. Con todo, la sensación de incomodidad no la abandonó.

—¿Ninfa?

Martyn le lanzó una mirada irritada; Jade se volvió rápidamente hacia el río para que él no le pudiera leer el rostro. El Wila los llevaba por la curva en dirección hacia el delta y el mar.

—¿Qué pasa con las turbinas? —preguntó ella rápidamente.

Martyn carraspeó.

—Hubo problemas. Había tres turbinas paradas, justo en el canal de las rocas, donde la corriente submarina es más fuerte.

Jade sabía lo que eso significaba. En el lecho situado en las orillas del río había grava, pero en el centro de la corriente y en el delta había un abismo por el que circulaba una corriente submarina muy traidora.

De hecho, era casi como un segundo río, y su potencia se veía reforzada por los estrechos canales que se abrían entre las rocas. La Lady había ordenado colocar las turbinas precisamente allí, en aquel ojo de aguja de rocas a través del cual el agua pasaba sin posibilidad de evitar resistencia alguna. «Incluso el Wila es un esclavo de ella», pensó Jade de pronto.

—Elanor estuvo a punto de quedar atrapada —prosiguió Martyn con un tono de voz grave—. Aunque logró desbloquear la tercera turbina, estuvo a punto de perder la mano.

Jade abrió los ojos con espanto.

—¿Lograsteis sacarla del agua? ¿Está bien?

Para su alivio, él asintió.

—Solo tiene una pequeña herida en la mano. Tuvo suerte. En unos días ya estará recuperada. —En el río, los ojos de Martyn todavía tenían un verde más intenso. El pesar le hacía parecer muy adulto y preocupado—. Había una soga que bloqueaba las aspas.

Aunque era normal que hubiera sogas en el lecho del río, el tono con que Martyn dijo aquello resultó inquietante.

—¿Qué quieres decir?

—¿Qué, si no? Pues que alguien detuvo las turbinas intencionadamente. No era la única soga. Es evidente que quienes la colocaron justo en el lugar más adecuado de la corriente submarina no se molestaron en disimular su acción. —Suspiró y se pasó los dedos por el cabello—. Arif y Elanor tienen que ir a ver al prefecto.

—¿Cómo? ¿Por qué?

Martyn se encogió de hombros.

—Una consulta.

Jade valoró si aquello era motivo de preocupación y decidió no darle mucha importancia. Si la Lady tenía confianza en alguien, estos eran sus adeptos del puerto.

—Según Arif, el nuevo asesor de la Lady tiene algo que ver con eso. —Martyn arqueó las cejas en un gesto elocuente—. ¿Adivinas quién es?

—Tam —respondió Jade al momento—. Anoche estuvo en palacio.

—Está siempre allí. Anteayer incluso acompañaron a la Lady en la nave dorada a la isla de los Muertos, a la zona de presos. Estuvieron presentes en los interrogatorios.

—¿Estuvieron? ¿Faun también?

Martyn la miró con extrañeza. Ella, cohibida, desvió la mirada.

—No, el segundo nórdico, no —respondió Martyn alargando un poco las palabras—. Por lo menos, yo no lo vi.

Jade se abrazó las piernas con los brazos. Se hizo un silencio.

—¿No querrías venir con nosotros? —preguntó Martyn con vehemencia—. Al menos por un par de días. Elanor está herida y, aunque nos podemos apañar sin ella, tú nos podrías ayudar con las cabrias. Al menos así no tendrías que estar cerca de esos nórdicos.

Jade negó con la cabeza.

—Tengo que estar junto a Jakub.

Un bucle húmedo se le pegó en la barbilla y ella se apartó sin darse cuenta el pelo de la cara y se lo recogió en la nuca.

—¿De verdad se trata de Jakub?

La pregunta cayó como un rayo, y Jade dio un respingo sin querer.

—¿Qué te ocurre?

—¡Eso mismo podría preguntarte yo a ti!

Los ojos de Martyn brillaban coléricos; súbitamente, el ambiente se cargó como el aire antes de una tempestad.

—¿Podrías explicarte para que te entienda? —replicó ella.

Martyn se le acercó con un salto que hizo balancear peligrosamente el bote y la asió por la nuca con la mano. Jade se sorprendió demasiado para oponer resistencia. Cedió a la presión y se miró en el agua. Por la borda del bote pudo atisbar el reflejo de su imagen suspendida en la superficie.

Vio a una Jade despeinada y con los ojos iluminados con un brillo fantasmal. Parecía haberse vuelto alarmantemente mayor. «A duras penas podría disimular ante él que me he enamorado de ti.» Las palabras de Faun le retumbaron en la cabeza.

—Mírate —dijo Martyn— y dime qué tengo que pensar.

La soltó, Jade se sacudió los hombros y se inclinó todavía más hacia delante. El agua tenía el resplandor verde pardusco de la penumbra y los secretos. En ella vio dos cosas: una, la marca de un beso, una rojez encima de la clavícula que la delataba ante Martyn y que la hizo enrojecer de vergüenza. La otra cosa que vio la asustó tanto que se tuvo que agarrar a la borda. Por primera vez desde que ella alcanzaba a recordar, la muchacha del agua no era más que su reflejo.

—Ha sido él, ¿verdad? Faun, ¿no? ¿Solo lo has besado? —le espetó Martyn—. ¿O hay más cosas?

Jade se apartó de la borda y tomó aire. Notó en la garganta los latidos intensos de su corazón.

—Me parece que no es asunto tuyo —respondió con la mayor tranquilidad que le fue posible.

Martyn la miró como si lo acabara de abofetear.

—¡Por todos los dioses, Jade! —resolló él agitando la cabeza—. ¡Pero qué imbécil he sido! ¡Y ciego y tonto, además! Y pensar que lo veía venir…

Cogió el remo y lo metió en el agua. Dio una palada que hizo voltear el bote y lo sacó de la corriente. Jade estuvo a punto de perder el equilibrio.

—Martyn, ¿qué haces?

Pero su amigo apretó los labios con fuerza y llevó el bote a la orilla. La grava crujió debajo del casco.

—¡Fuera de aquí! —dijo con voz ronca.

Jade abrió la boca con sorpresa.

—¿Me echas del bote? —voceó—. ¡No puedes abandonarme sin más en medio de la ciudad!

—¡O te bajas aquí, o continúas a nado!

Martyn estaba lívido y tragaba saliva de tal modo que parecía estar conteniendo el llanto. Jade lo comprendía mejor de lo que le hubiera gustado. El dolor, el orgullo herido. Era como si ella los sintiera en sus propias carnes.

Se puso de pie con las piernas temblorosas. No solo el bote pareció oscilar debajo de ella, sino también el lecho rocoso de la orilla que ella pisaba.

Martyn tomó el remo y dio un golpetazo rabioso contra el suelo. El bote, ahora más ligero, se deslizó rápidamente por el agua. Martyn, sin embargo, tiró también de la cuerda del motor. El ruido estrepitoso del aparato penetró en los oídos de Jade sin poder hacer más que contemplar con impotencia cómo el bote alzaba un poco la proa y se marchaba río abajo a toda velocidad, dejando a su paso una estela de espuma.

Al otro lado del río

Faun tampoco había mentido en esta ocasión. La primera vez que lo volvió a encontrar en casa le pareció tener delante a un desconocido. Su expresión era tan hostil que incluso Lilinn frunció el entrecejo. ¿Y si se había enfadado por Martyn? Jade decidió no darle más vueltas y mostrarse igualmente distante. Sin embargo, ese día, acaso por azar o porque se atraían como dos imanes, se vieron varias veces. A pesar de ser un juego peligroso, Jade no pudo más que dirigirle en una ocasión una mirada fría y desafiante. De pronto, Faun dejó de saber fingir bien su indiferencia hacia ella. Jade se dio cuenta de lo bien que Martyn la conocía. «Tú siempre quieres lo que no puedes tener.» Quería tener a Faun, anhelaba su olor y sus labios y, contra todo dictado del sentido común, ansiaba volver a verlo.

Horas más tarde, al pasar ella junto al ascensor en la primera planta, se sintió de pronto envuelta en sus brazos y se abandonó a un beso robado.

—¿Qué tienes tú con ese tipo del bote que te manoseaba? —le susurró Faun en tono poco cordial.

—No es «ese tipo». Es mi mejor amigo. Y tampoco me ha «manoseado».

Los ojos de Faun despedían un destello frío y su abrazo apenas le permitía respirar.

—Pues no lo parecía...

—¿Acaso estás celoso?

—Tremendamente —respondió él con una sinceridad apasionada.

Entonces se oyó un portazo y ambos se separaron de inmediato y, sin decirse nada más, regresaron a sus mundos y se perdieron durante el resto del día.

Aquel era un tiempo de secretos. Incluso los espíritus del Larimar se habían arrinconado y permanecían callados. El propio ascensor estaba en silencio desde que Tam recorría la ciudad cada vez más a menudo. A menudo, había unos cazadores que aguardaban frente al hotel para recogerlo. Moira encabezaba la escolta. Faun le había devuelto la casaca moteada y Jade se sentía mal cada vez que recordaba cómo él la había empleado para mantener en jaque a las urracas azules. Lo que no habría admitido jamás era que también se sentía mal cada vez que observaba desde la ventana la familiaridad con que Faun y Moira se sonreían en cuanto él abandonaba el edificio.

Jade recorrió varias veces el puerto y la orilla del río con la esperanza de ver a Martyn, aunque sabía que no tenía ningún sentido hablarle de Faun. Por lo menos, no por el momento.

A pesar de que había creído que le iba a costar mucho fingir indiferencia durante todo el día, resultó, para su propio asombro, que le resultaba mucho más fácil que a Faun. A menudo, si se encontraban en la cocina, ella no podía resistir la tentación de ladear la cabeza y apartarse como de paso la cabellera de la nuca. Y tenía que esforzarse mucho para disimular una sonrisa maliciosa al observar por el rabillo del ojo que, al ver aquel gesto tan familiar, Faun se atribulaba y se ponía nervioso hasta el punto que en una ocasión se le cayó un cuchillo de las manos.

En la misma medida en que durante el día fingía arrogancia e indiferencia, ella se sentía dichosa durante las horas y minutos que robaban a la noche. En sus encuentros con él —a veces de algunas horas, a menudo apenas un beso furtivo en la escalera— se sentía como si estuviera entre las llamas sin notar dolor alguno.

El eco no había vuelto a aparecer frente a la ventana, y Jade logró por lo menos no dar un respingo al menor ruido. Buscaba con preocupación creciente a la otra Jade entre las aguas, pero siempre se encontraba con un reflejo vacío que ejecutaba como una marioneta todos sus gestos.

—¿Qué? ¿Estás lo bastante guapa? —le preguntó una vez Lilinn entre risas al descubrir a Jade comprobando por enésima vez su reflejo en el río.

Lilinn y Jakub no admitían abiertamente su relación, pero sus miradas y las caricias disimuladas los delataban mucho más que las palabras. Cualquiera se habría dado cuenta del modo en que el rostro de Jakub se iluminaba cuando Lilinn entraba en la sala. Y Lilinn había dejado de hablar de Yorrik y canturreaba en la cocina melodías que Jade no conocía. «Solo es una aventura y nada más —se decía Jade—. Se consuelan mutuamente, ¿qué hay de malo en ello? Lilinn intenta superar lo de Yorrik, y Jakub, por primera vez desde hace años, está menos solo.» En cualquier caso, ¿quién era ella para echarles algo en cara? ¿Acaso no era la que más cosas ocultaba?

Una paz engañosa se había aposentado en la ciudad. Los lores habían levantado barricadas en los palacios y ante las puertas había si cabe más centinelas aún. Se rumoreaba sobre la celebración de fiestas en el palacio de Invierno, aunque la ciudad se había vuelto tan silenciosa que el rugido de los animales de presa de las casas de las fieras retumbaba inquietante en las calles. Los perros callejeros erizaban entonces el pelo y se apretaban contra los muros de los edificios. Jade solo se atrevía a regresar a la ciudad con un cuchillo oculto bajo su abrigo, temerosa y con miedo a que el eco la siguiera. El mercado principal estaba desierto y Ben, por lo tanto, también había desaparecido. Jade aguardó toda una tarde oculta bajo un seto en el osario, con el cuchillo en la mano y el miedo continuo de que las urracas azules de Tam la pudieran descubrir. Sin embargo, no aparecieron, y la puerta que daba a la cripta permaneció cerrada. Buscaba cascotes con la vista, pero había tantos por las calles y las plazas que al poco empezó a preguntarse si aquella señal de reconocimiento no habría sido fruto de la mente confusa de Ben.

Fue durante su tercer intento por localizar al anciano cuando se dio cuenta de que alguien la espiaba. Se encontraba en un edificio que en otros tiempos había sido empleado como matadero y que no distaba mucho del osario. Había muchas personas apretujadas en sus salas estrechas. Se trataba de familias del servicio y de los porteadores que malvivían allí. Una ventana se cerró demasiado rápido cuando ella levantó la cabeza. Luego, apostada en un pasadizo cubierto por un arco de piedra, una mujer enjuta de pelo gris parecía estar esperándola. Por lo que Jade podía recordar, la mujer se llamaba Leja y pertenecía al Mercado Negro. Tanto en invierno como en verano, siempre llevaba una larga túnica verde. Todo el mundo sabía que en el forro de aquel abrigo llevaba cosidos un sinnúmero de bolsillos. Su aspecto no era precisamente agradable.

Jade miró disimuladamente la calle por si había espías de Tam y luego se acercó con cautela a la mujer del pasadizo.

—¿Ben os ha hecho llegar mi mensaje? —preguntó al azar.

Leja la miró como sopesando si Jade era un billete auténtico o falso.

—De no ser así, ¿qué pintaría yo parada en este pasadizo? —repuso la mujer con desdén.

El corazón de Jade empezó a latir con mucha fuerza. ¡Uno de ellos! Por fin.

—Ya hemos abatido tres urracas azules —añadió Leja—. Pero resulta muy difícil mantenerse alejado de ellas. —Sonrió—. Solo nos queda el subsuelo. Eso a menos que vuestros huéspedes dispongan también de ratas capaces de espiarnos.

Aquello parecía más una pregunta que un comentario jocoso.

—Una respuesta a cambio de otra —espetó Jade a la mujer—. ¿Quién es vuestro líder? Tengo que hablar con él.

El rostro de Leja se ensombreció. Jade se dio cuenta de que no se fiaba en absoluto de ella.

—«Once lores» —susurró a la mujer de pelo cano—. Es vuestro santo y seña.

—Mal —repuso ella secamente.

A continuación alzó el puño y propinó un golpe rápido a una piedra de la pared. Jade entonces aprendió otra lección sobre su ciudad. El suelo se abrió de pronto bajo sus pies, haciéndose a los lados. Sus piernas se quedaron sin apoyo. Durante la caída, en un gesto reflejo, logró agarrarse a una trampilla de madera, pero no se pudo sostener en ella. Mientras se precipitaba, vio que el rectángulo de luz se cerraba sobre su cabeza y a continuación notó un impacto repentino. Algo frío y húmedo salpicó hacia lo alto. El aire hedía a putrefacción y madera podrida. ¡Era lodo! Con la respiración entrecortada y entre gemidos, se dio la vuelta y se incorporó. En su cabeza estalló entonces una tormenta de ideas: ¡aquello era una emboscada! ¡Una trampa! A su lado oyó un cuchicheo. Sin más sacó el cuchillo que llevaba escondido debajo de la chaqueta. Al instante siguiente se vio arrodillada en el barro, retenida en esa posición por varias manos. Tenía un brazo doblado en la espalda, y estaba inmovilizada por una mano que le agarraba firmemente de la cabellera. Fue presa del pánico cuando oyó que alguien renegaba.

—¡La muy bestia ha estado a punto de darme! —Aquella voz quebradiza le recordó el crujido de la madera.

—¡No le hagáis daño! —Esta vez era una voz temblorosa y nasal de mujer.

—¿Nell? —exclamó Jade—. Nell, ¿eres tú?

—¡Silencio! —rezongó alguien junto a su oído—. ¿Vas a cerrar tú misma el pico por voluntad propia o prefieres que te amordace?

Un tejido áspero le arañó la nariz y los párpados. Le taparon los ojos con una venda bien anudada. A continuación, alguien la tomó por los brazos.

—¡Acompáñanos!

—Pero ¿qué es esto? ¿Adónde me lleváis?

—Has sido tú la que has querido conocernos —repuso la voz quebradiza.

Oyó entonces el chasquido de una cerilla al encenderse y la luz atravesó levemente la venda que le cubría los ojos.

—No temas —le susurró Nell—. No van a hacerte nada.

A Jade no le quedó más remedio que ceder, y asintió con los labios firmemente apretados. Flanqueada por los dos rebeldes que la sostenían, le costaba avanzar. El barro se le metía en los zapatos hasta que dio con algo duro.

—Una escalera —musitó Nell.

Había cinco escalones. Por el olor a cal y argamasa, seguramente atravesaron el pasillo de un sótano. Por las pisadas, Jade calculó que había con ella unas diez personas. En algunos pasadizos tuvo que avanzar agachada, e incluso hubo una parte en la que se vio obligada a arrastrarse por la grava. De vez en cuando, oía el chirrido de rejas de hierro al abrirse e intentó en vano hacerse una composición mental de la ruta que llevaban. En poco tiempo, se sintió totalmente desorientada.

Al cabo de una eternidad, el grupo se detuvo. Uno de los hombres la empujó sobre algo que parecía ser un banco de hierro.

—Dejadle la venda puesta —advirtió.

Finalmente la soltaron. El aire olía a polvo seco, y Jade notó bajo los dedos unos ladrillos. Unas paredes lisas intensificaban cualquier ruido.

—¿Ben? —preguntó en voz baja.

—Podemos confiar en ella —musitó Nell—. Ya lo hemos hablado antes. Quitadle la venda de los ojos.

—Yo decido quién confía en quién. —Otra voz de mujer, muy clara y asombrosamente joven—. A fin de cuentas, no deja de ser la hija de Livonius, el fiel criado de la Lady.

Jade creyó haber oído mal.

—Aguarda un momento… —protestó.

Pero la mujer continuó hablando, como si Jade no estuviera allí presente.

—Ese par no vive nada mal gracias a los privilegios del palacio. Por otra parte, ella se codea con las gentes del río que, como todos sabemos, no son más que los perritos falderos de la Lady.

Jade soltó un bufido.

—¡Oye, bocazas! —exclamó—. De mí puedes decir lo que quieras, pero a mi padre lo dejas de lado. No es, como tú dices, un fiel criado de la Lady. Vive en esta ciudad, tan bien o tan mal como es posible, como todos los demás. Si realmente vuestros espías fueran tan listos como se creen, ya sabrías la de veces que la gente ha hallado refugio en el Larimar.

—Eso es cierto —confirmó Nell—. Además, ella nos facilitó la información sobre los pájaros.

—¿Estáis en contacto con los ecos? —quiso saber Jade.

—¡Cuidado! —advirtió la voz de mujer. Jade tuvo que hacer un esfuerzo para no mostrar la rabia e impaciencia que sentía.

—Por otra parte, tienes buenos contactos con el buscador de la Lady. ¿Por qué quieres ayudarnos? Vives muy bien en el hotel.

—¡Qué pregunta más tonta! —repuso Jade impertérrita—. No recuerdo haber pasado jamás por el mercado sin tener miedo a ser detenida. Y en mi vida he tenido que huir a toda carrera más veces que un perro de caza. —Carraspeó antes de continuar—. No somos tan leales a la Lady como te imaginas. De hecho, para serlo, le tuvimos que perdonar la muerte de mi madre.

Dejó de hablar y oyó que alguien murmuraba asintiendo.

—¿Y qué esperas para ti?

Jade tragó saliva.

—No mucho. Poder ir a donde quiera. En una ciudad que no esté en ruinas. Y quiero saber también si es cierto que los ecos son de verdad unos monstruos. No me lo acabo de creer. Por otra parte, estoy convencida de que el príncipe está en la ciudad y que tenemos que encontrarlo.

El ambiente cambió de inmediato en cuanto mencionó al príncipe. Fue como un respingo, como una paralización llena de tensión.

—¿Sabes algo más sobre él?

—Solo que la Lady ha ordenado su búsqueda —repuso Jade—. Uno de los nórdicos me lo ha confirmado. Por lo menos, yo creo que el rastro que siguen es el suyo. Los cazadores van detrás de un hombre capaz de invocar a los ecos. Si sois listos, es mejor que abandonéis la caza de las urracas azules. Tam todavía tiene otra bestia. Y me imagino que si matáis a sus espías, él la sacará de la jaula más rápido de lo que a vosotros os gustaría.

Se sobresaltó al notar de pronto una mano en el pelo. Alguien le retiró la venda de la cabeza de una sacudida. Primero lo vio todo borroso, pero al cabo de un instante la imagen se volvió más nítida. Se encontraba sentada en un túnel estrecho, sobre una traviesa de obra. El túnel parecía ser muy largo y se perdía en la oscuridad. Las siluetas que la rodeaban tenían que andar agachadas para no darse contra el techo bajo y abovedado. Se asustó al ver tantos rostros tapados, y al instante le vino el recuerdo de los ecos de la Ciudad Muerta. Sin embargo, delante de ella había seres humanos y, mirándolos atentamente, era capaz incluso de reconocer a algunos por su porte o su mirada.

Nell se quitó su embozo de la cara y sonrió.

—Bienvenida a la clandestinidad, Jade.

Como respondiendo a una señal secreta, los demás descubrieron también su rostro. Jade estaba asombrada: un tendero de la plaza del mercado, dos mujeres que trabajaban en la casa de fieras de un lord... El hombre de la voz quebradiza era de constitución corpulenta y fuerte, y también le resultó familiar. Tal vez lo había visto alguna vez en el Mercado Negro. La cabecilla del grupo era una mujer con cara de ratón, de pelo castaño y con unos ojos brillantes e inteligentes. Jade calculó que rondaba los veinticinco años. Al observar que tenía dos perforaciones en cada lóbulo de las orejas, Jade pensó que seguramente era una orfebre.

—A Nell ya la conoces. Al resto de nosotros lo conocerás cuando sea el momento.

Jade asintió.

—¿Dónde estamos?

—Dentro del sistema de alcantarillado, muy cerca del palacio de Invierno. Lleva seco desde hace años.

—¿Cuántos sois?

—Muchos —respondió Nell—. Más de trescientos.

—¿Y los ecos?

De nuevo se produjo un intercambio de miradas.

—Son cada vez más, pero nos resulta difícil encontrarlos. Tenemos que aguardar a que ellos nos encuentren a nosotros.

—¿De dónde vienen? —quiso saber Jade.

Lamentablemente, solo obtuvo un encogimiento de hombros como respuesta.

—Hay quien dice que vienen del bosque. Puede que de la Ciudad Muerta. No lo sabemos. Y tampoco nos lo pueden decir, porque no hablan nuestro idioma y ni siquiera saben si somos amigos o enemigos.

Jade recordó los dientes y la sed de sangre de los ojos del eco que había visto en la ventana y se le heló la sangre. Sin embargo, sintió también algo así como un triunfo sordo.

—¡Lo sabía! —exclamó—. Tienen un idioma. ¿Y ellos son aliados vuestros?

—El príncipe ha vuelto para reclamar su trono y ha pedido ayuda a los ecos. Por lo tanto, ellos también son nuestros aliados.

—Los nórdicos dicen que siguen a los humanos para matarlos —objetó Jade.

La mujer se encogió de hombros.

—Es posible. Muchos de ellos aborrecen a los seres humanos. Únicamente obedecen a los reyes. —Rebuscó entonces por debajo de su abrigo y sacó algo que ocultó en el puño. Dibujó en el rostro una rápida sonrisa—. A menos que vean que alguien les muestra el Tandraj.

Dio un paso al frente y sostuvo el puño delante de ella. Jade, vacilante, abrió la mano. Se estremeció al notar en la palma de la mano algo pequeño y frío que refulgía bajo la luz de la lámpara de aceite.

Jade frunció el ceño con sorpresa.

—¿Un trozo de espejo?

—Un trozo de un espejo de los reyes Tandraj —le explicó la mujer con una sonrisa triunfante—. Es la única señal que los ecos reconocen. Quien posee un fragmento es su aliado.

Jade encerró el fragmento en su mano.

—Así que si encuentro un eco…

—… no te hará nada si ve que tienes este trozo —terminó de decir Nell—. Por lo tanto, debes llevarlo siempre contigo y no perderlo por nada del mundo.

¡Eso era lo que Ben había querido decir! Jade miró aquel cascote roto de espejo. Tenía forma de rombo, y su superficie estaba cubierta por una telaraña de resquebrajaduras. Era lo bastante grande como para que su ojo se reflejara en ella.

—¿De dónde lo habéis sacado?

—Estuvimos buscándolo durante mucho tiempo —explicó la mujer—. La Lady en su momento quitó del palacio todos los espejos y todos los objetos de plata y oro. Mandó fundir los metales preciosos y los repartió entre los lores a modo de botines de guerra. Pero los espejos los rompieron y los echaron al río. Ben fue testigo de aquello y nos explicó lo ocurrido esa noche. Incluso fue capaz de indicarnos el lugar en el río.

—Así pues, vosotros recogisteis los fragmentos del barro —constató Jade—. Tenéis que tener unos buzos muy buenos.

De inmediato, los presentes dirigieron miradas furtivas al hombre corpulento que había llevado a Jade por el túnel. No formaba parte de las gentes del río. Jade conocía los cuatro transbordadores y sus familias, y a él no lo había visto nunca.

—¿Sois vosotros los que estropeáis las turbinas? —preguntó.

Los rebeldes asintieron.

Una nueva y alarmante posibilidad inquietó a Jade.

—Pero, no pretendéis atacar a las gentes del río, ¿verdad?

El hombre de la voz quebradiza negó con la cabeza.

—Necesitamos a las gentes del río, también después del ataque. Solo ellos conocen todas las corrientes. Lo hacemos solo por ganar tiempo, para desconcertar a la Lady y a su séquito y provocar altercados. Se trata de causar todos los problemas posibles hasta agrupar a nuestro alrededor a todos los aliados, y esperar que el príncipe nos llame.

—Tenemos seis almacenes de armamento llenos —añadió Nell—. Pero aún no está todo listo para el asalto.

Jade tenía la boca seca. «Lo que ocurre es de verdad», se dijo. Aunque hasta entonces se había sentido decidida por completo a apoyar a los rebeldes, de pronto sintió miedo.

—¿De verdad queréis atacar el palacio? —murmuró—. ¿Cuándo?

La mujer con cara de ratón la miró de hito en hito, como si no estuviera segura de si debía darle esa información.

—En cuanto encontremos al príncipe —dijo despacio—, o él nos encuentre a nosotros. Sin él y los ecos, no tenemos ninguna opción.

Jade tragó saliva. El trozo de espejo en la mano parecía que ardía.

—¿Y qué hay de los lores? ¿Los queréis matar a todos?

—A todos, no. En todo caso, lord Minem era importante estratégicamente —explicó Nell—. Él era el que organizaba a los cazadores. El nuevo comandante es más joven y no tiene su experiencia. Esto provoca inquietud en el séquito de la Lady. Es preciso sacudir los cimientos para que un edificio se desplome.

—Habláis como si se tratara de un juego de estrategia —objetó Jade en voz baja—. ¿Por qué matáis? ¿Por qué no tomáis rehenes?

—¡Porque esta guerra no puede ganarse de otro modo! —exclamó la cabecilla con los ojos brillantes—. Pero tú, ¿dónde crees que vives, princesita? —se mofó—: ¿En una casa de muñecas? ¿Prefieres que te maten?

«Moira no me mató —se dijo Jade—. De hecho, incluso me ayudó.»

—¡Han apresado a más de veinte personas inocentes! Las horcas ya están dispuestas para la ejecución. Todos nosotros tenemos muertos que lamentar, o miembros de su familia que han desaparecido sin más en los calabozos.

Unas manchas rojas le teñían las mejillas por la rabia con la que había hablado. Subrayaba cada una de sus palabras con gestos vehementes, y su voz había dejado de ser la de una mujer insignificante y recelosa para ser la de una luchadora.

Jade tuvo que admitir, muy a su pesar, que aquella rebelde la impresionaba.

—Mi hermana está en la isla de la Prisión —terminó diciendo—. En realidad, nadie sabe si sigue allí con vida. ¿Por qué? Porque a un lord le pareció que ella le había estafado con el oro. De este modo, claro está, él no tuvo que pagar el precio de su trabajo a un desaparecido. ¿Tú sabes lo que vale la vida de una persona en esta ciudad?

«No más que lo que vale apretar sin más el gatillo», se dijo Jade.

—¿Entonces qué, princesa Larimar? —exclamó la mujer—. ¿Estás con nosotros? ¿O prefieres que te vendemos los ojos y te devolvamos a tu pequeño y seguro mundo junto al río?

Jade se sorprendió de lo tranquila que estaba. La cabecilla parecía acalorada y descontrolada, pero ella defendía su causa de un modo que Jade no podía más que respetar. «Al menos —se dijo—, es directa. Y cree realmente lo que dice.»

—¿Y qué pinta Ben en todo esto? —preguntó—. ¿Puedo confiar en él?

—Ben es nuestra memoria —le explicó Nell—. Lo sabe todo sobre los reyes, aunque solo lo recuerda de forma fragmentaria. Y además, es nuestro correo. La mayoría de los centinelas lo toman por loco y le dejan hacer; nadie le pregunta adónde va ni por qué.

Sin saber por qué, el pensar en Ben le hacía sentir que su decisión era más correcta.

—No soy una asesina —declaró con voz firme—. Y no pienso llevar ningún arma. Pero estoy dispuesta a ayudaros a encontrar al príncipe y a averiguar más cosas sobre los ecos.

Ella esperaba que el ambiente cambiase, pero los rebeldes se echaron a reír.

—Bueno, a mí, si para ti los ecos son más importantes que las personas, me da lo mismo —repuso la mujer con los ojos brillantes—. No somos el ejército de un lord. Nadie tiene que ser guerrero. Cada uno hace lo que quiere y puede.

—¿Y qué hay de los nórdicos? —exclamó un hombre desde las filas de atrás—. Con la ayuda de ella, podríamos dejarlos fuera de combate con facilidad.

Al instante, Jade empezó a sudar. Los pensamientos se le agolpaban en la mente.

Aunque ya lo había presentido, notar tan directamente el peligro que se cernía sobre la vida de Faun la sacó de quicio por completo.

—¡No! —exclamó con voz dura—. ¡A los nórdicos dejadlos tranquilos!

Se hizo un silencio peligroso. Nell la miraba atónita. Jade tragó saliva e intentó respirar con tranquilidad mientras los pensamientos surcaban a toda velocidad por su cabeza.

—¿A qué viene esto? —preguntó el buzo—. ¿Ahora nos das órdenes?

«O todo o nada», pensó Jade. Intentó reprimir el temblor de voz y dijo:

—Confiad en mí. Los nórdicos tienen acceso al palacio. Yo obtengo información… también sobre la Lady y los cazadores. Pase lo que pase, a los nórdicos no les debe pasar nada; de lo contrario, no os podré ayudar. ¿Entendido?

Durante un instante reinó el silencio; luego la cabecilla echó la cabeza atrás y lanzó una carcajada.

—Así que ahora la princesita toma el mando, ¿no? —exclamó con sorna— ¡Muy bien! ¡De acuerdo! A las delicadas plantitas del norte nadie les tocará un pelo.

Jade confió en que nadie se diera cuenta de que el alivio la había hecho palidecer.

—Me llamo Tanía —dijo la mujer tendiéndole la mano—. Y ahora: o todo o nada, Jade Livonius.

—Todo —respondió Jade. Y, al tomar la mano de Tanía y sellar el pacto por la vida de Faun, sintió como si empezara a caminar por una cresta de montaña con precipicios a ambos lados.

Aquella noche, ella obedeció al murmullo contenido de los espíritus y se retiró a la pequeña habitación del ala sur con las paredes de color marrón dorado. Estuvo un buen rato contemplando el trozo de espejo, dándole vueltas antes de metérselo por fin en el bolsillo interior de su chaqueta. Resultaba reconfortante saber que el eco no la podría volver a amenazar. «La clandestinidad —se dijo con una inquietud en el pecho que fluctuaba entre la sensación de triunfo y la duda—. Ahora soy una de ellos. De los que se oponen. O de los asesinos.»

Pensó en Faun y de nuevo tuvo dudas. «Todo irá bien —se repetía como una letanía—. Puedo protegerle. No le ocurrirá nada.»

Faun y ella no tenían citas, no había certezas, solo aquella silueta oscura que de pronto se le aparecía delante por la noche y las horas robadas antes del amanecer. Cuando aquella noche se levantó con un sobresalto de una pesadilla confusa de fuego y pisadas ardientes en la nieve, oyó la respiración de Faun a su lado. Los ojos de medianoche brillaban en la penumbra del alba, y unos dedos delicados jugaban con su pelo.

—Cuando te vi por primera vez, me pareció imposible que fueras humana —dijo Faun—. Eres como una ninfa. Tu piel es tan clara que casi brilla. Y tienes unos ojos que me recuerdan las aguas del mar del Norte. Jamás había visto unos ojos como los tuyos.

—En cambio, cuando yo te vi, solo pensé: «Qué tipo tan maleducado y rudo» —murmuró Jade, somnolienta.

—Y, aun así, me has besado —repuso él con una sonrisa.

—Es bueno que hayas dejado de lado toda aquella arrogancia.

Faun se echó a reír. Aquella risa, en la que no había ni asomo de tenebrosidad ni altanería, era lo que más le gustaba a Jade. Igual que siempre, era como si los dos estuvieran juntos en tierra de nadie. Todas las preocupaciones y las dudas se disolvían en un mar de oscuridad, y solo quedaba el brillo precioso de los minutos presentes.

—Somos como Jostan Larimar y su ninfa —dijo él—. De viaje todas las noches, de habitación en habitación.

—¡No digas eso! ¡A Jostan lo asesinaron!

—¿Supersticiosa?

Jade negó con la cabeza. Notó de pronto un nudo en la garganta y nada le hubiera gustado más entonces que dejarlo todo atrás. Se acordó que poco antes había soñado precisamente con eso: navegar con Faun por el mar, lejos del peligro. Sentía tan a flor de piel su ansia por recorrer tierras desconocidas que le bastaba con cerrar los ojos para notarla al alcance de la mano.

—A veces me imagino que estamos viajando —dijo ella—. En barco. A las islas.

—¿Adónde quieres ir? ¿A las ciudadelas de mármol de las islas Orientales? —repuso Faun—. ¿O a las ciudades flotantes de la costa meridional?

Aquello era un juego entre ellos, y ninguno decía la verdad: en aquel presente, los sueños de futuro no tenían fundamento alguno.

—Faun, ¿cuándo os marcharéis de la ciudad?

—¿Tanta prisa tienes por librarte de mí? —Al ver que ella no sonreía con la broma, gimió y asintió—. Creo que pronto. En cuanto la Lady deje de requerir nuestros servicios.

—Cuéntame cosas de las Tierras del Norte —le rogó ella.

—Entre nosotros no hay humanos con cabeza de lobo —le susurró Faun al oído—, pero tenemos árboles milenarios, tan grandes que ni veinte hombres a su alrededor los pueden abarcar. Los espíritus habitan en ellos. Su voz es como el siseo de las ascuas y el agua, y te murmuran sus historias. Las copas de estos árboles están habitadas por pueblos enteros. La gente duerme en cavidades que abren en los troncos y cazan serpientes de árbol y pájaros. Muchos llevan varias generaciones sin pisar el suelo.

—¿Tú eres de uno de esos pueblos?

El brillo de sus ojos se apagó de inmediato.

—Oh, no. Yo pertenezco a los clanes cazadores. Pero era muy pequeño cuando me marché. Apenas me acuerdo de nada.

—¿Ni de tus padres?

Faun se encogió de hombros.

—Cuando sueño oigo sus canciones. Y cuando estoy en el bosque es como si hubiera regresado a mi hogar. ¿Te gusta estar en el bosque?

Jade se quedó perpleja.

—¿Yo? ¿En el bosque?

—Bueno, delante de la ciudad hay bosques. ¿Vas a decirme que no has estado nunca allí?

—Jamás. La Lady caza en ellos y es peligroso. Lo primero que aprende un niño en esta ciudad es que estar en ella significa seguridad.

—¡Seguridad! —exclamó Faun con sorna—. La libertad nunca es segura. Yo, en tu lugar, me marcharía hoy mismo de la ciudad.

—Y yo, en tu lugar, mandaría al diablo a Tam —repuso ella, mordaz.

Faun no repuso nada. Permanecieron un rato en silencio.

—¿Adónde iréis cuando la Lady ya no os necesite? —preguntó ella al fin.

Él suspiró.

—No sé dónde reclamarán a Tam. Muchos reyes, señores y gobernantes le pagan verdaderas fortunas por su trabajo. Es un buscador. No abandona jamás hasta lograr su presa. Siempre hay algo que buscar.

—También a ti te encontró —dijo Jade con cautela—. En el barranco. Te salvó la vida. ¿Es por eso por lo que estás en deuda con él?

La mano con que Faun le acariciaba el hombro se detuvo. Ella había intentado en vano muchas veces obtener una respuesta a esa pregunta, y esa vez tampoco iba a conseguirlo. Él se limitó a sonreír e intentó besarla, pero esta vez Jade lo esquivó y lo apartó.

—¡Te ruego que me contestes!

Faun se apartó de ella y suspiró. Entrelazó a continuación las manos por detrás de la cabeza y adoptó una postura reflexiva.

—¿En deuda? Sí, tal vez —dijo al cabo de un rato—. Apenas me acuerdo de ese tiempo. Apenas unas pocas cosas… recuerdo un ritual de cuando estaba con el clan de los cazadores.

Jade se incorporó.

—¿Qué tipo de ritual? —preguntó conteniendo el aliento.

—Cuando un hombre del bosque boreal ama a una mujer —explicó Faun en tono serio— caza para ella y le regala el corazón de un felino. Pero si la mujer no quiere besarle también puede regalarle la piel resbaladiza y cruda de un pez.

Tenía los ojos brillantes, pero al ver la expresión de asombro en Jade tuvo que morderse los labios para no echarse a reír a carcajadas.

—¿Me tomas el pelo? —masculló ella. Le propinó un golpe que él logró detener en el último momento y luego intentó salir de la cama. Pero Faun la tomó por la muñeca y la retuvo.

—No te enfades conmigo —le rogó—. Este ritual existe, por lo menos hay algo parecido.

—O me sueltas o vas a tener unas cuantas cicatrices más. ¡Y esta vez en la cara!

Pretendía parecer enfadada, pero era demasiado tarde porque Faun ya le había contagiado su risa. Aquello era lo más desconcertante de esas noches: los momentos despreocupados en que Jade se olvidaba de todo, se reía y solo se sentía feliz.

Él la soltó de mala gana y levantó las manos.

—¡Me rindo! —dijo en tono conciliador—. A partir de ahora solo diré verdades que quieras oír. ¡Pregúntame algo!

Jade tragó saliva. «Déjalo —se dijo—. No te dirá nada. Por otra parte, está en su derecho de no confiar en una espía. Aunque esta haga todo lo posible para proteger su vida.»

—Me dijiste que Tam busca a alguien que permanece oculto en la ciudad —empezó a decir con cautela—. Y en el mercado se habla… de un príncipe. ¿Todavía lo buscáis?

La respiración de Faun apenas se oía. Entonces él cerró los ojos y calló. Ella jamás lo había visto tan tranquilo.

—Tam me mataría por lo que voy a decirte ahora —dijo al cabo de un largo rato—. Los rumores son ciertos. Existe, en efecto, un príncipe. La Lady supone que durante la guerra de Invierno fue sacado de la ciudad y que ahora ha regresado. Pero se esconde muy bien. Había indicios de que se encontraba en la Ciudad Muerta porque los ecos procedían de allí. Pero logró huir de los cazadores.

Al ver que ella no decía nada, él se apoyó la cabeza en la mano y la miró con gravedad.

—La Lady lo seguirá buscando en los próximos días.

—Lo sé —repuso Jade.

—No te interpongas en su camino —le rogó él en voz baja—. Yo… no podría soportar la idea de que te ocurriera algo.

Jade desvió la mirada y asintió sin decir nada.

La danza de los muertos

Hasta entonces, Jade se había servido de los exteriores y las fachadas de la ciudad para pasar inadvertida; ahora, sin embargo, se adentraba en su subsuelo y se familiarizaba con la maraña de pasadizos que ocultaba; era un sistema intrincado de cámaras, escondrijos y vías de escape. Pasaba por sótanos con paredes abiertas y discurría a lo largo de canales, atravesando viviendas y muros huecos. Poco a poco, aprendió a interpretar las señales: aquí, un montón de cascotes en el alféizar de una ventana apuntando hacia el norte; allá, una cinta roja atada a un trozo de madera roto sobresaliendo de una pared. Resultaba peligroso y excitante a la vez desaparecer con Tanía ante una patrulla, o encontrar en la entrada de un callejón a un criado de una villa noble que la saludaba y le mostraba con disimulo el brillo de un pedazo de cristal en la mano.

Ella conocía solamente unos pocos nombres y, sin embargo, le parecía que era una parte firme de una red que se extendía por toda la ciudad. Sin embargo, no había ni rastro de los ecos ni del príncipe.

—¡Dos ecos han sido avistados ante la Puerta Dorada! —anunció Tanía en una reunión en el matadero—. Y Ben dice que hay cuatro más ocultos en las proximidades del osario. ¡Están allí! Solo esperan poder atacar. Queridos míos, tenemos que pensar algo que distraiga por un tiempo a los cazadores.

Tras decir aquello, se echó a reír y sus ojos brillaron con una resolución fiera. En ese instante, Jade no supo si admirar el valor de Tanía o temer su locura. Para ella, esa guerra era un juego de estrategia que le emocionaba tanto como a Jade su sueño de conocer tierras lejanas.

Con más frecuencia de la necesaria, Jade se detenía en las cercanías del puerto y buscaba con la vista el transbordador de Arif. La mayoría de las veces solo lograba ver el barco de lejos, pero una vez tuvo suerte y llegó en el preciso instante en que acababa de zarpar y se marchaba río arriba. Pocas veces había estado tan nerviosa como cuando vio a Martyn. Estaba en cubierta separando las sogas. Se sobresaltó al oír su silbido, y la buscó con la mirada. En su expresión no había nada parecido a una sonrisa radiante; de hecho, parecía contener una tormenta de relámpagos letales. Jade lo saludó con el brazo y le hizo un gesto que usaban desde niños para decirle que quería hablar con él. Martyn, sin embargo, apretó los labios, desvió la mirada y desapareció de su vista en dirección hacia proa. Jade se quedó de pie, con los puños apretados y un nudo en la garganta. Aunque esa reacción le dolía más que cualquier riña que hubieran podido tener entre ellos, tenía que admitir que, en su lugar, ella habría reaccionado de igual modo.

Jade no encontró ningún eco, a pesar de buscar por todos los canales y edificios no vigilados; sin embargo, unos días después de la reunión, encontró a Ben. Estaba sentado cerca del palacio, justo al lado de la puerta lateral de la iglesia de Cristal. Por el cristal ahumado de color gris se veía cómo el rayo del Santo Styx brillaba en el interior, por encima del altar. Visto desde fuera, el rayo parecía suspendido exactamente encima de la cabeza de Ben, como si de un aura se tratase.

—¿Te conozco? —le preguntó al ver a Jade.

Jade miró a su alrededor y se puso de cuclillas frente al anciano.

—¿Dónde te habías metido? —le susurró.

—Visitando la horca —dijo Ben riéndose—. Tengo que practicar la danza de los muertos. Ya falta poco; cien años son más que suficientes.

Jade se sacó del bolsillo un pedazo de pan, que él tomó para sí y se metió en la boca con ansiedad. Cerca de allí se oyó un chillido agudo de pájaro, parecido al de un guacamayo o una cacatúa.

—Dile a Tanía que mañana desaparezcan de las calles —le susurró Jade a Ben—. Habrá otra cacería, esta vez en la parte este de la ciudad y en las proximidades del puerto. Por lo que he logrado averiguar, se están planeando nuevas detenciones.

—No sé de qué me hablas —farfulló Ben con la boca llena—. Pero lo recordaré. Tal vez esto pueda ser útil para ese hombre.

Señaló entonces a un porteador que se apresuraba hacia la Casa del Diezmo cargado con un bulto en la cabeza.

Jade asintió y añadió el rostro de aquel hombre a su galería de aliados.

—¡Levántame! —exclamó Ben con tono animado tendiéndole la mano. Jade se la tomó y ayudó con cuidado al anciano a ponerse en pie. En cuanto él se hubo apoyado en su brazo, la arrastró hacia una puerta lateral de la iglesia.

—¡Ven! ¡Vamos a visitar al Santo!

—¡Sabes perfectamente que eso no es posible! —murmuró Jade—. Aunque la puerta no estuviera cerrada, solo la gente de los palacios puede entrar en la iglesia.

—Ahí no hay lores —repuso Ben, lacónico, empujando la puerta.

¡Estaba abierta! Jade se dio cuenta entonces de que la cerradura había sido forzada.

—¿Quién ha sido? ¿La gente de Tanía?

En ese momento se oyeron unos gritos airados cerca de allí y, a continuación, cuatro enormes papagayos alzaron el vuelo por encima de los tejados de una villa y huyeron en dirección hacia el río. Un grito agudo rompió el aire, y Jade entonces oyó golpes contra una puerta, como si de puntapiés airados se tratase. Sin haberse podido recuperar aún de su asombro, Ben la hizo pasar por la puerta que daba al interior de la iglesia.

En el exterior hacía un calor tremendo, pero allí dentro se estaba tan fresco que Jade sintió de inmediato que tenía la piel de gallina. El cristal ahumado hacía que la calle y la plaza que quedaba frente a la iglesia refulgieran fantasmales en un color gris plomizo.

—¿Qué ocurre aquí, Ben?

En la iglesia resonaba incluso la respiración.

—¿Contraseña? —murmuró Ben mientras espiaba preocupado en dirección a la puerta de una de las villas.

Al principio, a Jade le dieron ganas de reprenderlo y decirle que se ahorrara sus locuras, pero, al ver cómo Ben entrecerraba los ojos y escudriñaba la calle, le pareció extrañamente lúcido y sensato.

—Once lores —repuso ella en voz baja—. ¿Por qué?

—¡Error! —exclamó Ben, y golpeando levemente con una uña la pared de cristal prosiguió—: Diez lores.

En ese instante se abrió una puerta que conducía al patio interior del palacio de la ciudad. Jade solo oyó el chirrido de las bisagras y el crujido de la madera de forma amortiguada, pero a través del cristal contempló cómo dos toros negros con cuernos dorados pasaban a toda carrera junto a la iglesia. Incluso el suelo del edificio parecía vibrar al paso de sus pesadas pezuñas. En un acto reflejo, Jade echó a Ben al suelo y empujó desde dentro la puerta.

—¡Lord Norem! —susurró Ben mientras se frotaba entre gemidos la rodilla en la que se había dado un golpe—. Dispone de los animales más peligrosos y se jacta de ello. Toros de las estepas del este, tigres de los desiertos de hielo de Limara, osos de los bosques boreales...

—Esto es obra de Tanía, ¿verdad? ¿Tú sabías que iban a abrir una casa de fieras?

Se estremeció al pensar que, de haber permanecido diez minutos más en la calle, se habría topado de frente con los toros. Otro pensamiento le vino la cabeza: Martyn y los Feynal. ¡Ojalá estuvieran en el agua!

—Algo debe de haber salido mal —observó Ben con tono seco—. Su intención era conducir los animales en la otra dirección.

Jade renegó e intentó atisbar a través del cristal lo que ocurría en el exterior. Entretanto, el estrépito era tan intenso que incluso penetraba claramente dentro de la iglesia. Se oían ladridos y bufidos y, más tarde, unos disparos. Se inició un tumulto. Los cazadores se precipitaron por la calle. «Que no nos encuentren en la iglesia», rogó Jade mientras tiraba a Ben por el brazo para que se agachara. Echó un vistazo rápido por encima del hombro en busca de un escondite. El eco sordo de los disparos retumbaba en las finas paredes y llenaba aquel espacio de techo elevado. Jade dirigió una rápida mirada al mosaico del Santo Styx, que se encontraba detrás del altar. Era la primera vez que lo podía ver sin el filtro del cristal y el incienso. El Santo, una figura cadavérica que llevaba una calavera de ibis en una mano y un lirio de hierro en la otra, la escrutaba amenazador con sus ojos de mosaico color plata y su mirada severa. Sin querer, Jade bajó la vista.

Había llegado otra patrulla y la plaza era un hervidero. Instintivamente, Jade se agachó al oír el rugido de un tigre. Tuvo tiempo de ver también cómo una llamativa casaca adamerada aparecía por un lado de la escena y desaparecía entre la muchedumbre.

—¡Moira! —susurró a la vez que pensaba: «¡Faun!».

Ben la miró estupefacto al ver que Jade se levantaba súbitamente.

—¡Quédate aquí! —le ordenó ella.

Aunque era una auténtica locura, la idea de que Faun pudiera sufrir la embestida de un toro le hacía olvidar todos sus temores.

—¿Qué haces? —le preguntó Ben, con los ojos abiertos de par en par.

—Encargarme de que alguien huya antes de que muera por culpa de las tonterías de Tanía —repuso Jade.

Aguardó hasta cerciorarse de que no había ningún depredador cerca de la puerta; luego se deslizó hacia la calle y echó a correr. El calor era como un muro ardiente y su frente se cubrió inmediatamente de sudor. El estrépito se le vino encima procedente de todos lados. Ruido de cascos, más disparos, gritos de órdenes. Al parecer, los cazadores también localizaban animales en las calles adyacentes. No había rastro de Faun en ningún sitio, y Jade no vio ni siquiera una sola urraca azul. En cambio, a quien vio fue a Moira, que en ese instante soltaba a su perro y le daba una orden. ¡Hoy la cazadora iba sola! Jade suspiró con alivio y se refugió tras la baranda de una escalera de mármol. Se asustó mucho al sentir que una mano le agarraba el tobillo y pegó un chillido.

—¿Tanto miedo tienes, princesita? —preguntó con sarcasmo una voz que le resultaba muy familiar.

Tanía salió ágilmente de debajo de la escalera y sonrió. Jade iba a decir algo cuando un ruido le erizó los pelos: gruñidos de oso. Demasiado cerca.

—Es hora de marcharse —dijo Tanía.

Evitaron todo encuentro con los cazadores y los animales en estampida. Jade estaba totalmente sin aliento cuando por fin Tanía cruzó a toda prisa un patrio trasero y se paró frente a una entrada. Al golpear la puerta, esta se abrió y Tanía penetró en la oscuridad. Jade volvió a tomar aire y la siguió.

—¡Primer piso y a la izquierda! —le susurró una voz masculina—. Por la segunda puerta pasáis a la casa contigua.

Jade obedeció con las rodillas temblorosas y se apresuró a subir por la escalera. La sala era una estancia diminuta con dos puertas y no tenía más que una mesa y un banco. Había también una garrafa de vino y varios vasos medio llenos, lo cual indicaba que otros aliados la usaban también a modo de refugio. Tanía no corrió hacia la segunda puerta sino que se acercó a la ventana e hizo una señal a Jade para que se acercara.

—¿Os habéis vuelto locos? —musitó Jade enfadada—. Ahí fuera hay gente que no tiene nada que ver con los cazadores. ¿Es que ya no importan las vidas humanas?

—Es un riesgo que hay que correr —repuso Tanía—. No te preocupes tanto por los demás. Esas bestias provocarán un poco de confusión y distraerán a los cazadores. Eso es todo.

No era agradable en absoluto pensar lo que podía estar ocurriendo en las calles.

—¿De qué los va a distraer? ¿De lord Norem?

—¡Acércate, vamos! —le dijo Tanía, impaciente.

Jade se acercó titubeante a la rebelde y miró también por la ventana. Esta daba a un callejón sin salida. En él se acumulaba la inmundicia y olía a basura descompuesta. Por bien que más allá se alzaba una villa reciente con una fachada magnífica, detrás de ella, en los edificios que bordeaban aquel callejón sin salida, el revocado se desmoronaba. Los restos de una escultura de piedra situada debajo de la ventana daban testimonio de que aquella casa también era del período de los reyes. En su tiempo, la escultura había representado a un hombre, pero de él ahora solo quedaban unas piernas musculosas y parte de la cadera.

Entonces, desde la izquierda, resonaron las pisadas de unas botas. Los ladridos de perro se hicieron más fuertes. Jade y Tanía retrocedieron al ver pasar por la calle a unos cazadores a toda velocidad. El olor a depredador se coló por la ventana, y a Jade le pareció vislumbrar entre el tumulto el fulgor del pelaje blanco de una pantera de las nieves. Al estallido de un disparo y el bufido de una fiera siguieron los gritos de júbilo de una docena de gargantas.

—Lord Norem no se hubiera imaginado jamás algo así —dijo Tanía sonriendo con sarcasmo—. Su valiosa casa de fieras convertida en presa de caza para los cazadores y los galgos.

Jade era incapaz de reírse de algo así.

—¿Lo has matado? —preguntó en voz baja.

Tanía adoptó una actitud seria y negó con la cabeza.

—¿A lord Norem? No. Me limité a averiguar a qué hora acostumbraba ir al palacio de Invierno por un atajo y tapado con una capa burda. Con algo de suerte, Ruk lo habrá esperado allí mientras los cazadores se entretenían conteniendo a todas sus fieras. Eso siempre y cuando sus propios animales no lo hayan atrapado antes. —Una sonrisa desangelada hizo que su cara adoptara una expresión dura—. A fin de cuentas, están acostumbrados al sabor de la sangre humana.

—¿Quieres decir que...?

Tanía asintió.

—¿Acaso los gritos de ayer no se oyeron en el Larimar? ¿Por qué te figuras que las horcas siguen vacías? En fin, con lo que hemos averiguado, es seguro que continuarán así. ¿Para qué dejar pudrir al sol una excelente carne humana cuando es posible regalarse y regalar a las bestias de la casa una tarde entretenida?

Hasta el momento, Jade solo había notado cierta comezón incómoda en el estómago, pero ahora aquello la hizo sentir muy mal.

Tanía le dio una palmadita en el hombro.

—Vamos, princesita —dijo con tono conciliador—. ¡Volvamos al subsuelo!

Esas palabras se perdieron en un griterío al que siguió una salva de fusiles. Jade se estremeció. En lugar de correr hacia la puerta como Tanía, echó un vistazo cauteloso a la calle. Eran los toros. Una nube de polvo se levantó cuando uno de los animales resbaló y cayó al suelo. La bestia se estremeció como si tuviera un espasmo y luego quedó inmóvil.

—¡Jade! —la apremió Tanía desde la puerta.

Una casaca revoloteó entre el polvo, los disparos retumbaron y un galgo se apresuró al interior del callejón sin salida. Y luego, una cazadora seguida de cerca por un segundo toro.

Moira.

Fue uno de esos instantes en que, en un único segundo, confluye una multitud de sensaciones y pensamientos. Jade observó que los cuernos dorados del toro estaban manchados de rojo y que el coloso sangraba por varias heridas, lo cual aumentaba su sed de venganza. Notó cómo Moira se daba cuenta de que acababa de caer en una trampa; cómo se volvía y apuntaba y apretaba infructuosamente el gatillo de su arma. Vio cómo en el rostro de ella asomaba la certidumbre de que iba a morir. En un callejón sin salida. Entre la inmundicia y los escombros. «Es una cazadora», decía una voz dentro de la cabeza de Jade. Y, a la vez, esa misma voz gritaba: «¡Los cuernos van a alcanzarla!».

Las copas y la garrafa se hicieron añicos cuando Jade quitó el mantel de la mesa. No podía más que confiar en que lograra sostener el peso de Moira. Lo último que vio antes de pasar las piernas por encima del alféizar y salir por la ventana fue la expresión de asombro de Tanía.

El toro tenía acorralada a Moira en un rincón. La cazadora estaba de pie, de espaldas a la pared, sin aliento, y asía el arma por el cañón para por lo menos blandir un arma. Aunque su expresión reflejaba la concentración más completa, estaba muy pálida. Jade se acercó al punto inclinado de la estatua rota, retorció rápidamente el mantel para convertirlo en una especie de cuerda y lo anudó a un saliente de la piedra. En ese instante, la bestia atacó. Jade gritó y cerró los ojos con un acto reflejo. El hedor agrio de la piel bañada en sudor le penetró en la nariz. Oyó un gemido y un ruido sordo, como el de un cuerpo abatido. «No, por favor», se dijo. Se obligó a abrir los ojos de nuevo. Primero vio un amasijo de cascos y extremidades, y entonces se dio cuenta de que era testigo de una danza siniestra. Moira se zafaba del toro, se agazapaba y luego saltaba, daba una patada al hocico rebosante de espuma, y volvía a ponerse de pie. Dio con la culata del arma en la testuz del animal, y la cazadora se volvió rápidamente en un intento desesperado por esquivar la cornamenta. El perro de Moira atacó las patas traseras del toro y le mordió un tendón. El coloso se volvió. La sangre de un cuerno salió despedida y pintó un dibujo extraño en la pared de una casa que recordaba los garabatos de un loco.

—¡Moira! ¡Aquí! —gritó Jade.

La cazadora levantó la mirada hacia ella. De nuevo a Jade le sorprendió la rapidez con que la cazadora era capaz de comprender la situación. Sin titubear, Moira arrojó el arma al suelo, dio un salto hacia la soga improvisada que le llegaba a la altura de sus ojos, tomó impulso y se agarró a ella. Jade hizo de contrapeso. La tela resbaló y quedó trabada definitivamente entre cantos de piedra rotos. El toro resopló y sus cascos resonaron en el suelo. Se oyó un aullido, y a continuación el toro tomó al perro por los cuernos y lo precipitó contra la pared. El animal cayó con un quejido y se quedó inmóvil con la espalda rota.

Unas perlas de sudor recorrían la frente de Moira mientras trepaba. La manga izquierda le colgaba hecha jirones, y Jade vio estremecida que tenía una herida abierta en el brazo. Se apoyó todo lo posible con el pie izquierdo y tendió la mano a Moira. El toro bajó la cabeza y embistió hacia delante.

—¡Las piernas! —aulló Jade justo en el momento en que Moira cerraba los dedos, como garras de hierro, en torno a su muñeca.

Jade estuvo a punto de perder el equilibrio, pero logró recuperarse a tiempo, apretó los dientes e hizo todo el contrapeso que le fue posible. Hubiera jurado que la pared del edificio vibró cuando el toro arremetió allí donde instantes atrás estaban las piernas de Moira. Un segundo más tarde, la cazadora estaba de cuclillas en el saliente de piedra inclinado situado junto a Jade. Por un instante, permanecieron mirándose fijamente a los ojos, y Jade se sintió de pronto invadida de una sensación de alivio y de alegría tales que dirigió una sonrisa a la cazadora. Moira respondió a la sonrisa durante un instante fugaz. Luego ambas, totalmente agotadas y sin decirse nada, clavaron la mirada en el callejón. Jade notaba todos los músculos del cuerpo agitados, y sentía la boca tan seca que tenía la lengua adherida al paladar como si fuera un trozo de cuero. Entonces fue cuando cayó en la cuenta de que Moira le podía preguntar qué se le había perdido en esa casa. Los cazadores registrarían el edificio y encontrarían pistas de los rebeldes. Entonces se la llevarían también a ella a la isla de la Prisión, la interrogarían y…

—¡Maldita sea! —murmuró Moira—. Era mi mejor perro.

La sangre teñía el suelo, y el galgo miraba hacia el cielo con la vista ya empañada.

Los músculos se estremecían debajo de la piel brillante y sudorosa del toro. Sacudió la pata delantera y levantó la mirada hacia ellas. «Matan personas», se dijo Jade, angustiada. Con solo pensar que esos cuernos llevaban adherida la sangre de los presos, arrojados a un infierno directamente desde el calabozo, tuvo de nuevo una sensación de náusea.

Un estallido fuerte la sobresaltó y entonces el toro hincó las rodillas. El animal seguía balanceándose, pero, al ser alcanzado por el segundo disparo, se desplomó entre gemidos. Pataleó todavía tres veces al aire con las patas traseras, y luego se quedó quieto. Moira suspiró con alivio.

En la calle había dos cazadoras, que bajaron las armas a la vez.

—¿Estás bien, Moira?

—¡Sí! —exclamó.

Solo Jade se percató de que su voz le flojeaba ligeramente. La cazadora renegó a causa del brazo herido, aunque se colgó sin titubear del trozo de ropa, lo rodeó con las piernas y bajó por él. Llegó al suelo con un salto y, tras rodear al toro, se acercó a su perro. No miró atrás en ningún momento. Jade no podía entenderlo. ¡Ni gracias, ni adiós! ¡Nada!

¿Y si ese era su modo de dejarla escapar?, se preguntó.

Jade se incorporó con las piernas temblorosas, se agarró al marco de la ventana y regresó a la habitación vacía tan rápido como le fue posible.

Pasaron varias horas hasta que Jade se atrevió a salir de su escondite. Igual que Tanía, pasó también la segunda puerta y, siguiendo la ruta trazada por las señales secretas, pasó a otra casa y a una carbonera donde solo las manchas oscuras en las paredes y en el suelo recordaban su uso anterior. Con la caída de la tarde se encaramó por la ventana de un sótano y comprobó que se había alejado lo suficiente de la zona cercana al palacio. No se atrevía a regresar a la iglesia y buscar a Ben, así que se dirigió sigilosamente en dirección al río dando el mayor rodeo posible. A esas alturas, Jakub ya se habría vuelto medio loco de preocupación por su paradero. Se estremeció al pensar que tal vez un tigre o un oso se pudiera haber librado de la cacería. Jade se detuvo un instante y aguzó el oído, y entonces le pareció oír otro paso que se detenía con cierto titubeo. Era un paso más ligero, pero sin duda no era ningún animal. Jade notó que la frente se le cubría de sudor. Mostró con dedos nerviosos su trozo de espejo y, sin apenas darse cuenta, aceleró el paso; en un momento dado, al doblar por un callejón y echar un vistazo por encima del hombro, tuvo la total certeza de ver algo, un movimiento flexible con una agilidad impropia de los humanos, incluso tal vez una silueta.

«¡Quédate quieta —se dijo a sí misma—. Has llamado y buscado al eco. Ahora le tendrás que hacer frente.»

Pero las piernas y su corazón temeroso parecían tener otra opinión, e incluso el trozo de espejo que llevaba en la mano se convirtió en no más que un trozo inútil de vidrio recubierto. «¿Y si no fuera cierto? —se preguntó entonces—. ¿Y si los ecos no reconocen el espejo?»

Con todo, Jade se detuvo y se volvió lentamente. Avanzó poco a poco hacia la esquina de la calle. Necesitó más valor para escudriñar la calle que el que había empleado para abandonar la protección de la iglesia de Cristal. Sin embargo, donde instantes atrás acechaba una oscuridad furiosa, ahora solo había sombras huecas.

Jade suspiró y se volvió de nuevo. El susto la hizo retroceder un paso. Tanía estaba apostada en la pared de la casa con los brazos cruzados.

—¿También de camino a casa? —preguntó con una sonrisa seca.

Jade deseó que la rebelde no se diera cuenta de que el pulso todavía le latía desbocado.

—Sí. ¿Y qué? —repuso lo más tranquilamente posible.

Tanía se encogió de hombros.

—Ruk lo logró.

Diez lores. Jade cerró los ojos un momento. De nuevo tuvo la sensación de encontrarse en una balsa que se balanceaba a la que tenía que asirse con fuerza para no ser arrojada a las profundidades. Cuando volvió a abrir los ojos, Tanía la seguía mirando fijamente. Por primera vez, Jade tuvo que admitir que sentía el mismo asomo de hostilidad que se reflejaba claramente en la expresión de Tanía.

—¿Qué? —le espetó Jade.

—Nada —repuso Tanía—. Solo me preguntaba si todavía sabes dónde está la derecha y la izquierda.

—Todo depende de qué lado del río se mire —respondió Jade impasible—. Pero en ambos lados viven personas, ¿no crees?

Tanía negó con la cabeza y sonrió de forma compasiva.

—Ay, princesa Larimar, eres un caso perdido.

Se dio la vuelta y desapareció en la oscuridad.

Príncipes y necios

Aquella noche los ecos la visitaron. Ella sabía que estaba soñando; justo por debajo de la superficie del sueño, notó que intentaba escapar, pero en realidad solo se le contrajo un poco el cuerpo, y el grito que creía haber proferido apenas fue un gemido mientras dormía. Eran cuatro. Iban envueltos en harapos. Retales de tela atrapados al azar, pedazos de lonetas y redes, y debajo, terciopelo robado a un lord. Las figuras giraban a su alrededor, rodeándola y deslizándose en torno a ella. Jade se giraba sin cesar sobre sí misma con el fragmento de cristal en la mano.

—Estoy con vosotros —gritaba una y otra vez—. ¡Estoy de vuestro lado!

Estaban tan cerca que percibía incluso su olor: era un olor amargo y viejo. Recordaba un poco el de la piel húmeda del toro. Cuando las siluetas se detuvieron y apartaron los retales de ropa y los harapos que tapaban sus rostros, Jade se encontró con cuatro rostros demoníacos idénticos. Tenían la piel negra, y en las órbitas pálidas de los ojos, ciegas en apariencia, destellaban la perfidia y las ansias de matar. De uno de aquellos colmillos afilados goteaba un espumarajo. El pánico le hizo alzar el trozo de espejo.

—¡Estoy con vosotros! —gritó.

Vio con sorpresa que el cascote de la mano empezaba a iluminarse. Entonces la mancha de luz en forma de rombo se deslizó rápidamente por encima de esos seres mientras Jade se iba girando. El dibujo que reflejaba abrasaba su piel negra. Los rostros mudaron, se volvieron tersos, empezaron a brillar y Jade se encontró con cuatro caras blancas e idénticas. Delicadas, severas y bellas. Unos ojos verdes la miraban centelleantes. Jade no sabía si eran hombres o mujeres. Luego los cuatro doblaron la cabeza hacia atrás, abrieron las bocas, tomaron aire y gritaron. Jade se estremeció con aquel tono agudo y rechinante. Contrajo el rostro y se agachó apretándose los oídos con las manos. El sonido le vibraba por todas las fibras del cuerpo y la hizo llorar.

Se despertó sobresaltada y bañada en sudor y se encontró en su cama, temblando y totalmente alterada. ¡Faun! Nunca antes había deseado tanto poder refugiarse entre sus brazos. Palpó el otro lado de la cama, pero sus dedos solo encontraron tela intacta. Se secó las lágrimas en la oscuridad y se sorbió la nariz. Unos dedos de lluvia tamborileaban en los postigos de la ventana. Por el olor a lana húmeda, supo que el agua había penetrado a través de la ventana sin cristal y que ya empapaba la alfombra. Se incorporó abatida y se frotó los ojos. Luego sacó las piernas de la cama y se puso de pie.

Delante de ella, la oscuridad cambió de sitio. Aunque apenas fue un amago, le provocó un estremecimiento que le recorrió todas las venas. Su cuerpo reaccionó de forma automática: retrocedió, se echó en la cama y se refugió en el lado opuesto. Al instante tenía el cuchillo en la mano. «¡Vamos, muéstrale el trozo de espejo, no el cuchillo! ¡No seas idiota!» Aquel fue su primer pensamiento. El segundo fue preguntarse cómo eso había logrado penetrar en el Larimar. Pensar que alguien la había estado observando mientras dormía le provocaba miedo y enfado a la vez. Entonces empezó a distinguir mejor: una figura alta junto a su cama. Una respiración. Luego un movimiento hacia la puerta. No era el paso grácil de un eco, sino un andar felino que habría podido reconocer entre miles.

—¡Faun! —logró decir con voz ahogada. Dejó de lado el cuchillo y corrió rodeando la cama—. ¿Por qué no dices nada? ¡Me has dado un susto de muerte!

Pero cuando Jade tendió los brazos hacia Faun, él retrocedió. Una ropa empapada de lluvia se le escapó entre los dedos.

—¡No me toques! —le dijo Faun en voz baja.

—¿Qué te ocurre?

—Nada. Yo… tengo que marcharme.

Hablaba con voz ronca, y cargada de rechazo. Aquel era el Faun que ella conocía con la luz de día.

—¿Ha ocurrido algo?

Él se detuvo, tenso, como buscando una oportunidad para huir. Luego se apartó con brusquedad y se dirigió a la puerta de un salto. La sorpresa abandonó a Jade y la rabia ocupó fácilmente su lugar.

—¡Oye! —refunfuñó ella aproximándose a él. Cuando Faun intentó esquivarla de nuevo, hizo ruido.

—¡Jade, déjame! —musitó apretando los dientes.

—De ningún modo —masculló ella—. ¿Acaso te crees que puedes largarte sin dar explicaciones?

Él estaba frío y temblaba. En el momento en que Jade fue a abrir la boca y decir algo, él la apartó con tanta fuerza que fue a parar contra la cama y recibió un golpe doloroso en la barbilla con el brazo que la rechazaba. Sin embargo, no estaba dispuesta a permitir que él se le escapara. Forcejearon unos segundos sin decir nada, luego Jade perdió el equilibrio y lo arrastró consigo en su caída. Al momento se encontró tumbada de espaldas, boqueando, con el polvo de la alfombra en la nariz y los brazos firmemente agarrados a la cintura de Faun. Notó el peso de él encima de ella.

—¡No voy a consentir que te vayas! —susurró—. No, sin saber lo que ocurre. ¿Se trata de Tam?

«¿O tal vez —se dijo—, es solo que ya no me quieres y que pretendes marcharte sin más?»

En lugar de responder, él la asió de los brazos. Solo la sorpresa logró que ella lo soltara. Al instante notó unos dedos gélidos que le agarraban las muñecas. Nunca nadie la había tocado de ese modo. Aunque él la asía con fuerza, parecía que quisiera guardar distancia. Próximos y, sin embargo, a varias millas de distancia. No le gustaba la idea de que él viera su rostro en la oscuridad mientras que ella apenas conseguiría adivinar el brillo de sus ojos. Notó que él tomaba aire trabajosamente. Sentía su aliento en la clavícula. De pronto, él posó los labios en su piel y ella se apartó.

—¡¡¡Suéltame de inmediato!!! —exclamó ella con tono amenazador.

Él le acariciaba el cuello con los labios, pasándolos por encima y por debajo de la barbilla. Jade apretó los puños.

—Te quiero —susurró él.

Luego la besó con el ansia de un sediento en una fuente. Tenía los labios fríos a causa de la lluvia y su gesto era tan avasallador que ella retrocedió extrañada ante esa avidez y vehemencia. Faun le apretaba dolorosamente los dientes contra los labios. ¡Era el colmo! Jade se hartó y pasó a defenderse con todas sus fuerzas. Entonces los labios de él se separaron de los suyos y ella logró soltarse las muñecas. A continuación, Jade levantó el brazo y le propinó una bofetada. El golpe hizo que él se hiciera a un lado, lo cual permitió que ella quedara libre y se pudiera poner de pie.

—¿Qué significa todo esto? ¿Te has vuelto loco?

En la palma de la mano dolorida sentía las palpitaciones del corazón. Eso y también una humedad fina y deslizante. Está llorando, se dijo. Pero no se dejó engañar.

—No —respondió Faun en voz baja al oír el chasquido de una cerilla.

Jade prendió la mecha de la lámpara de aceite y luego se volvió. Bajo la luz titilante vio que Faun parpadeaba y se protegía con la mano de aquella luz repentina. Estaba pálido y parecía totalmente agotado. Tenía el pelo mojado pegado en la frente. Era evidente que había estado bajo la lluvia. Sus ojos tenían un brillo febril y en la mejilla presentaba un arañazo que tenía mal aspecto. Con el bofetón, la herida, que ya había empezado a cicatrizar, había vuelto a sangrar.

—Lo siento —dijo él avergonzado bajando el brazo—. No quería... De repente pensé que no podía soportar perderte.

—¿Y por eso me has dado un susto de muerte y te has abalanzado sobre mí?

Él tenía los ojos apagados, y, en su pálido rostro, no parecían más que manchas oscuras. No respondió. Jade estaba inmóvil junto a la cama agarrada a los barrotes de madera de la misma debatiéndose en su interior. «Está herido», se decía la Jade de la noche. «Que salga de aquí», insistía la Jade prudente que era durante el día.

—No vuelvas a agarrarme nunca más así —dijo ella al final con voz firme—. Es el mejor modo de perderme.

—Lo siento —respondió él compungido—. Yo... no sé lo que me ha pasado.

—¿Quién te ha herido?

—Aunque no te lo creas, ha sido una pantera de las nieves —respondió él restregándose la mejilla con la manga húmeda—. En el corazón de la Ciudad Muerta.

—Sí, era un animal de la casa de fieras de lord Norem. Claro que te creo.

Por primera vez, Jade odió profundamente a Tanía. Faun levantó la cabeza.

—¿Sabes lo del asesinato de lord Norem?

—En la ciudad algo así se sabe rápidamente.

—¿Has salido a pesar de que te rogué que te mantuvieras alejada de las gentes de la Lady?

—Creo que ya me conoces. Nadie puede decirme adónde ir y dónde quedarme —repuso Jade con tono tranquilo—. Las noches nos pertenecen a los dos, pero los días siguen siendo míos. Cada uno tiene su vida.

Él sonrió con tristeza.

—Nuestras noches —musitó él—. Son más valiosas que cualquier otra cosa.

Aquellas palabras provocaron en ella algo que hubiera preferido no sentir en ese instante: nostalgia y temor a perder también esas noches.

—¿Qué hacíais en la Ciudad Muerta?

—Encontrar a alguien —dijo él sin más.

A continuación se frotó la frente, como si el mero recuerdo le provocara dolor de cabeza. De pronto, a Jade le pareció que se quedaba sin aire.

—¿Lo habéis encontrado? —farfulló—. ¿Al príncipe?

Faun abrió los ojos y contempló pensativo su rostro. «Lo sabe —pensaba ella—. Sabe que yo estoy al otro lado.»

Pero él asintió, con un gesto sin asomo de orgullo. Jade tuvo que sentarse.

—¿Estáis seguros? —preguntó con voz temblorosa.

—Ese muchacho parecía un Tandraj —le explicó Faun—. En cualquier caso, un centinela que había luchado en la guerra de Invierno reconoció su parecido con los reyes hermanos.

Un muchacho. Parecía.

—¿Está... muerto?

Deseó que su voz no sonara tan fina y preocupada.

—La Lady no hace prisioneros —respondió Faun, lacónico.

Fue como precipitarse al vacío, contra un suelo duro y sin opción para librarse del impacto.

«Ha sido todo en vano —se dijo estremecida—. Los rebeldes no podrán vencer.»

—Sobrevivió a la guerra porque alguien lo sacó de la ciudad —siguió explicando Faun—. Es posible que luego viviera en los bosques. No sabía de dónde venía ni quién era. Ni siquiera sabía hablar. Es posible que regresara a su ciudad natal por un funesto azar.

—¿Y cómo logró ocultarse durante tanto tiempo de los espías de Tam?

—La suerte del necio —dijo Faun con voz empañada—. Vagabundeaba por la Ciudad Muerta. Seguramente descubrió su habilidad meses atrás. No sé si era consciente de lo que hacía. Llamaba a los ecos. Posiblemente el pobre se asustó mucho cuando empezaron a asomar por la ciudad. Y cuando hoy lo hemos encontrado...

El rostro se le ensombreció.

«Tal vez no era él —se decía Jade intentando calmarse—. No hay necio capaz de ocultarse durante tanto tiempo.» Aquel pensamiento la reconfortó.

—¿Y por eso estabas tan enfadado? ¿Porque tuviste que ver cómo lo mataban?

—Era joven —respondió Faun en voz baja—. A lo sumo tenía tu edad.

—¿Cómo ha muerto?

—Riéndose —contestó Faun con un hilo de voz—. De verdad, puedo asegurarte que reía sin parar.

Jade se puso de pie con las piernas temblorosas y se acercó a él. Lo abrazó, le besó los párpados y la frente. Faun no se movió, y cuando ella le tomó la cara con las manos, cuidadosamente para no tocarle la herida, él le devolvió el beso con una delicadeza que hizo que Jade cerrara los ojos. Luego se quedaron sentados en silencio, estrechamente abrazados y escuchando la lluvia. Unas imágenes se arremolinaban en la cabeza de Jade: los ecos del sueño, la cara de Moira, Tanía y los demás rebeldes. Y una y otra vez ese necio, ¿y si era el príncipe de Invierno? ¿El parecido físico era suficiente como prueba? No, decidió. «Para mí eso no es suficiente. Todavía hay esperanza.» ¡Tenía que encontrar a Ben mañana mismo!

—Tam pronto habrá cumplido su encargo —dijo Faun al cabo de un rato—. En cuanto se hayan localizado los últimos ecos, no habrá ningún motivo para que permanezcamos en la ciudad.

Se habían reído juntos, habían soñado con viajar y, en cambio, jamás habían dicho que aquellos encuentros secretos eran un pacto que solo conocía el presente. Sin embargo, Jade entonces traspasó ese límite.

—¿Qué significa eso? —quiso saber—. ¿Continuarás con él?

Resultaba extraño hablar del futuro; era como si acabara de retirar un velo de delante de una cara y viera por vez primera a la persona que se ocultaba detrás.

—Es posible.

—¿Es posible? —repitió ella con enfado—. ¿Qué te retiene junto a él? ¿No le has servido suficiente tiempo?

—No… no es tan simple, Jade.

—Nunca lo es —repuso ella con sarcasmo—. ¿Dónde diablos te voy a encontrar si te me escapas?

Faun sonrió y al fin ella volvió a ver al Faun que amaba.

—Te encontraré. Estés donde estés, volveré. No pienso abandonarte.

Era una promesa. Ella se dio cuenta. Con todo, no logró poder devolverle la sonrisa.

—¿No confías en mí? —preguntó él.

—Confiar no es más que otro modo de decir conocer. Me lo dijiste en una ocasión, ¿te acuerdas? Pero a veces me parece que no te conozco en absoluto, o quizá solo un poco.

—¿Y yo? ¿Acaso yo te conozco mejor? —preguntó Faun.

Ella, sorprendida, bajó la mirada. Aquel era un buen momento para contarle la verdad, se dijo. Pero el momento pasó sin que ella pudiera decidirse a hacerlo.

Faun le sonrió y le apartó un mechón rizado de la cara.

—Sé que no toleras órdenes de nadie, pero quizá esta vez me hagas caso. Te lo suplico: mañana no vayas a la ciudad. La Lady pretende organizar otra cacería. Y habrá detenciones.

—Los rebeldes —dijo ella más para sí que para Faun.

Él asintió.

—Lady Mar ha decidido tener pronto a toda su ciudad de nuevo bajo control.

«Su» ciudad.

Jade apretó los labios, pero no contestó nada.

«No hay que preocuparse —se dijo para tranquilizarse—. No les ocurrirá nada; en los próximos días se ocultarán, porque no son tontos. Incluso Tanía se guardará mucho de abandonar mañana su escondrijo.»

Como si aquella noche se hubieran adentrado en el mundo real, por primera vez se amaron bajo la luz de la lámpara de aceite. Fue algo nuevo e inquietante. A diferencia de Faun, que la podía contemplar incluso en la oscuridad, Jade lo vio por primera vez por completo, y no de forma fugaz bajo la luz mortecina del amanecer. Recorrió admirada con el dedo la línea de su arco costal y observó que el gesto provocaba que los pelillos de la piel se le erizaran. Faun era un hombre atractivo: los músculos se le dibujaban bajo la piel, y cuando Jade colocaba la palma de la mano sobre la suya parecía realmente que en ellos confluyeran el oro y la plata. Lo único que le desagradaba era el tatuaje que él llevaba en el pecho, pero esta vez tampoco cerró los ojos para no verlo. No lo tapó con la mano, sino que lo observó con la misma atención que el resto de su cuerpo. Se embebió de los tonos de su piel, de la leve sonrisa que dibujaba con los labios y de la expresión de su mirada, que era más cálida y brillante cuando ella lo besaba y se estrechaba contra él. Tampoco él cerraba los ojos cuando lo besaba, y Jade se preguntó si en las noches que habían pasado juntos él la habría observado siempre con esa intensidad. Resultaba excitante y extraño a la vez, abrazarse de este nuevo modo. Faun, como temeroso de volver a presionarla demasiado, la acariciaba con una delicadeza y un cuidado especiales, mientras que ahora era Jade la que lo besaba con tanta pasión que él tenía que tomar aire. Estaban más cerca que nunca, y cada caricia parecía que fuera a abrasarles la piel. Mucho más tarde, cuando la luz se debilitó y empezó a titilar, Jade apretó la mejilla en el cálido hueco de la clavícula de él y cerró los ojos.

Esta vez no la despertó una pesadilla, sino la certeza de que estaba sola. El lugar de Faun a su lado estaba vacío. La lámpara de aceite se había apagado y Jade se sintió feliz en esa penumbra. Era como si despertara de un estado de embriaguez. Al pensar en Faun, fue presa de una sensación de pérdida. A continuación, todo lo demás regresó a ella con todo su peso. Se incorporó de un salto en la cama y se apoyó los codos sobre las rodillas. «¿Y si ha muerto de verdad? —se preguntaba—. ¿Y si los rebeldes, al no contar con la ayuda de los ecos, se encaminan hacia la perdición?»

En cuanto se hubo planteado mentalmente esa pregunta, se percató de que también ella formaba parte de ellos. ¿Cómo sería vivir fingiendo que no había ocurrido nada? ¿Podría soportarlo? O acaso, pese a todo, ¿tendría el valor para seguir luchando por su libertad?

Salió de la cama y tanteó la silla en la que colgaba su chaqueta. Aunque no podía ver la fotografía de su madre en la oscuridad, se consoló acariciando la superficie lisa de su sonrisa invisible.

—¿Qué debo hacer? —musitó—. Amo a mi enemigo y temo por mis aliados. ¿Y si lo que dice Faun es cierto?

Al percibir un ruido se apretó la fotografía contra el pecho en actitud protectora. Aguzó el oído con nerviosismo. El ruido llegaba apagado a su habitación proveniente del pasillo. Y era tan inusual que al principio no fue capaz de identificarlo. Salió de puntillas del cuarto y recorrió el pasadizo en dirección hacia la escalera. Entonces supo qué era: ¡música! El sonido resonaba amortiguado por la caja del ascensor. Era evidente que venía de un piso inferior.

Era una melodía lenta y rítmica, pero se ocultaba tras tantos ruidos de arañazos y objetos arrastrados que parecía que todos los espíritus del Larimar intentaran acallarla. A cada escalón que Jade bajaba, la música se volvía más nítida. Oía violines y el sonido suave de un piano, y luego vislumbró una estrecha franja de luz que se colaba por la rendija de una puerta entornada que daba al pasillo en la primera planta. Las tablas de madera crujían rítmicamente al ritmo de unos pasos lentos. Jade entreabrió con un dedo la puerta y espió a través del resquicio.

En el centro del suelo entarimado y manchado de un antiguo salón estaban de pie Jakub y Lilinn. Habían retirado los muebles a un lado y ahora bailaban estrechamente abrazados siguiendo la melodía de un antiguo disco que giraba tambaleante en un gramófono desvencijado.

Jade apenas reconocía a su padre. No llevaba su camisa de cuero manchada, sino que iba vestido con una camisa de terciopelo de color azul grisáceo que solo había llevado una vez en su vida. Y… ¡Lilinn! Jade abrió la boca con asombro. La bella cocinera se había soltado el pelo y no parecía que le preocupara lo más mínimo que en lugar de ocultarle los pechos en realidad su cabellera los resaltara. En las caderas llevaba anudado un pañuelo de seda rojo que oscilaba en torno a las piernas con cada movimiento.

Bailaban con tal entrega y ensimismamiento que Jade tuvo la impresión de ver algo prohibido. La fotografía de su madre parecía arder en su mano, y se la apretó hacia sí aún con más fuerza, en un intento por detener el pasado que en esos instantes se le escapaba de forma definitiva e irrecuperable. Mil veces se había imaginado, con temor, ese momento, aunque también lo había deseado a menudo y ahora, cuando se veía forzada a despedirse de la imagen de sus padres como pareja, lo único que sentía era un vacío melancólico. Sí, parecía una traición, pero Jade tenía que admitir también que ella se sentía más cerca que nunca de su padre. Los dos bailarines ya no tenían una simple aventura, habían dejado de ser su padre y la cocinera. Eran, simplemente, unos amantes. Jostan Larimar y su ninfa.

Ceniza en el agua

Tam y Faun partieron temprano. La cocina estaba a oscuras, no solo porque todavía era muy pronto, sino sobre todo porque, la tarde anterior, Jakub había tapado la ventana con tableros de madera a fin de evitar que en ella se colara algún disparo extraviado. La luz titilaba, como si fuera solo cuestión de tiempo que el suministro de electricidad se volviera a interrumpir. En la cocina, Jade, nerviosa, hacía girar la taza de café en las manos procurando no preocuparse por Faun, por los Feynal o los rebeldes. Naturalmente, no lo lograba, y el hecho de que Lilinn se dedicara a cortar tranquilamente el pescado y a cantar mientras en la calle se oían los primeros disparos no contribuía a mejorar su humor. Lilinn aquel día llevaba el pelo tapado con un paño firmemente anudado y lucía un vestido sin escote. Muy poco en ella evocaba ahora a la ninfa que Jade había visto bailar. Jakub estaba sentado a la mesa atornillando una bisagra. De vez en cuando, dirigía una mirada furtiva a Lilinn. Entonces su rostro se dulcificaba y se llenaba de anhelo, y una sonrisa se dibujaba en torno a la comisura de sus labios. Y Jade sintió envidia de Jakub y Lilinn por poder estar juntos, sin más, y abrazarse sin tapujos sin la perspectiva de tener que separarse.

—En la calle el mundo se acaba y tú cantando —le recriminó a Lilinn.

—El mundo no se acaba —repuso Lilinn sin más—. Se tambalea y tiembla, pero después será más estable.

Jade volvió la vista hacia Jakub. En otros tiempos, le habría bastado con dirigirle una mirada para saber si los dos opinaban lo mismo; ahora, en cambio, su padre se limitó a inclinarse sobre la bisagra.

—Espero que todo esto acabe pronto —se limitó a rezongar él—, y que podamos seguir viviendo como hasta ahora.

Jade sintió de pronto un sabor amargo en la boca.

—¿Como hasta ahora? —preguntó con desdén.

Ninguno de los dos reaccionó. El viento provenía del este y traía al Larimar unos gritos y unos disparos de tal intensidad que Jade tenía que taparse los oídos. «Espero que los rebeldes se mantengan al margen —se decía repitiendo mentalmente esa jaculatoria—. Que Faun no esté en peligro. ¡Y que el transbordador quede fuera del alcance de las balas!»

—¿Se ha sabido algo más del lord? —preguntó al cabo de un rato.

Jakub dejó de atornillar y por fin la miró. Lilinn siguió canturreando.

«¿Qué ocurre aquí?», se preguntó Jade, irritada.

—Cuatro presuntos rebeldes apresados —dijo Jakub—. Tres de ellos abatidos a tiros. El otro, herido.

Jade se estremeció. En su interior vio unos rostros que surgían, centelleaban y finalmente se apagaban, como velas. El temor se abrió paso en su interior. «¿A quién habrán apresado? ¿Y si nos traiciona y da nuestros nombres?» Notó de pronto un dolor sordo en la cabeza, y contrajo el rostro al recordar el aullido agudo de sus sueños.

—Cuando uno se opone a la Lady, ya sabe a lo que se expone —apuntó Lilinn.

—¿Qué quieres decir con esto? —quiso saber Jade—. ¿Estás de acuerdo con la locura que reina ahí fuera? ¿No te sientes mal por la gente? ¿Sabías que los lores utilizan a los prisioneros como carnaza para sus animales?

Lilinn contrajo la boca para dibujar una sonrisa irónica y luego levantó las manos.

—Son lores. Así son las relaciones de poder en esta ciudad, y tenemos que vivir con ellas. Sin duda, la muerte en la horca por asesinar a un lord resulta demasiado piadosa, y no basta como castigo.

—Parece que cambias de opinión con la misma rapidez que de amante —espetó entonces Jade en tono mordaz. Por el modo en que Lilinn se volvió y la miró con sus ojos azules de ave rapaz, supo que había puesto el dedo en la llaga.

—Hay una gran diferencia entre el amor y la guerra —respondió Lilinn con una rabia a duras penas contenida—. Las promesas de amor y los corazones rotos no matan a nadie, pero en la guerra una simple palabra puede ser mortal. Así que vigila con tu lengua.

—Tú no eres quién para decirme cuándo callar —replicó Jade impávida—. Y menos aún en el Larimar.

—Lilinn tiene razón —intervino entonces Jakub—. No te pongas en peligro. Somos súbditos de Lady Mar, y no le des más vueltas. Mientras nos mantengamos al margen de sus asuntos, no tenemos nada que temer.

Algo allí no iba bien. Algo iba muy, muy mal.

—¡Sabes perfectamente que eso es mentira! —exclamó Jade—. ¿Qué escena es esta? ¿Acaso la Corte os paga para que mordáis el polvo mientras os postráis ante la Lady?

El Jakub que Jade conocía debería haber estallado de cólera. Pero ese hombre de barbilla afeitada no repuso nada y se limitó a intercambiar una mirada elocuente con Lilinn. Jade se percató de que se había producido un cambio decisivo.

—En fin, parece que os gusta el sabor de la mordaza —dijo con sarcasmo.

Dejó la taza sobre la mesa con un golpe y se puso de pie. Jakub la miró cohibido, pero cuando ella salió de la cocina no la retuvo. Y la cocinera, que en otros tiempos había sido su amiga, se dio la vuelta y continuó canturreando.

Los últimos disparos cesaron por la tarde, hacia la misma hora en que el hotel se quedó totalmente sin electricidad. El ascensor quedó parado entre dos pisos, y Jakub renegó y tuvo que accionar la cabina a mano con la manivela hasta dejarla en la planta baja.

Jade aprovechó la ocasión para salir a hurtadillas de la casa. No quiso dejar ningún mensaje en la pizarra porque estaba demasiado enfadada con Jakub. Sabía que aún era demasiado peligroso acercarse al osario y contactar con Ben. Sin embargo, no tuvo que ir muy lejos para encontrar a Nell. La mujer se ocultaba en un sótano cerca del puente de los Grifos, y se llevó un susto de muerte cuando Jade se acercó a ella arrastrándose por la pared resquebrajada.

—¿Ya ha pasado todo? —susurró tras recuperarse del espanto.

Jade negó con la cabeza.

—Están en la otra parte de la ciudad. ¿Tanía ha estado hoy por aquí?

Nell asintió.

—Regresará, está haciendo una ronda de reconocimiento. Le he suplicado que se quede pero...—Sacudió la cabeza con un gesto de resignación.

Jade gimió. «Típico de Tanía. Nos traicionará a todos si cae en manos de los cazadores», pensó con enojo.

—Escucha, tengo noticias —musitó—. Es importante que se las hagas llegar a Tanía. Y si ves a Ben, díselo también. Díselo a todos, ¿me lo prometes?

Nell asintió.

Jade tomó aire y empezó a contarlo todo. Nell palideció y abrió la boca con espanto. Sus encías rosadas brillaron desnudas y vacías bajo la luz crepuscular.

—¿Ha muerto? —farfulló— ¿El príncipe de invierno ha muerto?

—Eso dicen los nórdicos, sí. De todos modos, es preciso que no hagamos nada hasta que tengamos la certeza de que es verdad. Mejor no arriesgar, ni atacar. Cuéntalo a los demás. Deberían ocultarse bajo tierra hasta que tengamos más datos. ¿Entendido?

Nell asintió con vehemencia, pero no podía articular palabra. Jade le dio una palmadita en la espalda.

—No desesperes, Nell. Todavía no está todo perdido. —Diciendo esto Jade se sintió como un actor frente a un teatro sin público.

A continuación se deslizó sigilosamente de nuevo hacia el exterior. Antes de salir a la calle, se aseguró de que nadie la observara y metió otro mensaje debajo de un ladrillo suelto del muro, donde Tanía u otro rebelde podría encontrarlo.

Un humo negro cubría la ciudad ocultando el cielo soleado. El aire olía a la pólvora de las explosiones, y, cuando Jade dirigió una mirada al otro lado del río, vio nuevas ruinas. Las fachadas de las casas situadas junto al río habían sido destruidas. Una pared se había precipitado al río y en ese dique de contención hecho de escombros de mármol derruidos se formaban remolinos. En el momento en que, con el corazón en un puño, se disponía a apartar la mirada de esa visión, distinguió en la lejanía de las aguas una forma conocida. ¡Eran los Feynal! Iban río arriba justo en dirección al puente de los Grifos. El corazón de Jade empezó a latir con fuerza.

«Déjalo —le intentó persuadir su voz juiciosa—. Vuelve al Larimar. Seguro que en la orilla habrá centinelas.»

Sin embargo, escudriñó la calle que bordeaba la orilla y se dirigió rápidamente hacia el puente de los Grifos. Supo que había cometido un error cuando oyó un chasquido a su espalda.

—¡Alto! —ordenó una voz autoritaria. Jade se quedó paralizada—. ¡Manos arriba! ¡Vuélvete!

Ella obedeció pese a que sus rodillas amenazaban con fallarle. Había casualidades desafortunadas. Y había también catástrofes. Sin duda, lo que estaba ocurriendo pertenecía a esta última categoría. Se encontró frente al cazador de la cicatriz en la ceja, el tipo que había posado el arma en la sien de Jakub. Lo acompañaba una cazadora que Jade no había visto nunca. Intentó respirar con tranquilidad, pero fue en vano. Rápidamente empezó a sopesar todas las posibilidades. ¿El hombre de la cicatriz la reconocería? ¿Le dispararía de inmediato? En tal caso, al menos ella no tendría ninguna posibilidad de delatar a los demás. ¿O tal vez —y la mera idea le cubrió de sudor la frente— iría a parar a una casa de fieras?

El hombre de la cicatriz bajó el arma y la miró con desdén.

—¿Qué haces aquí? —bramó.

—Iba a ver a las gentes del río —logró decir Jade con cierta dificultad. El hombre se volvió y escrutó el río. Entre tanto, el transbordador se encontraba ya al alcance de la voz. Jade vio a Arif, que se encontraba delante, en proa.

—Bien, ¿y tú quién eres? —inquirió la cazadora con tono cortante y el arma todavía dispuesta.

—Jade Livonius. Del hotel Larimar. Ayudo a menudo a las gentes del río en el barco. Me conocen.

—¿Livonius? —dijo la cazadora bajando, para sorpresa de Jade, el arma.

—Ahora ya sé de qué me suena ese careto tuyo —dijo el de la cicatriz—. Tú andas a menudo cerca de la iglesia, ¿verdad?

Jade contuvo el aliento. La posibilidad de poder salir de aquel atolladero le parecía tan atroz e imposible que creyó estar soñando. Cuando el hombre apoyó al fin el arma junto a la bota y señaló con la barbilla el puente de los Grifos, se dio cuenta de que la influencia de Moira iba mucho más allá de lo que ella podía sospechar.

—¡Largo! —gruñó el cazador—. Esfúmate de aquí.

Jade no se hizo de rogar. Dio media vuelta y se precipitó por el puente de los Grifos. Cuando, casi sin aliento, alcanzó el punto más elevado del mismo, observó que los cazadores continuaban observándola.

Por suerte, Arif ya la había visto; en ese instante, ella no se sentía en condiciones de dar un silbido. El transbordador se deslizó en dirección al puente, con su punta de madera en forma de V repartiendo las olas por las dos orillas.

Jade aguardó a que la nave se deslizara por debajo del puente, luego se encaramó a la barandilla de piedra y saltó.

El impacto fue más fuerte de lo esperado, pero cuando se vio por fin en aquella isla flotante sintió alivio. ¡Estaba a salvo!

—¿Qué haces aquí?

Arif estaba de pie ante ella con los brazos cruzados.

—Una patrulla —musitó Jade—. Me han detenido. Les he dicho que os ayudo de vez en cuando.

Los cazadores se iban volviendo cada vez más y más pequeños, y la ciudad también se iba alejando mientras el transbordador seguía el recodo suave del río. Las demás gentes del río se habían reunido en torno a ella. Martyn no estaba, y Jade tampoco vio a Elanor.

—¿Martyn no está a bordo?

Arif volvió la mirada.

—¡Martyn! —gritó.

Jade sintió la boca seca. El corazón le latía con fuerza cuando vio a su amigo acercarse titubeante. Tenía el rostro más delgado y su expresión era más sombría que nunca. Por primera vez desde que conocía a los dos hermanos, se dio cuenta realmente de su parecido.

—¿Y Elanor? —preguntó Jade.

Había algo que no iba bien. Nadie sonreía, nadie había hecho ninguna observación burlona. Tras pronunciar el nombre de Elanor, tuvo lugar un intercambio mudo de miradas.

—¿Ha ocurrido algo?

Finalmente Nama, una mujer buzo de cabellos lisos y negros, contestó:

—¿Qué quieres que ocurra? Elanor sigue en casa del prefecto.

—¿Todavía? —inquirió Jade—. ¿Siguen interrogándola?

Aquello no sonaba nada bien.

—Solo es una consulta —le corrigió Arif—. De hecho, no somos sospechosos de nada. Seguramente se quedará allí hasta que termine la cacería. Tal vez sea mejor así. Las turbinas de la parte este del río están detenidas. Tenemos que ponerlas en marcha. Con la mano herida, Elanor no habría sido de gran ayuda. —El rostro se le iluminó un poco—. Realmente apareces en el momento oportuno.

Jade miró atrás. Estaba demasiado lejos para regresar al Larimar con seguridad.

Tal vez lo mejor sería pasar el día con los Feynal.

—Bien. ¿Qué tengo que hacer?

—Podemos apañarnos perfectamente sin ella —repuso Martyn.

—En este barco todavía soy yo quien dice quién se puede quedar aquí —le replicó Arif.

Martyn rezongó, pero a la señal de su hermano se acercó a un amasijo de sogas y dio a Jade unos ganchos y correas.

—En algún momento vas a tener que hablar conmigo —dijo Jade.

—Pues andas muy equivocada —respondió Martyn—. Por mí ya puedes ayudar con el cabrestante. Luego ya regresarás a la cama de Faun.

Jade se dio cuenta de que Martyn hablaba muy en serio cuando anclaron en la zona de las turbinas. Además de echar el ancla, amarraron también la embarcación a la orilla con sogas. El deslizador de hierro que, a modo de ascensor, llevaría a los buzos al fondo se encontraba ya en cubierta. Jade y Martyn apretaron bien las correas y comprobaron las sogas. Era un ejercicio de compenetración que habían realizado cientos de veces, pero Martyn seguía rehuyendo su mirada, y se limitaba a responder con monosílabos cuando no lograba entenderse con ella por medio del utillaje.

Cuando todo estuvo preparado, Jade se sentía completamente abatida y con los nervios acabados. Una cosa era perder a su padre por una mujer: con eso había contado más pronto o más tarde. De hecho, si no se hubiera tratado precisamente de Lilinn, esa hipócrita de dos caras, incluso se habría alegrado. Sin embargo, notar el rechazo de su mejor amigo era algo muy distinto. Y lo peor es que ni siquiera podía recriminárselo.

Se había hecho tarde. El sol, convertido en una bola de fuego roja, se zambullía en el agua entre destellos de rubí. Aquello no tenía gran importancia para los buzos; para ellos era indiferente reparar turbinas de día o de noche. Abajo, entre las rocas, siempre era medianoche. Jade soltó la soga y la ató a un gancho que había en la borda. El deslizador de hierro, en el que se habían cargado también piedras, fue echado al agua con una polea. El barco se inclinó levemente a un lado a causa del peso.

Nama y otro buzo, un hombre rechoncho llamado Cal, se encaramaron a la borda y se sentaron espalda contra espalda sobre el dispositivo. Nama se apretó bien el cinturón con sus herramientas: un cuchillo, una cuña de madera para las aspas de la turbina y unos ganchos con que asirse a las rocas. Cal comprobó sus arpones. Jade se acordó entonces de la morena que Martyn había pescado poco tiempo atrás y se estremeció. La mujer buzo asió con fuerza la lámpara del deslizador. Jade observó que los nudillos de Nama se volvían blancos por la fuerza con que agarraba el aparato.

—Tres minutos —ordenó.

Martyn dejó oír un pitido y los buzos tomaron aire. El deslizador atravesó la superficie con un chapoteo y, llevado por el peso, silbó en el agua mientras se sumergía y se convertía en un borrón engullido por la oscuridad del río. Jade contuvo también la respiración.

Las sogas silbaron al pasar por la cabria y los puños se cerraron en torno a la soga de seguridad.

—Fondo —gritó Martyn.

Las cuerdas se aflojaron. Ahora lo único que se podía hacer era esperar. El reloj iba marcando su compás. Arif tenía las venas de la frente hinchadas. Sostenía concentrado una fina soga de seda para poder dar orden de alzar si percibía el menor tirón.

Pasó un minuto. Jade tuvo que tomar aire. Dos minutos. La impaciencia iba en aumento. Martyn se mordía nervioso el labio inferior. Jade apartó la mirada de él y se quedó contemplando el agua. Los reflejos se encaramaban unos a otros, se encontraban y se separaban creando figuras hipnóticas hechas de reflejos de luz rojos y de la penumbra crepuscular. Y, en el centro, su rostro preocupado reflejado sobre la piel resplandeciente del río. Unos ojos que brillaban, una boca que se abría, y unos brazos… ¡que le hacían señas! Al principio se asustó, pero luego le hubiera gustado poder dar gritos de alivio y alegría.

—¡Has vuelto! —musitó. Sintió como si hubiera recuperado una parte de ella que había echado de menos durante mucho tiempo.

—¡Dos minutos y medio! —gritó Martyn—. ¡Hay que empezar a subirlos!

La cabria chirrió, las sogas se enroscaron, y el deslizador apareció primero como un asomo vago, luego se empezó a adivinar su forma y al final, al salir del agua, se mostró con toda nitidez. Los buzos tomaron aire mientras sostenían triunfantes en alto unas sogas rotas. Jade no los miró, estaba más preocupada porque el movimiento de las aguas y el oleaje pudieran alejar el reflejo. Pero la muchacha seguía allí. Se rió y le tendió una mano. Entonces ella y Jade se tocaron por la yema de los dedos, justo en el límite del agua y el aire.

—¡No, Jade, no! —oyó que alguien gritaba.

Las manos se tocaron y la imagen sonrió. ¡Qué fría está! se dijo Jade con asombro.

Unos dedos gélidos le agarraron la muñeca con tanta fuerza que chilló de sorpresa antes de perder el equilibrio y caer de cabeza al Wila. El espanto la paralizó y la ropa se le fue empapando; aunque el agua le quemaba los ojos, ella los mantuvo abiertos mientras procuraba con todas sus fuerzas ir hacia arriba. Entonces notó claramente que aparecían más manos que la asían por las mangas y la envolvían en un remolino. Unos rostros borrosos y transparentes se agolparon a su alrededor. A pesar de que para entonces Jade debería haber estado totalmente aterrada, curiosamente lo único que sentía era asombro. Intentó reconocer los rostros. Unas burbujas de aire le cosquilleaban la garganta. En el momento en que un brazo la tomó por la cintura y la asió con fuerza, empezó a defenderse y a agitarse. Su mano chocó contra unas gafas de buceo y entonces se percató de que uno de los buzos la había subido a la superficie.

—¡Para! —le gritó Cal al oído.

Ella abandonó de inmediato toda resistencia. Esta vez eran manos reales las que la cogían y la aupaban. Notó las costillas contra la madera y al fin se encontró sentada y tosiendo en cubierta. Cal quiso ayudarla a ponerse de pie, pero Martyn lo apartó a un lado. Estaba pálido, pero los ojos le brillaban de rabia.

—¡No eres una novata! —le espetó—. Sabes que no debes tocar el agua. Y que justo aquí, sobre los abismos, resulta especialmente peligroso. Está plagado de víboras. Aquí incluso las morenas suben a la superficie.

—¡Ya lo sé! —le replicó a gritos Jade vomitando todavía más agua—. Pero no eran víboras. ¡Eran manos!

Martyn sacudió la cabeza.

—Solo era la corriente. Es una zona de remolinos. Cuando son muy fuertes, parece como si hubiera un millón de manos extendidas hacia ti.

—¡Eran manos! —insistió ella.

Pero los buzos se miraron entre sí, perplejos.

Aquel atardecer de verano era tibio y sin viento. Jade no entendía por qué seguía sintiéndose helada. Había regresado al Larimar con el bote auxiliar negro y lo había amarrado cerca del hotel. Al día siguiente por la mañana lo devolvería. Mientras corría los últimos metros hasta llegar a su casa, descalza y con el zapato que no le había caído al agua en la mano, los dientes le castañeaban. Llevaba la ropa adherida a la piel y se sentía incómoda. Las luces en la cuarta planta volvían a estar encendidas, pero no se veían urracas azules por ningún lado. Jade se apresuró hacia la puerta, pero entonces dudó. No podía ni quería encontrarse con Jakub. No ahora, tal como estaba, helada y calada hasta los huesos. Y también podía prescindir de los comentarios de Lilinn. Así pues, se deslizó en torno a la casa hasta una tubería que conducía al canalón del lado oeste del edificio. Se metió el zapato en el cinturón y trepó hasta la ventana diminuta de la primera planta.

No fue difícil empujar el cristal que había dejado suelto precisamente para esas emergencias y abrir la ventana.

En esa ocasión, no se dirigió a la habitación de la cama de ébano, sino que se escabulló hasta la habitación del baño de mármol. Mientras recorría de puntillas la alfombra desgastada del pasillo, oyó abajo un gemido que le llegaba amortiguado por las paredes y reforzado por la caja del ascensor.

Era Jay. Estaba solo. El lamento se transformó en un grito remotamente semejante a un gruñido, y se oyeron unos golpes, como si la bestia se diera contra las paredes. Jade echó a correr y solo volvió a respirar con alivio cuando llegó a su habitación y pudo cerrar la puerta.

Aunque la habitación estaba a oscuras, no encendió ninguna lámpara y se desplomó sin más en el suelo, abrazándose las piernas con los brazos. Al cabo de un rato, su respiración se tranquilizó y pudo volver a pensar con claridad. Se esforzó en recordar los rostros del agua. Pero la imagen era tan borrosa que en su mente solo veía fogonazos. ¿Y si estaba en un error? ¿Y si solo hubieran sido reflejos? Jade sacudió la cabeza y se quitó la chaqueta que llevaba adherida al cuerpo. Lo malo era que la fotografía se había mojado. Jade palpó el papel empapado. Se incorporó y entró a tientas en el baño de mármol sin ventana. Desde un día en que se había quemado un cable, aquella estancia conservaba un intenso hedor a hilo eléctrico chamuscado. Ahora, en la pared, allí donde debería haber estado la lámpara, solo asomaban dos cables, así que Jade encendió una vela que se erguía sobre una montaña de cera derretida que había junto al espejo roto.

Luego sacó cuidadosamente la fotografía del bolsillo. ¡Por suerte, todavía se podía reconocer! La colocó en un estante junto a la puerta y la alisó para que se pudiera secar.

Entonces volvió la vista a la bañera. El frío continuaba calándole los huesos, como si el río se le hubiera metido dentro. Se notaba los labios entumecidos y, cuando se miró las manos, le llamó la atención ver que las uñas de los dedos habían adquirido un tono azulado.

El grifo oxidado vertía un agua de color rojizo. Jade estuvo a punto de abandonar toda esperanza, pero entonces el agua limpia empezó a caer en la bañera ennegrecida. El vapor empezó a elevarse. ¡Agua caliente! Mientras tiritaba miró cómo la bañera se llenaba hasta la mitad. Tuvo que hacer acopio de valor para atreverse a mirar la superficie. «¿Debería echar yo también ceniza al agua, igual que la Lady hace con su vino? —se preguntó. Así el reflejo se volvería turbio.»

Sin embargo, en esa ocasión solo se vio reflejada a sí misma, con los labios azulados y el pelo mojado. Aliviada, se metió en la bañera. El calor la envolvió como si de un abrigo de seda se tratara. Jade cerró los ojos y sintió que la vida volvía a sus extremidades. La sangre le empezó a hormiguear en las yemas de los dedos y los labios, y ella se sumergió y disfrutó de aquel calor que se llevaba el frío glacial que sentía en la cabeza. Lilinn y Jakub, el príncipe de invierno y los rebeldes... durante un reconfortante momento, todos permanecieron infinitamente lejos. Aún sumergida en el agua, oyó de pronto un portazo amortiguado. «Tam y Faun han vuelto», pensó. Tal vez Jay había sentido que Faun regresaba y por eso se agitaba tanto en su jaula. ¡Faun! De buena gana habría saltado de la bañera y corrido hacia él. Emergió del agua y se secó los ojos.

Su reflejo flotaba ante ella, y también se quitaba el agua del cabello. Todo, por lo tanto, era como tenía que ser. ¿O tal vez no? Jade, irritada, frunció el ceño. Había algo allí que no encajaba. Aquella imagen, de algún modo, parecía falsa.

En la planta baja se oyó otro portazo. Jay aulló y luego enmudeció de forma súbita. Entonces, frente a Jade, el agua empezó a moverse. Su reflejo se deslizó hacia el borde de la bañera, se alargó y... ¡emergió! Jade gritó y apretó la espalda contra la pared de la bañera. Clavó la vista con horror en aquel elemento inaprensible: el agua burbujeaba ante ella, se extendía y tomaba forma. Una figura emergió del agua: cabeza, hombros y unos brazos y pechos transparentes.

Frente a ella apareció un ser difuso y fluido... que era su vivo retrato.

La llama de la vela parpadeó y Jade se dio cuenta, con horror, de que pronto quedaría a oscuras, expuesta a esa criatura acuática. Tam gritó algo que ella no pudo entender. Lo único que percibió fue que era una orden. Siguieron unas pisadas rápidas y pesadas.

El reflejo se inclinó hacia delante y vertió de la boca un aluvión de agua. Jade notó que se le erizaba todo el vello del cuerpo. Cuando la muchacha fue a decir algo, se produjo un borboteo. En su rostro se reflejaba la desesperación.

—El que llama —farfulló de forma apenas comprensible.

De hecho, no dijo eso exactamente. Era imposible, porque el agua se le escapaba de los orificios brillantes de la nariz, tosía y escupía. Jade oía sus palabras, de hecho, el asomo de las mismas, como si reverberaran en su cabeza.

—¿El príncipe? —El espanto apenas le permitía emitir más que un susurro ronco—. ¿El príncipe de invierno?

El reflejo asintió.

—Se dice que ha muerto —susurró Jade—. Lo asesinaron en la Ciudad Muerta.

Pero la muchacha negó con la cabeza.

—¡Vive! —Su voz era un murmullo y el agua se escapaba de su boca desfigurada a cada sílaba.

—¡Sin cuerpo…! ¡Sin sangre…!

Volvió a callar.

—Eres un eco, ¿verdad? —musitó Jade.

El rostro cristalino se desfiguró de nuevo; Jade se olvidó de todo cuanto la rodeaba, también de su espanto, y solo deseó una cosa: poder tocar a aquella muchacha. Como si de un dique desbordado se tratara, la inundó de pronto una ternura salvaje por aquella criatura que tenía delante; sintió ganas de abrazarla, consolar su dolor y mecerla como a un niño.

—Lo siento mucho —murmuró, sin saber qué quería decir con esas palabras.

Fuera se oyó un estrépito y un grito entrecortado. En ese mismo instante, un objeto pesado dio contra la puerta del baño. Jade gritó y se acurrucó en el lado más apartado de la bañera. Se oía la voz de Tam… y unos zarpazos en la puerta. Jay. En esos segundos de pánico, ella no podía pensar en otra cosa. La puerta se abrió en el mismo instante en que la muchacha se replegó dentro del agua. Instantes antes de que una lluvia de gotas apagara la vela, Jade vislumbró en el espejo la imagen fugaz de una fila de dientes brillantes. Jay la atacaba.

Sin saber cómo, Jade salió de la bañera y trastabilló. Un golpe la alcanzó, y ella gritó y cayó al suelo. El baño era liso como el hielo, el aire frío le penetró en la piel, y el ruido del espejo al hacerse añicos atronó en sus oídos. Sintió que Jay se abalanzaba sobre ella. Notó otro golpe, y un dolor intenso le recorrió el brazo. Entonces dejó de ser ella misma. Jade se retiró a un rincón de su consciencia, acurrucada, gimoteando de espanto. Y lo que a partir de entonces reaccionó fue el puro deseo de supervivencia, y unos reflejos más rápidos que el pensamiento. Jade dejó de pensar y empezó a actuar como un animal luchando por su vida. Vociferó, pataleó y dio con algo que estaba pavorosamente próximo. ¿Las costillas, quizá? Un aliento cálido le recorrió la garganta. Se agachó, se hizo a un lado y oyó cómo unos dientes chasqueaban en el vacío... la mano le dolía, alzó un cascote cortante. El agua se derramó en el instante en que los pies de la bañera se deslizaron con un chirrido metálico por encima de las baldosas. Tam atronó:

—¡Atrás!

Chirridos y estrépito. Jade se arrastró detrás de la bañera metálica, agarrando el cascote como un puñal en la mano. No supo cuánto tiempo permaneció ahí agazapada, envuelta en la oscuridad, dispuesta a matar a cualquiera que se le acercara. Luego vislumbró una luz débil y oscilante, que se apagó de inmediato, unos pasos que se alejaban. Silencio. «Se ha marchado», se dijo Jade, aturdida. El cascote le cayó de la mano. Y luego solo quedó la oscuridad.

—¡Jade! —La voz de Jakub resonaba trémula en la lejanía—. ¡Jade, mírame!

Unas manos ásperas le asían la cara y ella abrió los ojos.

—Seguro que ha estado en el río. —Era la voz de Tam—. Tiene la ropa empapada y lleva algas colgando.

—Dile que se largue —musitó Jade.

Una luz oscilante dejó entrever la expresión de alivio de Jakub en la oscuridad.

—¡Alabado sea Styx y todos los espíritus del Wila! —dijo desde lo más profundo de su alma. A continuación se quitó la chaqueta de los hombros, la colocó sobre Jade y luego la tomó en brazos.

Jade se agarró a su cuello como si se hubiera ahogado. En ese instante volvió a ser la niña a la que su padre sacaba del tonel de alquitrán para llevarla de la destrucción a la seguridad.

Tam estaba junto a la puerta. Tenía una expresión impávida.

—Mantente lejos del salón de banquetes —le dijo—. No sé si la próxima vez llegaré a tiempo para salvarte la vida.

Jakub tensó su abrazo.

—¡Como vuelvas a aproximarte a ella con esa bestia vas a saber quién soy yo! —amenazó a Tam.

El nórdico sonrió con desdén.

—Es mejor que no te la juegues con tu hotel —repuso con ese tono de voz melódico y amigable que Jade tanto aborrecía. Luego se volvió y se marchó.

Hacía mucho tiempo que Jade no estaba en la habitación de Jakub. Su padre tenía la costumbre de cambiar las cosas que lo rodeaban, como un imán que atrajera unos objetos y repeliera otros. Tenía las sillas y otros muebles arrinconados en una esquina, como un rebaño apelotonado y temeroso. La alfombra presentaba arrugas, como si para entrar en la cama se tuviera que atravesar un macizo montañoso. Apoyados en la pared había unos valiosos objetos que Jakub protegía como un tesoro: tres vidrieras artísticamente decoradas que había descolgado para salvaguardarlas de los disparos y las explosiones y había guardado en su habitación. Jade se miró en ellas: tres mujeres jóvenes y pálidas, con ojos de mirada febril. Unos rizos espesos y húmedos le enmarcaban el rostro afilándolo todavía más. Y observó tres veces a su padre limpiándole con un paño húmedo el rasguño en forma de semicírculo que tenía en el brazo y que parecía una sonrisa roja. La mano herida por el cascote le ardía bajo el paño que Jakub le había colocado a modo de vendaje. El susto impedía que notase el dolor de verdad.

—Solo es un rasguño —dijo él—. Mañana pienso ir a ver al prefecto de la Lady y me encargaré de que Tam y su bestia no se acerquen a ti de nuevo.

—Déjalo —dijo Jade con voz débil. Asombrosamente, Jakub calló.

—¿Es verdad lo que sospecha Tam? —preguntó él al cabo de un rato—. ¿Estuviste en el río?

Jade asintió. Y a continuación soltó toda la historia: le habló del reflejo que llevaba saludándola desde que ella tenía memoria. Y de las manos de la corriente y de su vivo retrato.

—Durante muchos años creí que era yo —dijo al final—. ¡Pero no lo soy! ¡Es alguien distinto!

Su padre se la quedó mirando con asombro, luego inclinó la cabeza rápidamente, se pasó la mano por los ojos y contrajo a continuación la boca. Jade necesitó un buen rato para comprender lo que ocurría. Al darse cuenta, aquello la conmovió más que todo cuanto había vivido aquel día. Jamás había visto llorar a su fuerte e irascible padre. El llanto silencioso le hacía sacudir sus anchos hombros. Las lágrimas le recorrían la barbilla afeitada y dejaban unas manchas oscuras en su camisa de cuero.

—¡Por Dios! —mascullό con los dientes apretados—. ¿Por qué nunca me dijiste nada?

A Jade le pareció que volvía a sentir el frío del Wila en la piel.

—¿Tú sabes quién es ella, Jakub?

—Solo es tu reflejo —repuso él, nervioso—. Pero tienes razón. Tú no eres ella.

—¿Es... un eco?

Él asintió y se pasó la manga por los ojos.

—Tienen la capacidad de adoptar un reflejo —explicó con voz ronca—. Utilizan la magia de las corrientes profundas que hay en el fondo del río. Por eso el Wila es tan peligroso. —Tomó saliva con dificultad—. Tam tiene razón. Tú la has tocado y luego, con el agua de la corriente, has llevado su rastro al Larimar. Y la bestia de Tam la ha olido.

La voz de Jakub resonaba en la mente de ella como si viniera de muy lejos. Ella intentaba comprender lo que significaban esas palabras, pero entonces solo logró cristalizar una conclusión: su padre, en quien ella confiaba más que nadie, le había mentido durante años.

—Durante todo este tiempo has sabido cosas sobre los ecos —dijo con tono apagado.

Jakub se limpió las lágrimas y bajó la mirada, apesadumbrado. Apretó el brazo en torno a los hombros de su hija, pero a la vez miraba ceñudo el espejo, como si quisiera ver algo que para Jade permanecía oculto.

—Decías que no te acordabas de nada —exclamó Jade deshaciéndose de su abrazo con fuerza—. De pequeña me inculcaste no nadar jamás en el río y no tocar siquiera el agua abierta, y tú eras perfectamente consciente de que los ecos se encuentran entre nosotros.

—¡Ojalá los hubiera podido olvidar! —se lamentó Jakub—. Y créeme que lo he intentado. Pero regresaban. En mis pesadillas, cada noche. Son... espíritus. Son agoreros. En la guerra de Invierno, la Lady los expulsó al río. Aunque sus cuerpos murieron, ella no logró matar su espíritu. Esperan a que los llamen. Solo unos pocos son capaces de verlos, Jade. Yo no soy capaz, pero no sabía que tú sí.

Jade jamás se había sentido tan engañada. Por fin tenía la explicación que llevaba esperando durante tanto tiempo. Debería haberse sentido aliviada, pero solo notaba un gran vacío y una rabia que dejaban en segundo plano su encuentro con Jay.

—¿Por qué lloras? —le espetó a Jakub.

—¿Que por qué? ¡Ese eco ha estado a punto de matarte!

Jade recordó aquel rostro cristalino y negó con la cabeza.

—No quería matarme. Estoy totalmente segura.

Jakub la tomó por los hombros. Sus ojos eran como dos soles encendidos.

—Tienes que temerlos, Jade —insistió él con tono suplicante—. ¡Témelos más que a la muerte! ¡Son unos monstruos! ¡Mataron a tu madre!

De nuevo empezó: el temblor. Los dientes le empezaron a castañear. Y el nudo que tenía en la garganta parecía que era de hielo.

—¿A mi madre?

Jakub asintió.

—¡No me lo creo! —gritó ella—. ¡No creo ni una palabra!

—¡Son como animales de presa, Jade!

—Siempre me has dicho que murió durante la guerra de Invierno.

—Murió poco tiempo después —respondió Jakub con la voz rota—. Pocos meses antes de que la Lady asaltara la ciudad.

Jade cerró los ojos. Todo empezaba a cobrar sentido. El recuerdo del olor a hojarasca del otoño. El asalto al palacio y la muerte de su madre. Dos acontecimientos espaciados por unos meses. Jade intentó encontrar otras imágenes, pero detrás de sus párpados cerrados no había más que el vacío. Con todo, le resultaba imposible imaginar que su madre realmente había sido víctima de los ecos. Parecía un error.

Por primera vez en la vida, contempló a su padre con los ojos de un desconocido. «Me ha mentido una vez —se dijo—. Y haría todo lo posible para que me mantuviera alejada de los ecos.»

—¿Por qué no puedo creerte? —preguntó apartándose de él hasta quedar sentada en el borde de la cama—. Lilinn me dijo una vez que solo se enamoraba de mentirosos. Y resulta que tú pareces ser el mayor de todos ellos.

El dolor recorrió rápidamente la expresión de Jakub. A ella le parecía ver su corazón herido, pero en esa ocasión no estaba dispuesta a permitir que la compasión la cegara.

—¿Qué hubiera cambiado si te hubiera contado cosas de los ecos? —repuso él con voz dura—. La verdad que hoy conocemos no es más que un paño bonito bajo el que se esconden unos hechos horribles. Toda nuestra historia es un cuento, Jade. La Lady no tuvo que conquistar la ciudad. Le fue muy fácil porque en la ciudad ya había disputas. Los reyes se hacían la guerra entre ellos, los ecos y los humanos eran enemigos. Tenemos que agradecer a la Lady que todos los ecos, hasta el último, se hallen en el fondo del río.

—¡Un auténtico y leal lacayo de la Lady! —repuso Jade con amargura—. Ya no te conozco. ¿Dónde está ese Jakub que prefería meterse con los cazadores antes que someterse a las órdenes de la Lady?

—La Lady y los cazadores son dos cosas totalmente distintas.

—¡Sabes perfectamente que eso no es así!

—En todo caso, estoy vivo —dijo él, colérico—. Y tú siempre te has aprovechado de que yo tenga mis contactos en la Corte. Habríamos podido sucumbir, Jade, como tantos otros. Pero eso yo nunca no lo he permitido. Puede que no vivamos muy bien en esta ciudad, pero no estamos peor que otros. Siempre has tenido un techo sobre la cabeza. Nos dieron el hotel, y en tu vida no ha habido guerras.

—Pero ha habido miedo. ¡La Lady es una tirana!

—¿Y qué? —atronó Jakub con los ojos inyectados de rabia—. ¿Crees que los reyes de las islas eran más clementes que ella? ¿Te gustaría saber si ellos también eran unos asesinos? Pues sí, sí lo fueron. Cambiaron las caras, pero no las situaciones. Los reyes a los que la Lady venció no eran más que otros soberanos, ni mejores, ni peores. —Se aclaró la garganta y prosiguió—: A veces, la única libertad posible consiste en escoger entre dos tiranos. Y yo tomé mi elección.

Por un instante, Jade quiso creerlo. Pensó en el eco que había visto tras la ventana y quiso convencerse de que los ecos eran sus enemigos, y que una jaula conocida era mucho mejor que una libertad por conocer. Qué fácil sería doblar la rodilla ante la Lady y esconderse en el Larimar. Pero entonces recordó el rostro desesperado de la chica del agua y supo de pronto que se había decidido definitivamente a favor del río.

—¿Dónde queda aquel padre mío, colérico y rebelde? —dijo ella—. El Jakub que conocí no se habría postrado voluntariamente, ni ante la Lady ni tampoco ante Lilinn.

—Las cosas cambian —murmuró Jakub—. Tú también has cambiado, créeme.

Y cuando él apartó la mirada y volvió a dirigir la vista hacia la ventana, Jade lo sintió terriblemente lejos de ella y fue dolorosamente consciente de que, a partir de entonces, habría su mundo y el de él. Había dejado de haber un lugar común para ellos.

—Tú quédate con tus cuentos —dijo con amargura incorporándose de la cama—. Conviértete en un súbdito leal y cobarde, y báilale el agua a tu amante, tan fiel a la Lady. Tu baila, bésala e imagínate que la Lady estima tus servicios. Guárdate tus secretos para ti, que yo puedo indagar en los míos incluso sin ti.

Jakub tragó saliva con dificultad y parpadeó, demasiado orgulloso para seguir vertiendo lágrimas y demasiado enfadado para gritar a su hija. Y Jade lo quiso más que nunca.

—¿Qué narices miras en esas vidrieras? —exclamó, desesperada.

—A ti y a mí —respondió él con la voz temblando de rabia—. Te has hecho mayor, y yo tal vez ni me he dado cuenta. Es verdad: debería haberte contado mi relación con Lilinn, pero ahora ya es demasiado tarde. No puedo ordenarte lo que debes creer. Pero piensa muy bien lo que haces. Si es lo que me temo, Jade, entonces estaremos en frentes distintos.

—¿Acaso no hace tiempo que lo estamos? —repuso Jade.

El alma de las llamas

Al principio, resultó fácil estar enfadada con Jakub. A fin de cuentas, Jade todavía no podía sentir toda la dimensión de la pérdida. Por otra parte, la mano y el brazo heridos le dolían tanto que cada gesto la hacía renegar. Había abierto los postigos de la ventana y había buscado en el río de la noche ese otro rostro. Pero la muchacha había desaparecido y no había dejado a Jade nada más que su propio reflejo. Le hubiera gustado mucho acudir a Faun, pero no se atrevía a acercarse al salón de banquetes de la planta baja. Se preguntó si estaría en el hotel. Había algo que le decía que sí: Jay estaba tranquilo, pero a Jade se le puso la carne de gallina al imaginarlo acechándola en su jaula y olfateando su rastro en el aire.

Sacó su mochila de debajo de la cama y empezó a empaquetar. Iba a marcharse en secreto de casa. Si Jakub se daba cuenta de sus intenciones, haría todo lo posible por retenerla. Pero ella había tomado una decisión y casi la asustaba lo inevitable y lógico que le parecía aquel paso. Era como si en su interior siempre hubiera sabido que aquel día iba a llegar.

Las heridas le dolían y le resultó difícil meter en la mochila con la mano herida sus objetos más preciados. No necesitaba mucho espacio para sus cosas: algunos de sus tesoros, ropa, otro par de zapatos y un cuchillo. Y naturalmente, la fotografía que Jakub le había traído del cuarto de baño. Todavía estaba húmeda y tenía los bordes levantados. Jade se sentó en la cama de caoba y abrió el diario manoseado. En el tercio final había páginas en blanco entre las cuales colocó la fotografía. Respondiendo a un impulso, hojeó la primera hoja y leyó las líneas escritas con una caligrafía torcida:

> Dices que nada hay peor que la muerte, Laurin, pero no es cierto. El amor es el peor veneno que existe.

Cerró rápidamente el libro y lo metió en lo más profundo de su mochila. Esperó un buen rato a Faun a la luz de una vela porque ella no soportaba la oscuridad. Nerviosa, escuchaba todos los ruidos, oscilando entre el pavor y la esperanza. Finalmente, no pudo soportarlo más y abrió la puerta para ir a la escalera.

Un movimiento oscuro en la pared la sobresaltó. ¿Jay? Pero entonces, la luz de la vela que penetró en el pasillo hizo brillar una cabellera rubia. El alivio le hizo flaquear.

—¡Faun! ¿Dónde te has metido durante tanto tiempo? —le susurró.

Él estaba sentado con la espalda apoyada en la pared, los codos sobre las rodillas y las manos hundidas en el cabello. Entonces levantó de pronto la cabeza. Tenía los ojos rojos, como si hubiera estado llorando. Jade se precipitó hacia él y se sumergió por completo en su abrazo. Él le besó la frente, el pelo, y a ella no le importó lo más mínimo el tremendo dolor que sentía en la herida del brazo cuando él la estrechaba contra sí. Por primera vez, se volvió a sentir a salvo y segura.

—Jay ha intentado matarme —dijo ella tras entrar con Faun a la habitación y cerrar la puerta. Él se precipitó sobre ella y la abrazó. Le acarició el cabello con la barbilla.

—Ha sido culpa mía. Yo… no estaba. No estaba allí para protegerte.

Aquella vacilación en la voz le resultó desconocida. Involuntariamente, volvió a temblar.

—¿Vuelve a estar en la jaula?

Él asintió. Jade esperó que él dijera algo más, pero Faun solo la abrazaba y permanecía en silencio. Jade cerró los ojos. No sabía si alguna vez podría volver a creer a Jakub, pero le resultaba más fácil que nunca confiar en Faun.

—Los ecos vienen del río. ¿Lo sabías? —preguntó.

Faun aflojó su abrazó y finalmente la soltó, vacilante.

—Sí, desde ayer. Tam lo descubrió. Por eso la Lady pretendía anegar todos los canales de la ciudad y vigilar las orillas.

—¿Pretendía?

—Quien fuera que los llamaba desde las profundidades ha muerto. Sin él, ellos están en una posición débil. Tam dice que en el río no son más que un eco del pasado.

Hasta que mencionó el nombre de Tam, Jade había querido contar a Faun lo de las manos y la muchacha.

Pero en ese momento recordó que él y ella luchaban en bandos distintos.

—Perderán su fuerza y desaparecerán en las profundidades.

Faun hablaba con una voz curiosamente apagada y, cuando ella levantó la cabeza y lo miró, observó que sus ojos vacilaban en aquel extraño color intermedio entre negro y rojo miel.

—¿Te marchas? —preguntó él mirando la mochila.

Jade asintió y dio un paso atrás. Para lo que tenía que decir, no solo necesitaba hacer acopio de todo su valor, sino también poner un poco de distancia.

—No pienso quedarme en el Larimar —dijo con voz resuelta—. No, mientras esté Jay… o Tam. Si es preciso, me marcharé sola, pero… en este viaje hay sitio para dos.

Las palabras, pesadas como el plomo, quedaron suspendidas en la habitación. Faun se mordió los labios y miró la mochila.

—Sé dónde podríamos encontrar cobijo —añadió Jade. El corazón le iba tan rápido que le pareció incluso que oía cómo la sangre le recorría las venas. Y entonces Faun, su Faun, aquel en el que ella tanto confiaba, le dio una respuesta que hizo que el suelo desapareciera bajo los pies.

—Es mejor que te marches —dijo él—. De hecho he venido a… despedirme de ti. Tenemos que poner fin a esto, Jade.

El cuerpo de Jade comprendió el significado de esas palabras porque la mano buscó el apoyo en el marco de la cama. Pero su mente, en cambio, se negaba a creerlo.

—No… no comprendo —musitó—. Ayer me dijiste que regresarías, que me encontrarías donde fuera.

Él no desvió la mirada, sino que levantó la barbilla y tensó los hombros.

—Ayer aún creía que podría protegerte.

—¡Pero yo no quiero a nadie que me proteja! —le espetó ella—. Solo quiero que me expliques qué significa todo esto.

—Le he estado dando vueltas, Jade. Y creo que nuestra historia… no tiene futuro.

—¿Historia? ¿No somos más que una historia?

Hacía rato que le había dejado de importar que su voz resonara en el pasillo. «Esto no me está ocurriendo a mí —se decía, aturdida—. A mí, no. No, no es más que un sueño.»

Faun tragó saliva, pero la expresión severa en sus ojos le daba un aspecto distante e inaccesible, igual que cuando se conocieron.

—No vamos a poder vernos más —dijo él con una frialdad que para Jade fue como un puñetazo en el estómago—. Tam y yo nos marchamos mañana del Larimar. Hasta que el puerto vuelva a estar abierto para los barcos mercantes y podamos partir, residiremos en uno de los palacios de los nobles.

—Así que es por Tam, ¿no? ¿Acaso eres su esclavo? ¿Te ha ordenado él que te alejes de mí?

A Faun se le agitaban los músculos del maxilar inferior. Jade sintió una profunda y desesperada satisfacción al ver que había puesto el dedo en la llaga.

—No —respondió él—. Es por Jay.

Jade abrió la boca con asombro.

—¡Ha estado a punto de matarme! —gritó—. ¿Y a ti te da lo mismo? ¿Puedes volver a él y hacer como si no hubiera ocurrido nada? ¡Es un monstruo!

—¡No lo es! —espetó él. Luego bajó la cabeza y añadió en voz más baja—: Es mi hermano, Jade.

Ella no pudo hacer otra cosa más que echarse a reír. Pero Faun no reaccionó y la risa de ella retumbó en el silencio mortal de la habitación.

—Debería habértelo dicho antes —prosiguió Faun, frotándose incómodo la señal del fuego negro.

—¿Qué significa esto? —preguntó Jade—. ¿Es que Jay es humano? ¡Eso es imposible! He visto sus fauces. Me ha atacado y ha intentado morderme.

Notó como el recuerdo la embargaba y la sangre le desapareció de las mejillas. Se sintió mareada.

Faun negó con la cabeza.

—No, no es un ser humano. —Se humedeció, nervioso, los labios antes de proseguir—: En mi clan existe un ritual. Cuando un niño nace, sus padres llaman con una canción a su gemelo del bosque. Pueden pasar varios días hasta que por fin aparece un animal dispuesto a compartir su alma con la de un humano. En cuanto viene y el fuego se vuelve negro, el pacto se considera sellado hasta que en el cielo nocturno solo se ve el alma azul de las llamas. En mi caso, Jay fue quien invocó el fuego negro. Estuvo a mi lado mientras crecí. Me cuidaba, me dejaba una parte de sus presas cuando volvía de caza. —Jade apenas podía soportar la dulzura que se dejaba oír en la voz de Faun—. Y, cuando tuve seis años, abandoné a mi familia y lo seguí al bosque. Era la época del sol oscuro. Todavía hoy sueño a veces con ello.

—¿Los niños han de abandonar a sus padres para ir a vivir con un animal?

Faun, al parecer, no hizo caso del desdén que encerraba el tono de voz de Jade.

—Aprendemos el uno del otro —explicó él—. Aprendemos a sentir con el otro, a cazar. Y nos mantenemos unidos hasta que el gemelo muere.

Jade tuvo que cerrar los ojos. En su interior, su pensamiento se agitaba en un remolino. «¡Está loco! ¿O tal vez soy yo la que ha perdido el juicio?» Le molestaba mucho darse cuenta por primera vez de lo poco que sabía en realidad de Faun. Por fin entendía su cerrazón, la desconfianza y su enojo cuando ella le había preguntado si era humano. ¿Cómo se podía sentir alguien encadenado a un animal?

—¿Cómo puede continuar siendo tu hermano después de lo que me ha hecho? —preguntó ella al cabo de un rato.

—No puede evitarlo. Es como un sonámbulo —repuso Faun.

—¿Encima lo disculpas?

—¿Quién es el culpable? ¿El que aprieta el gatillo de un arma o el arma en sí? Jay obedece las órdenes de Tam, igual que las urracas azules y las demás criaturas que él tiene cautivadas con su voz. Tam lo capturó después de hacerle caer en una trampa en un barranco. Y en cuanto Jay oyó su voz, dejó de debatirse dentro de la red.

—Pero tú sí te resististe.

—Sí. Las cicatrices en las muñecas de Tam son mías —explicó con sequedad—. Intenté liberar a Jay, pero yo era demasiado débil. Solo tenía once años.

—¿Y por qué no huiste más adelante con Jay?

—Porque no me seguiría. ¿Por qué crees que Tam cierra tan bien la jaula? Yo no puedo abandonarlo. Estamos unidos de forma indisoluble. A ti, en cambio, te mataría porque conoce tu olor. Y por eso es mejor que lo dejemos.

—Así que me dejas por un animal. Por… ¿qué es? ¿Una pantera de las nieves?

Faun cruzó los brazos.

—Ya lo has visto.

Jade estuvo a punto de volver a echarse a reír. Por un instante rememoró las fauces, el rostro demoníaco, la piel negra.

—Así que la bestia de la ventana no era un eco.

—Lo único que quería era que te mantuvieras alejada de Tam —le explicó Faun—. Y de los ecos. Y cuando lo viste en la ventana me dije…

—… que era más fácil mentirme —dijo ella riéndose con amargura.

Faun levantó la mirada y le dirigió una mirada grave.

—¿Me habrías podido amar si te hubiera hablado de él? ¿O quizá me habrías mirado como ahora?, esto es, como si yo también fuera… un animal.

Jade descubrió por primera vez lo fina que resulta la frontera entre el amor y el odio. Y resultaba más fácil, mucho más fácil hacerse daño uno mismo que notar el dolor.

—Animal o esclavo, ¿cuál es la diferencia, Faun? Te atreves a recriminaros a Jakub y a mí porque, como tú mismo dices, somos esclavos de una tirana, mientras que tú llevas incluso la marca del hierro de Tam en el pecho.

Faun apretó los puños.

—Abandona la ciudad mientras haya tiempo —dijo esforzándose por contenerse—. Esta no es tu guerra, Jade.

—Y tampoco es asunto tuyo a dónde voy o si me quedo —masculló ella.

—Te marchas con él, ¿verdad? ¿Con ese amigo de la barcaza?

Jade tomó la mochila y fue hacia la puerta. Cuando ya tenía el tirador en la mano, se volvió de nuevo hacia atrás y dirigió una mirada demoledora a Faun.

—Eso tampoco te incumbe ya. Sin embargo, parece que Martyn es la única persona que no me engaña.

Faun se quedó paralizado. Ella observó con satisfacción lo mucho que parecían afectarle esas palabras. Sus ojos de medianoche despedían un destello peligroso, y la boca se volvió una línea dura.

—Si yo fuera libre... —dijo él con una franqueza absoluta que se clavó en el pecho de Jade como un cuchillo envenenado— iría contigo a donde quisieras.

—Pero no lo eres —repuso Jade, imperturbable—. Para ti, una bestia es más importante que yo. Aléjate de mí, Faun. Y no te vuelvas a acercar jamás.

Jade se volvió y abrió la puerta con decisión. «Tú no eres él —se dijo mientras recorría por última vez el pasillo—. Yo amaba a otro Faun.»

Sus pasos resonaban siniestros por la calle. Jade se alegró de poder pisar los guijarros de la orilla al cabo de unos pocos metros. El Wila parecía observarla con miles de ojos al encaramarse al bote y alejarse con el remo. No se atrevió a poner en marcha el motor, así que se dejó llevar por la corriente río abajo durante un rato. En cuanto estuvo fuera de la vista del hotel, llevó el bote a un lugar repleto de flores de loto. El olor a canela y algas la envolvió. Allí el agua estaba tranquila, solo un cisne negro que dormitaba en el terraplén de la orilla levantó la cabeza y miró con enojo a aquella intrusa indeseada.

Jade jamás había imaginado que un sentimiento fuera capaz de provocarle tanto dolor físico. Sentía un ardor insoportable en el pecho y, con él, un vacío infinito y la sensación de no poder respirar por completo nunca más.

Cerró los ojos, se acurrucó y apretó la frente contra las rodillas. Sus pensamientos se arremolinaban en la cabeza. Imágenes extrañas, jirones de sueños, la risa de Faun, el príncipe de invierno, Jakub. Y Jay. Una y otra vez, los minutos en el baño y la rotura del espejo.

El espejo.

Jade se sorbió la nariz y palpó el trozo de espejo. Tocarlo la consoló y le dio cierta seguridad. Resultaba extraño no sentir miedo alguno de los ecos por primera vez desde hacía meses. Al contrario, Jade miraba con anhelo el agua, pero la muchacha no estaba allí. Solo vislumbró el brillo pálido de algo que podría ser otro rostro.

—¿Estáis ahí? —susurró sacando la mano.

Una víbora saltó del agua y estuvo a punto de morderla. Jade se apartó rápidamente y el bote balanceó. Miró con asombro el reptil que se alejaba serpenteando por el agua: era una serpiente blanca cuyo moteado negro Jade había confundido bajo el agua con unos ojos. Tomó el remo con manos temblorosas y se alejó rápidamente de aquel mar oloroso de flores cerradas.

Tras reflexionar un momento, decidió afrontar el riesgo y poner en marcha el pequeño motor. El traqueteo escindió el silencio de la noche. Unos pájaros alzaron el vuelo asustados desde la maleza de la orilla, y en la lejanía se oyó el ladrido de un perro. Jade se agazapó todo lo que le fue posible y dirigió el bote río arriba.

Cuando pasó ante el Larimar por la orilla sur, procuró no mirar. La luz penetraba por las rendijas de las ventanas de la cuarta planta y cuando, a su pesar, se fijó más detenidamente, reconoció con rabia súbita algunas urracas azules que la observaban, apostadas en la ventana redonda de su habitación azul. Como si hubieran percibido su aborrecimiento, las aves saltaron del alféizar y se precipitaron hacia abajo. Jade temió que la fueran a atacar y asió con fuerza el remo; pero las espías de Tam se limitaron a sobrevolar la superficie del agua y a revolotear en torno al bote. De este modo siguieron a Jade un buen trecho río arriba. En cuanto asomó el puente de los Grifos, se dieron la vuelta y se marcharon a toda prisa en dirección al hotel.

Los Feynal se habían alejado un buen trecho del puente del Grifo. Una corona de antorchas iluminaba la cubierta del transbordador. Las gentes del río estaban sentadas en círculo. La brisa llevó a Jade el olor de anguila asada. Ese día, ninguna risa amortiguó el ruido de su motor.

Incluso desde donde se encontraba, Jade notó claramente que el agotamiento había hecho mella en el grupo. En cubierta, el deslizador estaba dispuesto para la próxima inmersión. Cuando Jade vio a Martyn, el corazón se le aceleró. Antes incluso de que ella tuviera ocasión de saludarlo con el brazo, él volvió la vista hacia el lugar del que venía el ruido del motor, y se puso en pie con sorpresa. Las gentes del río alzaron el cuello para ver qué ocurría. Martyn se acercó a la borda en dos zancadas.

Jade apagó el motor y remó los últimos metros hasta el transbordador. Martyn le echó una soga, ella la tomó y amarró el bote a la borda. Sin embargo, no desembarcó, y Martyn tampoco hizo el ademán de bajar al bote para hablar con ella. Al contrario: se quedó de pie frente al acceso de la borda, como si quisiera barrerle el paso.

—¿Por qué devuelves el bote en medio de la noche? —le gritó, con enfado—. De noche las patrullas disparan contra todo lo que se mueve.

—¿Qué, Jade? ¿Te apetece darte un chapuzón a la luz de la luna? —apuntó Cal con una burla bonachona. Pero Martyn lo acalló con un gesto de indignación.

—Sé que estás enfadado conmigo —logró decir Jade sin aliento—. Pero tengo que hablar contigo...

—¿Hablar? —preguntó Martyn cruzando los brazos—. ¿Por qué no? ¡Vamos, di lo que tengas que decir!

—¿No podemos hablar a solas?

—Yo no tengo nada que ocultar a los demás. ¿Tú, sí?

Jade suspiró. ¡Ese era Martyn!

—Como quieras —musitó—. Pero no se trata de nosotros. Se trata del río y de los ecos.

Recorrió con la mirada las caras de las gentes del río, que se habían ido acercando a la borda y bajaban la vista en dirección al bote. Jade se sorprendió.

—¿Elanor todavía no ha vuelto?

Arif negó con la cabeza sin decir nada. Parecía muy preocupado; Jade se dio cuenta de ello incluso bajo la luz de las antorchas.

—¿Por qué no?

—Sigue aguardando en casa del prefecto —respondió Arif mientras volvía a la lumbre.

—Este no es tu problema —dijo Martyn a Jade.

—¿Que no es mi problema? —rezongó Jade—. Mira, independientemente de lo que nos traigamos tú y yo, a mí Elanor me importa. También tú y yo fuimos amigos durante mucho tiempo, ¿acaso lo has olvidado?

—A mí me parece que eres tú quien lo ha olvidado —repuso Martyn con tono glacial.

Jade podía soportar bien el dolor y las lágrimas de Jakub, pero estar en pie en un bote inestable en actitud suplicante era demasiado para ella.

—¡Yo nunca te prometí nada, Martyn! Lo intentamos y luego nos separamos. Así que deja de hacerte la víctima.

—¡Tú me dejaste! —le recriminó él—. Y todavía hoy no entiendo por qué. Lo más seguro es que yo resultaba muy fácil de tener.

Cal dejó oír un silbido.

—Vamos, el ambiente está muy cargado —dijo haciendo un gesto a los demás.

Por fin el grupo se alejó de la borda. Las gentes del río regresaron a sus platos, pero Jade era consciente de que sin duda escucharían con atención todas y cada una de sus palabras. Con todo, bajó un poco el tono de voz cuando volvió a hablar.

—Tal vez fue eso —admitió—. No lo sé. Quizá nos conocemos desde hace demasiado tiempo.

—Tal vez… ¿Eso es todo lo que me sabes decir sobre esto?

—¿Y qué quieres que te diga? —exclamó ella—. ¿Que a veces tenía la impresión de estar besando a mi hermano? ¿Que era bonito dormir contigo pero que el deseo jamás me persiguió en sueños? ¿Que nunca tuve la sensación de arder de fiebre cuando nos volvíamos a ver? Martyn, yo te amaba, pero de este otro modo, y lamento mucho haberte hecho daño. Y así es como hoy te sigo queriendo, y es algo que no pienso dejar de hacer, tanto si me perdonas como si no.

Martyn tomó aire. Jade se mordió el labio inferior. Había creído imposible poder sentirse peor, pero entonces se dio cuenta de que se había equivocado.

—¡Caramba! —dijo él con voz ronca. Luego carraspeó.

Ella apenas podía entrever su silueta porque él estaba exactamente delante de una antorcha. Jade inclinó la cabeza. Las mejillas le ardían.

«Bravo, Jade —se dijo—. Y tú eres la que te lamentas porque los demás te hacen daño.»

Martyn, sin embargo, no parecía triste; se limitó a sacudir la cabeza y renegó con toda el alma.

—¡Maldita sea! Me habría resultado más fácil si por una vez tú me hubieras dicho tan claramente como ahora lo que ocurría —dijo con una rabia a duras penas contenida.

—Está bien —murmuró Jade—. Es evidente que hoy no tengo el día. Será mejor que desembarque y me marche. Si te parece, amarraré el bote en esa orilla. Así mañana podréis recogerlo.

Cuando se disponía a soltar la soga, Martyn la detuvo con un silbido. Se asomó a la borda, saltó sin más por encima y, con seguridad y sin balanceo, fue a parar frente a ella en el bote que se balanceó. Su piel no olía a invierno ni a musgo, sino a brisa salada y a sol. Por primera vez, a Jade le pareció tan desconocido que se sintió totalmente desconcertada.

Martyn la escrutó un buen rato, mientras ella se preguntaba dónde había ido a parar aquel muchacho que ella creía conocer tan bien. De todos modos, se dijo, la Jade de entonces también había desaparecido. «Un hombre con ojos de medianoche me la arrebató.»

—Lloras —constató Martyn.

Como siempre, le bastó una sola palabra para vencerla. La rabia que Jade sentía contra sí misma dejó paso a una repentina sensación de vacío y, de pronto, se sintió además terriblemente cansada. «¿A quién pretendo engañar?», pensó entonces, abatida.

—Hemos terminado —dijo ella en voz baja—. Lo besé, sí… y muchas cosas más. Lo quise. Pero ha terminado.

El dolor se le echó encima dejándole el sabor amargo de la derrota, a la vez que notaba en la garganta una piedra caliente que apenas le permitía respirar.

Martyn suspiró.

—Bueno —dijo con tono seco—, así por lo menos sabrás lo que se siente.

Los reyes de la ciudad

El agotamiento se convirtió poco después en una oleada de estremecimientos fríos que la arrastraron por un valle de sueños turbadores. Asomaban trozos de conversación, y Martyn, que sacudía incrédulo la cabeza mientra ella le hablaba de los ecos. «¿Por qué solo la ves tú en el río?» Aquella pregunta le retumbaba en la cabeza. «¿De verdad que la muchacha te habló?» Jade temía haberle hablado también de los rebeldes y se asustó mucho de su estado semiconsciente. Cuando se dio cuenta de que estaba tumbada en la hamaca de Elanor, rodeada del chapoteo familiar y agradable del agua rompiendo con golpes sordos contra la pared de la borda, se zambulló en un sueño muy parecido a un desvanecimiento. Despertar no era bueno, porque entonces aparecía de inmediato el rostro de Faun ante ella, y todo el dolor regresaba con tal ímpetu que los dientes le castañeaban de frío.

—Bueno, parece que a ti el amor te ha puesto enferma —oyó decir en algún momento a Nama a la vez que sentía en la frente una mano fría como el río. Jade parpadeó. La garganta le ardía de sed y naturalmente la realidad la alcanzó de pleno, como si alguien le hubiera lanzado un cubo de agua sucia a la cara. Al desperezarse con cuidado, gimió sin querer. No parecía tener ningún hueso en su sitio, y los músculos le dolían con cada mínimo gesto.

—Moretones e inflamación, ¿no? —comentó entonces Nama con tono compasivo—. Te mueves como si tuvieras esguinces en todos los músculos del cuerpo. La verdad es que parece como si alguien te hubiera echado escaleras abajo.

—Fue algo parecido —respondió Jade, abatida, asiendo la bota abultada y llena de agua que la mujer buzo le ofrecía. Entonces se dio cuenta de que la luz del día penetraba por la escotilla y que las otras hamacas estaban vacías.

—¿Es muy tarde? —murmuró.

Su cabeza parecía estar repleta de virutas ardientes. Apretó con fuerza las palmas de las manos contra las cuencas de los ojos hasta que por lo menos el dolor intenso en la cabeza se le calmó. Sin embargo, la herida de la mano empezó a hacerle daño.

Nama se pasó los dedos por sus cabellos lisos y húmedos.

—¿Tarde? De aquí a dos horas el sol se volverá a poner. Te has pasado el día durmiendo.

«¿Todo el día?» Jade se incorporó rápidamente y sacó las piernas de la hamaca.

—¿Elanor ha vuelto?

La mujer buzo negó con la cabeza con preocupación.

—Esta mañana, Arif ha ido a casa del prefecto. De allí lo han enviado a la Casa del Diezmo. Los llamados a consulta han sido acomodados en el almacén de la Casa del Diezmo y no pueden marcharse por si les llaman. Pero seguramente mañana Elanor estará de vuelta.

Aunque cuando oyó aquello Jade tuvo un mal presentimiento, no dijo nada.

—¿Y ahora, qué? —preguntó Nama con un tono más animado—. ¿Vas a continuar aquí lamiéndote las heridas, o prefieres hacernos compañía en cubierta? Martyn y Arif te esperan.

Era evidente que Martyn no había dormido mejor que ella. Jade casi contaba con que al verla se apartaría, pero él logró incluso dedicarle una sonrisa fugaz.

—¿Has dormido bien, Jade? —preguntó.

Antes la habría llamado «mi ninfa», pero, desde el día anterior, Jade sabía que hay caminos sin vuelta atrás, y que el camino que tenía por adelante iba a ser incómodo y lleno de baches. De todos modos, Martyn, a pesar de su orgullo herido, parecía decidido a querer avanzar junto a ella. Después de los dos últimos días, aquel era un regalo inesperado e infinitamente valioso.

El hecho de que en el transbordador no hubiera privacidad alguna tenía sus inconvenientes. Sin embargo, en días como aquel, eso tenía sus ventajas. Como todo el mundo sabía lo que había entre Jade y Martyn, no tenían que fingir. No hubo comentarios, ni miradas elocuentes. Nadie criticaba a Jade y tampoco nadie tomaba partido por Martyn. Arif se limitó a indicar a Jade sus tareas, y luego todos se pusieron manos a la obra, como si no hubiera ocurrido nada.

Sentía un poco como si hubiera regresado a su hogar; Jade se dio cuenta de que el penoso recuerdo de Faun se hacía más soportable si se concentraba con todo su empeño en pensar en la siguiente acción.

No dejaba de escudriñar con disimulo las aguas, intentando descubrir en ella los rostros de los ecos que la habitaban. Ese día sintió con más intensidad que nunca el vínculo que tenía con la muchacha.

Y cuando su reflejo la saludó con la cabeza por un instante, se sintió más aliviada.

Por bien que el trabajo en común con Martyn descansaba en la confianza y la compenetración, Jade no sabía muy bien hasta dónde podía llegar a contarle. En una ocasión en que él hizo una de sus observaciones irónicas y ella se había quedado cavilando con el ceño fruncido sobre si debía o no replicar, Cal y Nama empezaron a sonreír con ironía.

—No pienses tanto, Jade —le gritó Nama—. Si estuvieras en el agua, ya haría tiempo que una morena te habría mordido.

Arif, incapaz de dejar de lado su preocupación por Elanor, fue el único que no se rió, y dirigió una mirada de preocupación a los cazadores que observaban el transbordador desde la orilla.

La corriente se volvió más intensa y al final impidió a los buzos alcanzar el fondo. A pesar de su peso, el deslizador fue arrastrado y las sogas que mantenían el transbordador en su sitio se tensaron hasta el punto que la nave gimió. Finalmente, Arif, inquieto, dio orden de poner fin a las inmersiones. El ambiente era sombrío y esa noche ni siquiera Cal tenía ganas de bromas. Agotado, se tumbó en la hamaca y se durmió de inmediato. A Jade le hubiera gustado que Martyn se sentara a su lado, pero él le hizo un breve gesto de que no lo esperase y se marchó al almacén. Mientras los demás se disponían a limar piezas de repuesto y a engrasar, Jade se sentó bajo un fanal y contempló el agua. Los reflejos eran oscuros y ella apenas lograba distinguir su propia silueta, así que cerró los ojos e intentó percibir el rastro de los ecos. Evocó entonces los rostros que había visto en sueños. «Sin cuerpo», le había susurrado la voz de la muchacha, y le pareció que el chillido destemplado de los cuatro ecos aún resonaba en su cabeza. Con un gemido rebuscó a tientas el fragmento de espejo. Le pareció haber visto en otro lugar el dibujo de la fina resquebrajadura de la superficie, muy semejante a una tela de araña. Sumida en sus cavilaciones, atrapó la luz del fanal con el fragmento y observó el brillo en la palma de su mano.

La madera crujió al aproximarse alguien. Jade ocultó de inmediato el fragmento en la mano. Al principio deseó que Martyn se lo hubiera pensado mejor y fuera a hacerle compañía, pero, para su asombro, era Arif.

—¿Sigues buscando ecos, Jade? —le preguntó sentándose a su lado—. Martyn me ha contado que te los has encontrado.

Jade, sin querer, se puso en guardia. Naturalmente, los dos hermanos hablaban de todo, ¿por qué le resultaba tan incómodo que Martyn no se hubiera reservado para él esa parte de la conversación? «¿Acaso, se preguntó, me he acostumbrado tanto a guardar secretos que me parece extraño tener confianza?»

—Sí, a veces me parece verlos —repuso ella—. ¡Mira, allí!

Señaló un reflejo situado junto a la soga del ancla. ¿No eran aquello unos rasgos borrosos y unas manos de cristal, unas figuras que vagaban, como ahogados, bajo la superficie del agua?

—¿Y por qué nosotros no los vemos? —Arif hablaba en voz tan baja que apenas era un murmullo—. Ni siquiera los buzos han visto algo así en el agua jamás. Les he preguntado, y me han dicho que solo es la corriente que tira de ellos.

Jade miró a la orilla, pero allí no había cazadores. Aun así, ella bajó el tono de voz.

—No lo sé. Parece como si entre yo y los ecos hubiera una especie de vínculo. De lo contrario, la muchacha no se habría podido comunicar conmigo.

Arif la miró de soslayo. Bajo la penumbra de la luz, su rostro parecía más sombrío que nunca. En ese instante, a Jade la idea de formar parte del grupo de gente que se dedicaba a dañar las turbinas la apesadumbró.

—¿Has podido por lo menos hablar hoy con Elanor?

Arif jamás demostraba sus sentimientos, pero Jade observó que tenía los hombros hundidos, como si internamente él se doblara de dolor.

—No dejan pasar a nadie.

—Jakub podría ser de ayuda. Tiene buenos contactos en la oficina del prefecto.

Arif carraspeó.

—Ya se lo he pedido. Al volver de la Casa del Diezmo, me he pasado por el Larimar. Hoy Jakub no podía hacer nada, pero me ha prometido que mañana por la mañana irá a casa del prefecto. Tal vez él consiga hacer algo.

No sonaba muy esperanzador. Jade apretó con fuerza los dedos en torno al trozo de cristal.

—¿Cómo va todo en el Larimar? ¿Jakub… está bien?

—¿A ti qué te parece? —preguntó Arif—. Cuando vio que te habías marchado del hotel, se puso furioso. Te ha estado buscando por toda la ciudad. Cuando le he dicho que estabas con nosotros, se ha tranquilizado un poco, pero sigue muy enfadado.

—¿Y… los nórdicos?

Arif se encogió de hombros.

—No están —dijo lacónicamente mientras clavaba la miraba en el agua.

Jade se imaginó apesadumbrada que su padre habría descubierto ya el estado lamentable de la cuarta planta. Se sintió inundada de un gran odio contra Tam, y eso la ayudó a apartarse de la mente la imagen de Faun. Aquello era lo peor: mentalmente, podía abandonar a Faun tanto como quisiera, pero sus sentimientos hacia él no se podían aquietar con tanta facilidad, ni podía reprimirlos, como si fueran una hemorragia en la mano. Aunque se odiaba por esa debilidad, Jade no podía impedir echar de menos su cercanía y su risa.

Durante un rato, permanecieron sumidos en un silencio incómodo, cada uno hundido en su propio dolor. Jade pensó si debía plantear a Arif la pregunta que impedía que la gente del barco pudiera dormir bien.

«En todo caso, alguien tendrá que hacerla», se dijo haciendo acopio de fuerzas.

—Arif, ¿has pensado alguna vez que la Lady podría retiraros su favor?

Él ni siquiera apartó los ojos del agua. Solo se le estremecieron un poco los músculos de la barbilla. Jade se dio cuenta de lo difícil que era para ese hombre introvertido y orgulloso darle una respuesta.

—La verdad es que no dejo de darle vueltas día y noche —dijo en voz baja—. Pero eso sería más que una simple traición. Llevamos siguiendo a la Lady durante generaciones, de ciudad en ciudad. En todos los reinos que ha conquistado, ella nos ha confiado el río. Nuestros padres murieron por ella durante la guerra de Invierno.

—Lo sé —dijo Jade—. Martyn habla a menudo de ellos.

—A pesar de que les costó la vida, ellos cumplieron con su cometido —prosiguió Arif sin el menor asomo de orgullo—. Y tanto Martyn como yo siempre hemos servido a Lady Mar.

—Muchas veces me he preguntado por qué nunca os quejáis —se aventuró a decir Jade con cautela—. Tenéis vuestros privilegios, por supuesto, pero aun así necesitáis que os dé su permiso y tenéis que pagar tributos. Los funcionarios de la Lady os llaman «la chusma del río».

Arif sonrió de forma sombría.

—Pero en el río —repuso él con énfasis—, aquí, somos libres. ¿Qué me importa lo que diga un funcionario cualquiera? Este es nuestro pacto con la Lady: para ella, la ciudad; y para nosotros, el río.

Un esturión se acercó a la superficie del agua y tiró de una soga cubierta de algas. «Reflejo y realidad —se dijo Jade—, ¿dónde empieza la soga en realidad y dónde termina la ilusión óptica?»

—Arif, vuestros padres ayudaron a la Lady a atacar el palacio.

—Sí, se podría decir así.

—¿Has estado alguna vez allí después de que la Lady accediera al trono?

Arif arrugó las cejas y miró a Jade con intensidad.

—Pues claro. Después de la victoria. Yo apenas tenía trece años, y el traje regional de mi padre, que llevé en su honor, me iba demasiado grande. Yo fui quien obtuvo, en lugar de nuestros padres, el permiso para vivir en el río y llevar el barco. Fue la recompensa por la guerra.

—¿Y a los reyes, nunca los viste?

—Jade, durante el asalto, nosotros estábamos en el agua —respondió Arif de mala gana—. Detrás de la desembocadura, al norte del palacio. Veíamos de lejos que la ciudad ardía y se desplomaba, pero nuestra tarea era cortar el flujo de agua del palacio. De hecho, no conocíamos la ciudad, y entonces no sabíamos que la corriente es especialmente traicionera cerca de las bombas. De haberlo sabido, tal vez hoy en día nuestros padres todavía estarían vivos.

Agua. Aunque de pronto se había levantado una brisa cálida, de pronto Jade se estremeció de frío. Le pareció encontrarse a un paso de la solución. Pero le faltaba un trozo diminuto para componer toda la escena, un fragmento, acaso tan solo una astilla.

—¿En el palacio había fuentes? —preguntó al azar.

—¿Por qué preguntas eso?

—Porque ahora allí no hay agua cristalina. Y creo que esto guarda relación con los ecos.

Arif no parecía estar muy convencido de aquella explicación, pero, de todos modos, respondió:

—En esa época estaba muy destruido. Los muros exteriores estaban muy dañados. Con todo, en el interior del palacio aún podía apreciarse lo magníficos que tenían que haber sido los salones antes del asalto. Los suelos eran pulidos y, sí, claro, también había fuentes. Al menos, yo vi en una pared los restos de una conducción antigua de agua. Es posible que a los reyes les gustasen los juegos de agua. Pero ¿qué tiene eso que ver con los ecos?

—No lo sé —murmuró Jade.

Arif se la quedó mirando fijamente. Jade se dio cuenta de que a él no solo le atormentaba la incertidumbre sobre lo que pudiera ocurrirle a Elanor.

—Cuando se trata de la Lady —dijo él al cabo de otro momento eterno en que ambos se quedaron callados y tensos—, solo hay vida o muerte; el bando correcto y el equivocado. Pues bien, los ecos y todo lo que se refiere a ellos pertenece al bando peligroso.

La advertencia era suficientemente clara, pero Jade ya no sentía ningún temor, y se limitó a mirar Arif a los ojos.

—¿Y si la Lady os quita el río? ¿Y si no solo se lanza a una guerra contra los ecos y sospecha traición allí donde no hay? ¿Y si... Elanor tampoco regresa mañana?

Los ojos de Arif se empequeñecieron. A Jade le sorprendió la rapidez de la respuesta.

—En un caso así —afirmó él con tono amenazador—, habría guerra.

Dicho eso, Arif se puso en pie y se marchó por la cubierta sin despedirse.

Aquella noche de verano era lo bastante cálida como para dormir en cubierta, y Jade se preparó un lecho en la proa. La proximidad del Wila la reconfortaba y le hacía más soportable la incertidumbre que le impedía dormir ni siquiera al cabo de unas horas. Seguramente el cansancio le provocó un sueño confuso. En esa ocasión, no era solo el rostro de Faun y el deseo de sus caricias lo que la atormentaba sino, sobre todo, otra imagen: la del eco muerto en el puente del Lomo de Gato. Jade volvía a estar allí, contemplando esos ojos verdes y las estrías que le cubrían las mejillas como el craquelado de los cuadros antiguos. «Sin cuerpo», le susurraba la muchacha. De la herida le brotaba sangre de agua. «Sin sangre.»

Y cuando Jade se despertó del más profundo de los sueños, sobresaltada y con el corazón acelerado, y luego, despierta por completo, contempló el río, logró encajar la última pieza y obtuvo una imagen asombrosamente nítida.

Aunque era arriesgado, Jade sabía que no podía perder ni un solo instante. Dejó una nota escrita con tiza en el suelo de madera, justo al lado de la escotilla, donde estaba segura que Martyn la encontraría. Luego subió al bote auxiliar y hundió el remo en el agua. Los pájaros ya cantaban, y por la luz del cielo podía decirse que serían más o menos las cinco de la mañana.

Consideró un instante si debía ver primero a Jakub, pero luego tomó un atajo en dirección oeste donde, si no andaba errada, se ocultaban los espías de los rebeldes. Tuvo que contenerse para que la impaciencia no la hiciera actuar sin prudencia. Tenía ganas de echarse a reír por lo lógica y correcta que le parecía la solución.

En su recorrido solo se topó con dos cazadores que hacían guardia sin galgos en una bocacalle. Los esquivó utilizando el sistema de canalización, y tuvo que arrastrarse a cuatro patas durante un buen trecho por debajo del suelo. Al salir de nuevo, se encontró con ventanas en barricada protegidas con tablas de madera, y con fachadas cubiertas de disparos. La entrada de sótano que buscaba también estaba protegida con maderos. Jade se deslizó hacia una ventana del sótano, tomó un trozo de ladrillo que estaba allí como por azar y lo usó para enviar una señal por una tubería que podía alcanzar a través de la ventana. Apenas diez minutos más tarde, oyó que se abría una puerta en la casa contigua. Era Leja. Y le hacía señas nerviosas. Al poco, estaban hombro con hombro en un pasadizo estrecho entre dos paredes de una casa, ocultas para sus moradores e invisibles también desde la calle. Leja se arrebujó la túnica verde en torno al cuerpo.

—¿Qué haces aquí? —susurró—. ¡Creíamos que andabas con las gentes del río!

—Y así es, pero ahora tengo que ver a Tanía y a los demás cuanto antes.

Leja negó con la cabeza.

—No es buena idea. En este momento, no está en disposición de hablar contigo. Han apresado a Ruk.

—¿A Ruk?

Jade se acordó del corpulento buzo de voz quebradiza y tragó saliva. A pesar de su carácter desabrido, Ruk le gustaba.

Leja asintió con pesar.

—Le han interrogado y seguramente ha dado algunos nombres. Por eso Tanía y los demás han cambiado su escondite.

Jade se quedó paralizada. Aunque sabía que su vida pendía de un hilo, nunca hasta entonces había sido tan consciente de ello. «Mi nombre todavía no ha salido —se dijo—. De lo contrario, los cazadores ya me habrían apresado hace tiempo.»

—¿Y Nell? —preguntó temerosa—. ¿Y Ben? ¿Están bien?

—Nell está haciendo una ronda de reconocimiento —contestó Leja—. Y Ben está con nosotros.

Jade suspiró con alivio. Al menos, eso era una buena noticia.

—Llévame con ellos.

Leja se mordió los labios, indecisa. Jade entonces perdió la poca paciencia que le quedaba y la agarró por los hombros.

—No hay tiempo para dudas. Llévame con ellos. ¡Sé donde está el Príncipe de Invierno!

El nuevo escondite era un sótano profundo de paredes de ladrillo al que solo se podía acceder a través de una pared resquebrajada. A la luz de la vela, Jade vislumbró unas veinte personas, pero posiblemente en la oscuridad debería de haber instaladas algunas más. El lugar olía a aire viciado y a miedo, a ropa sucia de días, y a restos de comida. La gente miró adormecida a Jade cuando Leja la hizo entrar en la estancia. Había algo extraño en ese encuentro con los rebeldes. Algo había cambiado. Las miradas eran reservadas, nadie la saludó y todos parecían desconfiados.

—¡Mirad todos, la princesa Larimar ha abandonado su isla segura del río y nos honra con su presencia!

Jade volvió la vista a la derecha y atisbó a Tanía. Estaba acurrucada en un lecho improvisado de abrigos viejos. Y sentado a su lado, bien despierto y erguido, estaba Ben.

—En efecto, y os traigo noticias —dijo Jade.

Su voz sonó apagada y hueca. Se abrió paso entre algunos cuerpos tumbados y se apretó contra la pared hasta llegar ante Tanía. La cabecilla la miró sin dirigirle una sola sonrisa. Solo Ben compensó un poco aquella recepción tan gélida dirigiéndole una mirada burlona. Jade se puso de rodillas ante Tanía en el suelo de barro aplanado por las pisadas.

—Conque noticias... —dijo Tanía con tono seco—. ¿Y si ya las sabemos?

Jade suspiró.

—Leja ya me ha contado lo de Ruk. Y también que otros fueron abatidos a tiros... Lo siento mucho.

Un dolor fugaz recorrió el rostro de Tanía.

—Todos los ecos muertos —musitó Ben apesadumbrado—. Ayer dispararon contra el último. También al Príncipe de Invierno. La Lady celebra una fiesta sangrienta y vence sobre su enemigo.

—¿Todos los ecos? ¿Cómo lo sabéis? —preguntó Jade.

—No eres la única espía con contactos en la Corte —repuso Tanía—. Tenemos aliados en todas partes y nos han confirmado que es cierto. En la ciudad no queda ningún eco.

Jade quiso replicar, pero Tanía alzó la mano y la obligó a callar con un gesto autoritario.

—Han sido derrotados. Así que ahora necesitamos un nuevo plan.

En ese instante, Jade se percató de qué provocaba ese ambiente distinto y aquella hostilidad: la falta de la esperanza.

—Nada está perdido —exclamó—. He sabido que...

—¡Hacedla callar de una vez por todas! —gritó uno de los rebeldes—. Todo se ha acabado, ahora solo nos queda confiar únicamente en nosotros.

Jade se incorporó y miró a su alrededor.

—Nada está perdido. ¡El Príncipe de Invierno vive! Y además, yo sé dónde nos espera.

Tomó aire y ordenó su pensamiento. ¿Por dónde empezar? Comenzó al fin por su reflejo en el río que saludaba desde las aguas. La desconfianza recorrió todos los rostros, luego le siguió la incredulidad, la sorpresa y, por fin, el desconcierto. Cuando terminó, se hizo el silencio durante un buen rato. Únicamente Ben se balanceaba adelante y atrás mientras canturreaba una melodía en voz baja.

Tanía se puso en pie y se acercó a Jade con los brazos cruzados.

—¿Crees de verdad que surgen de los reflejos?

Jade asintió.

—Durante mucho tiempo, no lo comprendí. El eco que vi bajo el puente tenía una resquebrajadura en la mejilla, como si se hubiese mirado en un espejo roto y hubiera adoptado esa forma. ¿Cuántos fragmentos de espejo puede haber en el fondo del río? El Príncipe de Invierno tiene el poder de invocar estos reflejos.

—¿Así que, en cuanto adoptan la forma, pueden ser abatidos igual que los humanos? —preguntó Tanía, dubitativa—. ¿Y qué significa eso de que el príncipe vive? ¿Quieres decir que los cazadores se han equivocado?

—El hombre al que mataron de un disparo de ningún modo puede ser el príncipe.

La mirada intensa de Tanía se posó en las manos de Jade, que las había entrelazado de puro nerviosismo. Al sentirse observada, las soltó e intentó conservar la calma. Lo que iba a decir a continuación era tan atroz e inconcebible que necesitaba todo su valor.

—El príncipe no tiene cuerpo ni sangre. No es humano.

Recorrió con la mirada aquellos rostros tensos.

—Es un eco y también aguarda salir de su escondite para llamar a los demás.

El silencio que siguió casi resultaba doloroso para los oídos.

—Pero... es hijo de uno de los reyes Tandraj —dijo Tanía al rato. Jade se limitó a asentir.

Parecía que aquella idea tan atroz se abría paso con dificultad en la mente de los rebeldes. No querían admitirla, arrugaban la frente y resoplaban con desdén, como si Jade quisiera convencerlos de que el cielo era verde.

—¿De verdad pretendes que nos creamos que los reyes eran ecos? —preguntó un hombre.

—Lo eran —repuso Jade—. Y el príncipe vive, aunque no está ni en la Ciudad Muerta ni en el río. Está en el palacio de Invierno.

—¿Y cómo lo sabes? —espetó Tanía.

Jade se humedeció los labios, nerviosa. Deseó que al menos Ben la mirara, pero el anciano tenía la mirada clavada en el suelo de barro y seguía canturreando su cantinela absurda, como si la reunión no fuera con él. «Perfecto —se dijo Jade—. Déjame sola también con esto.»

—Ningún centinela ha sido asesinado en la Ciudad Muerta, ni en el osario —explicó—. Solo en la Puerta Dorada y cerca del palacio. Incluso aquel hombre que encontramos en el río hacía guardia en el canal junto al palacio. Yo creo que los ecos se dirigen allí porque es donde está el príncipe.

—¿Por qué no tiene poder suficiente para llamar a todos los ecos? —quiso saber Leja.

—Es un reflejo incorpóreo, pero le falta el espejo en el que poder tomar forma. Antes en el palacio había agua. Arif me explicó que, antes del ataque, la Lady ordenó cerrar el suministro de agua. Había fuentes y muchos espejos. Pensad si no, ¿por qué la Lady retiró todos los espejos del palacio y, con ellos, todo cuanto brilla, incluso el oro, que, evidentemente, puede provocar reflejos? Quiso cerciorarse desde el principio de que ningún eco podría asomar en su palacio. Es solo por eso que bebe incluso vino mezclado con ceniza para que se vuelva turbio. La Lady venció a los reyes ecos e hizo borrar todo cuanto los recordaba. Tras la guerra de Invierno, mató a los humanos de la ciudad y solo dejó unos pocos. Perdonó la vida a los niños, que no iban a acordarse de los reyes, y fomentó cuentos terroríficos sobre los ecos.

Tanía apretaba los labios con rabia. Tenía el rostro pálido y, a la luz titilante de la vela, parecía más clara y más sombría. De pronto se volvió y agarró a Ben por el cuello. El anciano gimió cuando ella lo obligó a ponerse en pie.

—¡Tú! ¡Tú los conocías, ¿no?! ¿Los reyes Tandraj eran como ellos?

—Asesinos antiguos, sangre nueva —dijo Ben con tono apocado.

Jade se aproximó de un salto a él y posó la mano en sus hombros en actitud protectora.

—¡Déjalo en paz! —le espetó a Tanía. Luego hizo volver a Ben hacia ella y clavó su mirada en sus ojos de color verde grisáceo—. Ben, recuerda. Eran los que gobernaban la ciudad, ¿verdad?

Ben extravió la mirada, como si observara una imagen de un tiempo remoto.

—Lady Muerte —musitó con voz temblorosa—. Toda la ciudad ardía en llamas y el Wila rebosaba de sangre humana. Los peces se intoxicaban y llegaban muertos al mar.

—¡Los reyes! —insistió Jade—. Los reyes no eran personas, eran ecos, ¿no?

Ben la miró como si acabara de regresar de un lugar remoto y se alegrara de encontrar un rostro conocido. A continuación, adoptó de repente una expresión grave y dijo con una voz totalmente clara:

—Dos reyes ecos, gemelos, severos y coléricos. Sí, me acuerdo.

Sospechar algo era una cosa, pero oír su confirmación era otra muy distinta. Jade, aturdida, soltó a Ben y se quedó petrificada. Se sintió invadida por una sensación de triunfo, así como por la satisfacción de haber resuelto el enigma. De buena gana se hubiera echado a reír.

—¡Imposible! —chilló uno de los rebeldes—. ¡No me lo creo! ¿Estamos luchando por un trono que habían ocupado los ecos?

De pronto, todos empezaron a hablar y gritar. Los rebeldes se pusieron de pie. Tanía renegó, se retiró y dio un puñetazo contra la pared.

—¡Mientes, loco chiflado! —espetó a gritos una mujer a Ben—. ¿O es que tú lo supiste todo este tiempo y nos tomaste por idiotas?

Tanía se acercó a ella con tres zancadas y le propinó un empujón en el hombro.

—¡Silencio! —bramó.

Al oír la orden, los rebeldes enmudecieron de inmediato.

—¿Sabes lo que significa si estás en lo cierto? —preguntó Tanía con voz gélida.

Jade enderezó el cuerpo y levantó la barbilla.

—Estabais dispuestos a aliaros con el príncipe mientras creíais que era humano. ¿Qué es lo que ha cambiado?

—Todo —dijo Tanía—. Simplemente, todo. Si derrocamos del trono a la Lady, ¿luego tendremos que someternos a los ecos?

—¿Quién dice que os tengáis que someter? ¿Quién dice que ellos quieran someteros? ¿Y quién dice que un príncipe humano no se habría aprovechado de vosotros para hacerse con el poder?

—Con los humanos se puede negociar —repuso Tanía impertérrita—. A un humano se le puede derrotar cuando su agradecimiento se convierte en ansia de poder.

—¿Así que este era tu plan? —dijo Jade con sorna—. ¿Como medio para alcanzar un objetivo los ecos os valen, pero no confiáis en ellos como aliados?

—¿Quién eres tú? ¿La defensora de los ecos?

—¿Y quién eres tú, Tanía? ¿Una luchadora contra la tiranía, o tal vez eres alguien no mucho mejor que los lores, capaces de clavar sin más un cuchillo en la espalda de sus aliados en cuanto dejan de requerir sus servicios?

Apenas había acabado de hablar cuando se dio cuenta de que la cólera en este caso tampoco había sido una buena consejera. Entonces incluso Leja la miraba con los ojos entrecerrados y con una mirada llena de desconfianza.

—No lo lograréis sin la ayuda de los ecos —afirmó Jade dirigiéndose al grupo—. Y con los ecos también es posible negociar: uno de ellos me ha hablado. No os dejéis impresionar por los cuentos de miedo que la Lady divulga sobre ellos.

Tanía enarcó las cejas y al instante Jade se dio cuenta, horrorizada, de que, sin pretenderlo, había dicho «lograréis» por «lograremos».

Se mordió la lengua y maldijo su torpeza. Los rebeldes cruzaron miradas elocuentes entre ellos.

Tanía se limitó a sonreír con frialdad.

—Lo lograremos solos, puedes estar segura.

Con un gesto de despecho, mostró su trozo de cristal y lo arrojó al suelo de barro. Un murmullo de asombro recorrió el grupo cuando a continuación la cabecilla pisoteó el trozo con toda su rabia. El crujido del cristal al estallar hizo estremecer a Jade.

—¿Te has vuelto loca? —espetó a Tanía—. ¡Os precipitáis de cabeza a la muerte! No tenéis ni armas ni gente suficiente para atacar el palacio. Tú misma lo dijiste.

—Ah, ¿sí?

Por un instante, Jade vislumbró detrás de esa apariencia dura a la joven desesperada que temía por la vida de su hermana.

—Tú no lo sabes todo, princesa —replicó Tanía—. Tenemos más aliados de los que sospechas. A menudo, el resultado de una batalla no lo deciden los mejor dotados, sino los que emplean las armas de un modo más decidido.

En la estancia, el silencio era tal que Jade no oía ni siquiera respirar. Comprendió que, por lo menos entre esos rebeldes, no importaría tanto el número de armas sino sobre todo la medida en que ellos se dejarían llevar por la audacia de Tanía.

—¿Y bien? —preguntó Tanía a su alrededor—. Los ecos han muerto. ¿A qué estáis esperando?

Las manos desaparecieron en el interior de bolsillos, pliegues de faldas, chalecos y botas, y a continuación arrojaron al suelo los trozos de espejo.

Unos reflejos de luz de formas distintas recorrieron las paredes. A la débil luz de la vela, los cascotes parecían arder. Jade tragó saliva para contener las lágrimas de decepción.

—Vais a morir —dijo en un nuevo intento por hacer cambiar de opinión a Tanía.

—Es posible —repuso Tanía en tono grave—. O puede que no. De todos modos, independientemente de cómo acabe todo, lo que no haremos de ningún modo es entregar el trono a un eco.

Jade recorrió con la mirada los rostros que la rodeaban. Muchos rebeldes parecían tan resueltos como Tanía, pero otros conservaban aún los trozos de espejo en la mano, sin saber si abandonarlos o no. «Son demasiado pocos —se dijo Jade—. Aquí no voy a conseguir nada más. Hoy, por lo menos, no.»

Nadie la detuvo cuando Jade se dio la vuelta y fue a cruzar el boquete de la pared. A punto estuvo de chocar con Nell, que se precipitó en ese momento en la estancia prácticamente sin aliento. Al topar con Jade tuvo un sobresalto, pero era evidente que estaba demasiado alterada como para reconocerla en aquella oscuridad.

—¡La Lady! —farfulló—. Ha ordenado llevar a los detenidos a la plaza de la Iglesia. ¡Hay detenciones por doquier! Y tenemos que marcharnos de aquí enseguida, porque los cazadores ya están forzando las ventanas de la casa contigua.

Iglesia y cárcel

Los rebeldes, como siempre que huían, se dispersaron en todas direcciones como un banco de peces, sin más objetivo que encontrar otro escondite. Lo último que Jade vio de Tanía mientras la rebelde se arrastraba frente a ella en un túnel fue un trozo de espejo que llevaba prendido en la suela del zapato. En cuanto llegaron a un recoveco de un patio trasero, Jade, preocupada, buscó a Ben, pero el anciano había desaparecido, como si se hubiera desvanecido.

Nell había sabido evaluar muy bien la situación. La ciudad era un hervidero. Se producían arrestos en muchas casas, como si la orden se acabara de dar en ese mismo instante; los carros con barrotes traqueteaban por los callejones, y la gente se resistía a ser detenida gritando y luchando con pies y manos.

En esa parte de la ciudad, Jade contaba con bastantes posibilidades para esquivar a los cazadores, pues había muchas hornacinas y salientes. Se encaramó a un puente de piedra que se extendía sobre una calle. Allí, resguardada de las miradas por una viga que sobresalía, recuperó el aliento e intentó ordenar las ideas. Los pulmones le ardían aún a causa de la rapidez con que había recorrido la última parte del camino. «Tanía es una más —se decía para tranquilizarse—.

No puede convencer a todos los rebeldes. Tengo que hablar con Nell y con los cabecillas de los demás grupos.»

De pronto, el viento cambió de dirección y, en lugar del polvo de las calles, levantó el olor del aire marino y los ruidos y gritos procedentes de la zona del palacio. Jade se agachó sin querer cuando oyó un ruido grave y vibrante. ¿Un cuerno de caza? Venía de la iglesia. Como si aquel sonido hubiera despertado a los animales, estos empezaron a rugir en todas las casas de fieras. Los perros replicaron entonces a los depredadores e incluso las órdenes retumbaron en aquel nítido aire matutino. Jade sintió mucha lástima al pensar en Ruk y en todos los demás presos. No se atrevía a imaginar lo que le aguardaba en la plaza de la iglesia. Había además otra preocupación que la carcomía cada vez más: Jakub. ¿Estaría bien? ¿Los cazadores habrían respetado el Larimar? Jade titubeó un minuto; luego, decidida, se descolgó del puente y se puso en camino. «Me limitaré a comprobar que no hay problemas», se dijo.

En esta ocasión, procuró recorrer despacio los últimos metros de forma intencionada, pero, un poco antes de alcanzar los últimos recodos, ya no lo pudo resistir por más tiempo. Echó a correr sobre el suelo adoquinado y de mármol, y siguió corriendo cuando los guijarros de la orilla crujieron bajo sus suelas. Lo primero que vislumbró fueron las ventanas abiertas de par en par. Se oían chasquidos y crujidos de madera. Varios postigos colgaban torcidos de las bisagras, y en el río flotaba un armario destrozado. Jade se tuvo que tapar la boca con la mano para no proferir un grito. ¡Su hogar! Las lágrimas afloraron en sus ojos, como si presenciara el maltrato de un ser querido.

La puerta trasera estaba abierta, y los cazadores y los centinelas se arremolinaban en torno a ella. Unos pocos pasos más allá, aguardaba un carro con barrotes. Los prisioneros estaban sentados en su interior; Jade no reconoció a nadie, pero vislumbró entre ellos a un hombre corpulento. Al punto abandonó el último resquicio de prudencia que le quedaba.

—¡Jakub! —gritó echándose a correr.

Los rostros se volvieron hacia ella y se agolparon contra los barrotes. Pero Jakub no estaba allí y ella no conocía a ningún otro de los demás presos. Al instante siguiente, dos cazadores le impedían el paso y la agarraban por los hombros.

—¡Prohibido pasar!

—¡Yo vivo aquí! —repuso Jade—. ¡Tengo que ver a mi padre, Jakub Livonius!

Los cazadores intercambiaron miradas elocuentes, pero no la soltaron.

—Si es así, cierra el pico hasta que el registro termine y cálmate —masculló el más joven de los dos—. No se trata de Livonius. De hecho, él ni siquiera está aquí.

Aquello tranquilizó a Jade. De pronto, se acordó de que esa mañana Jakub tenía previsto ir a ver al prefecto. Los cazadores, al parecer, notaron su alivio porque la apartaron hacia atrás, se pusieron delante y volvieron a cerrar filas. Jade tenía que mirar por encima de las espaldas de los hombres para poder ver la puerta. En ese instante, dos porteadores salían de la casa. Con los rostros demudados por el esfuerzo, arrastraban un objeto plano envuelto en una tela que colocaron en otro carro. La brisa levantó un trozo del paño y, cuando el sol quedó prendido en un espejo redondo y reluciente, se produjo un destello. ¡No era un espejo decorativo de bronce, sino de plata! Jade entornó los ojos. Jamás había visto aquel espejo en el Larimar. En el borde inferior del marco, que asomaba por debajo de la tela, vislumbró un símbolo: un escudo con dos coronas dispuestas sobre una línea vertical, a modo de original y reflejo. «¿Tandraj?», se preguntó al instante. «Dos reyes, dos coronas.» Un murmullo recorrió las filas de cazadores. Y los curiosos que se agolpaban desde hacía rato a un lado de la calle también estiraron el cuello.

—¡Dejad mi espejo! —gritó una voz de mujer desde el interior del edificio. Tenía un tono agudo y alterado.

Jade no podía creer lo que vio a continuación. Era cierto. No se trataba de Jakub, ni tampoco del Larimar. Se trataba de Lilinn.

La mujer se debatía con todas sus fuerzas mientras dos cazadores la arrastraban fuera de la casa. Era un forcejeo mudo y desesperado que Lilinn ejecutaba con una práctica sorprendente. Jade soltó un respingo cuando al fin uno de los cazadores logró doblegar el brazo de la cocinera por detrás de su espalda. Ella apretó los dientes, pero no profirió ningún ruido. El odio refulgió en su mirada cuando el otro cazador desenvainó el cuchillo y le abrió el vendaje con un corte rápido. Un grito de triunfo retumbó en una docena de gargantas en cuanto el hombre alzó el brazo de la mujer y dejó que la gente de alrededor lo viera: por encima de la muñeca izquierda, Lilinn tenía tres cortes paralelos que casi estaban curados.

Jade increpó a uno de los cazadores:

—¡No podéis hacerle esto! ¡Es nuestra cocinera! ¿Por qué la apresáis!

El más alto de los dos la miró por encima del hombro con desprecio.

—Era una manzana podrida. No era un mal plan esconderse justo ante las narices de la Lady. —El hombre sonrió—. ¿Ves las heridas? Son del arma de lord Minem, una espada de tres hojas. Parece que aquí tenemos a una de las rebeldes del grupo que asesinó a lord Minem.

—De todos modos, el espejo y los planos que ocultaba en el sótano son de sobra suficientes para algo más que una ejecución —añadió el otro cazador.

Jade retrocedió con un traspié. Apenas sentía las piernas y tuvo que apoyarse en la pared de un edificio para no caer. Recordó la fuente sangrienta e intentó imaginarse a Lilinn ante el lord con una daga, pero su mente se negaba a completar esa escena.

Un aluvión de recuerdos fugaces le vino a la memoria. Lilinn arrojando el cuchillo en la cocina. Su afectada afabilidad con Tam y Faun. Su interés por Jakub y sus arengas sobre la fidelidad a la Lady para alejar de ella cualquier sospecha. Y vio también a una Lilinn en la Ciudad Muerta, cerca del puente del Lomo de Gato, intentando advertir a dos ecos de la presencia de los cazadores. Todo aquello cristalizó en un convencimiento que dejó a Jade sin habla y, a la vez, profundamente enojada. «Traicionada y vendida —pensó sin más—. Tanía estaba en lo cierto: no lo sé todo. En realidad, no sé siquiera ni una ínfima parte.» ¿Estaría Nell al corriente de eso?

Pero entonces pensó que en aquella historia tan clara había algo que no acababa de encajar.

¿Qué significaba que Lilinn ocultara en el Larimar un espejo de los reyes Tandraj? ¿Conocía la naturaleza de los ecos y no se lo había contado ni a Tanía ni a los demás? Y había otra cosa que no acababa de cuadrar: el espejo y unos planos en el sótano... Aquella parte de la casa estaba inundada y no había un sitio suficientemente seco para planos, ya fueran de papel o de cuero. Al menos, no en las habitaciones a las que Jade tenía acceso. Y era incapaz de imaginar, ni con la mejor voluntad, que Jakub otorgara a su amante la llave del cuarto ciego que tan celosamente custodiaba.

—¿Adónde la lleváis? —gritó Jade cuando Lilinn, maniatada, fue arrastrada hacia el carro.

—Con los demás —respondió el cazador mayor.

De lejos, la aglomeración de gente hacía que pareciera que el Mercado de la Iglesia había cobrado vida de nuevo. Los carros descargaban, y los porteadores se apresuraban entre la muchedumbre. Era una imagen de normalidad engañosa que quedaba evidenciada por el sinfín de armas y órdenes que resonaban en la plaza. Jade intentaba abrirse paso entre algunos curiosos cuando una mano la agarró por el hombro. Se volvió y se encontró con la cara inflamada de Manu. Era evidente que alguien le había propinado un puñetazo en el pómulo.

—No te acerques —le advirtió.

—¿Qué te ha ocurrido? —le preguntó ella en voz baja.

Manu intentó escupir con indiferencia, pero el gesto no le salió especialmente bien.

—Me han dado una paliza cuando he intentado acercame a las jaulas. ¡Mira qué vergüenza!

Jade se puso de puntillas y miró hacia donde señalaba. Unas jaulas de hierro. Delante de la puerta de la iglesia había unas cincuenta. En la mayoría apenas había espacio suficiente para un galgo.

—Han detenido a Simon, del Mercado Negro —masculló Manu, palpándose con cuidado la mejilla herida—. ¡Pero si es un pobre imbécil! Cuando está borracho, lanza grandes arengas, pero pondría la mano en el fuego de que él no forma parte de la conspiración. Al intentar acercarme a su jaula, me han dado una paliza.

Jade miró con inquietud la iglesia de Cristal. También el edificio parecía estar cautivo, cubierto como estaba de sogas acabadas en ganchos de hierro que pendían tanto de los salientes como de las almenas de cristal del tejado alargado que formaba la nave de la iglesia. Los carros descargaban justo al lado del edificio, y las cuerdas se tensaban por medio de poleas. Parecía un espectáculo perfectamente ensayado.

No muy lejos de ella, hicieron salir a dos prisioneros de un carro. Estaban esmirriados y apenas se tenían en pie. Tenían la piel tan pálida que parecía que llevasen meses sin ver la luz. Parpadearon confusos con el sol, y la debilidad apenas les permitió resistirse cuando fueron empujados al interior de la jaula. Jade observó que la silueta más baja era una mujer de pelo muy corto de color castaño que llevaba dos orificios en los lóbulos de las orejas. En el antebrazo, encima del sello del lirio, llevaba tatuados unos barrotes negros: era la señal que se hacía a todos los condenados cuando llegaban a la isla de la Prisión. La puerta de hierro de la jaula se cerró y luego, tras una señal con la cabeza del soldado, la soga se tensó y levantó esa estructura de barrotes entre sacudidas rápidas. A continuación, llegó el siguiente transporte de prisioneros. Una y otra vez, entre la multitud, estallaban voces, llantos y gritos en cuanto alguien distinguía entre los prisioneros a amigos y familiares que habían dado por muertos.

—Los cuelgan de la iglesia —murmuró Manu antes de escupir una vez más—. Sin agua ni alimento. A pleno sol. Como mucho, resistirán tres días. ¡Qué monstruosidad!

—Así que este es el plazo —dijo Jade más para ella que para Manu. Debería sentirse aterrorizada y estar fuera de sí de indignación, pero curiosamente de pronto la invadió una gran tranquilidad. Solo experimentaba dos cosas: una determinación fría y calculada, y una ira creciente y rabiosa.

—¡Eh! ¿Qué pretendes? —Manu asió a Jade por el brazo—. ¡No vayas por allí! ¡Agrupan a la gente y...!

—¡Suéltame, Manu! ¡Tengo que encontrar a alguien!

Sin reparar en los reniegos de él, Jade se sumergió en la muchedumbre y se encaminó hacia la iglesia.

Jamás había visto tanta gente armada. Continuamente llegaban carros a la plaza. Los cazadores, entretanto, habían formado una barrera en torno a las jaulas y la iglesia. Sus armas y los galgos, que habían soltado, mantenían a la gente a distancia. Jade aguardó a que una cazadora recorriera con la mirada la multitud en actitud vigilante para hacerle un gesto y llamar su atención.

—¡Soy Jade Livonius! —gritó con voz firme y resuelta—. Traigo una noticia para Moira.

Quizá la cazadora conocía realmente su nombre, o tal vez la impresionó el aplomo de Jade; en cualquier caso, la mujer asintió.

—En el carro de las cadenas, detrás de la iglesia —gritó con desgana.

«Un buen farol», se congratuló Jade en silencio.

No fue fácil rodear la iglesia guardando la distancia debida. La cantidad de gente que los cazadores habían convocado con el cuerno de caza era excesiva. Jade vio gente descalza. Personas con apenas un abrigo sobre su ropa de dormir que buscaban, desesperadas, al marido, al hermano o a la madre detenidos. Sufrió varios empujones hasta que al fin vio a Moira. La cazadora, con el brazo vendado, se encontraba junto a un carro, y con la mano derecha ilesa comprobaba los ganchos antes de que sus ayudantes levantaran las cadenas del carro y las llevaran a la iglesia.

—¡Moira! —gritó Jade por encima del tumulto.

La cazadora interrumpió su tarea y se volvió. ¿Jade se equivocaba, o realmente el rostro se le había iluminado un poco? Con un ademán, le dio a entender que la esperara unos pasos más allá en la calle. Jade asintió y se retiró. La espera, de casi media hora, le pareció un año entero. Entretanto, se colgaron también jaulas en la parte lateral de la iglesia: no a una altura que cualquiera pudiera tocar a los presos, pero sí lo suficientemente cerca para que todo el mundo pudiera ver bien su cara. Al fin, Moira hizo un gesto para que se acercara. Dos cazadores se hicieron a un lado para dejar pasar a Jade. Fue una sensación siniestra dejar atrás a la muchedumbre y adentrarse en la zona desocupada del centro.

—¿Qué? ¿Ansiosa por meterte de nuevo en problemas? —le espetó Moira.

—Esta vez es Lilinn quien está en un aprieto —repuso Jade sin rodeos—. ¡Ha sido apresada!

Moria no se mostró especialmente sorprendida.

—Eso he oído. ¿Por eso estás aquí? Jade, tú no puedes ayudarla. Vete a casa.

—No pienso hacerlo. ¡Tengo que verla! Solo un momento, una palabra.

Intentó adivinar qué pasaba detrás de esos ojos de color pardo aterciopelado pero, como siempre, Moira no dejó entrever ninguna emoción.

—Te lo ruego, Moira —añadió—. ¿Me podrías llevar hasta las jaulas?

Cerraba las manos con fuerza de puro nerviosismo, y ya se disponía a discutir cuando la cazadora asintió.

—Bueno —dijo entonces con voz seca—. Me siento en deuda contigo después de aquel baile con el toro.

En su interior, a Jade le pareció que podía volver a tomar aire. Con todo, fue muy angustioso rodear la iglesia acompañada de Moira y acercarse a las jaulas. Le hubiera gustado poder apartar la mirada de allí, pero tenía que encontrar a Lilinn. Moira se dirigió a un hombre apostado junto a la polea. Al oír su solicitud, se produjo una discusión acalorada. Jade atisbó la primera cara conocida. No se trataba de Lilinn, sino de uno de los rebeldes que trabajaba en la casa de las fieras de un lord.

Había también otras personas que le resultaban familiares: gente del Mercado Negro, vendedores, personas que solo conocía de vista, y aliados. «También mi tiempo se agota —se dijo con inquietud—. Uno de ellos me delatará.»

—¡Vamos Jade! —La voz de Moira la sacó de su ensimismamiento—. ¡En marcha!

Jade casi tenía que correr para mantenerse al paso de la cazadora. Tras dejar atrás a los centinelas apostados junto a una de las entradas laterales de la iglesia, entraron en la sala del altar.

El lugar era fresco y estaba sumido en un silencio casi inquietante. El incensario ardía y emitía unos hilillos oscilantes en el aire. Olía a incienso denso y dulzón. Jade se sintió como sumida en un sueño irreal del cual esperaba despertar en cualquier momento.

—Moira —susurró—, no iremos a subir a la torre.

La cazadora la miró por encima de los hombros.

—¿Adónde, si no? La jaula ya está colgada allí.

Los peldaños de la escalera de caracol estaban desgastados y apenas resultaban visibles. Moira los subía de dos en dos y se asomaba por todas las ventanas para escudriñar hacia fuera con la mirada. Al llegar a la cuarta ventana, dio con lo que buscaba e hizo un gesto a Jade para que se acercara.

—Ha habido suerte —dijo haciéndose a un lado—. Sé breve. No tengo mucho tiempo.

Jade asintió y se precipitó hacia la ventana. Una ráfaga de viento la hizo parpadear. Sin embargo, al instante, abrió bien los ojos. Jamás había visto la ciudad desde esa perspectiva. Cientos de personas tenían la vista clavada en las jaulas. En aquel mar de rostros, Jade pudo distinguir a algunos rebeldes. Nell estaba ahí abajo, junto a Manu, y vio también a gente que apenas una hora antes ella había intentado convencer. Los rostros sombríos y terriblemente serenos de los rebeldes eran tan parecidos, que Jade temió que los cazadores pudieran reconocerlos fácilmente entre la multitud. Tanía era la que más se arriesgaba. Sin tener en cuenta que alguien la podía ver y luego denunciar, se había abierto paso hasta primera fila y tenía la vista clavada en una jaula. Jade supuso que había encontrado a su hermana desaparecida. Cuando la mujer se dio la vuelta con firmeza y se abrió paso entre la muchedumbre, Jade supo que era demasiado tarde para disuadir a los rebeldes de su plan. La Lady pasaría al contraataque. Y Tanía aceptaría el desafío. A la vista de las jaulas, no tendría problemas para convencer a los demás jefes rebeldes. No había vuelta atrás. Jade maldijo en silencio.

—¿No la ves? —preguntó Moira—. ¡Arriba, a la derecha!

Jade volvió la cabeza cuando por el rabillo del ojo le llamó la atención otra prisionera que iba a ser metida en una jaula. Su pelo rojizo y corto brillaba bajo la luz del sol. La mujer mantenía la cabeza erguida con orgullo, y no miraba ni a la izquierda ni a la derecha. Cuando el centinela le ordenó agacharse para entrar en la jaula, ella le escupió a la cara.

Al instante, se produjo un forcejeo. Jade cerró los ojos. Las gentes del río. Elanor. Así que ella también. «¿Cómo se lo voy a decir a Arif?», pensó con el corazón lleno de pesar por su compañera en el transbordador.

—¿Jade? —le preguntó una voz incrédula.

Lilinn estaba acurrucada en una jaula que colgaba a buena distancia de la ventana y se agarraba a los barrotes. Sus ojos parecían ser de un cristal duro y azul.

—¿Qué haces aquí? —siseó.

Su tono tosco apenas podía disimular su temor. Poco antes, Jade se había sentido aún muy enfadada con la cocinera, pero entonces nada le importaba más que estar cerca de ella. Tendió la mano, y Lilinn reaccionó de inmediato y pasó el brazo entre los barrotes. El esfuerzo le hizo dibujar una sonrisa forzada, la jaula osciló levemente, y las yemas de los dedos se tocaron solo de modo fugaz.

—¡No desesperes! —le gritó Jade—. ¡Moveremos cielo y tierra para ayudarte!

Pero Lilinn, resignada, negó con la cabeza, apartó la mano y se replegó sobre sí misma, completamente abatida. Apenas podía permanecer sentada en la jaula. Su petición tenía el tono desesperado de un lamento.

—¡Ve a ver a Jakub!

«Jakub no te va a poder ayudar», estuvo a punto de responder Jade, pero entonces se dio cuenta de que Lilinn no lo decía por ella.

—¡Lárgate ya! —gritó Lilinn.

Jade negó con la cabeza.

—Para nada.

—¡Oye! —gritó Moira enfadada cuando Jade apoyó la rodilla en la cornisa de la ventana. Se encaramó con agilidad sobre esta y desde allí pasó al exterior, por el peinazo de la ventana, hasta tener a Lilinn a la altura de los ojos. Aunque hasta el momento había conseguido reprimirse, se dio cuenta de que en muchos sentidos era totalmente la hija de Jakub.

—¿Qué pretendías? —le espetó a Lilinn—. ¿Fue todo mentira? ¿Te hiciste amiga mía solo para entrar en el Larimar? ¿Qué narices se supongo que tengo que contarle a Jakub?

—¡Livonius! —le ordenó Moira desde la ventana—. ¡Baja de aquí! ¡Ya basta!

La cocinera miró a Jade como si se hubiera vuelto loca, y luego dirigió una mirada de advertencia en dirección hacia Moira.

—Lo siento —dijo en voz alta—. Es cierto que me infiltré en vuestra casa. Pero nunca quise poneros en peligro. Y soy consciente de que eso es lo que hice al esconder en vuestro sótano el espejo y los mapas.

Lilinn hizo una seña discreta a Jade. Una gota de sudor le recorría las sienes y tenía las manos, que se aferraban a los barrotes, blancas como el mármol. Jade comprendió y devolvió la seña.

—Pero ¿por qué? —preguntó en voz baja—. ¿Por qué lord Minem? ¿De verdad eres su asesina?

—¿Asesina? —Lilinn rió con amargura, apretó la mano en un puño y le mostró los tres cortes—. Lord Minem tuvo una oportunidad. Mi hermano y mi madre no tuvieron ninguna cuando él los lanzó a los tigres.

Jade se mordió los labios. La familia de Lilinn... Jamás había hablado de ellos. La cocinera tragó saliva y se apartó.

—¡Livonius! —atronó Moira—. ¡Baja, o te disparo aquí mismo!

Jade se apresuró a regresar a la ventana. Apenas hubo tocado el suelo, Moria la agarró por el cuello y la apretó contra la pared.

—¿Te has vuelto loca? —le reprochó—. Has tenido suerte de que ninguno de los cazadores de ahí abajo te haya disparado.

Jade se dejó caer por la pared de cristal hasta que se quedó sentada en el suelo.

—Lo siento —musitó apenas. No tenía fuerzas para discutir. Lilinn, Elanor y la guerra que acababa de empezar, se dijo. Era más de lo que podía soportar en un día.

Moira suspiró y se sentó en la escalera. Parecía cansada, y, sin duda, la herida la molestaba.

—¿Y bien? ¿Ha merecido la pena? —dijo—. Vuestra cocinera morirá de todos modos.

—¿Tú no tienes ni un atisbo de compasión? —espetó Jade.

—¿Y los rebeldes, tienen compasión? —repuso Moira—. Pregúntale a mi mejor amigo, que está en su cuarto gravemente herido sin saber si llegará a mañana. ¿Sabes lo duro que es perder a tu único amigo? O pregúntale a lord Minem. Pero, no, aguarda, que como no tiene cabeza no podrá decirte nada...

Aunque Jade ya tenía la réplica en la punta de la lengua, logró contenerse a tiempo.

—¿Y eso de ahí fuera no te importa? —preguntó en voz baja—. ¿De verdad? Quiero decir que tú eres…

—¡Un momento! —le interrumpió Moira—. ¿Crees que me resulta fácil ver morir a la gente de mi tropa? ¿Piensas que todo lo que veo me parece bien? De todos modos, a esa batiburrillo de cabellos rubios de ahí fuera puede que le aguarde un final muy duro, sí, ¿y qué? A fin de cuentas, nosotros, los cazadores, somos tributos vivientes de los lores. Nuestras familias nos entregaron cuando apenas sabíamos andar, y muchos ni siquiera logran superar el adiestramiento hasta que son adultos. Existen lores temibles, es cierto, pero, en más de una ocasión, algunos de ellos me han protegido de un destino peor. Mira a tu alrededor, Jade. Mira bien a la gente y verás que cada persona en esta maldita ciudad tiene motivos para matar. Y, sin embargo, no todo el mundo agarra un cuchillo.

Jade miró a la cazadora totalmente perpleja.

—Entonces, ¿por qué estás al servicio de los lores? —se atrevió a preguntar.

Moira torció la boca para dibujar una sonrisa fría.

—No se trata de servir, Jade. La libertad no es más que un sueño bonito de una vida sencilla. Créeme, de amos y criados hay en todas partes, aunque tengan otros nombres. Y todo lo que eres y tienes en esta ciudad es el resultado de negociaciones y de luchas, todos los días, todas las horas. A veces no resulta fácil mantener el equilibrio. La pregunta es: ¿cómo debo actuar? Me digo: ¿merece la pena luchar cada día por el equilibrio, por mi tropa, por uno de los lores menos temibles a cuyo servicio estoy… o es mejor hacerlo por mí, simplemente, para poder vivir? ¿Debería dedicarme a matar a ciegas por una causa confusa?

Jade la miró con los ojos abiertos de asombro. Deseó en ese instante haber podido conocer a esa cazadora en otra ciudad y en otro tiempo, donde no fueran más que dos mujeres que se encontraban y se sonreían.

Moira pareció darse cuenta de que había hablado demasiado. Apartó la mirada de Jade, se puso en pie y se dirigió hacia la escalera.

Jade se incorporó también y la siguió. Creía que Moira ya no le diría ni una palabra más, pero la cazadora la sorprendió cuando, ya delante de la puerta, se volvió de nuevo y dirigió a Jade una sonrisa burlona.

—Eres una sentimental y estás loca, Livonius, y encima eres una exaltada. Pero, en cierto modo, me caes bien. —La sonrisa se convirtió en una mueca irónica—. No me extraña que desde que Faun ya no se hospeda en el Larimar esté tan sumido en sus penas de amor que no sirva para nada.

Detrás de los espejos

En la orilla, el Larimar parecía un animal abatido. El viento se colaba por la puerta abierta y las ventanas; de una de ellas, pendía una cortina que arañaba la fachada entre crujidos. Jade entró de puntillas en lo que hasta el día anterior había sido su hogar. En los pasillos se veían pisadas polvorientas de botas y huellas de perro; los muebles habían sido apartados a un lado y estaban destrozados. Jade tuvo la sensación de haberse vuelto incorpórea, como los fantasmas cuyos lamentos se dejaban oír por los pasadizos. Los antiguos moradores habían bailado, reído y sufrido entre esas paredes, pero entonces todo formaba parte del pasado. Era evidente que habían tomado a Lilinn desprevenida. En la cocina se veían señales de lucha. El suelo estaba cubierto de trozos rotos de loza, e incluso el horno despedía aún un poco de calor. En una olla sobresalía, como pidiendo auxilio, una pinza de cangrejo.

—¿Jakub? —gritó Jade por el pasillo y en la caja del ascensor.

Nadie respondió.

El agua del sótano estaba más turbia que nunca. Las botas habían levantado el lodo que se había ido acumulando en el suelo inundado del sótano. Jade vadeó angustiada por las salas. Por doquier encontraba cerraduras forzadas y puertas rotas que le dejaban ver las estancias. Las estanterías para el vino hacía tiempo que se habían convertido en lugares de cría; unos olms ciegos de color blanco huyeron al notar sus pasos. La puerta que conducía al cuarto de Jakub estaba entreabierta. En el lugar donde antes había habido una cerradura sólida, ahora se abría una brecha producida por un hachazo.

Jade abrió la puerta con cuidado, levantó la lámpara de aceite y escudriñó el interior conteniendo el aliento. Esperaba encontrarse con una sala inundada, una cueva o un lago, pero era un almacén. Amontonados en un rincón, había unos sacos vacíos de patatas. Jakub había trabajado mucho allí. Un murete que llegaba a la altura de la rodilla situado justo detrás de la puerta contenía el agua del río. Sin duda, su padre había dedicado mucho tiempo a drenar la estancia. La arena y los ladrillos rellenaban el espacio hasta donde terminaba el murete; sobre él, unas tablas de madera formaban un suelo elevado. Dentro de él, envuelto en arena y papel encerado, había un cofre. Sin duda, era un buen sitio para esconder planos y el espejo de los reyes Tandraj. «¿Estabas al servicio de los reyes? —se preguntó Jade bajo la luz titilante—. ¿Eras de los nuestros e incluso fingiste ante tu hija?»

Vadeó rápidamente volviendo sobre sus pasos y huyó escaleras arriba. Solo se detuvo cuando llegó a la habitación de la primera planta. Las gentes de la Lady también habían causado estragos allí, sacando cajones y abriendo y desordenando arcas y armarios. Sin embargo, la cama de ébano estaba casi igual como la había dejado: la sábana estaba corrida y los objetos que ella había separado se encontraban esparcidos sobre ella. Jade se dejó caer en la cama, cerró los ojos agotada y hundió el rostro en la loneta. Se dio cuenta entonces de que, en realidad, buscaba la presencia de Faun, un asomo de olor a musgo, el perfume del bosque y la nieve; pero Faun había desaparecido, igual que sus años en el Larimar.

La muchacha había vuelto. Tenía los brazos de cristal y los apretaba en torno a Jade con suavidad y en actitud de consuelo. El agua se derramaba como una caricia sobre la piel de Jade, y ella apoyaba la mejilla en el hombro de su propia imagen.

—Tengo que salvar a Lilinn y a Elanor —decía—. Y tengo que encontrar al príncipe. Sin él, los rebeldes morirán y todos nosotros estaremos perdidos.

La muchacha no respondió, pero, cuando Jade abrió de nuevo los ojos, se encontró de pronto con el rostro del príncipe de invierno y retrocedió asustada. Él tenía la boca firmemente cerrada, como si intentara retener en ella una palabra de oro.

—¡Te ayudaré! —le susurró Jade—. Te mostraré el camino para salir de los espejos.

Él extendió las manos para que se las tomara. Y cuando Jade, titubeando, se las tomó y empezó a girar como envuelta en un remolino, observó con asombro que ella llevaba un vestido de agua y que su cuerpo desnudo brillaba al trasluz. La música la envolvió; era la canción que Lilinn y Jakub habían bailado, pero, cuando el príncipe de invierno abrió la boca, los violines pasaron a ser un grito agudo. Incluso sumida en su sueño, Jade notó cómo se apretaba las manos contra los oídos en un gesto de dolor. Y entonces aparecieron otras manos, callosas y duras y, con todo, tan familiares, que ella sonrió aliviada, tendió los brazos en torno a un cuerpo y se hundió en un abrazo estrecho.

—Mi niña —le murmuró Jakub en el pelo—, mi pequeña. Creí que no volvería a verte nunca más.

Jade se dejó acunar por sus brazos como cuando ella apenas tenía dos años y se sentía desamparada y cansada. Al cabo de un buen rato, se soltaron, pero se mantuvieron tan cerca que Jade notó incluso el calor febril que él despedía.

—He estado en casa del prefecto —dijo Jakub con voz ronca—. Y luego, en la Casa del Diezmo. Pero no he podido hacer nada por Elanor. —Su voz adquirió el tono enojado que Jade tan bien conocía y que le hizo recordar todas las imágenes de aquel día—. Entonces he oído el cuerno...

A Jade le hubiera gustado encontrar palabras para consolarlo, pero el rostro impenetrable de Jakub la desconcertaba. ¿Maldecía a Lilinn? ¿Se sentía traicionado?

—He hablado con ella —dijo al fin en voz baja—. Ha dicho a las gentes de la Lady que el espejo y los mapas que tenías escondidos en el sótano eran suyos. Te ha salvado el pellejo, Jakub.

Le irritó de nuevo ver que él apenas reaccionaba y que se limitaba a apretar los puños.

—¡Pero di algo! —exclamó ella—. ¿Todavía la amas? ¿Estás preocupado por ella? ¿O tal vez no estás ni siquiera sorprendido?

—Sí y no —respondió Jakub con una voz apenas contenida—. Antes de permitir que alguien esté en el Larimar, hago mis averiguaciones. Pronto supe lo que había ocurrido con su familia. Ella logró huir del palacio. Adoptó un nuevo nombre, vivió de forma clandestina y se enamoró de un hombre que le jugó una mala pasada. Hasta aquí, era una historia de lo más normal. No dije nada porque pensé que quería iniciar una nueva vida en secreto con nosotros. Pero hacía tan bien su papel que jamás sospeché que para ella la venganza fuera más importante que todo lo demás.

—Pero su amor por ti no fue fingido —repuso Jade.

Jakub tragó saliva.

—¿Has estado en el sótano? —preguntó.

Jade asintió.

—Es hora de quitarnos las máscaras, Jakub. Sé lo del espejo y lo de los reyes eco. Conozco la forma verdadera de los ecos y todas las mentiras que me has ido contando durante toda la vida. Pero ahora quiero toda la verdad. Sé que yo… —Jade titubeó y tomó aire para aquietar su corazón acelerado. No era muy agradable expresar de viva voz su temor más profundo—… que tengo un vínculo con los ecos. Soy la única capaz de ver su imagen reflejada. Y, a veces, los oigo en sueños.

Jakub suspiró y miró sus puños.

—Así que te han encontrado.

—¡Respóndeme! —gritó Jade.

—Haz la pregunta adecuada —replicó de pronto Jakub con la misma rabia—. Vamos, hazla de una vez —Luego añadió en voz más baja—: Hazme esa pregunta que jamás te he respondido.

Jade resopló.

—Está bien. ¿Quién lloraba entonces?

Jakub cerró los ojos.

—Era la muchacha que ves en el agua —respondió—. Tu hermana.

Jade no pudo replicar. De repente, tuvo la sensación de poder captarlo todo con una nitidez cristalina y penetrante. Todos los sonidos vibraban, todos los colores resplandecían de tal modo que ella deseaba poder cerrar los ojos.

—Pero… es imposible. No tengo la sangre de agua… —farfulló.

—Eres hija mía —dijo Jakub—. Y yo soy humano. Pero tu madre, Tishma, era una eco.

Jade metió rápidamente la mano en el bolsillo donde llevaba la fotografía.

—Ya lo sé —dijo Jakub—. En la fotografía ves una humana. Pero no fue tan simple. Ella optó por este aspecto porque se sentía próxima a los humanos. Era mediadora, y estaba al servicio de los reyes Tandraj. Ella siempre creyó que los ecos y los humanos podían hablar el mismo idioma y que no debían desconfiar entre ellos.

—¿De verdad era una eco? —musitó Jade—. ¿Cómo es posible?

Jakub sonrió sorprendido.

—¿Que cómo es posible que unos seres se enamoren y que haya almas que se reconozcan con independencia de la forma que adoptan para vivir? No lo sé. Es algo que, simplemente, he experimentado. En cualquier caso, tienes razón acerca de lo que has descubierto sobre los ecos. Durante la guerra de Invierno, un sinfín de ellos fueron asesinados, pero muchos abandonaron a tiempo sus cuerpos, y desde entonces se mantienen ocultos en otras esferas: en el río, en los espejos y en lugares que yo desconozco. La mayoría de las veces, se parecen a los humanos, e incluso pueden elegir si ser hombre o mujer. Pueden abandonar su cuerpo y surgir de nuevo a partir de reflejos cuando sus reyes los llamen. Sin embargo, si son atacados en el cuerpo que han adoptado, entonces son vulnerables y pueden morir.

—¿Cómo… Tishma?

Jakub asintió.

—No puede regresar. Murió.

Jade necesitó un rato para asimilar completamente esas palabras.

«Formo parte de ellos, pero eso es imposible. No me siento como ellos, yo...»

—Le gustaban los humanos —murmuró Jakub—. Pero, de todos ellos, a mí me quiso. —Sonrió recordando otro baile—. Los dos éramos muy jóvenes. Yo trabajaba en un taller de espejos, uno de los pocos negocios que estaban permitidos a los humanos. Nos citábamos a pesar de que a los ecos les estaba estrictamente prohibido entablar relaciones o amistades con nosotros. Los reyes no eran unos gobernantes indulgentes. Tishma y yo vivíamos juntos en secreto, siempre con miedo a ser descubiertos, pero suficientemente jóvenes para no abandonar ese amor. Y luego... luego ocurrió lo incomprensible.

—Nosotras —musitó Jade—. Mi hermana y yo. Hijas de una eco y un humano.

—Ni nosotros nos lo podíamos creer —prosiguió Jakub—. Tal vez yo habría podido ocultar un hijo, pero Tishma me dijo que los ecos solo tienen gemelos, que formaba parte de su naturaleza doble. En ellos, todo es un reflejo. Os trajo al mundo a escondidas. Con todo, vosotras no erais idénticas: erais tan distintas como el agua y el fuego. Tishma os puso nombres humanos, Jade y Amber. Nos ocultamos en la Ciudad Muerta, que en aquellos tiempos solo estaba habitada por humanos. Yo os escondí. Durante un año, todo fue bien, pero entonces los ecos nos descubrieron. Uno de los fabricantes de espejos nos delató a los Tandraj.

Jade apenas notaba cómo las lágrimas le recorrían las mejillas. Los disparos, el otro llanto... Cerró los ojos.

—Nunca fue un sueño. La otra voz... ¡era ella!

«Amber.» Jade pronunció aquel nombre en su mente. Todavía no se atrevía a pronunciarlo en voz alta.

Jakub asintió.

—Nos dispararon y nos acorralaron con antorchas detrás de un almacén. La única salida era por el tejado. Pero Tishma estaba herida y no podía trepar. Yo sabía que si me encaramaba al tejado no os podría sostener a las dos. «Salva a una por lo menos», me dijo ella.

Jakub se restregó los ojos y permaneció en silencio unos minutos sin que Jade le urgiera a seguir.

—Tuve que elegir —dijo entonces con la voz rota—. Os habrían matado a las dos. Erais solo medio eco. No podíais abandonar vuestros cuerpos y huir por los espejos. Y Tishma no habría abandonado a ninguna de vosotras para salvarse. Solo había una salida. Así que te tomé en brazos y hui.

Jade abrió los ojos. Miraba a su padre con la vista nublada.

—¿Por qué yo?

—Me hubiera gustado decir que fue casualidad, pero sería mentira. Amber era más eco que tú, su aspecto la delataba. Se le adivinaba en sus movimientos, sus rasgos, en sus ojos. Y había heredado la sangre clara de su madre, la sangre de cristal. Sé que un padre no debería decir esas cosas, pero pensé que, si conseguía librarte de la muerte, tú podrías vivir entre los humanos. Sin que nadie te reconociera y sin peligro. Ella, en cambio, no habría estado a salvo ni entre ecos ni entre humanos.

—Entonces decías la verdad —murmuró Jade—. A mi madre la mataron los ecos...

—A tu madre y también a tu hermana. Amber solamente se refleja en ti, Jade, es una eco del pasado. No regresará jamás. Pero, el día en que mi alma cruce el río, entonces, con la ayuda de Styx, ella me estará esperando.

Era raro. La rabia que sentía en el pecho era cada vez menor. Jade sabía que debería estar infinitamente enfadada y afectada pero, en lugar de ello, sentía un alivio ilimitado.

—Aún no sabes toda la historia —prosiguió Jakub con la voz empañada—. Hui contigo al bosque. Allí vivimos como salvajes, siempre con el miedo de que los ecos nos pudieran seguir la pista. Porque nos seguían, eso yo lo sabía. Un día nos topamos con unos espías. Creí que eran ecos, pero luego me di cuenta de que eran humanos, soldados forasteros, una patrulla de reconocimiento con perros sabuesos. Nos llevaron a un campamento y me interrogaron.

—¡La Lady!

Él asintió.

—Comprendo a Lilinn mejor de lo que te imaginas. Estaba desesperado y llevaba en el corazón la venganza como si fuera una flor ponzoñosa que no espera otra cosa más que poder abrirse. Había visto los planos del palacio de Invierno de Tishma, conocía el idioma de los ecos y muchos de sus secretos. Sabía que los reyes hermanos no congeniaban, que las rivalidades de palacio impedían reconocer los indicios. Lady Mar reunió a las tropas y aguardó la ocasión. Cuando vi que podía vengar la muerte de Tishma, la aproveché.

—¡Tú traicionaste a los reyes! —dijo Jade, estupefacta.

—Sabía que no podrías sobrevivir mucho tiempo más en los bosques conmigo. Esta es mi ciudad, y quería que tú vivieras en ella entre humanos, como una más. Nadie te reconocía, nadie podía sospechar la historia que se ocultaba detrás de nuestro destino. Así pues, ayudé a Lady Mar. Le dije que tenía que cortar el suministro de agua del palacio. Le enseñé las puertas traseras y los pasadizos secretos, los puntos flacos y la naturaleza de los ecos.

Así que esa era la parte más secreta de Jakub. Jade, de pronto, lo entendió todo, aquella opacidad que siempre había existido entre ella y su padre. Las pesadillas de Jakub y su temor por los ecos. Se sintió más desgarrada que nunca.

—¿Y esta es la vida que querías para nosotros? —le preguntó.

—Los humanos siempre fuimos esclavos, de uno u otro modo —repuso Jakub—. Pero en la ciudad Tandraj estábamos en minoría. Bajo el gobierno de Lady Mar, he procurado no poner a prueba su favor. Me encargué de que estuviésemos en contacto con las gentes del río, porque son afines a la Lady. Fui a hablar con el prefecto y la Lady se mostró agradecida. Tuvimos que ocultarnos hasta que los últimos ecos fueron vencidos y la ciudad dejó de estar sumida en el caos. Tras la guerra de Invierno, se rompieron todos los espejos. Yo logré hacerme con uno de forma subrepticia. Tómame por loco si quieres, pero durante mucho tiempo deseé encontrar en él un rostro conocido. Y guardé también los planos que logré dibujar de memoria.

»Sin duda, fueron unos tiempos difíciles, pero al final Lady Mar nos demostró su agradecimiento. El único motivo por el que hoy nosotros no estamos colgados en una jaula en la torre de la iglesia es que la Lady confía en mí y no sabe quién eres tú en realidad.

—*Sinahe*... —dijo Jade.

Jakub sonrió con tristeza.

—En el idioma de los ecos significa «Una de los nuestros». A los humanos es posible engañarlos, pero los ecos te reconocen en cuanto te ven.

Jade hundió la cabeza entre las manos e intentó ordenar sus ideas. Jamás se había sentido tan cansada y vacía, pero aquel vacío era beneficioso, era el vacío de un campo asolado por un incendio en el que por fin puede empezar a brotar algo nuevo.

«Amber y yo —se dijo—. Gemelas. Siempre tienen gemelos. Dos coronas.»

Levantó la cabeza y miró a Jakub con sorpresa. De buena gana se habría echado a reír.

—¡Los reyes! —exclamó—. Tam encontró, en efecto, a uno de los príncipes. La historia es verdadera. Sobrevivió a la guerra de Invierno y fue expulsado de la ciudad. Pero su hermano abandonó su forma en el palacio y huyó en un reflejo.

La otra conclusión le provocó un estremecimiento que le recorrió todo el cuerpo. ¡Faun! Aunque él sabía que el príncipe era eco, no se lo había dicho a ella. Y además había intentado con todas sus fuerzas mantener a Jay apartado de ella. Y Jay era capaz de oler el rastro de los ecos. «Él sabía lo que soy —se dijo—. Pero no me delató ante Tam e hizo todo lo posible por protegerme del buscador. Por eso incluso ha llegado a dejarme.»

Las noches volvieron a su memoria y se le mostraron bajo una nueva luz. Entonces se desvaneció el último resto de rencor que le quedaba.

—¿Por qué sonríes? —preguntó Jakub, asombrado.

Jade sacudió la cabeza y adoptó un aire serio.

—Creo que es el momento de que tú también conozcas mi verdad.

Jakub ni se enfadó ni se horrorizó, ni siquiera se sorprendió tanto como ella había imaginado.

—La Lady se propone una guerra sin cuartel —concluyó ella al rato—. Los rebeldes perecerán en un combate inútil. No tengo mucho tiempo.

El rostro de Jakub era más sombrío que nunca. Tenía los ojos encendidos como si tuviera fiebre.

—¿De verdad quieres entrar en palacio?

—A veces no hay más que una opción —repuso ella con voz dura—. Yo ya me he decidido. De hecho, no puedo vencer a la Lady, pero sí puedo dar una oportunidad a los ecos. Voy a entrar en el palacio, de algún modo, quizá mediante una cazadora. Y tengo que convencer a Arif y a Martyn para que me ayuden. Si no puedo llevar al príncipe al río, entonces es preciso que sea el Wila quien entre en palacio. Sangre de cristal, lo llamas así, ¿verdad?

Jakub no se dejó llevar por el entusiasmo. Se levantó y le dio la espalda, como si necesitara reflexionar él solo.

—¿Y si encuentras al príncipe y llama a los ecos? Entonces, ¿qué sucederá, Jade? Puede que al final se alíen con los humanos, pero ¿qué será de ti? Eres mestiza. Te matarán.

—¿Cómo lo sabes? —dijo Jade enfadada—. ¡Hace mucho que me encontraron! Han tenido oportunidades para matarme y, en cambio, me llaman *Sinahe*. Quizá los reyes fueran terribles y veleidosos, pero Tishma no. ¡Las cosas cambian y tenemos que cambiarlas! Si no, Lilinn morirá en unos tres días y, con ella, Elanor y tantos otros.

Jakub no contestó.

—¿Qué pasa? —gritó Jade—. ¿No quieres ayudarme o eres demasiado cobarde para ello? Sé lo que tengo que hacer y lo haré igualmente sin ti. Pero necesito los planos, Jakub, y tendrás que contarme todo lo que sepas de los ecos.

—¡Menudo dilema! —murmuró—. Dos caminos, dos abismos. La gente de la Lady me matará si saben que tienes sangre de eco. Y, si los ecos ganan, se vengarán de mí por mi traición.

—Si los ecos no ganan, Lilinn, Elanor y los rebeldes morirán —repuso Jade sin compasión—. Ya has perdido a Tishma, ahora tendrás que ver si el miedo por tu propia vida pesa más que el amor que sientes por Lilinn.

Le partía el corazón tener que forzar así a Jakub, pero, cuando su padre se volvió lentamente hacia ella, se dio cuenta de que aquel hombre que durante muchos años ella había creído que tenía que proteger era un hombre fuerte. Tenía la mirada encendida y una expresión que ella no le había visto jamás.

—Así que me tienes por un cobarde —rezongó—. Pues puedes estar bien segura de que no vamos a entrar en palacio como los cobardes por una puerta trasera. —Sonrió, y Jade sintió tanto amor por él que incluso le dolió—. Iremos por la vía directa, a través de la Puerta Dorada. Sin duda, la Lady permitirá de buena gana el paso a su delator si este le trae noticias. Previamente, tú tendrás que convencer a las gentes del río para que pongan de nuevo en marcha todas las bombas de suministro; os dibujaré el sistema de conducción del agua y los canales. Y luego tendremos que rezar para que al menos una parte de las tuberías se haya conservado intacta.

—¡Gracias! —dijo Jade de corazón.

Jakub negó con la cabeza.

—No me las des tan pronto, Jade. Te lo advierto: los ecos no son solo buenos. Son un pueblo guerrero.

Jade se echó a reír.

—Ya lo sé. A fin de cuentas, soy una de ellos.

La decisión

Arif, Martyn y Jade habían navegado río abajo con el bote pequeño al amparo de la oscuridad hasta llegar a la escalera del Larimar. Las puertas de dos hojas que daban al salón de banquetes estaban abiertas de par en par. Para no llamar la atención y evitar que las patrullas vieran el bote, lo habían entrado por la escalera y lo habían metido en la sala a oscuras.

Los cuatro estaban en la habitación de Jakub con las ventanas y los postigos bien cerrados. Había dibujos de Jakub esparcidos por todo el suelo, pero en ese instante los dos hermanos solo tenían ojos para la fotografía de Tishma. El color rojo intenso del vino que Martyn había servido brillaba a la luz de la única vela.

Reinaba un ambiente extraño, de tribulación y cautela, como si de pronto Jade y los hermanos ya no se conocieran. Jade se dio cuenta de que Martyn la miraba con un cierto respeto. Tenía el lado derecho de la cara a oscuras, mientras que en el izquierdo la luz de la pequeña vela hacía que sus rizos claros brillaran como llamas.

—Realmente, tu madre parecía humana —dijo Arif. Jade casi le podía oír los pensamientos. ¿Jade, la de las gentes del río, o Jade la eco?

Como tantas otras veces en esa tarde, Arif se frotó la frente dolorida sumido en sus pensamientos. Llevaba un moretón en el ojo, fruto de una disputa ante la iglesia puesto que, naturalmente, se había enfrentado a los cazadores para poder acercarse a Elanor.

—No sé qué es lo que más me cuesta creer —rezongó—. Que tú seas uno de ellos o que hayas ayudado a los rebeldes.

La rabia de su voz intimidó incluso a Jade. Ella pensó en Elanor, sufriendo de hambre y de sed en la jaula, y volvió a sentir esa punzada de vergüenza.

—Las cosas son como son —dijo Jakub, en tono seco—. Ahora mismo, culpar a unos a otros no nos ayudará. El tiempo corre, también para Elanor. Si hemos de hacer caso a Ben, los rebeldes ya están reuniendo sus armas.

Jade se topó con la mirada de Martyn. Por primera vez en la vida, no podía ni siquiera intuir qué estaría pensando. Él se la quedó mirando ensimismado, hasta que ella enrojeció y apartó la mirada.

—A Elanor la «tomaron bajo custodia» —dijo Jakub con énfasis—. ¡Nada menos que «bajo custodia»! Es lo que me dijeron hoy cuando estuve en casa del prefecto. Según dicen, ella no es más que un aval para que vosotros trabajéis más rápidamente y con más esmero. Bueno, ¿qué os parece? En cuanto las turbinas vuelvan a funcionar, dejarán a Elanor libre.

—¡Eso es un pacto sanguinario! —bramó Martyn—. Necesitaríamos por lo menos diez días. Y aunque den agua a Elanor y ella logre sobrevivir tanto tiempo, yo ya no creo en promesas.

Jade sintió un gran alivio en ese mismo instante. Le hubiera gustado abrazar a Martyn. Pero Arif resopló con desdén y apartó a un lado dos bocetos de Jakub.

—¿Qué pretendéis? ¿Y si las bombas dejan de funcionar? ¿Y si la corriente cambia? Los cazadores nos están vigilando: no podemos tomar el transbordador sin llamar su atención. Y, aunque pongamos en marcha las bombas, ¿quién nos asegura que el plan surtirá efecto? ¿Quién dice que el príncipe de la sangre de agua logrará emerger?

—¡Nadie! —exclamó Jade—. Pero hay algo que ocurrirá seguro si no lo intentamos por lo menos: la Lady se quedará con vuestro río. Y Elanor no será la única que sufrirá.

La expresión dura en torno a la boca de Arif se agravó.

—¿Y si los ecos regresan nos ahogarán en el río, igual que en su tiempo hizo la Lady con sus enemigos?

«¡No me lo puedo creer!» gritaba Jade en su cabeza.

—¡Pero ¿cómo puedes dudar?! Elanor va a morir, ¿es que todavía no te has dado cuenta?

Jakub le advirtió con un gesto que se refrenara. Ella prosiguió conteniéndose con dificultad:

—No se trata de aupar al príncipe al trono, sino más bien de arrebatárselo a la Lady. Nada es como antes. En otros tiempos, los ecos eran los amos de la ciudad, pero hoy esta pertenece a los humanos.

—Nada es como antes —musitó Arif. Su voz tenía un deje amargo y resignado, y Jade no pudo más que sospechar que él pensaba en sus padres y en generaciones pasadas que habían seguido a la Lady de un río a otro.

Martyn miró a su hermano de soslayo; Jade se dio cuenta de que también él ardía de impaciencia. Como hermano menor, tenía que esperar a que el mayor decidiera, pero era evidente que esa noche también para las gentes del río regían otras normas.

—Podemos hacerlo —aseveró Martyn, si bien al decirlo no se dirigió a su hermano, sino a Jade—. Si Arif decide en contra, lo respetaré, pero entonces ya se me ocurrirá algo a mí. No estoy dispuesto a ceder a la Lady una vida sin más.

Jade y Jakub contuvieron el aliento.

Arif se quedó mirando a su hermano como si no lo hubiera visto nunca.

—¿Es que ahora eres tú quien dice lo que tengo que hacer? —atronó poniéndose de pie en actitud amenazadora.

Martyn se incorporó y cruzó los brazos.

—Te diré lo que haré. Voy a mirarme detenidamente los planos y me buscaré un bote que no llame la atención. En las Peñas Rojas tenemos la barca de repuesto para cargas pequeñas. Si los planos y descripciones de Jakub están bien, esos conductos aguantarán cien años. Y aquí... —Levantó una página y señaló un canal— hay incluso un acceso a las esclusas adicionales.

—En esa época tú apenas tenías un año —dijo Arif con tono sombrío—. No te acuerdas de nada. Tú no tuviste que ver cómo los buzos intentaban rescatar sin éxito a nuestros padres.

Jade tenía las manos entrelazadas, y Jakub estaba tan nervioso que la arruga del entrecejo le partía la frente formando un surco profundo.

Los hermanos estaban en pie cara a cara, sol y luna, irreconciliables y a varias leguas de distancia.

Martyn estaba pálido.

—Tienes razón —musitó en voz baja pero con energía—. Claro que tienes razón. Pero, Arif, yo no pienso agarrarme al pasado. Por pequeña que sea la oportunidad, tengo que intentarlo.

Jade habría podido jurar que en cualquier momento Arif arremetería a gritos contra Martyn o lo abofetearía; sin embargo, en ese preciso instante, en el rostro de ese hombre rudo se dibujó una sonrisa desabrida.

—¿De verdad crees que tú lo lograrías? ¡No tienes ni la más mínima opción! Tú, pipiolo, no tienes ni idea de cómo van las corrientes. Para eso necesitamos a Nama.

Jade y Martyn empezaron a sonreír a la vez.

—¿Cuánto tiempo? —preguntó Jakub, juicioso.

—Por lo menos, medio día —respondió Arif sin apenas optimismo—. Y eso siempre que sea posible.

La fiesta

Cuando Jade, acompañada de Jakub, recorrió la plaza de la Iglesia en dirección a palacio, se dio cuenta de que la situación de los presos había empeorado. Al menos, las nubes de lluvia, suspendidas sobre la ciudad bajo un cielo vespertino de color celeste, aliviaban un poco el calor. Con todo, muchos gritaban de sed y otros yacían, inmóviles, en las jaulas. Jade y Jakub aminoraron el paso de modo involuntario, y ella observó que su padre intentaba encontrar la jaula de Lilinn. Ella no la vio, pero se dijo que tal vez fuera porque estaban demasiado lejos.

—Venga, sigamos —le ordenó con energía. Jakub tragó saliva y se apresuró.

Las calles frente al recinto palaciego parecían barridas de gente. Jade echó un vistazo de soslayo a los postigos dispuestos en barricada de las ventanas y se preguntó si los rebeldes la estarían observando. El vestido de color azul grisáceo que había desempolvado crujía a cada paso. Llevaba recogido el cabello, atado a la nuca con una cinta de seda. Ninguno de los cinturones que tenía le había parecido adecuado para una ocasión festiva, así que había cortado sin más un ribete de color lila de una cortina. «¿Tanía me reconocerá vestida de este modo? —se preguntó—. ¿O disparará sin más al ver que me dirijo ante la Lady?» Sintió de nuevo un cosquilleo incómodo en la nuca al imaginarse los cañones de fusil siguiéndolos a cada paso como perros guardianes. «Por favor, ahora no —rogó en silencio—. Por favor, que no sea en las próximas horas. Que los rebeldes aguarden el tiempo suficiente para atacar.»

Había además otra cosa que la preocupaba: en las pocas horas de sueño inquieto que había tenido, no había recibido ninguna llamada del príncipe. «Está vivo —se tranquilizó—. Amber me lo ha dicho, y yo misma lo he oído.»

—Pon una cara más alegre —le advirtió Jakub—. No vamos al patíbulo, sino que nos sentimos honrados por poder traicionar a nuestra cocinera y a sus secuaces, ¿o acaso lo has olvidado?

Jade sonrió con nerviosismo y asintió. Su aplomo era un consuelo para ella. Tenía que admitir que se sentía infinitamente orgullosa de Jakub. Se había afeitado e iba vestido con su casaca de terciopelo azul y los pantalones claros. A los ojos de Jade, tenía la apariencia de un rey y manifestaba una confianza en sí mismo que la tenía asombrada.

El muro liso del palacio surgió amenazador ante a ellos. Una hilera de centinelas les cerraba el paso al interior. Jakub, sin vacilar, se acercó al primer soldado de la puerta y le mostró su autorización con el sello del lirio.

—Jakub Livonius —dijo tranquilamente—. A mi hija y a mí nos esperan en palacio.

El centinela rompió el sello y escrutó durante tanto tiempo el rostro de Jade que a ella le pareció que su sonrisa amable pasaba a ser una máscara rígida.

—¡Registradlos! —atronó el centinela.

Dos hombres dieron un paso al frente y palparon a Jade y a Jakub en busca de armas. Llegaron a registrar la falda de Jade, hurgando incluso en el dobladillo por si llevaba algún objeto cosido en él. Jade contaba con todo aquello, pero cuando un centinela le manoseó el pelo se tuvo que dominar para permanecer quieta y con la boca cerrada. Se estremeció al pensar que había llegado a considerar la posibilidad de llevar un fragmento de cristal consigo.

—¡Adelante! —gritó el centinela.

La primera sorpresa fue la Puerta Dorada. Vista de cerca, no era dorada, sino de un color amarillo deslucido. Parecía esperarlos con una sonrisa de barrotes muy apretados, y Jade se sintió sobrecogida cuando pasó por ella y entró en el pequeño y sombreado patio interior. Recinto interno, primer patio interior, pasillo, segundo patio interior, escalera, salas de audiencia... mientras avanzaba junto a Jakub iba repitiendo mentalmente la letanía que se había aprendido de memoria horas atrás.

Había también otra cosa que le preocupaba, a pesar de que hasta el momento había conseguido alejarla de su cabeza: ojalá Faun no estuviera en palacio. La idea de que le pudiera ocurrir algo, le hacía sentir inquieta y nerviosa. ¡El príncipe! se amonestó. Piensa solo en el príncipe. Se concentró en aguzar el oído, percibir su llamada, y al momento se tranquilizó.

El recinto palaciego era otro mundo. Dentro del patio pequeño que atravesaban entonces, incluso los ruidos parecían distintos. Fuera, en el mercado, todas las palabras resonaban con claridad, mientras que allí, en cambio, todo se oía suave y apagado. Tras las ventanas tapadas con cortinas, Jade solo podía adivinar movimientos. Se veían arcadas y galerías de piedra que conducían a los salones de fiesta.

—Así era antes todo el palacio —musitó Jakub—. Detrás de las arcadas del gran patio interior, están los salones antiguos.

Jade inclinó la cabeza hacia atrás y contó cinco plantas. En algún lugar detrás de aquellos muros estaba el príncipe, aunque, al ver las enormes dimensiones del edificio, se desanimó. ¿Habrá agua suficiente? «¿Y si Martyn y Arif no lo consiguen?»

Jakub mostró de nuevo su autorización ante una puerta estrecha; allí les permitieron pasar y les hicieron esperar. Al fin asomó un criado anciano que les invitó a seguirlo.

Jade creía que oiría música o voces, pero en el palacio reinaba un silencio sepulcral. No había ascensores, y los pasos retumbaban por la escalera. Los pasadizos eran largos y grises, y no había nada fastuoso. Todo era mate y sin brillo; las paredes y suelos, en otros tiempos resplandecientes, estaban deslustrados; los techos habían sido pintados de negro, y los visillos que cubrían las ventanas eran de color blanquecino.

—Esperad aquí —dijo el criado señalando una gran puerta de dos hojas.

Jakub asintió, y el hombre desapareció apresuradamente. Las paredes absorbieron con rapidez el ruido de sus pasos. Jade cerró los ojos. Ninguna señal. No oía ni sentía nada. Mentalmente vio avanzar su reloj y se puso nerviosa. Además, aquel silencio espeso a su alrededor agravaba su desazón. Como si hubieran esperado a que tuviera un momento de tranquilidad, sus temores asomaron de pronto entonando una letanía desacompasada de todas las catástrofes posibles.

—¿Y si nos llaman a consulta a los dos? —musitó Jade.

—Sería la primera vez —repuso Jakub—. Como me conocen, seguro que me dejan entrar. Intentaré entretenerlos al menos durante media hora. Pero no tenemos más tiempo. Solo podemos rezar para que Arif y Martyn lo consigan. —Su voz transmitió a Jade su inquietud. Él miró con cautela a su alrededor y se inclinó tanto hacia Jade que ella notó su aliento en la oreja—. Atiende bien. ¿De verdad está aquí? ¿Te llama?

Jade se mordió los labios.

—No lo sé —respondió con vaguedad.

Iba a decirle más cosas, pero Jakub le hizo un gesto de advertencia y posó el dedo índice en sus labios. Ella entonces oyó algo: pisadas firmes de botas dando rítmicamente contra el suelo.

Eran cuatro lores seguidos por un grupo de cazadores. Avanzaban por el pasadizo como un cortejo fúnebre, aunque su ritmo era demasiado rápido para serlo. Sus vestimentas negras apenas destacaban de las paredes; únicamente sus caras eran tan luminosas que parecían antifaces. Con todo, la Lady, que iba en el centro, era la única que llevaba máscara de verdad.

Jade sintió de pronto que las piernas le flaqueaban. «Está ocurriendo —se dijo—. Ya no hay vuelta atrás.»

Había visto en innumerables ocasiones a la Lady en sus pesadillas y también, de lejos, en su nave dorada. Su apariencia entonces había sido majestuosa y temible; por eso le sorprendió encontrarse con una mujer esbelta con el paso flexible y rápido de una cazadora. La cabellera rojiza le caía sobre su ropaje negro enmarcando así su antifaz de hierro. «Parece una máscara mortuoria», se dijo Jade.

—Media hora —le dijo Jakub con un murmullo.

Se estrecharon las manos un segundo para darse ánimos y luego se soltaron. Jakub se inclinó, y Jade hizo la reverencia que aquella misma tarde había practicado con Jakub. Entre su escolta de lores, la soberana pasó como una exhalación ante ellos sin dignarse siquiera dirigirles una mirada. Cuando Jade bajó la cabeza en actitud de humildad, observó que la Lady llevaba incluso guantes negros. Su vestidura no permitía entrever ni una pizca de su piel. La mano negra se levantó de pronto en alto, y el séquito se detuvo al instante.

—¡Alzaos! —ordenó un lord.

Jade se incorporó titubeante y se quedó petrificada. La Lady la miraba de hito en hito, lúgubre como el cuarzo ahumado, y con una mirada tan penetrante y nítida como una piedra preciosa. Jade sintió un escalofrío que le recorría la espalda.

—¡Jakub! —dijo la Lady—. De todos mis delatores, el más entretenido.

Tenía una voz melodiosa y sonora, y casi parecía que sonreía detrás de la máscara. En el aire pareció que retumbaba un tono sordo; a Jade se le erizaron todos los pelos. De pronto tuvo la impresión de que la Lady se alzaba ante ellos, y que un aura de oscuridad cegadora atraía hacia sí toda palabra y ruido. «¿Por qué detrás de la máscara su voz no suena más sorda y menos nítida?», se preguntó Jade, intrigada.

Si Jakub sentía algún miedo, no lo dejó entrever.

—Milady —dijo volviéndose a inclinar—. Os agradezco el honor de poder hablaros.

La Lady volvió la cabeza de golpe. Sus ojos fríos y grises se volvieron a clavar en Jade. A ella, el corazón le dio un vuelco. Durante un segundo tuvo la certeza de que primero la convocarían a ella a la

Sala de Audiencias. Pero entonces la Lady apartó la vista. La mano negra hizo una indicación, apenas perceptible, a un lord.

—Síguenos —ordenó él y, volviéndose a Jade añadió—: Solo él; tú, no.

Jakub le dirigió una mirada autoritaria, y Jade, obediente, hizo de nuevo una reverencia y murmuró:

—Encantada, milord.

Tal como Jakub le había recomendado encarecidamente, se quedó quieta en esa posición y con la cabeza agachada. Aguantar tanto rato inmóvil puso a prueba el temple de Jade, puesto que la inquietud la hacía temblar. Las puertas de doble hoja tardaron una eternidad en cerrarse. Apenas se oyó el cerrojo, se incorporó y corrió hasta al final de corredor. Se detuvo en aquel cruce de pasadizos y aguzó el oído. El silencio la exasperaba. ¿Y si, pese a todo, se había equivocado? Al cabo de otros cinco minutos no pudo aguantar más. «¿Dónde me ocultaría yo?», se preguntó. ¿Tal vez en la antigua sala del trono? En cualquier caso, tenía que ser en alguna sala en la que hubiera vivido antes. Dibujó en su mente el plano que había memorizado y visualizó rápidamente el recorrido. Todavía quedaban cuatro pasillos para llegar al edificio del patio interior de mármol que constituía el núcleo del palacio. Ver los pasadizos esbozados en el plano de Jakub era una cosa, pero tener que recorrerlos era otra muy distinta. Al llegar al segundo estaba jadeando. Se detuvo y empleó todos sus sentidos para intentar captar cualquier vibración, pero la llamada del príncipe había enmudecido, como si nunca hubiera existido. «¿Por dónde andas?», susurró. A pesar de que no había topado aún con nadie, oyó voces y risas, e incluso música. El vocerío aumentó y notó que algo vibraba cerca de ella. ¡Eran los invitados de una fiesta! Buscó frenéticamente otras alternativas, se recogió la falda y dobló la esquina corriendo. Cuando la puerta que tenía al lado se abrió, supo que la acústica de aquel extraño edificio le había gastado una mala pasada. Las risas se colaron en el silencio del pasillo, y un grupo de personas enmascaradas salió atropelladamente de una sala. La seda mate y deslustrada crujió. Una dama noble gritó cuando chocó contra Jade y dio un traspié. Jade retrocedió y quiso huir, pero era demasiado tarde. Un brazo la tenía firmemente agarrada por la cintura.

—¿A quién tenemos aquí? ¡Pero si es la flor azul de mis deseos!

Un aliento que apestaba a ceniza y a vino le dio en la cara mientras el enmascarado se reía a carcajadas de su propia gracia. Al ver el modo en que sus acompañantes secundaban su gracia, Jade supo que aquel era el señor.

—¿Por qué no estás aún en la fiesta?

El hombre hizo girar a Jade como si estuvieran bailando, y la soltó en medio del impulso. Otro hombre la agarró.

—¡Déjala, Davan! —dijo en tono desabrido.

¡Davan! El enmascarado era un lord. Jade lo había visto a menudo de lejos, sentado en su carroza. Entonces, a pesar de la máscara, reconoció su figura achaparrada y el pelo corto, oscuro y untoso como la piel de una nutria.

Como ella no había respondido, la amabilidad del lord se desvaneció de inmediato.

—¡Exijo una respuesta! —rezongó.

—No he sido invitada, milord —respondió Jade tan sumisa como pudo—. Espero a mi padre, que tiene audiencia...

—En tal caso, ahora será tu padre el que te espere a ti —exclamó el lord—. Traedla. Quiero verla bailar.

Jade estuvo a punto de soltar una maldición, pero no tenía otra opción. Al instante se vio rodeada y jaleada por el grupo. Unas manos la asieron y la empujaron sin delicadeza alguna, mientras las damas nobles se burlaban de su vestido y le tiraban del cinturón. Jade miró al hombre que la había agarrado y, para su sorpresa, reconoció en él a otro lord. Recordó que se llamaba Lomar. Apenas se dejaba ver en la ciudad, pero, como había perdido un ojo en una lucha de espadas contra la Lady, todo el mundo lo conocía. En aquel grupo embriagado y divertido, era el único que se mantenía circunspecto y prudente.

Jade era conducida en la dirección equivocada y, por lo menos, a dos pasillos de los salones antiguos. Su pensamiento bullía. Tenía que buscar el momento oportuno y huir. La música sonaba: unas flautas agudas y casi estridentes, y unos timbales sordos. Al instante siguiente, Jade se vio empujada al interior de una sala muy iluminada. Las velas estaban encendidas, pero en las largas mesas del banquete había también lámparas de vidrio mateado. El ambiente olía a azafrán, miel y carne asada, y, con todo, el banquete resultaba extraño. Las bandejas de plata, esmeradamente deslustradas, no brillaban, y ninguna copa de vino refulgía bajo la luz de las velas.

—Bueno, florecita —atronó lord Davan riéndose—. Aquí es donde vas a bailar.

Jade miró a su alrededor. Notó que la brisa de la tarde le refrescaba las mejillas ardientes y entrevió unas ventanas altas y unas puertas de doble hoja sin cristal. Aquello explicaba por qué la sala parecía tan vacía a primera vista: los invitados se encontraban fuera, en el pasadizo de la galería. En medio de todo aquel caos, vislumbró una posibilidad. «Tal vez pueda escaparme por la galería y colarme en una de las salas contiguas.»

—¡Eh! —gritó lord Davan a uno de los criados—. ¡Más vino!

El líquido oscuro se derramó fresco sobre la piel de Jade cuando uno de los nobles le puso en la mano una copa sin ninguna delicadeza. El lord se la quedó mirando muy fijamente, y a ella no le quedó más remedio que obedecer. ¿Cuánto tiempo le quedaba hasta que Martyn lograra abrir las esclusas? ¿Quince minutos? ¿Veinte, acaso? «Y eso —se dijo—, siempre y cuando todo vaya bien.» El temor por Martyn le hizo un nudo en el estómago; rápidamente se puso la copa en los labios y tomó un trago. El poso de ceniza tenía un sabor seco y algo amargo, y el vino se le quedó prendido en la lengua como un aceite pesado y dulce. El aroma a incienso y frambuesas trepó hasta su nariz.

—¿Qué fiesta es esta, milord? —preguntó en voz alta.

Todos la miraron asombrados, y el lord se atragantó. «Solo responder, nunca preguntar», entonces recordó la advertencia de Jakub. Tuvo la certeza de que a continuación el lord la haría arrestar, pero este se echó a reír a carcajadas, como si aquello fuera una ocurrencia muy buena.

—¡Y encima, indiscreta! Ven, echa un vistazo a la fiesta que estamos celebrando.

Jade pasó ante el lord al pasadizo de la galería e, inmediatamente, buscó una vía de escape. El lugar estaba abarrotado de gente que se agolpaba en la balaustrada de piedra mirando el patio interior. Eran demasiados para abrirse paso sin llamar la atención.

Lord Davan agarró a Jade por la muñeca y la llevó hasta la barandilla. Los nobles le abrieron paso con respeto.

—Ahí abajo —dijo entonces él con los ojos encendidos— se celebra la Fiesta de la Venganza.

Jade siguió su mirada y se quedó petrificada. Unas antorchas iluminaban el patio. Los papagayos estaban posados en unos postes de un metro de altura, como si fueran flores decorativas de colores, y erizaban nerviosos el plumaje. Allí los rugidos de los leones y los gruñidos y bufidos de las panteras de las nieves sonaban con tal intensidad que Jade sintió náuseas. Con todo, lo peor eran las jaulas. Había cinco. Y en su interior, los presos se apretaban contra las rejas. Fue entonces cuando Jade se dio cuenta de por qué no había visto la jaula de Lilinn en la iglesia. Su cabellera rubia brillaba bajo la luz de las antorchas.

«Tengo que marcharme de aquí de inmediato —se gritaba Jade mentalmente—. ¡Esto va mal! ¡Todo está saliendo muy mal!»

—Esto es la arena. —Lord Davan señaló con un gesto todo el patio—. Y ahí abajo los asesinos van a recibir lo que merecen. Morir de sed habría sido demasiado poco para ellos. Quien mata como una bestia, merece morir a manos de otra.

Jade tuvo que apartar la vista de las jaulas. Entonces reparó en los nobles que había de pie en la galería del lado opuesto. Solo había uno que no llevaba máscara. Y no miraba la arena sino que, incrédulo, tenía la vista clavada en Jade. De pronto tuvo la impresión de estar precipitándose sin remedio en la boca de un abismo.

¡Faun!

Había perdido peso, estaba más delgado, y eso no hacía más que destacar su sobria belleza. Durante un largo y mágico instante, sus miradas se encontraron por encima del patio. Jade notó como si tocara a la vez fuego y hielo: desesperación, amor, preocupación… y la decisión estratégica y controlada de actuar a toda costa.

La voz de lord Davan la devolvió súbitamente a la realidad:

—¡Ya podéis rezar, asesinos! —vociferó él hacia el patio—. ¡Estos son vuestros últimos minutos de vida!

Jade retrocedió, vacilante, y tomó aire. «Tranquilízate —se ordenó—. No pienses en Lilinn. El Príncipe de Invierno, ahora solo importa el Príncipe de Invierno.» Lord Davan se inclinó por encima de la balaustrada buscando con la vista los animales de presa. Jade aprovechó la distracción, se giró y se precipitó de nuevo hacia el interior del salón. Mientras corría, agarró un cuchillo de la mesa y se dirigió hacia la puerta. Primero pensó que el grito que acababa de oír a su espalda era por las bestias, pero entonces sonó el primer disparo.

Jade iba ya a cruzar la puerta a toda prisa cuando una escolta de cazadores entró precipitadamente en la sala. Las manchas de hollín en la piel de aquella tropa les daban una apariencia demoníaca. El olor intenso a cuero quemado recorrió la estancia. Jade tragó saliva. Tanía ya había atacado. Entonces reconoció a la cabecilla de los cazadores. Cuando Moira la vio, sus ojos grises se abrieron de asombro; sin embargo, la cazadora no vaciló ni un instante y atravesó la sala pasando por delante de ella.

—¡Un traidor en las propias filas! —gritó a los lores—. Los rebeldes penetran en el palacio por la casa de las fieras. ¡Apartaos de la galería!

En aquel instante se oyó el segundo disparo. El grupo de invitados enmudeció y retrocedió. Solo uno de los nobles, que llevaba una máscara de zorro, permaneció en su sitio. Se volvió lentamente hacia Moira y entonces se agarró el pecho. La sangre le tiñó los dedos. Abrió la boca como si fuera a decir algo, y luego cayó al suelo. Desde la arena un grito triunfante se elevó por encima de los rugidos de los leones. Entonces se hizo el caos. Los nobles retrocedieron hacia el interior de la sala, y los cazadores y los centinelas fueron desde el pasillo a la galería.

—¡Al suelo!

Moira propinó un golpe a Jade. Esta se puso a cubierto, se arrastró hasta una de las mesas del festín y desde allí se dirigió hacia una de las puertas laterales más estrechas que daban a la galería.

Su mano entonces tocó algo húmedo y se sobresaltó. ¿Vino derramado? Jade se miró la mano y estuvo a punto de gritar de alivio. ¡Martyn lo había conseguido! Levantó la cabeza. En efecto: el agua brotaba por una de las paredes y se deslizaba por el suelo. Aunque las otras tres paredes todavía estaban secas, también allí el líquido estaba empezando a llegar, dibujando primero un borde dentado oscuro, unas manchas en la piedra, como si unos dedos negros atravesaran los resquicios entre el techo y la pared para palpar la sala. Los dedos se fueron alargando cada vez más hasta que se convirtieron en chorros. Así que aquellas habían sido las fuentes de los reyes: unas paredes hechas de agua donde ellos se podían reflejar. Estuvo a punto de echarse a reír de lo simple que era la solución.

Sin embargo, en ese mismo instante, un ruido estridente y metálico le atravesó los oídos. «¡Es la llamada!», se dijo. Un movimiento la sobresaltó y no pudo más que sonreír. Era Amber que, con el aspecto de Jade, sonreía y le señalaba los salones antiguos.

—¡Gracias! —susurró Jade.

Al momento, una detonación sorda sacudió el suelo. En algún lugar del palacio se había producido una explosión. El polvo se coló por debajo de la puerta. Jade se incorporó y corrió agachada hacia la galería. Aunque posiblemente tendría que encaramarse, aquella era su única salida.

En la galería nadie había reparado en la explosión, y la lucha era enconada. Jade dio un paso atrás cuando un rebelde se encaramó por la barandilla y disparó de cerca a un cazador. El hombre cayó contra la balaustrada agarrándose el costado. En un segundo, el color abandonó su rostro contrito, pero, aun así, consiguió mantenerse en pie. Al momento siguiente, el rebelde gritó y levantó los brazos. La pistola le cayó de las manos y se deslizó por el suelo hasta caer frente a los pies de Jade. Acto seguido, el rebelde se precipitó de nuevo a la arena. Moira bajó el arma. Jade tomó con decisión la pistola y se abalanzó hacia la balaustrada. Vio que en ese mismo momento Moira se lanzaba hacia delante para apartar al cazador herido de la línea de tiro; sin embargo, lord Davan se le adelantó y, riéndose, empujó sin más al cazador por la barandilla ante la mirada atónita de Moira. El grito de estupor del hombre al caer estremeció a Jade. Súbitamente calló.

—¡Nada de perdedores! —masculló lord Davan—. Lucharemos hasta el último cazador.

Los disparos resonaron en los oídos de Jade cuando se encaramó a la barandilla y trepó hasta la sala siguiente. Debajo de ella, la arena era un hervidero. Jade contempló los anclajes hechos con ganchos de carne que sostenían las cuerdas de las galerías. Los rebeldes, como piratas al abordaje, trepaban con agilidad simiesca. Tanía estaba en lo cierto. Tal vez eran poco más de trescientos, pero luchaban con todo lo que tenían: cuchillos, armas, espadas e incluso flechas. Sin embargo, por numerosos y resueltos que fueran, estaban en franca desventaja respecto a las patrullas que avanzaban.

De pronto, cerca de Jade asomó un rostro conocido. La rebelde rezongó mientras saltaba por la barandilla con expresión resuelta. No se daba cuenta de que un cazador la había descubierto. Luego todo ocurrió muy rápidamente. Jade apoyó la pierna derecha entre las columnas de la balaustrada de piedra. Con la mano que le quedaba desocupada, sacó el cuchillo del cinturón, lo lanzó con todas sus fuerzas y afortunadamente dio en el blanco. «Lilinn estaría orgullosa de mí», se dijo satisfecha. El cazador se dobló hacia un lado con el filo clavado en el brazo. El disparo retumbó.

—¡Nell! —bramó Jade—. ¡Aquí!

La rebelde abrió la boca de asombro al ver a Jade, pero reaccionó con una agilidad sorprendente y le agarró de la mano. Con todas sus fuerzas, ayudó a Jade a pasar por encima de la balaustrada y juntas corrieron los últimos metros hasta llegar a la siguiente sala.

—¡Es una de ellos! —oyó que gritaba lord Davan.

Las balas les silbaron cerca de las orejas, les cayeron encima varios cascotes, y una bala desgarró la falda de Jade. Un dolor intenso le atravesó el hombro y entonces se arrojó al suelo con Nell y ambas se arrastraron fuera de la línea de tiro pasando por encima de un charco.

—¿Te ha dado? —gritó Nell.

Aunque a Jade le ardía el hombro, apretó los dientes y negó con la cabeza.

—¡Vamos, ven conmigo! —rezongó Jade poniéndose de pie. Nell calló y obedeció.

—¡Llamad al buscador! —ordenó una voz siniestra de mujer que recorrió como un escalofrío la espalda de jade. ¡Era la Lady!

«¡Ojalá Jakub esté a salvo! —suplicó para sí—. ¡Ojalá nadie haya matado a Faun!»

Mientras corría, intercambió una mirada nerviosa con Nell. Luego, ambas redoblaron sus esfuerzos. El agua les salpicaba conforme avanzaban a toda velocidad por los pasillos inundados. Jade oyó disparos, gritos y el ruido de cristales rotos. Detrás de los visillos relampagueaban luces, acaso el fogueo de armas. O... tal vez era el chisporroteo de las llamas. ¿Acaso los rebeldes habían prendido fuego al palacio?

—¡Están allí! —bramó lord Davan.

Jade agarró por la muñeca a Nell, que jadeaba, y la atrajo hacia sí. A una velocidad de vértigo, doblaron la esquina y entraron en el pasillo siguiente. ¡Por lo menos, una pausa breve para tomar aire! A continuación, otra explosión hizo trastabillar a Jade. La onda expansiva rizó las aguas.

—Dime, ¿qué demonios pretendéis? —masculló a Nell.

La rebelde la miró con espanto.

—El maestro artillero está de nuestro lado. Tanía quiere acceder por las murallas. La casa de las fieras solo ha sido una maniobra de distracción.

«¿Y tú eres la cabeza de turco de Tanía?», estuvo a punto de añadir Jade con enfado.

El pasillo estaba vacío y solo se oía un chapoteo. Agua contra la piedra tosca. Creció, se aproximó, prosiguió por las paredes y finalmente ocupó toda la sala.

—¡Por allí! —musitó Nell señalando una puerta amplia. Jade repasó mentalmente el plano del palacio y asintió. ¡Era la antigua Sala del Trono!

Las dos echaron a correr. Llegaron justo a tiempo. Lo último que Jade logró entrever por la rendija de la puerta, antes de que ella y Nell la cerraran con un estruendo atronador y la bloquearan con una aldaba de madera, fue un grupo de cazadores y lores corriendo. La puerta era tan gruesa que apenas vibraba bajo las patadas de rabia que recibía.

Jade se dio la vuelta y miró a su alrededor. El agua brotaba de la pared y se extendía por el suelo como una superficie reflectante. Las cortinas se henchían por la presencia del líquido frío en aquel aire cálido de verano.

Sin embargo, había algo allí que no encajaba. El agua del Wila fluía por las salas, pero seguía sin ocurrir nada. Jade miró al suelo sin saber qué hacer y no encontró ninguna imagen, ningún eco, ningún reflejo. Ni siquiera Amber estaba allí; en su lugar, solo vio una Jade pálida que le resultaba terriblemente desconocida.

La puerta se sacudía con más fuerza.

—¿Dónde estás? —gritó Jade.

El hombro le dolía y de pronto se sintió tan débil y desanimada que cayó de rodillas al suelo. Cerró los ojos y aguzó el oído. En aquella sala, los tiros sonaban amortiguados.

—Van a entrar —dijo Nell con voz aguda a causa del espanto—. Vamos, sigamos. Allí delante hay otra puerta.

—Chissst —susurró Jade.

Percibió bajo las aguas apenas un murmullo. Notó también una sacudida en el pecho, aunque supo que no era una llamada. Jade torció el rostro, se puso en pie y avanzó a tientas hacia un lado con los ojos cerrados. Allí la sacudida era más intensa, como una punzada de aguja en la sien; gimió y apartó la cabeza. Luego notó un suave zarandeo en los hombros y en las piernas, como si estuviera nadando en el Wila y se dejara llevar por la corriente. Jade se resistió, aturdida, pero al fin cedió y se dejó guiar por esa sensación. ¡Tenía que salir de la Sala del Trono!

Jade dio un traspié y a punto estuvo de perder el equilibrio. Apenas oyó cómo Nell cerraba la segunda puerta detrás de ellas y la intentaba persuadir de alguna cosa. Avanzaba con los párpados firmemente apretados, cada vez más rápido, y de golpe estuvo situada en el centro de un remolino invisible. Esperaba encontrarse con un eco y abrió los ojos, pero tuvo una decepción. No había más que un pasillo amplio, y resultaba evidente que había dejado de utilizarse. A sus lados se apilaban columnas decoradas, postes de madera y restos de muebles cortados para ser quemados. En un rincón había un montón desordenado de hurgones y pinzas ricamente forjados. Con todo, del Príncipe no había ni rastro.

Jade levantó la mirada con estupor. Una gota gélida fue a caerle en la frente. Y luego otra. Parpadeó y miró con atención. En el techo había un arco de ropa que colgaba. El tejido se había empapado. Era evidente que el techo había sido cubierto con una tela oscura.

Tras comprobar la sujeción de las cortinas, Jade se ajustó el dobladillo de la falda en el cinturón para liberar las piernas, agarró la tela de las cortinas, la retorció y formó un bulto a modo de cuerda.

—¡Pero ¿qué pretendes?! —gritó Nell.

—¡Vigila la puerta! —exclamó Jade quitándose la pistola del cinturón y lanzándosela a la rebelde.

Entonces empezó a trepar. Tomó aire: aunque el hombro le dolía endiabladamente, eso no la detuvo y fue aupándose hacia arriba hasta llegar cerca del techo. Se agarró fuertemente con las piernas a aquella cuerda improvisada y extendió la mano hacia la tela del techo, que se le escapó entre los dedos. Jade renegó. Los golpes contra la puerta al final del pasillo cada vez eran más fuertes y la madera oscilaba y crujía.

—¡Jade! —gritó Nell—. ¡Sea lo que sea lo que estés haciendo, apresúrate!

Jade tragó saliva. Se dejó resbalar un poco hacia abajo y luego tomó impulso para apartarse tanto como pudo de la pared. A continuación, se agarró con las dos manos al tejido con toda la fuerza de la que fue capaz. Dos uñas se le rompieron y luego su propio peso la llevó hacia abajo. La cuerda de tela osciló atrás sin ella, volteó sobre sí misma y se abrió como una bailarina graciosa. Por unos instantes, Jade quedó suspendida debatiéndose desesperada mientras la tela se extendía y sus dedos amenazaban con soltarse. Apretó los dientes con fuerza e, impulsándose aún con las piernas, el tejido por fin se rasgó con un chasquido. El agua gélida del Wila la empapó, penetró en su nariz y su sabor amargo le empapó la lengua. Agarrada al jirón roto, descendió con tal rapidez al suelo que tuvo que gritar. Oyó el gemido de espanto de Nell, y al final el impacto la dejó sin aliento. Llegó al suelo dolorida, se dio la vuelta y se quedó de espaldas, justo al lado de un montón de leña. Unas olas le lamían los hombros y le acariciaban el pelo. «Todo ha terminado —se dijo—. He muerto.»

Sobre ella oscilaba un cielo de piedra que refulgía a través de la amplia hendidura de ropa. Sonrió sin ganas. Los reyes Tandraj eran unos soberanos vanidosos. Lo que aquel pedazo de ropa ocultaba era un fresco en el techo. En él se veían unas nubes henchidas y brillantes de color plata. La cinta verde del Wila atravesaba longitudinalmente toda la escena. Y en el centro de la corriente, sentados en unos tronos hechos de flores de loto y maderas flotantes, había dos hombres coronados.

No. En realidad, no eran hombres, sino unas siluetas semejantes a los humanos y muy luminosas. Ecos.

—Tandraj —susurró Jade.

En otro trono, los futuros reyes se cogían de las manos: eran unos gemelos de apenas un año de edad. El artista había dado a todos los personajes unos ojos de oro brillante y pulido. El tiempo había desgastado la pintura. La imagen del príncipe de la derecha estaba ajada y solo parecía una copia sin vida. En cambio, a Jade le pareció que el príncipe de la izquierda la miraba con sus ojos dorados.

Aturdida, se puso en pie. El agua le resbalaba por el cabello como un torrente. La imagen reflejada de la pintura osciló en el suelo hasta quedar quieta. En ocasiones, los gemelos eco parecían sonreír con el vaivén del agua mientras que en otras miraban furiosos. Entonces el reflejo se detuvo. No pasó nada, pero todo cambió. El aire se volvió más blando y más espeso, y Jade sintió un cosquilleo en la piel, como un impulso eléctrico. Ocurrió una especie de inhalación invertida, que de pronto parecía aspirarlo todo y vaciarle el pecho. El agua se detuvo como si estuviera helada. Por un instante, todo quedó en calma. Hubo un suspiro de alivio.

Y empezó.

Sangre de agua

La silueta de un niño emergió de aquel espejo de agua, no muy lejos de Jade. Primero fue un hombro, y luego la cabeza y los brazos que se alargaron y se afinaron. Los años recorrieron aquella figura con cada respiración. Jade observó con asombro cómo el rostro iba perdiendo su inocencia y se volvía más marcado y adulto. Y cuando, con gesto ágil, el Príncipe de Invierno se incorporó e inspiró profundamente, ya había alcanzado los dieciocho años. Ante Jade se alzó un hombre joven de ojos verdes como el río y piel blanca. Aunque irradiaba el frío de las aguas, no era eso lo único que hacía castañear los dientes a Jade. Ella recordaba la advertencia de Jakub: «Son un pueblo guerrero». Y en esos ojos había dieciocho años de ira. Cuando el príncipe dio un paso hacia Jade, ella retrocedió de inmediato. Él la miraba con hostilidad, era evidente que la había reconocido. Jade era medio eco y medio humana, ¿la mataría?

—No somos enemigos —susurró ella.

Aunque no sabía si él le comprendía, notó de nuevo la sacudida en el pecho y unos pensamientos que se extendían hacia ella como dedos invisibles. Entonces él se precipitó hacia delante. Jade cayó hacia atrás al suelo con un grito, y levantó el brazo para protegerse el rostro. Oyó la voz de Nell y un chasquido metálico, pero no notó golpe alguno. Cuando se atrevió a mirar, vio que el príncipe solo había cogido una barra de hierro que estaba junto a ella. Mientras Jade, aterrorizada, todavía tenía la vista clavada en el arma, él la saludó con la cabeza y corrió hacia el centro del pasillo con el andar flexible y deslizante de los ecos. Su grito en el sueño de Jade había sido un sonido desacorde, pero entonces, cuando el príncipe dobló la cabeza atrás y abrió la boca, fue tan nítido, penetrante e intenso que incluso el agua se agitó. Jade cerró los ojos y notó su corazón estremecido. «Sinahe», se dijo, y por un instante fue simplemente feliz.

Unos crujidos y chasquidos la apartaron de aquel arrobamiento. Al instante volvió en sí y se puso en pie. El agua a su alrededor burbujeaba como en plena tormenta. Unas siluetas emergieron del agua, perdieron su transparencia y adoptaron facciones de persona y unos ojos verdes que brillaban de rabia. Parecían humanos, pero la agilidad de sus movimientos los delataba. En el mismo instante en que los cazadores derribaron la puerta y se abalanzaron en el interior de la sala, los ecos regresaron por completo a la vida. Uno de los cazadores dio un traspié de sorpresa, e incluso los cinco lores que los seguían enarbolando las espadas vacilaron.

Se encontraron de pronto con una tropa de hombres y mujeres guerreros armados con varas metálicas y palos de madera. Por su expresión, los ecos los habían reconocido, y, según pudo ver Jade, también los lores se dieron cuenta de que la guerra iniciada dieciocho años atrás todavía no había terminado. Solo había alguien cuyos pensamientos eran imposibles de adivinar. La inexpresiva máscara de hierro de la Lady marcaba un curioso contraste con sus gestos autoritarios y su voz.

—¡Matadlos!

Jade asió una vara metálica rota, que posiblemente en otros tiempos había sido un hurgón. En el instante en que la enarboló, una bandada de pájaros revoloteó por encima de su cabeza. Las urracas azules de Tam.

«¡Faun!»

La ira acumulada durante tantos años estalló como si desde el ataque al palacio de los reyes eco apenas hiciera unos minutos. A Jade le costaba seguir con la vista a los ecos, tal era su rapidez respecto a sus adversarios. Se oyeron unos disparos, estallaron unos cristales y en la estancia penetró un humo negro que enturbió la visión. En el fragor de la batalla, Jade vislumbró por un instante el rostro de Tam. Un centinela alzó su espada y Jade levantó la vara a tiempo. La sacudida del impacto le recorrió la muñeca y le llegó hasta el hombro. Entonces un eco salió en su ayuda y se interpuso entre ella y el centinela. Jade se agachó y corrió hacia la puerta. La rapidez con que la sangre le recorría los oídos le impedía oír el estrépito y los choques de las espadas. Topó con el pie con algo blando y cayó encima de una figura tumbada en el suelo. Tenía los ojos abiertos y sin vida, y parecía contemplar estupefacta la pintura del techo.

—¡Nell! —exclamó Jade con voz ahogada. Un sollozo incontenible la sacudió.

De pronto, algo cambió; el ambiente se volvió más sosegado y los gritos formaron un único y temible aliento contenido. Solo se oyó un estallido y un chirrido metálico. No muy lejos de ella, Jade vio cómo la máscara de hierro daba contra la pared, se bamboleaba en el agua dos veces de un lado a otro, y luego se quedaba inmóvil en el suelo.

Aturdida, se puso en pie y miró el centro de la estancia. La escena tenía algo de irreal y no le sorprendió mucho ver a Moira. Aunque las manchas de hollín le manchaban la cara, Jade se dio cuenta de que la cazadora estaba pálida. Entre los combatientes vio rostros totalmente demudados; los cazadores se retiraban entre traspiés, mientras los lores les gritaban que siguieran luchando. Incluso los ecos vacilaron. Y entonces Jade también lo vio.

Puede que, tal como mandaba la ley, la Lady fuera de verdad una divinidad. En cualquier caso, sin duda no era humana. Tenía la piel tan traslúcida que se le podían ver los huesos. Los dientes le brillaban detrás de los labios superiores, igual que los huesos de los pómulos bajo aquella piel transparente y sin sangre. «Lady Muerte», pensó Jade con horror. Ben tenía razón. Algunos cazadores dieron un paso atrás. Luego se oyó un disparo. La Lady se sacudió, pero no cayó al suelo. Su túnica mostró jirones en el hombro, pero de la herida no brotaba sangre. La ceniza empezó a caer en el agua.

El primer cazador gritó, dio un paso atrás vacilante y dejó caer el arma.

—¡Luchad, hatajo de cobardes! —atronó un lord.

A continuación, la nube de humo que entró por la puerta impidió a Jade ver nada más.

No supo cómo llegó al pasillo siguiente. Los ojos le escocían a causa del aire irritante. Jade apenas podía ver las urracas azules que agitaban el humo con su aleteo. Los ecos pasaron ante ella como una exhalación, y entre los combatientes atisbó a una Tanía enfurecida y a otros rebeldes. Jade repelió a un atacante y esquivó una estocada.

Pero en el momento en que, casi sin aliento, se hizo a un lado, reparó de pronto en un rostro demudado por la rabia. Lord Davan ya no llevaba antifaz. Estaba apenas a tres pasos de ella y agarraba una pistola con ambas manos. Jade oyó el tiro antes incluso de percatarse de lo que ocurría. Durante unos segundos, ensordeció. Vio unas bocas que se abrían y cerraban, y armas que chocaban entre ellas sin ruido alguno. «Ya está», se dijo mirando atónita a su alrededor. Ni herida, ni dolor. Para su asombro, fue lord Davan quien se desplomó. El estrépito regresó entonces con una intensidad que casi la hizo caer al suelo.

Miró en torno a ella con la boca abierta. A la izquierda, junto a ella, Moira asía todavía el arma con su brazo ileso.

—Contestando a tu pregunta de ayer —rezongó—. Me importa. Maldita sea, me importa mucho.

—Gracias —farfulló Jade.

La cazadora se limitó a asentir y se frotó la frente con la manga. Parecía tan agotada y abatida como si acabara de sufrir un desengaño. «¿Cómo te sientes al darte cuenta de que has estado al servicio de la muerte?», pensó Jade.

—Largo, a cubierto —dijo Moira.

Jade se marchó a toda prisa, pasó junto a lord Davan, y, al doblar una esquina, el silbido agudo de Moira la detuvo otra vez. La cazadora propinó entonces una patada a un objeto que había en el suelo. El agua salió despedida y la pistola de lord Davan se deslizó hasta los pies de Jade. Ella la tomó. Era el arma de un lord, con empuñadura de marfil. Asintió, puso el seguro, y se la colgó al cinturón. Un ala le acarició la sien, un pico le mordió el pelo y Jade se agachó y corrió hacia el pasillo lateral. Al buscar al pájaro con la vista, descubrió a Faun.

Jamás había podido imaginar lo maravilloso que es volver a ver a alguien vivo. Le hubiera gustado abalanzarse sobre él de puro alivio, pero solo logró esbozar una sonrisa torcida.

Faun llevaba tras de sí un duro combate; su jubón estaba hecho jirones, y en el cuello lucía cuatro arañazos. Debería haber demostrado alegría por ver a Jade, pero se limitó a inclinarse levemente, con un gesto tan felino que ella, turbada, arrugó la frente. Había algo allí que no encajaba. En los ojos de Faun brillaba una luz oscura. Su expresión era distinta; era más dura y desconocida, como si en ella se cerniera algo siniestro. «Los ángeles negros tienen este aspecto —se dijo Jade, y dio un paso atrás. Sin quererlo, el temor se adueñó de ella—. «Un ángel vengador», concluyó.

—¿Faun? —preguntó, vacilante.

—¡Márchate! —gritó él.

Esa rabia parecía estar conteniendo una onda expansiva capaz de arrojarla hacia atrás. Faun contraía el rostro, como si intentara reprimirse con mucha dificultad. Él se volvió y quiso marcharse a toda prisa cuando un gesto lo detuvo. En ese momento, Tam surgió de la sombra de una hornacina. Iba, como siempre, acompañado de uno de los perros. «¿Y Jay?», pensó Jade, alarmada. Una de las urracas azules se posó en el hombro de Tam, ladeó la cabeza y contempló a Jade con esos ojos negros de expresión maligna.

—Y tú, amigo, lo supiste durante todo este tiempo —dijo el nórdico a Faun.

—¡Déjalo! —gritó Jade. Esta vez su ira era nítida y gélida. Buscó a tientas en su espalda el arma que llevaba prendida en el cinturón.

Tam sonrió con desdén.

—¿Y quién lo exige? ¿Una eco?

Faun gimió y apretó los puños. Jade observó el reflejo de ese movimiento por el rabillo del ojo. Volvió entonces la cabeza hacia la pared de agua. Aunque seguía agarrando con fuerza la empuñadura del arma, el horror súbito la paralizó.

Vio en el reflejo de sí misma a una joven mujer con un vestido empapado y roto. Una cabellera oscura colgaba enmarañada sobre su pálido rostro. Era humana, pero en ese instante la eco que había en ella resplandecía con tanta nitidez que se preguntó cómo nadie había reparado antes en ello. A apenas diez pasos, estaba Faun, que de nuevo se volvía hacia ella muy lentamente. La diferencia era que su reflejo no mostraba a Faun, sino a Jay. La piel negra, los ojos blancos y brillantes, las garras...

Era la bestia que, como comprobaba en ese momento pavoroso, nunca había estado frente a la ventana, sino que solo era un reflejo en el cristal. El reflejo de Faun. Él era, en realidad, el monstruo que había estado a punto de matarla, el depredador que reaccionaba ante la sangre de eco y que en la Ciudad Muerta había seguido el rastro del príncipe gemelo. Su enemigo.

Incapaz de soportar por más tiempo la visión del lado oscuro de Faun, le miró la cara. En su semblante había desconcierto, pero también una hostilidad que la sobrecogió.

—No —susurró ella.

—¿A qué esperas? —gritó Tam con su voz cálida e hipnótica—. Eres un cazador sangriento. Vamos, ¡mátala!

La orden resonó por el lugar e hizo estremecer a Faun.

La sangre de eco de Jade asomó como un recuerdo, esencia de muchas vidas pasadas hacía tiempo. En el instante en que en los ojos de Faun se apagó la última chispa de claridad, ella tensó los músculos, se giró y echó a correr. Apenas se daba cuenta de la rapidez con que pasaba junto a la pared: lo único que oía era como Faun se aproximaba cada vez más. Estaba muy cerca de ella, demasiado, y entonces, de pronto, dejó de oír pasos. Jade supo que Faun la iba a embestir, y en el instante preciso en que él se abalanzó sobre ella, Jade cedió por instinto, se echó al suelo y giró sobre sí misma. Abrazados, fueron a dar contra el suelo.

El pánico le recorría las venas. Se movía con tanta rapidez que su visión solo le mostraba unos borrones imprecisos. Unos colmillos le rozaron el cuello, pero no consiguieron atraparla. Ella se defendió con todas sus fuerzas, se zafó del abrazo con la agilidad de un eco, agarró a Faun por el pelo y le mordió en el hombro. Encogió rápidamente la pierna y le golpeó en la cadera. Aunque él gritó rabioso, ella logró librarse definitivamente de sus brazos. Sin reflexionar apenas, asió la vara que se le había escapado de las manos al caer y lo golpeó. «¡Eso no debería ser así! —le susurraba una vocecita histérica y desesperada en su interior—. ¡No podemos… no debemos hacernos daño!»

Cuando vio cómo Faun caía al suelo, el dolor le atravesó el pecho. Sollozó, arrojó la vara al suelo y huyó.

El humo era tan espeso que la hacía toser. En su carrera, volvió la vista por encima del hombro y vio que Faun se incorporaba de nuevo y la perseguía a toda velocidad. Jade apretó los dientes y corrió hasta el final del pasillo que giraba hacia la derecha. Una cálida brisa vespertina le acarició el rostro. Logró no tropezar a tiempo y saltó por encima de un alud de cascotes de piedra. El brillo de las llamas centelleaba sobre los restos de un muro frente al cual se abría el azul nocturno del mar. Jade se detuvo deslizándose. Al hacerlo, levantó un poco de agua del suelo, que salpicó por encima del borde del boquete y se derramó como en una cascada sobre el muro del palacio, hacia las profundidades. Los rebeles habían volado la mitad del pasillo. Había ganchos y cuerdas prendidos en los restos de la muralla que mostraban el punto por el cual las gentes de Tanía habían penetrado en el palacio. Una parte del resto del pasadizo era un gran boquete, y la otra había sucumbido bajo la avalancha de piedras. Jade, horrorizada, se dio cuenta de que había caído en una trampa.

Se volvió sin aliento. A su espalda, el abismo y el mar; delante de ella, Faun, que acababa de doblar la esquina y todavía se tambaleaba y sacudía la cabeza, como aturdido por el golpe que ella le había propinado. Jade agarró la pistola con dedos temblorosos. «No lo hagas», pensaba, fuera de sí. «Pero eres una eco», rebatía la Jade juiciosa. «¡Huele tu sangre! ¡Te matará!»

—¡Atrás! —gritó ella.

Faun avanzó.

Jade tragó saliva y levantó el arma. Bajó con el pulgar la palanca del seguro de la pistola. Notó la sangre que le latía en las sienes y, de pronto, sintió de nuevo la herida en el hombro. Tal vez Faun no fuera consciente de lo que significaba el arma pero, en cualquier caso, no demostró temor alguno.

«¡Es una locura!», pensaba Jade.

—No quiero matarte —susurró ella—. Te lo ruego, Faun.

El dedo índice le temblaba en el gatillo. Él se detuvo a cuatro pasos de ella, pero no miraba el arma, sino su cara. Tenía la boca desfigurada, y levantaba y bajaba el tórax como si estuviera haciendo un gran esfuerzo. Jade vio que él se debatía en su interior y vio en ello la misma desesperación que ella sentía. Entonces bajó los brazos.

El perro de Tam apareció como surgido de la nada. Los pájaros revolotearon sobre ella. La sonrisa fría de Tam parecía flotar en la penumbra.

—¡Mátala de una vez!

Faun gimió, cerró los ojos y... abrió los brazos. El jubón roto dejó ver su pecho y mostró el tatuaje de la urraca azul.

Jade levantó el arma, apuntó y apretó el gatillo. Las urracas azules revolotearon asustadas y huyeron a toda prisa. El perro retrocedió gimoteando, sacudió la cabeza enojado y corrió hacia su amo.

Faun no soltó ni un gemido. No abrió los ojos, solo palideció y se desplomó. Tam trastabilló. Se apoyó con la mano derecha en el muro y luego cayó lentamente al suelo. Miró desconcertado primero a su jubón roto y luego a Jade.

—Bestia —musitó ella con voz ahogada.

El nórdico cayó de rodillas, se giró sobre un costado y quedó tumbado e inmóvil.

Jade dejó caer la pistola. «Asesina», se dijo, asustada. Unos anillos de agua huyeron espantados del arma e hicieron oscilar el reflejo de Faun.

Tenía el rostro apretado contra el suelo húmedo, de manera que daba la impresión de que él y el monstruo estaban tumbados mejilla contra mejilla. Jade pudo contemplar por primera vez con tranquilidad el otro yo de Faun. Sus rasgos eran más duros y crueles que los de un humano, y la piel, en realidad, no era negra sino que tenía un brillo de color añil. El pelo negro caía sobre la frente de su reflejo. «¡Huye!», gritaba su voz interior.

Se sentía tan débil y cansada que apenas podía tenerse en pie. Aproximarse a Faun le costó más esfuerzo que todo cuanto había hecho hasta ese momento. Por fin sus rodillas la vencieron y se dejó caer al suelo, junto a él. Lo volvió cuidadosamente sobre la espalda y le apartó con una caricia el pelo húmedo. Al tocarlo sintió, a su pesar, que se le erizaban los pelos. Estaba helado. ¿Está muerto? ¡No puede estar muerto! Tragó saliva y posó la mano en el pecho. Casi esperaba notar allí una herida, pero lo único que sintió fueron unos latidos rápidos e irregulares.

Deslizó las manos por debajo de los hombros de Faun y se lo acercó a ella. La cabeza de él reposaba pesadamente en su hombro y el aliento acariciaba la piel de su cuello. «¿Y si se despierta y me mata?», se preguntó. Aunque se estremeció, no pudo soltarlo. En lugar de ello, miró el mar. El reflejo del fuego daba a las olas unas coronas rojas. Y a lo lejos brillaba la nave dorada de la Lady. «Lady Muerte abandona la ciudad —se dijo Jade con amargura—. Pronto encontrará nuevos lores. En otra ciudad, con otros humanos.»

Faun gimió y se movió. A Jade el corazón le dio un vuelco y notó la boca tan seca que la lengua se le quedó adherida al paladar. El terror le impedía respirar bien, y tuvo ganas de huir. Faun abrió los ojos. Eran negros como la obsidiana, más temibles e inhumanos que nunca. Entonces las comisuras de los labios se movieron y dibujaron una sonrisa cautelosa. Jade suspiró aliviada. Era Faun. Su Faun.

—Tam ha muerto —dijo ella con un gemido—. Yo… lo he matado. Eres libre.

Faun tomó saliva con dificultad y asintió.

—¡Lo sabías desde el principio!

—¿Que tú eras una eco? —murmuró—. Sí, desde el primer momento. Pero tú no sabías que lo eras. Y me confundiste. Tienes la sangre roja y, en cambio, eres como ellos.

—Una vez dijiste que tú eres tan humano como yo. Entonces no comprendí lo que querías decir.

—Eres igual de humana que yo. —Faun se incorporó trabajosamente. Seguía siendo inquietante ver en su reflejo al otro Faun, ese ser demoníaco.

—¿Y Jay? —preguntó ella en voz baja—. ¿Existe de verdad?

Faun sonrió de nuevo. Tenía unas ojeras tan oscuras que parecía alarmantemente cansado.

—Sí, puedo asegurarte que sí.

—Pero… no es un cazador de ecos.

—Sí y no. Es un animal. Sin embargo, estamos unidos, y por ello compartimos muchas habilidades. Percibe como yo la sangre de los ecos. Él estaba bajo el hechizo de Tam y yo solo podía rebelarme cuando intentaba ejercer su influjo en mi lado humano.

—¿Nunca pensaste en… matar a Tam?

Faun gimió y se pasó los dedos por el pelo.

—Más de una vez. Y Tam lo sabía —Señaló entonces el sello de la urraca azul—. Si lo hubiera hecho, habría muerto.

Jade intentó imaginar qué habrían significado para Faun los años pasados junto a Tam. No lo logró.

—Me dijiste que Jay era tu hermano. ¿Qué puede enseñarnos un animal como él a vosotros… los cazadores sanguinarios? —quiso saber ella con cautela.

—Simplemente, a actuar y a matar como un depredador. Sin crueldad. A contener nuestro lado salvaje, a vivir con ello sin abandonarnos por completo. Por esto tenemos que abandonar nuestro clan y solo nos está permitido regresar a él cuando somos capaces de dominar nuestro lado oscuro.

Jade tomó aire. Le resultaba muy difícil formular la pregunta siguiente:

—Y… ¿tú ya lo has aprendido?

—No lo sé —repuso Faun muy serio—. Lo sabré cuando mi gemelo muera. —Sonrió con tristeza—. No podemos peranecer juntos. Los cazadores sanguinarios y los ecos son enemigos irreconciliables.

—Pero tú y yo no lo somos.

—Yo soy lo que soy, Jade.

—Yo también —repuso ella—. Pero nos amamos, ¿recuerdas?

Fuera se oyeron entonces unos gritos de triunfo que los hicieron estremecer. Unos pasos se les acercaron rápidamente. El perro de Tam, que no se había apartado del cadáver, gruñó. Entonces Moira asomó por el recodo, desaliñada, despeinada y con una mano vendada de forma provisional. Jade suspiró aliviada. ¡La cazadora estaba viva!

También Moira sonrió al ver a Faun y Jade. Evaluó la situación de un solo vistazo.

—¡Gracias a Styx! —dijo, y de inmediato adquirió su actitud seria—. La lucha ha terminado. Se ha decretado un armisticio. Aunque nadie puede saber cómo acabará todo esto.

Jade se puso en pie con dificultad.

—¿Quién ha vencido? —preguntó con voz débil.

Moira escupió con desdén.

—La Lady ha huido. Ocho lores han luchado hasta el final. Lord Lomar y lord Palas se han entregado; los cazadores que no han desertado han depuesto las armas. Quedan aún los ecos y los rebeldes. Ahora mismo se están bajando las jaulas y tu padre habla con el príncipe de los ecos. —Moira enarcó una ceja—. El más fiel de los partidarios de la Lady domina su idioma —dijo con sarcasmo—. Todas las ciudades necesitan sus traidores, ¿no?

Jade se sintió muy aliviada. Moira se dirigió directamente hacia Faun, lo tomó por la muñeca y lo puso en pie. Él vaciló, pero logró incorporarse y permitió que Moira lo sostuviera.

—¡Vamos, rebelde! —gritó Moira a Jade—. Es hora de sacarlo de aquí y de que lo escondamos bien antes de que los ecos perciban el rastro de su cazador sanguinario. ¡No cabe duda de que les gusta la venganza!

Se disponían a marcharse a toda prisa cuando Faun se opuso.

—¡La llave! —exclamó señalando a Tam—. Necesito la llave de la jaula de Jay.

El brillo de lo desconocido

En unos pocos días, el Larimar había cambiado más que en todos los años anteriores. Con la ayuda de Manu, Jakub había llevado mesas y alfombras al salón de banquetes, así como las sillas que no estaban rotas, un sofá viejo y una cama para Ben, porque al anciano le costaba mucho subir por la escalera empinada. Ya no había ninguna ventana tapada con maderos, y la luz entraba en todas las habitaciones.

Jade oyó el ruido de pasos sobre su cabeza y supo que no se trataba de fantasmas, sino de personas a las que el Larimar daba alojamiento y cobijo desde la victoria de los ecos y los rebeldes. Sonrió y apretó la correa de su mochila. Tendría que esperar todavía un poco para poderla llevar a la espalda, porque la herida de la rozadura de bala en el hombro justo ahora empezaba a sanar. Y, gracias a los cuidados de Lilinn, cicatrizaba bien.

—De verdad, ¿no vas a cambiar de idea? ¿Te lo has pensado bien? —preguntó Jakub con tono desabrido.

Jade se volvió hacia su padre, cruzó los brazos y sonrió irónicamente en lugar de contestarle. Ya habían hablado largo y tendido del tema y, muy a su pesar, Jakub asintió.

—Todo lo desconocido brilla y atrae, ¿verdad? —rezongó—. Realmente, eres como Tishma. Sois como las urracas, que no pueden resistirse de coger las monedas de plata que encuentran en el suelo.

Jade se echó a reír, se acercó a él y lo abrazó.

—Me encantaría llevarte conmigo, pero los ecos necesitan a su traductor, y Lilinn a alguien capaz de apañárselas con los del segundo piso.

—En realidad, no lo necesito —repuso Lilinn con una sonrisa—. Es Jakub quien necesita a alguien que le aguante el mal humor cuando no pueda dormir preocupado por ti.

Lilinn aún parecía agotada. A pesar de las heridas producidas por las quemaduras de sol, Jade nunca la había visto tan feliz.

—Vuelve —murmuró Jakub—. Las cosas cambian, también en esta ciudad. Pero, en fin, ¿qué te voy a contar?

Jade asintió y cerró los ojos mientras su padre le besaba las mejillas y la frente; luego se despidió de Lilinn. Abrazar a Ben fue lo que más le dolió. En los últimos días, el anciano parecía todavía más frágil. «Tiene cien años —pensó Jade—. ¿Quién sabe si voy a poder verlo de nuevo?»

—Nada de pensamientos tristes —exclamó Ben sonriendo con gesto astuto y guiñándole un ojo—. A fin de cuentas, Lady Muerte nos ha abandonado.

Jade tragó saliva y miró por última vez el salón de banquetes. En el suelo de mármol se veían las rozaduras que la jaula de Jay había dejado al ser deslizada.

Martyn la esperaba en la escalera del agua. Jade le pasó la mochila y luego saltó al bote negro. Aunque era una mañana fresca y la niebla subía desde el río, vio que Amber la saludaba. Y de nuevo no hubo otra cosa que deseara más que poder contemplar la forma real de su hermana. «¿Seguirá conmigo cuando yo abandone el río?», se preguntó.

—¿Lista? —preguntó Martyn.

Jade esbozó una sonrisa y asintió. Hasta entonces, y a pesar de toda la nostalgia que le embargaba, se había alegrado de abandonar por fin el Larimar, pero ahora le pesaba. Intentó no volver la vista atrás, pero, cuando ya se deslizaban por el recodo del río, se volvió de nuevo. Jostan Larimar y su ninfa seguían aún en la escalera del agua y agitaban el brazo hacia ella.

La orilla estaba desierta; muchos habitantes aún dudaban sobre si abrir las ventanas que tenían protegidas con travesaños y acercarse de nuevo a la plaza del mercado y al recinto palaciego. Incluso Jade se había sentido incómoda cuando, el día anterior, había acudido a la iglesia con Ben. Aunque todos los incendios habían sido sofocados hacía tiempo, el hedor a madera y cables quemados no escampaba fácilmente. De dos villas nobles apenas quedaban los cimientos, y la iglesia estaba ennegrecida por el hollín. Las jaulas seguían todavía en la plaza de la Iglesia, vacías y abandonadas, como si incluso los traficantes del Mercado Negro tuvieran reparos en tocar esos hierros. Lo más raro, sin embargo, era ver todas las puertas del palacio abiertas, a pesar de que nadie, excepto los rebeldes y los cazadores, se atrevía a entrar.

—Nuevas caras, nuevos amos —había murmurado Ben—. Está por ver si dieciocho años y dos guerras habrán bastado para que los humanos sean un poco más listos.

—Humanos y ecos —repuso Jade con énfasis.

—Ecos humanos —le corrigió Ben con su sonrisa desdentada.

Andaba muy erguido, tenía la mirada despejada y Jade se preguntó de nuevo si alguna vez había estado verdaderamente loco.

Y, naturalmente, con la lucidez que le era propia, de nuevo esta vez había tenido razón: todavía no era hora de celebraciones. Nada había adquirido aún su forma definitiva. ¿Los ecos y los humanos podrían convivir? ¿Habría amos y criados, o, tal como esperaba Jakub, un Consejo constituido por las distintas partes que tomaría decisiones en común? Todavía resultaba extraño ver ecos en la ciudad. «Nuevas caras», se había dicho Jade al ver dos figuras deslizándose hacia la Puerta Dorada por la plaza de la Iglesia. Su piel blanca brillaba al sol. Y, a la vez, eso hacía que en la ciudad la ausencia de algunos rostros resultara aún más dolorosa: Tanía, Nell, Leja, Ruk y otros que habían sido enterrados en el osario. «Yo arrebaté la vida a un hombre», recordó Jade.

Tragó saliva y volvió la mirada al agua. Sin embargo, un silbido fuerte y un ladrido ronco la sobresaltaron.

—Otra persona que también quiere despedirse —exclamó Martyn señalando hacia la orilla.

Jade entornó los ojos y, en un primer momento, dio un respingo al ver dos enormes perros grises. ¡Eran los perros guardianes de Tam!

Entonces vislumbró a Moira.

—¡Pensé que no te encontraría! —le gritó esta con una sonrisa.

Ya no llevaba el uniforme de los cazadores, sino unos pantalones negros de lino y una chaqueta de uniforme que seguramente había pertenecido a un oficial. Su pelo castaño y liso ondeaba al viento. Silbó a los perros para que se le acercaran y siguió el recorrido del bote río abajo, hasta que al fin este se detuvo. Los guijarros crujieron debajo de la quilla. Jade se dispuso a saltar a la orilla, pero la cazadora se lo impidió con un ademán y cruzó los brazos.

—No hay tiempo para escenas largas —dijo—. Voy a palacio.

—¿Otra reunión? —preguntó Martyn.

Moira asintió.

—Nuevos mandos, nuevas tropas. Pronto llevaremos un nuevo uniforme, para los humanos, para los ecos, o para ambos.

—¿Por qué haces esto? —preguntó Jade—. Ya no estás obligada a ser cazadora. Podrías marcharte y ser libre.

Moira hizo una mueca burlona con la boca, volviendo la comisura derecha hacia arriba.

—No des demasiada importancia a la libertad, Jade —dijo extendiendo con cuidado el brazo herido como para comprobar su resistencia—. Ha sido necesario un gran combate para conseguirla, pero es solo la mitad de la historia. Una libertad como esta siempre pende de un hilo. Ahora reina el equilibrio. Pero, aunque se forme ese Consejo, alguien deberá encargarse de que ese equilibrio se mantenga. Es solo cuestión de eso, ¿entiendes?

A Jade le hubiera gustado decirle lo bien que la entendía y lo mucho que significaba para ella aquella amistad extrañamente esquiva, pero conocía suficientemente bien a la cazadora como para limitarse a asentir.

—¿Cómo está tu amigo? —preguntó en cambio.

Moira encogió los hombros, pero en los labios formó, de hecho, una sonrisa.

—Está mejor. —Uno de los perros de Tam gimoteó, y ella le posó una mano en la cabeza—. Realmente, son unos perros excelentes

—dijo con admiración. Luego saludó con la mano a Jade y se marchó de allí sin mirar atrás.

Las últimas brumas ya se habían disipado cuando Martyn condujo el bote hacia el delta. Pasaron por la bahía del puerto, donde estaban congregados todos los transbordadores. Martyn entonces puso en marcha el motor, y Jade pudo disfrutar de la brisa fresca en la cara mientras pasaban ante el faro y bordeaban la costa. El agua del mar no era ni verde ni tranquila, sino agitada y de un profundo azul añil. Las olas hacían oscilar el bote.

—¡Ahí! —gritó Jade a Martyn señalando una serie de rocas calcáreas planas.

Su amigo le dirigió una mirada escéptica. Con el viento, los rizos despeinados de Martyn brillaban como rayos de sol, y Jade grabó en su corazón aquella imagen preciosa para poder recuperar esa visión en las horas frías y solitarias, y sentir su calidez.

—Pero ¿no querías ir a las Peñas Rojas? —gritó Martyn para hacerse oír por encima del ruido del motor. Jade negó con la cabeza.

—¡Déjame ahí delante! Seguiré a pie.

Se dio cuenta de que aquella idea no convencía para nada a su amigo, pero Martyn se limitó a encogerse de hombros y condujo el bote hasta la orilla. El oleaje marino chocaba contra una roca caliza plagada de conchas. Martyn apagó el motor y llevó el bote a remo hasta una de las rocas más planas.

—La mochila pesa —dijo él—. Bajaré para llevártela.

Se puso en pie, pero Jade le posó una mano en el hombro.

—Iré sola —decidió.

Martyn rezongó.

—Muy bien —dijo con enfado—. Vete con él si no puedes dejarlo. Pero ya sabes lo que pienso.

—¡Cómo no voy a saberlo! —repuso Jade—. ¡En los últimos días, me lo debes haber dicho unas cien veces!

—Doscientas —le corrigió Martyn, impasible—. De todos modos, ¿qué cabe esperar de alguien tan terco que tiene además la mitad de la sangre de criaturas semisalvajes de río, y la otra mitad de Jakub?

La chanza, tan familiar para ambos, recorrió el corazón de Jade con un cálido estremecimiento de confianza. De pronto, sintió muchas ganas de echarse a llorar y tuvo que tragar saliva. Martyn adoptó también un aire serio y carraspeó; pero luego dio un paso al frente y la abrazó con fuerza.

—¡Cuídate y mantente alejada de Lady Muerte! —Luego, bajando la voz le susurró al oído—: ¡Vamos! ¡Largo de mi bote!

Y Jade se echó a reír entre lágrimas.

A la luz de la mañana, las Peñas Rojas aún parecían pálidas. Jade las había contemplado muy pocas veces desde aquel lado y quedó asombrada de la amplitud y del color azul del mar que se abría detrás de ellas. Dejó en el suelo la mochila y estiró el hombro dolorido. Luego tomó aire para serenarse un poco y se dirigió hacia las Peñas. Vio a Faun desde lejos. Estaba sentado en la roca que penetraba más profundamente en el mar, escudriñando la superficie del agua. Era evidente que esperaba ver el bote. Y, por supuesto, no estaba solo.

Jade se detuvo de pronto. Parecía que el viento la empujara a continuar, pero ella se opuso y se quedó quieta, con el corazón agitado.

En las pesadillas de las noches anteriores, se había imaginado miles de seres distintos, a cual más amenazador y extraño. Aunque ahora debería sentirse más aliviada, curiosamente, al ver a Jay el corazón le empezó a latir con fuerza. Se alegró de tener el viento de espaldas, porque así el animal no la podía oler.

Era el mayor lobo que ella había visto en su vida. Tumbado, era tan alto como los perros de Tam cuando estaban de pie. Faun tenía la mano hundida en el pelaje negro y espeso de la nuca. De ellos emanaba una confianza tan intensa que Jade quedó muy impresionada. «Son gemelos —se dijo—. Realmente, lo son.»

Aunque por su instinto Jay debería haber sido el primero en advertir su presencia, fue Faun el que de pronto se volvió. Soltó de inmediato a Jay, se puso en pie y empezó a sonreír. De pronto, todo regresó: la noche, los besos, el deseo vehemente y fogoso, la alegría de verlo ahora. Pero también volvió la amenaza, el tacto del marfil y el hierro en las manos, el retroceso de la pistola y ese otro rostro oscuro. «Cazador sanguinario», pensó Jade, estremecida.

Faun, sin aliento, se acercó a ella.

—¡Me he pasado tres días preguntándome si al final vendrías! —exclamó.

Jay se levantó trabajosamente de la roca y se dirigió hacia ellos.

Faun fue a abrazar a Jade, pero el leve respingo de ella lo detuvo de inmediato. Su rostro se ensombreció. Jade ardía en deseos de acariciarlo, pero no conseguía dar el último paso.

Jay se puso en movimiento, y Jade observó que era una especie de lobo que ella no había visto nunca. Era de una raza más esbelta y de piernas más altas, con un pecho de mayor tamaño y manchas por encima de los hombros que confluían en el pecho formando una V negra. Su tamaño llegaba a la cadera de un hombre. Lentamente, como si andar le exigiera una gran concentración, se aproximó y se sumergió bajo la mano de Faun. Jade escrutó aquel rostro enjuto y bello de lobo con unos ojos opacos como discos de nácar que miraban al vacío. Se dio cuenta, consternada, de que estaba ciego. Era un animal viejo y tenía en torno al hocico un pelaje de color blanco e hirsuto. Visto de cerca, no era, ni de lejos, tan fuerte como hacía suponer su pelaje espeso. Tenía las costillas marcadas y el ruido del agua y del viento parecían molestarle.

—Ha pasado tanto tiempo a oscuras que se ha vuelto ciego —dijo Faun en voz baja— Y después de tantos años en la jaula, va a necesitar un poco de tiempo para recuperarse.

—En la oscuridad, tú ves por los dos —dijo ella.

Al oírle la voz, el lobo olisqueó en su dirección e hizo un gruñido de desconfianza. Ella, asustada, retrocedió. Faun habló suavemente a Jay en la lengua de los nórdicos.

—Se acostumbrará a ti —dijo, excusándolo. Se mordió los labios con nerviosismo. El temor brillaba en su mirada—. Bueno, eso siempre que tú... realmente quieras quedarte conmigo.

Jade hizo acopio de todo su valor y tendió la mano hacia Faun. Jay se quedó quieto, pero erizó la piel. Jade notó que su corazón empezaba a latir más rápido. Faun, sin embargo, sonrió aliviado y se acercó cuidadosamente, como temiendo ahuyentarla. Musgo, nieve. Y helechos. Era como si aquel aroma despertara en ella algo cálido, dulce y firme. Sus dedos se rozaron. Jade vaciló por un breve instante, pero luego lo abrazó. Faun le rodeó con los brazos la cintura y la atrajo hacia sí cuidando de no tocarle el hombro. El color rojo miel de sus ojos de media noche resplandecía, y Jade se preguntó si en ese momento él contemplaba al eco o a la mujer que amaba. Notó que él también se sentía inseguro. «¿Nos saldrá bien? —pensó ella—. ¿Empezar de nuevo?» Al fin, ella superó el último límite y lo besó. Y experimentó de nuevo esa sensación de caída y, a la vez, de abandono a un torrente ardiente de sentimientos. Notó el peligro de aquel beso, pero, cuando Faun se separó un poco de ella y la miró a los ojos, la sonrisa de él le volvió a recordar por qué lo quería.

—¿Y bien? —preguntó él, cariñoso—. ¿Vamos a los Bosques Boreales, o tal vez a las Ciudadelas?

—Empecemos recorriendo la costa —dijo ella—. Crucemos los bosques de la orilla hasta la próxima ciudad. Y desde allí, tal vez, partiremos por el mar hacia las islas Meridionales.

Faun se rió y asintió, y luego la soltó titubeante. Cuando se disponía a regresar a las Peñas para recoger el fardo con sus cosas, Jade lo retuvo un instante.

—Faun —murmuró—, ¿sabes que hueles a nieve y a bosque?

Él se encogió de hombros y le dirigió una sonrisa socarrona que la dejó sin aliento.

Índice

ESTE LIBRO HA SIDO IMPRESO
EN LOS TALLERES DE
NOVAGRAFIK
MONTCADA I REIXAC